《温岭丛书》甲集第三十二册

郭氏文献录

赤城论谏录

黄氏祖德录

ZHEJIANG UNIVERSITY PRESS

浙江大学出版社

总目录

郭氏文献录

［明］郭琤编　［清］郭协寅辑

孙巧云　杨昇　点校

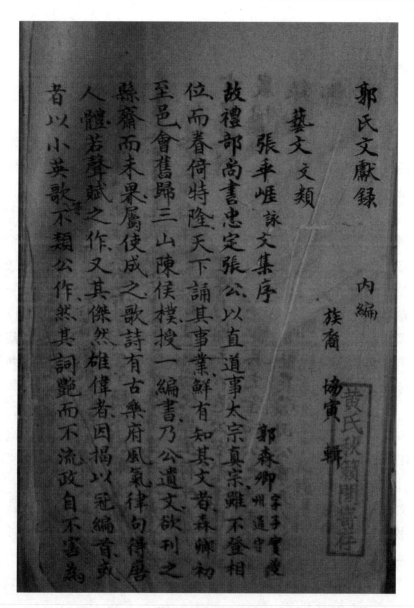

《郭氏文献录》书影

点校说明

　　《郭氏文献录》一书由郭协寅辑、郭玶编,全书内容由《郭氏文献录·内编·艺文》、《郭氏人文志·外编》、《郭氏文献录·列传》三部分组成。

　　郭协寅(1767—1840),字沧洲,号石斋,浙江临海人,嘉庆间诸生,著名藏书家,"好聚书,尤留心乡邦文献,搜罗宏富"①,其"著述有《台州述闻》、《台诗录存》、《赤城续集》、《钱荟台州书画识》、《台州金石录》,又重编郭磊卿《继一堂诗》一卷、侯嘉繙《夷门诗钞》十四卷,其专系郭氏者则有《郭氏诗综》、《郭氏遗芳别编》"②。《台州述闻》搜罗州中轶闻遗事甚丰,《郭氏诗综》、《郭氏遗芳别编》等著述专辑郭氏一门艺文列传等。

　　郭玶,字端朝,别号筠心,事见谢铎《筠心郭先生墓碣铭》一文。其先祖自仙居迁居至温岭,曾祖为郭槚,明洪武间任饶阳尹,其文章为世人所推崇,并被称为饶阳先生,事见黄友义《饶阳知县郭公行状》一文及《郭氏文献录·列传》中《郭槚》一文。祖父郭熙,号退轩,父郭辈,别号溪南,皆隐居不仕,以诗书世其家。郭玶生性孝友,重信义,并能承绪先世之学,博涉

---

　　① 《临海县志》,《中国方志丛书》,台北成文出版社有限公司1975年版,第1838页。

　　② 同上。

群书,尤工于诗,著有《筠石存稿》,又辑《郭氏遗芳集》、《郭氏文献录》等。

《郭氏文献录》,临海市博物馆藏,朱蔼人抄本。所收录的文章内容多系临海、台州籍郭氏的成就与影响,涉及人物评传与艺文题赠及序跋等,如方孝孺为郭浚(士渊)所作的《郭君圹铭》、《与郭士渊论文》、《赠郭士渊序》、《祭郭士渊文》等,谢铎《郭氏文献录序》、《题遗芳集诗选》等。其中,收录文章较多者有郭浚、郭嘉卿等人,如郭浚有《送王修德序》、《积翠轩记》、《跋太史公送方希直还乡诗后》、《祭叶居升文》等篇章,郭嘉卿有《陈乞致仕疏》、《谢赐号继一处士及男自中补将仕郎表》、《谢御诗御书表》、《谢中殿笺》、《中中书门下省状》、《申本州辞禄状》等6篇。除收录郭氏所著文章外,本书亦收录描写宁波人文古迹的篇章,如刘仁本《重建灵桥记》、《余姚修学记》、《贺秘监祠堂记》、《庆元路儒学兴修记》、《续兰亭诗序》等,"灵桥"在"四明郡",今宁波境内,"贺秘监祠堂"、"庆元路儒学"学宫均在"四明郡"。

《郭氏文献录·艺文类》中的文、序、记、诗赋等,共有文22篇、序8篇、记11篇、诗赋130余首、诗内集120余首。收录了百余位作者的作品,其中,江河清、宋锐、郭协寅、方旭、戚学标、宋世莘、沈河斗、何宽、洪蒙煊、洪鼎煊、杼世峰、蒋履、蒋素、元晖等十四位作者至少有两个作品被收录,尤其是郭协寅,共有四篇文章、一首诗。在这百余位作者中,有七位郭氏子孙:郭协寅、郭曰燧、郭元曦、郭攸致、郭景山、郭树滋、郭夏瑚等。从内容上来说,或咏郭氏之英才,或赞郭氏之品性,或叹郭氏女子之贞烈,或与郭氏友人之赠答,文体丰富,风格多样。

　　《郭氏文献录·列传》从《黄岩县志》、《宋史》、《朝野杂记》、《台州府志》、《大清一统志》、《赤城志》等史志资料中辑录了历代郭姓贞烈贤达之人,如明代"郭氏,年十九适临海郑泉,生三子,夫亡,矢节不二。与已旌侯节妇比庐,而清苦尤甚,乡人称叹。《嘉靖临海志》",又如隋代高僧"智越,临海人,郭姓,受业智颛。《赤城志》"。

　　《郭氏文献录》集历代郭氏先贤生平与伟绩于一书,体例严明,文辞畅达,搜罗丰富,为研究浙籍郭氏先贤事迹与成就及学术传承提供了不可多得的文史材料。此书的点校出版必将有助于地方文献资料的深入研究与挖掘。由于底本为手抄本,以字迹辨认,似有两个本子,若干篇目如《达泉记》、《树德堂记》前后重出,但略有差异,为保存原貌起见,作了保留,存在字迹不清的情况,复印时条件所限,有些页码四边、中缝上的字模糊了,很难辨识,再次复印已不可能,只能用□代替,或者根据上下文义猜测,存在的错讹,只能由我负责,敬请读者谅解。

孙巧云

目　录

郭氏文献录　内编

艺文　文类

张乖崖咏文集序

郭森卿字子实,夔州通守

故礼部尚书忠定张公以直道事太宗、真宗,虽不登相位,而眷倚特隆。天下诵其事业,鲜有知其文者。森卿初至邑,会旧归三山陈侯朴,授一编书,乃公遗文,欲刊之县斋而未果,属使成之。歌诗有古乐府风气,律句得唐人体。若声赋之作,又其杰然雄伟者,因揭以冠编首。或者以小英歌等不类公作,然其词艳而不流,政自不害为宋广平《梅花赋》耳。语录旧传有三卷,今采摭传记,仅为一卷以附焉。遗事所载未备,辄以所闻增广,又于石刻中增收诗八篇。好事者有为公年谱,亦加删次,另为一卷。旧本得之通城杨君津家,凡十卷,今为十二卷,其会萃订证,实属之尉曹孙君惟寅,而使学生存中参焉。外有韩魏公所作《神道碑》,内《翰王公送公宰崇阳序》、李巽岩《祠堂记》、项平庵《北峰亭记》,其文皆知公之深者,爱并录之。宣教郎知崇阳县主管劝农营田公事天台郭森卿。

陈乞致仕疏

郭嚞卿

臣郭嚞卿不避铁钺之诛,辄沥衷忱,上干天听。臣家传儒业,世受国恩。父臣晞宗,起自诗书,屡叨麾节。兄臣明卿,早优舍选。弟臣磊卿,晚厕史官。侄臣存中,亦能勉继于科名,用以不羞于祖父。而臣禀资最下,力学无成,虽两荐于漕闱,竟三黜于礼部,箕裘有腼,樗栎自怜。偶承椒掖之贶恩,敢藉渭阳而窃稍!始筮盐人于淮甸,幕画初殚,继司粟氏于京畿,计条惟谨。以实历书者九考,以改秩荐者四人。所当益罄愚衷,克祇三事。少竭疲驽之力,仰酬隆厚之仁。第念臣蒲柳早衰,桑榆浸迫,有山林之素志,非州县之长才,久知无补于明时,深愧尚縻于好爵。愿返初服,得逸余龄。臣谨以出身以来,一宗文字缴进,欲望圣慈,特颁宸命,亟放还于田里,俾终老于丘园。臣庶获养性事天,全书生之晚节,安贫乐道,为圣代之闲民。臣冒犯天威,不胜震栗,俟命之至,伏候敕旨。

淳祐五年十二月二十七日,奉御笔:"郭嚞卿系皇后之舅,年未六十,力请归休,朕甚嘉之,特依所乞致仕,仍令本州优给廪禄,以示旌表恬退之意。其子自中,特补将仕郎。"

谢赐号继一处士及男自中补将仕郎表

郭嚞卿

臣嚞卿言:恭准尚书省札,钦奉圣旨,依臣所乞致仕,特赐号继一处士,仍令本州优给廪禄,男自中补将仕郎。臣伏地乞骸，实忉衰年之惧，自天锡命，误叨隐号之荣，特给补于乡邦，仍赐恩于嗣子。宠光有赫，欣幸奚胜。臣惶惧惶惧，顿首顿首。惟昔鹿何，事我孝庙。为郎在列，年才五十之余。纳禄丐归，疏至再三而上。被俞音而加奖，载史册以为荣。乃若愚臣，盖其邑子，既侵寻于暮景，曷补报于明时。方图遂小己之闻，敢望续前贤之美？忽膺褒渥，殊溢欢腾。念臣蚤慕儒科，曾联漕举。春官三试，浸息念于鹏抟；寒谷半生，已甘心于蠖屈。适际树涂之正位，猥承枫禁之洪恩。俾厕缙绅，获沾升斗。董韰司桌，九踰下考之书；改秩亲民，四窃上官之荐。人谓亨衢之可觊，自怜瓿器之难堪。虽犬马之齿，未逮六旬，而麋鹿之情，靡忘一壑。冒呈丹款，虔吁紫宸。睿旨特颁，遽侥觐于通籍；皇慈载轸，迄允可于垂车。脱薄宦之尘牵，拜散人之雅号。余生增贲，异数非常，兹盖恭遇皇帝陛下，德贯古今。量包宇宙，治谨正邪之辨；爰底升平，官无大小之拘。每嘉恬退，恳祈之真恻，示激劝之微机，遂使卑踪获迨遐躅。臣谨当跪辞凤阙，投老菟裘。绍清白之家声，庶终晚节；荷庞洪之帝力，宁有穷期？尚竭微忠，少图报效。臣无任瞻天荷圣，激切屏营之至，谨具表奏谢以闻。淳祐六年正月初二日。

谢御诗御书表

郭嘉卿

臣嘉卿言：正月十三日，恭奉圣旨，宣押臣内殿引见赐对。伏蒙圣慈，赐御诗一篇，御书"继一堂"三字，及银帛香茶等，臣谨以百拜祇受。所合奏谢者，归休得请，已膺凤检之褒；引见叨恩，忽展龙颜之觐。对扬有耀，锡赉增荣。臣诚惶诚恐，稽首顿首。伏念臣自揣头颅，冒祈骸骨，身名仅保，既惭继一之称，世赏滥延，又拜锡三之命。凡加崇奖，侵极辉华，敢图四辈之趣宣，俾造九关而入奏。近清光而赐坐，垂圣问以宠行。温雅宸章，特播家声之咏；昭回奎画，荣叨堂扁之书。重以列珍，实其归筐。致为臣而去，昔固有之；梦帝所之游，今奚臻此？鞠躬以谢，刻骨而铭。兹盖恭遇皇帝陛下，汤德日新，舜心天合。懋官慰赏，方翕进于忠贤；成文成书，乃再嘉于靖退。聿隆侍遇，爰示激扬。臣实何人，躬被斯渥？臣敢不仰涵睿泽，俯渥廉泉！身老衡门，欲报君恩而无地；心存魏阙，惟祈圣寿之齐天。臣无任瞻天荷圣，激切屏营之至，谨奉表奏谢以闻。

谢中殿笺

郭嚞卿

臣嚞卿伏蒙圣慈，敷奏御前。恭奉圣旨，依臣所乞致仕，赐号继一处士。令本州优给廪禄，男自中补将仕郎。给付诰敕绫纸，特赐臣内殿宣引，面赐圣制诗篇，御书楣字、银帛、香茶等。及蒙皇后殿下，赐臣宣押。臣已百拜，所合奏谢者，归休林下，曲叨枫禁之殊褒；兴轸泗阳，端出椒途之大正。宠光溢兮，感愧交怀。臣惶惧惶惧，顿首顿首。伏念臣夙慕隐居，本无荣望，恩贲有自，浸縻宦海之踪；年迈何堪，难遏家山之慕。恭叩谢事，过沐垂慈。特上彻于宸聪，俄内传于诏旨。通金闺之籍，既示登崇；挂神武之冠，更蒙俞允。处士俾传呼之美，廪人继禄稍之优。复延赏于私门，至匪颁于禁帑。叠膺汉渥，已越常仪，乃若瑶陛赐宣，玉音垂问。宸章焕烂，既亲制以诗歌，御墨淋漓，复大书于扁榜。威颜天近，德意春温。载瞻月殿之光，恭捧霞觞之赐。靖循终始，敢昧生成？兹盖恭遇皇后殿下，道合肃雍，化彰节俭。齐家而治，久仰赞于中宸；如母之存，尚俯怜于末属。遂令朽腐，□□辉华。臣谨学商山老，愿追四皓之游；效华封人，敬献多男之祝。臣无任瞻天荷圣，激切屏营之至，谨奏笺奏谢以闻。

中中书门下省状

郭矗卿

宣教郎特赐继一处士郭矗卿照对。矗卿正月十三日奉旨，令赴东华俟候宣引。至未时入见于缉熙殿，矗卿依仪拜讫，上殿奏谢，蒙谕云："卿乞身强健之时，深明止足之戒，其于戚属，尤可嘉尚。"矗卿又奏谢。赐号继一处士，赐男自中补将仕郎。下阶再拜，复上殿，上命赐坐。矗卿奏云："蝼蚁之微，幸得一觐耿光，已为踰望，臣安敢辄坐？"内侍又传圣旨，矗卿再奏辞，上不允，矗卿即拜谢而坐。次蒙赐茶，上云："如卿弟之直谅，卿之嘉遁，可谓一门奇节。"奏云："臣自祖臣仲珉，赠朝请大夫，以儒业传家；父臣晞宗，奋身科第，累更剧任；弟臣磊卿，又蒙陛下擢为谏官，为柱史；今臣猥以年迈，冒昧乞骸骨归田里，又蒙殊奖，至此可谓世受国恩，其何以报答酬塞隆天厚地之施？"上云："卿昨来奏，论性命之学其详明。"矗卿对曰："臣愚陋不足以窥圣贤之奥，姑据管见奏闻耳。"上又云："儒释道三教，其实如何？"对曰："释氏以空寂为宗；老氏以清净为本；圣人之道，则一以贯之。一者何？心而已矣。盖心为万化之原，正其原，则万化自随。此道非难知，顾力行何如耳。谚云:'长远心难得',是也。如舜之惟日孜孜,文王之纯一不已,是皆体天行健,久而不息者也。颜回所以未□□间者,仅三月不违仁,其余,则日月至焉。近世岂徒日日□者难其人,而时至刻至者亦鲜矣。仰惟陛下具天纵之聪明,不以圣神为满假,复谦而下问,臣虽愚昧,敢不罄竭所闻?要知三教一理,俱不外于圣心。陛下若决然自信,此心即道,道即此心。养之以寡欲,持之以悠久,则虚明广大,洞照古今,有不待臣浅见鄙语,频渎圣聪,而三圣之道,自然融会矣。"上云:"卿言极是。"又蒙圣问兄弟子孙之详,嚞卿复一一奏对。谨下殿,再拜以谢。次蒙上赐七言律诗一首,御书"继一堂"三字。嚞卿下殿拜谢间,又蒙宣赐银帛、香茶等,复再拜谢恩。奏辞欲退,上云:"卿何不少留湖上?"嚞卿奏:"臣久去丘垄,归心如飞。"上赐俞允,嚞卿即再拜而退,所得圣语如前,须至申者。

淳祐六年正月。

申本州辞禄状

郭嚞卿

宣教郎致仕特赐继一处士郭嚞卿照对。嚞卿昨准尚书省札子。淳祐六年正月十五日,三省同奉圣旨,行下本州,每月支给入界官会壹百贯,米拾硕,酒一十瓶;春冬衣绢各一十匹,冬加绵三十两,已于使府请过一年讫。切惟给厚禄以旌恬退,此圣朝特异之恩;怀素飧而不敢安,此臣子辞受之节。嚞卿顷者,祇因年迈,借称归休,遽沐隆知。叠加异数,宸章御制,改秩赐金。锡美号以荣其身,畀初阶以泽其子。既足以光华归路,焜耀乡闾,所有俸禄一节,实为过分。向使事君之事,而食君之禄，在嚞卿所不当辞，今既纳禄，又未遗禄，揆之义分，实所未安。嚞卿投老山林，已甘澹泊，尚縻廪稍，惭惧益深。昨方被命，深恐却之为不恭，今既踰年，岂容不归而久假？倘复牵于贪吝，徒自速于颠隮。欲望台判，将原降清给省札缴还，备申朝省，乞赐敷奏。截自淳祐七年四月后，免行帮请，须至申者。淳祐七年三月。

论余天锡蒋岘状

郭磊卿字子奇，号兑斋，谥正肃

臣闻鸱鸮入林，凤皇远去。豺狼当道，驺麟自藏。不仁者而在高位，则抱璞怀德之士，莫之敢近矣。陛下欲聚群贤以兴致治，乃于股肱之任、喉舌之司，使雄邪厕迹其间，是郤行而求前也。臣切见余天锡谄交权势，谲取科名，有德有言之莫闻，惟黩惟货而罔极。原篚匪由于显比，汇征咸睹其冥升。共嗔元稹之蝇，遽入于此。咸谓刘舆之腻，近则污人，挥去未几而复来，患得既深而愈躁。斗筲无取，舟楫岂堪？考其素则猎渔并枵，察所安则心门俱市。舐鼎鸡犬，亦既逾涯，和羹盐梅，安用此物。蒋岘早谓廉平，晚隳节守。心匪端而好胜，故多暴其气；学不正而尚奇，故每离其言。佞邪莫掩，徒夸张禹之春秋；贬刺非公，有甚魏收之秽史。既乖正地躐登之望，而有仰天窃叹之声。忠报全亏，义方莫有，曲木之影无直，硕苗之恶莫知。臣于天锡，本无遗言，岘之于臣，尝举自代。既公论之交沸，岂言责之敢私？图报在兹，莫知其次。

重建灵桥记

元　刘仁本原姓郭,黄岩人,今□□

四明郡,环郭皆水也。水出自剡源,合七十二溪,会于奉川,又合而错下。其西南北流,悉导治为河,独东汇鄞江,以达于海者,潮汐吐吞,横亘其外郭甬东道,故往来患涉焉。按郡水,始自唐长庆中,刺史应彪度江广,以丈计之,五十有五。制十六舟,舟连负板成桥,桥具而虹霓现,众咸异之,因名为"灵桥"。历五代及宋,屡起屡建,岁月深而缁梁易于败绝,至有宋七八月间,飓涛作,遂卷而藏之,代济以小航者。率皆区画无法,制度非良,讵可久计也?当国朝至元间,宪使陈祥又复治之,遴编户躅徭,俾专缮修,久则并绿奸起。故蠹者利其脱落,终岁营造弗就。输役之氓困病,行道之咨嗟兴矣。至正二十年,中原乱作,淮氛浸扰,江浙省平章方公肃廷命,统舟师,分署镇鄞。时桥政久隳,乡父老有水济川者,若而人,献言于邑丞麻公直曰:"先是县官赋米得三百二十有五石,配徭户受,作子本,计造桥直。籍而就之,岁岁而葺之,若暂宜之,安知其久而不汩之也?剞事未就绪,而民罹供亿,日繁重乃不逮矣。令偿米直,愿公为之计。丞上其言于省,省议韪之,谓可以利民者而病民乎?遂檄郎中张启原、董治,而俾丞厘正焉。乃官出缗钱九百定有奇,购材召工,仿台郡中津桥制。每舟以二为偶,肩连栉比,合为一扶,中实以材,凡为舟一十有八,共为扶偶者九,铁绳贯串,纽组岸浒,篾缆相维,筏楔江底。阑楯之丹腴,扃镭之坚固,凫翼蝉联,与波流上下颉颃,仍藉丁夫二十有一人相之。于是憧憧往来者,履坦坦之康衢矣。既而计余镪作二航，以济桃花之涉，罄余钱买田一百有五十亩，城之士民率助者，倍其买数。又规桥侧灵济废寺亩一百六十有奇，并其基址，易构为桥局公廨，中建厅事四楹，旁列仓庾八楹，后为佛堂六楹，举其香灯，命僧居之。公为检籍，岁收子粒，慎其橐钥，专理桥务。民弗再劳，官无旁出。既落成，有众欢然相与来告曰："是桥自长庆迨兹，五百四十期，更历世代，作者屡矣，而未有若今之完美坚密，且为永图也。官之利民，厥功著矣。"愿垂不朽，托文劖石。于戏！经理有良法，而废兴存乎人，人存则政举，亡则坠。昔文公朱夫子任浙东常平使者，视黄岩县水利，创河闸，买田庄，为经久计，行数百年，而民获其惠泽。至正初，黄岩贰官有作利涉桥于澄江，而为募置田租，以苏民力者，今田湮没，河闸与之俱废。利涉则重困于民，问租，亡有也。岂不在人而不在法乎？噫！敢用书以劝于后之来者。

余姚修学记

刘仁本

今天子巡浙江行省，方平章国珍爵司徒，保厘东藩，之明年，为至正二十有二年，司徒檄介弟国珉枢密副使，分镇越之余姚州。又明年，州之学宫修葺一新，爰释奠于先圣，且落成之。其学官蒋履泰，耆宿郑彝持状来请，曰："副枢密公既镇我邦，伏谒先圣庙东然就圮，将图缮修。"遂以规略命令都事叶某，与前知州董完哲溥化学正郑涔，时则有若儒士黄吁者在列，愿悉出己资，力输土木之工费，一毫不假于官。役既作，知州王溶议复其户，稍酬之，而幕宾毛永龙霖，力勉成之。礼殿门堂斋庑庖舍，以及垣墉黝垩之饰，靡不坚致具备，厥功茂矣。

经始于是年二月底，就于今年正月，愿著于石，以垂后观。仁本载辞获，乃历考学之废兴，于往牒而识之。余姚旧为县，宋初有文宣王庙，在县西二百步，迨元丰间，县人莫将仕者，割己资，买爽垲之地，于舜江之南一里所，别创新构，又穿四道，揭明伦之坊，以来四方之学者。既南渡建炎之变，井邑遭燹，而学宫岿然独存。邑宰赵子潚辈，增葺于绍兴初禩，施宿又复广之于庆元之末，于是作人造士，文教之兴。莫氏之后，有文清公叔光中书舍人子纯，皆擢高科显仕，振名当代。入我国朝，毁于德佑丙子，既而重建，暨县升为州，屡加修治，而又毁于重纪至元丙子。今所存者，则知州刘绍贤所建，汪文璟所辟也。顾兹兵兴，有事边鄙，余姚在虞守戒严之地，而修重文教若此，有非他郡县所能企及也。然余闻学校之设，始于有虞之尊贤尚德。自水土既平，夏禹朝诸侯于会稽，执玉帛者万国，余姚独先囿于礼乐衣冠之化，渐仁摩义，沦入骨髓，诗书俎豆，久而弥芳。虽历世乱离，奔走糜烂，而又弗即废置，此无他，学校之政，实系人心、关世教、拯时溺为甚重也。

贺秘监祠堂记

承务郎江浙等处行中书省左右司郎中　刘仁本

　　唐秘监贺知章，字季真，世居四明小溪湖上。性旷达，无俗韵，嗜酒，善隶、草书。晚年尤诞放，逍遥夷犹，自号"四明狂客"。尝擢科，累官太常博士。开元间，以礼部兼集贤，迁太子宾客，授秘书监。天宝初，一旦弃官，去若敝屣，着黄冠道士服，请易居宅为"千秋观"。诏许之，仍赐镜湖剡川一曲，盖其抱高世绝俗之姿，潇洒出尘之表，仪形丰度，鸾翔鹄峙。蝉蜕污浊之中，神游八极，泥涂轩裳，浮云富贵，翩然高举，介然远引而不顾者也。知污世之不可为也，故寄迹老子，以游方之外。知玄宗好诞，将必拂其请也，故托为梦帝所之说，以歆动其听。不能终远其乡也，故又请镜湖剡川以居之。清风高致，千载而下，闻斯兴起。迨宋绍兴间，郡守莫将访其读书故地，辟"逸老堂"于城西隅月湖之曲，与李太白同祀，盖取白称其为"逸老"也。宝庆中，守胡矩又更为"隐德堂"，以汉四皓黄公并祀，盖拟其同郡同德也。既而毁废，寻属其址为驿传，至元更化，因之弗改。至正十九年冬，江浙行中书省理问官丘楠奉省命缮修馆舍，得碣像于芜秽中，爬挈刮涤，衣冠俨如。即驿东偏别作祠堂三楹，以专祀。彻黄公、李白位，设椒醑奠之，昭崇敬焉。于是，吞吐湖光，以据十洲岛屿之胜，而云烟月露，徘徊于斗牛之间者，尚想先生之风可陟也。彼车尘辙迹，宦途鞅掌，过祠下，趋馆谷，宁无一二竦息者乎？而丘君能表而出之，其志为可尚已。征记于余，辞不获，而为之书。至正庚子二十年七月既望记。

庆元路儒学兴修记

奉直大夫温州路总管管内劝农事兼防御事　刘仁本

至正二十有一年秋九月，四明郡博士连君五云，以江浙行中书省平章政事银青方公命，兴修学宫。既成，其冬十月望，行释菜礼于先圣先师庙。会朝廷遣使进平章公爵，司徒具状征记于仁本。维昔者，圣王之治天下，必先修崇学校者，诚以首善之地，性命、道德、仁义、礼乐、教化、风俗、人材、政刑所自出。□□□□□□□□□□□□□理，诗书六艺之文，尊君亲上之道。故乡射饮酒、春秋合乐、养老尚贤、务农敦本、校艺造士、□□□□□□□□在学焉，□□则学不可一日或废也。舜命契曰："百姓不亲，五品不逊，汝作司徒，敬敷五教在宽。"五教者，父子有亲，君臣有义，夫妇有别，□□夫长幼之序，朋友之信是也。五者根于人心所固有，而或昏迷气质，溺蔽物欲，必待上之人，劳来匡直，辅翼□德，而后兴□，则司徒之职，政教所系，为甚重也。盖公以至正十八年领节钺，来镇四明，于时盗发汝、颖，蔓延淮□□□，廷命公保厘兹土。既至，谓孔子庙及学，慨然叹曰："寇乱肆虐，由政教不修，政教不修，由学校废弛。视其废而□□吏方袍缝掖毕露于外，青青子衿，挑闼城阙，将孰之尤？维是学庙为浙河最始，创于宋庆历年，职我国初，既毁于磷。今所存者，至元间宪使陈祥重建也。垂六七十载，而就圮若此，可不图欤？"乃命连君职典教□□□□为搏节廪□□计，春秋二祀，朔望香镫，师生稍给。斥余馈兵，又余，则营缮修。于是材献其良，工展其度，若大成之殿外，而台门内，而两庑□□□及池亭，有废圣像之余，配享从祀之位。凡属在庙者，载肃载容，而无漫漶剥落蠹蚀者矣。庋阁、明伦堂、□先贤□下祠（下缺）庐讲肄之所，饮膳庖湢之舍，凡缀于学者，靡不疏剔朽蠹，易其旧而更其新也。肇端于夏五（下缺）完好，猗欤休哉。顾余笔椠荒落，畴克发挥。抑闻之，学校有作，政教系焉；政教之掌，司徒职焉（下缺）常，而施教者十有二：以祀礼教敬，则民不苟；以乐礼教和，则民不乖；阳礼教让，使民不争；阴礼教亲，则民不怨；仪辨等、俗教安，而民不越不偷；教中以刑，教恤以誓，而民不虣不怠。至于度教节，世事教能，民知足而不失职，以贤制爵、以庸制行，民慎德而兴功。凡此者，皆以善教民，而非学校则无所施焉。矧鄞为礼义之邦,文献渊薮,虽罹扰乱,而民不知兵,行化者易于声施,而受教者乐于顺响。当四方厌乱,思治政,偃武修文之期,孰谓作民极、基太平而不权舆于此乎? 上下感应,捷于桴鼓,一转移间耳。故推本首陈有虞五教之说,而终《周礼》法言为告。若有谆复于司徒者,不鄙余论,则庶几先王之教不坠,□□之道弥彰,而上不负天子倚注之隆,下副士民好德之望矣。岂维涂塈丹垩、牺尊青黄、词章句读,而于乐鼓钟之末云乎哉? 谨记。

续兰亭诗序

刘仁本

东晋山阴兰亭之会,蔚然文物衣冠之盛,仪表后世,使人景慕不忘也。当时在会者,琅琊王友谢安而下,凡四十二人。临流觞咏,从容文字之娱,而王右军墨迹传誉无尽,岂有异哉! 盖寓形宇内,即其平居有自然之乐者,天理流行,人与物共,而各得其所也。昔曾点游孔门,胸次直与天地万物上下同流,故其言志以暮春,春服既成,童冠浴沂,舞雩咏归,有圣人气象,仲尼与之。垂八百年,而有晋之风流,盖本诸此,自是而莫继焉。后唐宋虽为会于曲江,率皆矜丽,务为游观,曾不足以语此者。余有是志久矣,适以至正庚子春,治师会稽之余姚州,与山阴邻壤,望故迹之丘墟,而重为慨叹。于是相龙泉之左麓,州署之后山,得神禹秘图之处。水出岩罅,潴为方沼,疏为流泉,卉木丛茂,行列紫薇,间以篁竹,仿佛乎兰亭景状,因作雩咏亭以表之。维时天气清淑,东风扇和,日景明丽,实三月初吉也。合瓯越来会之士,或以官而居,或以兵而戍,与夫避地而侨，暨游方之外者，若枢密都事谢理、元帅方永、邹阳朱右、天台僧白云以下，得四十二人，同修禊事焉。着单夹之衣，浮羽觞于曲水，或饮或酢，或咏或歌，徜徉容与，咸适性情之正，而无舍己为人之意。仍按图取晋人所咏诗，率两篇，若阙一而不足者，若两篇皆不就者，第各占其次补之，总若干首，目曰"续兰亭会"，殊有得也。嗟乎！自永和至今，上下宇宙间千有八载，遗风绝响，而今得与士友俯仰盘桓，追陈迹、修坠典、讲俎豆于干戈之际，察渊鱼于天鸢之表，乐且衎衎，夫岂偶然也？是虽未能继志曾点，然视晋人，则亦庶几已矣。独未知后之人，又能有感于斯否乎？会人诗纪以冠诗端，而诸姓名则各因诗以附见如左。是日江浙行省郎中天台刘仁本叙并书，江浙行枢密院都事同郡谢理篆盖。

跋潘省元宣德碑文后

郭榗字德茂，号畅轩

宣德碑未树，而方谷珍遣盗杀潘省元伯修。依违不受朝命，复遁入海，至我朝始纳款。予得碑文副本于李知白先生，每读，未尝不为省元挥涕而三叹也。则僭书其后曰：国家之气运在君相，庶事之康隳在宰臣，一俯拂取舍之间，而成败兴亡之机决矣。帖里左丞、御史左纳二公之招谕谷珍也，初未得其要领，决其诚伪，而遽以乞降上报，请授流官，使纳其战舰，散其徒众。二公度能制谷珍之死命否乎？言何容易也。于时脱脱为右丞相，执不许，请遣兵征讨，章留中不报。及脱脱为元主所忌，受命率诸将讨徐州贼定住，方居中用事，竟可二公之请；由是损国威而张寇势。元之国祚，至不可救云。一宰臣之用舍，而国家之成败，遂夐然悬绝如此，后之任相及柄国者，可不视为龟鉴乎？元之事已矣，独惜省元以清庙瑚琏之器，乃倒持莫耶干将，失其用以自殒其身。兼碑文褒贬稍失实，奖帖里、左纳而抑脱脱，非当时实录也。应梅魂及知白，皆有诗悼之。予非不知省元者也，惜其遭时不偶，又其文必且传后，恐后人以帖里、左纳之计为果可用，故书所见以质省元于九原。如其有知也，其且为予搤腕而三叹也乎？恨梅魂知白之不得见也。

忧忧集序

太平 郭公葵名秉心，以字行，号谔轩，至元间翰林

予观丘君咏性所著文曰《忧忧集》，未尝不深悲其志也。夫丘君，身不登王官一命之贵，家不占野外一夫之受，穷居求志，婴患末疾，支离呻吟，舍其一己之忧，而忧其天下之大。凡一物之失所，一政之或疵，则必义形于色。否则，戚戚若不能以生，又否则，将忘其力之所不得为，而为之规画改错，盖其秉性刚烈，疾恶过甚，不如是，不足以泄其志之所郁。虽于圣贤处世之道不求皆合，其视世之汲汲自为，知有己而不知有人者，远万万也。至正乙巳，余始识其孙叔廉，出此集相示。嗟叹不足，用题其下。

陈德永叔夏书丘君咏性，没垂十五年，而所著论说记志、书疏诗歌等文，不得遂泯其传。盖识其大者，言虽质而粹于理，行虽尼而充于气，亦少伦焉。如《破阴阳祸福之拘》，以闵亲丧之不葬，斥老佛淫祠之非，以伤世教之不振。至《论原盗》、《除淫祠》、《恤灾伤》、《均食盐》，皆有功于民生之言。《续

明妃曲》以一身安边戎，托礼情于声乐间，尤出人意外。虽晚年卧疾家居，闻州里有官使之贤，辄投书抗论，唯恐政不及施，民罹其患，有古君子忧世之意。夫自三代之政废，有力在位，能以岂弟之德，被其民人者几希。往往惟自肆于临政治人之间，而号称能吏。然有讲学负成，材湛而在下，不能无所著论，代有之矣。黄岩改州六十余年，以儒佐政，才三人焉：木轩林公、志道张公、仲亨张公。宜咏性之隐忧，不忍见闻之及，而释于言也。其子文鼎，独知父志，持其文示予。呜呼！言有孙于世，其可泯耶？后求其子孙之贤，必征诸父兄云。

送王修德序

宁海　**郭浚**士渊，上舍

乐于乐之日，不知乐之为乐；而悲于悲之日，亦不知悲之为悲。惟既悲而乐，既乐而悲，然后知悲乐之真也。吾于朋友离合之际得之矣。曩而乡里以气义相倾许者，仅十数人，兄事者四人，叶居升、许士修、叶士期、黄惠迪也。弟畜者五人，卢希鲁、李季行、张怀佐、赵秉彝也。肩视者则王君进德、张君原望、杨君文遇、杨君汝器，及吾修德为五人也。方十数人，晤叙之顷，剖析圣贤义理精微之蕴，古今成败、得失、祸福之原，人物贤否、出处、是非、邪正之辨，以至于鬼神之幽，礼乐之著，莫不更相切磋以求至当。暇则觞酒赋诗于清风朗月之下，笑语达旦，浩歌发金石，激烈动云汉，直以天地为蘧庐，万物为刍狗，古人为不足为，功名为不难致。其为乐也，盖亦云至矣。一旦星离雨散，南北存亡，或栖迟于穷闲寂寞之滨，或没溺于车尘马足之下，使胶漆之盟飚逝电灭，则其悲也亦岂浅哉？然久合者以乐为常，久离者以悲为素，故皆不知悲之为悲、乐之为乐也。今予羁孤旅邸，而与修德有适然之会，倒襄沽酒，刻烛夜分，气酣耳热，呜呜而歌，襟抱肺肝，无少凝滞，予之欢畅鼓舞，方自谓龙门跃化之思，未足以踰其适，而离悲又复继之，执手长路，相顾泣数行下，人情至此，谓非悲乐之真，可乎？修德归，诸友必相劳苦，愿以予言讯之，其尝与予相欢于既悲之余，相离于既乐之后者，必以予言为然矣。

积翠轩记

郭浚±渊

台士赵起明，会予于京师客舍，乃以其大父龙山翁燕休之年，所谓积翠轩者请记。念予自弃田里，日与尘埃舆马相遭于长衢广市，引睇崖谷，邈若方壶玄圃，不可想象而至。虽工于文，犹将不能模写轩中之趣矣，况芜蔓于翰墨者乎！敢辞，君请之益力。因思向家居时，遇积雨新霁，天和景明，持酒肴与一二佳客，盘桓山涧间，访僧庵道舍，与凡逸士之居，傲兀终日，观夫冈峦倚伏，岚霏上下，乍显乍晦，或苍或紫，错绣献巧，绾绮角奇，迁徐衍溢，流动氤氲。或蛟龙出没，波涛奔放，乃渟蓄而汗漫，若真人列仙，鞭策鸾鹤，乘云雾而往来。千态万状，不可胜记，使人神清意适，万虑俱忘，徘徊顾盼不忍去。至今思之，若隔信宿，君之居，殆亦若是欤？君曰："非也。予所居之地无长山大壑、无崇林密树，与市廛不异，大父厌之。乃环户外种树植竹，障蔽蒙翳，招邀云月，引泉通池，汲灌漱涤。暇则深衣幅巾，危坐一室，焚香诵《易》，绝去世纷。时觉窗户间霭霭烟光，露气袭人衣裾，清趣可掬，因题曰'积翠'。于时名卿硕儒多为诗若文以赋之。今大父化去，而轩居竹树虽更变迁，犹幸无恙，愿记之以识不忘。"予谓人之嗜好，其清浊虽万万不齐，然皆有累于物，而未有不物于物者也。不物于物，固不必求物于物之中，而自有得于物之外。物于物者，虽使之入山林以求山林，亦何得哉？君之大父，错居阛阓而其志之所存，时超于云物之表，既不累于物，而尤不遗于物。盖将揽烟霞于方寸，窥泰华于几屏。名轩之意，岂止于竹树之间而已邪？予生也晚，而物于物久矣，不能追随杖履，求所未闻以祛其惑，顾方发赤不暇，尚奚能文，他日脱絷东归，当一过轩，以访君所得于家庭者，不识许之否？

跋太史公送方希直还乡诗后

郭浚士渊，上舍

浚事愚庵先生，时希直年才十四五，捧笔缀文，固已不凡。后希直从先生守济宁，由京师还，值予武林，出示令太史公所赠诗，观其规勉属望之厚，情词蔼然，浚疑天下能文之士，莫不以得出太史公之门为幸。如希直者，宜非一人。而希直以童冠之年，厕于其间，独何道以致此哉？去年冬太史公来朝，往拜之顷，复得与希直晤叙，且得尽见其所谓《逊志斋稿》，文气浑成，识见卓迈，动以圣贤自许其身，不但言词之古而已。然后知希直之致此者有在也。虽然，古学不明久矣，世之人以时代观人，而不知今之不可以为古，故特达抱负之士，恒见累于多口，是虽习俗与时移易，抑亦吾道未有以信之尔。希直尚益，勉修古道，兴复古学，不负太史公属望规勉之意，使先生之学大被于世，斯为善为人后矣。惟希直念之。

祭叶居升文

郭浚

维年月日,友生郭浚谨以牲酒致祭于亡友居升二兄上舍之灵曰:呜呼! 我初与兄邈若路人,及辱兄知,始交以亲。出入黉舍,屡更冬春。兄不我鄙,德义日新。我有所疑,必兄是询。我有所抑,必兄是伸。我悲君戚,兄喜我忻。两心一志,异形一身。谓当终始,追蹑后尘。岂意人事,合必离析。我罹大难,兄游上国。我迹栖栖,兄誉赫赫。一海之东,一天之北,哀乐不闻,形影莫即。每睇云天,有泪沾臆。及我制禅,翱游上庠。兄客晋鄙,复尔相望。十年正月,兄上封章,甘荼代贻,以冰浣肠。我亦不揆,才劣德凉。谓彼桔槔,或助霈霈。乃裂肝胆,奋排彼苍。虽屯困苦,甘蹈死亡。兄志亦定,刀锷剑铤。谓生必死,谓抑必扬。苟死有所,何必首阳。从容瞑目,若返故乡。我时寝疾,闻之孔伤。慷慨激烈,痛思难忘。乃号神明,若颠若狂,中夜仰观,魂号何方? 山岳河海,两风霜露,金玉铁石,松柏橡章。虎豹龙蛇,麒麟凤凰,何寓何托? 往来八荒。明不可见,幽不可量,涕若迸泉,日焉沾裳。令弟远来,艰难奉丧,相顾恸绝,摧折衷肠。人情至此,莫奠一觞,风雨之夕,时节之良。缅焉平昔,踯躅仿徨,惟今年春,天我祸殃。复以母痛,来归故邦,喙息犹存,恒若负芒。念兄之义,砺山带江,蒙犯礼制,奔走室堂。共我同至,送兄永庄,兄其有闻,岂在馨香? 乌乎! 我观天道,岂真茫茫,寸未必短,寻未必长。纷纷瞽夫,鱼目夜光,岂知物理,必晦而彰。我兄之死,莫究否臧。我辈无憾,俗论何妨,兄其听之。尚享。

蒋安人传

临海　**郭纤**仲端，参议

安人，姓马氏，邑西马千里女也。千里以诗文交蒋仲才，止生一女，妻亦故。春社中独契仲才之子敏叙，遂询曰："汝配周而亡，今鳏矣，吾弱息与汝执箕帚。"既而奠雁焉。临人重门阀，耻为继室婚，安人视之怡如也。居无何，举二子，治女红，操内政，不遗余力。纺绩非丙夜不休，置梳具于枕侧，闻鸡鸣即梳，比明盥洗视事，使耕者出作，学者入闱。抚周所出子，爱逾己子。己子少，不制衣，衣周所出故衣。伯子未食，己子不敢食。后己子一心力学，遂举于乡。常以礼义训子孙，比诸孙纳妇，虽老，犹未明而启户，以杖叩寝门，门未辟，辄咨嗟而返，曰："吾家从此而季矣。"真所谓蒋氏之女宗乎！郭纤曰：诗所云"鸡鸣昧旦"，吾今独于蒋安人见之。爱周子如己子，闵子之母，可霄壤语乎？大璋之捷，正天之报安人也。成化丁未（二十三年）岁嘉平月。

按：仲端成化七年登乡科，十七年中进士。

诰　词

敕宣教郎郭矗卿，东门祖帐，鉴湖酒船，高风寥寥，千载莫嗣。一朝而得于戚属之近，岂非海山三秀之芝，汉时一角之麟乎？尔卿世业儒素，端洁冲淡，椒涂之母兄弟也。虽由貤恩入仕籍，而能自以官业为当路引重，齿未耳顺，超然遐举，载披来奏，益重贤哉之叹，林下见一。替人难之，而尔能继之，少微处

士之星，殆移次于天台赤城间矣。况尔季磊卿，立朝鲠直，天
啬其寿，朕念之不忘。而尔矗卿，亦自以违荣嘉遁，振华于当
代，何郭氏一门之多奇节也。流风日薄，骛进饕荣，表而出之，
抑以为士大夫劝。可特赐号继一处士。

淳祐六年正月初二日下。

御制诗赐郭矗卿致仕还天台

宋理宗

袖手长才世路轻，爱闲那肯役荣名。挂冠便欲辞丹阙，策
杖还思老赤城。意适不论三仕喜，家传唯有十分清。林间继
一真恬退，好向廉泉自濯缨。

淳祐六年正月十三日下。

郭氏人文志 外编

郭孝子碑

黄岩 杜范字成之，又字仪甫，号立斋，右相

表孝行庐，自唐始，此古明王谊辟。因人心以厉风俗焉者也。宋兴三十载，削平僭乱，四方无虞，若稽旧典，修崇教化，命有司曰："应诸道州县，有义夫节妇，孝子顺孙，其令转运使采访以闻。"至道二年，台州黄岩仁风乡，士庶陈赞等四十余人，诣县言本乡有孝子郭宗，年七十四，事母张氏，备极恭顺，勤奉甘旨，寅夕不懈。远妻子，寝处母室，不饮酒茹荤者三十年，诵梵典，礼佛塔，积膜拜之数，以七十余万计。甘于勤劳，用祝母寿。张氏今已一百四岁，视听不衰，饮食尚强。里党异之，县以闻于郡。郡闻于转运使，使驰诣其家，召其母，与之坐，饮以醇酎，嗟赏良久。遂奏于朝，太宗皇帝览而嘉之，亟诏旌表其闾，复其科役。呜呼！以一匹夫闺门之行，而上动天子褒嘉，下劳部使者临问。筑台植木，丹垩烜耀，使穷间陋居突兀改观，邑人仰首瞻敬，称叹啧啧，何其盛也！距今二百五十年，时久制隳，地蹙宫庳，门不能丈，仅留片石，过者怆然，幸其祠尚存，其像犹旧。七世裔孙孝廉，偕其季孝溥、孝荣、孝恭，输财命工，整而新之，以显先德，以侈旧章。乡之士友，属予为之记。或者曰："古人孝行，著于诗书，皆可覆视，未闻疲筋力

从事释氏之说，以延其亲之龄者。郭君之孝，亦异乎古圣贤所谓孝矣！"予应之曰："人性之孝得之于天，古今异时，儒释异教。而此性之真，未尝异也。世之痼于质而气暴，牵于情而爱移，性以物离，天以人丧。不顾其养而遗之忧者，往往而尔。如郭君者，非得于父师之教训，朋友之切磋，而孝爱笃至。凡可以寿其亲者，固将无所不为，此念一存，天地鬼神昭鉴森列，感通之道，岂不在兹？夫孝心为上，礼次之。使古圣贤复生，亦将与其心而略其礼，岂以诗书所不载而非之哉？"今其祠翼然，其像俨然。人之登斯堂也，见斯容也，想咏一时婉愉承颜之意，亦可以消暴厉之萌，而长爱敬之端，其有关于风教，岂不大哉！遂为之记。

郭孝子祠堂记

临海　吴子良字明辅，号荆溪，终太府少卿

自唐末入五代，兵刃沸海宇，臣弃君，夷暴夏，盗名字蜂起，士一身而事数姓，恬勿恤也。斯时也，天地几易位，人之类几覆灭矣。我太祖皇帝，命奋英略，削僭叛。至我太宗皇帝而天下平，于是宋兴三十载，诏诸道采孝行者以闻。而黄岩郭孝子，与被旌奖焉。呜呼！可谓知本矣。无四端无以为人，无五常无以为国，四端以仁统，而孝仁之本也。五常以君臣立，而父子，君臣之本也。今夫理杳微，一动一静而成气，气蒙密，一感一应而成形，有视有听，有作有止，有好有恶，有戴有履，是孰使之然哉？视听而能有则，作止而能有常，戴履而能有仪，是孰使之然哉？凡皆父母所以遗我也。况乎违天人之奥，体道德之全，岂子之能？能之者父母也。故子之身，父母之身也。爱其身，遗其父母，是不爱其身者也。不爱其身者，缪善恶之分，蒙逆顺之辨，紊高下之伦，于仁何有？于君臣何有？故五代之乱坐此，我宋所以续民命旌奖此而已。呜呼！可谓知本矣。夫此心也，吾性也。心谓之本心，性谓之常性，岂以旌奖而存，以不旌奖而止也？然而必旌奖者君上，无待旌奖者人子。郭氏自被旌奖以来，二百五十余年矣，今孝子之祠仅存，而门圮台毁，长吏过不问。七世孙孝廉、孝溥、孝荣、孝恭，自出力崇饬门台而葺祠宇。予同年友李君从其里人也，为请记。夫长吏过不问，而孙与里人任其责，此岂有所待者哉？葺祠宇，承其祖被旌奖之至行，崇门台，表先朝旌奖其祖之盛典，孝也，亦忠也。人谓孝廉兄弟知有祖，李君知有母，用充其本心常性，而并知有君矣。虽然，先朝旌奖之，长吏对扬钦奉之，可也，过不问，不可也。余故记此，为无待旌奖者劝，又以为必旌奖者劝焉。孝子名琮，事具国史，修撰杜公记之详矣，兹不著。

故琼管安抚宗之郭公墓志铭

龙泉　何澹字自然，缙云郡间国公

　　嘉泰四年十月晦，故琼管安抚郭公卒于泉南市舶之官舍。越明年，葬于台州仙居县莲塘山之原，其孤森卿等谒铭于澹，辞不可，则执笔以志公。公名晞宗，字宗之，上世有为永安镇都监者，因家焉。镇后升县，名仙居，祖有隐德，父仲珉为承务郎致仕。公幼颖异，与兄从，驰声乡里，受经于陈公庸，从游于吴公芾，登戊戌（淳熙五年）进士第，授处州松阳簿。松阳赋籍不理，吏椽为奸，公纠其弊，民始乐输。部使者芮公辉，循行寡言色，独器重公。及知信阳军，信阳多旷土，各以力自占，公明约示，俾各安业。县有纸坊油户、姜园漆林，及下樵薪窑炭之税，公尽捐之。吏曰："以备州家不时之需，恐自为患。"公曰："州知其无则不我须，我亦可借口矣。"滞讼数十，悉裁以法。县序废已久，公曰："信阳，古申伯国，遗风独不可兴起耶？"乃筑宫百楹，凡学之事备焉。安陆兵将及，密启师枢王公蔺，言信阳有沿淮山路十三所，宜植木断塞师，亟下其议。公指陈利害曰："淮水出桐柏山，环县二百里，原浅可渡。独城北山延袤林翳，居民出入，实诸路总会之地。可守者五。其一则皇甫倜奏捷地也，宜仿三关置备，内设三关，表以五险，则安陆之固，且不置信阳于度外。"师是其议。县顷多盗，先有土豪絷盗过信阳，欲诈欺以佚盗曰："是当匿汝乎？"盗然。辄榜掠其人，得金帛始释，公追捕置于狱。秩满，判处州，悉力殚赞，诸司以下榜诉，一见尽得情，索纸疾书，明而卒归于恕。擢道州守，春陵地褊民贫，公一意摩抚，有元次山之风。秋苗面斛之入，旧制倍蓰，公议捐之。吏交白不可，公曰："如吾心愧何？"民又以私酿被扰，公许家自酝，薄其征。期年政平讼理，治行为湘湖最。以微疾乃丐祠，除提举福建市舶司。泉守称公清如水玉。居无何，疾大作，乃丐谢事，遂拜琼管安抚之命。将行，病革。呼郡吏戒以公事，不及私，年六十有九。远近闻之，无不悲泣。初娶顾氏，继室郑氏，五子，森卿、明卿、世卿、矗卿、磊卿，皆登膴仕。女四人，进士陈琪、顾如川、谢渠（谢谱作渠伯）、何处礼，皆其婿也。孙四人，存中常为漕荐，诚中、宜中、自中，皆以学行称。曾孙四人。公卒之日，潜适假守三山，见公貌之不衰，书礼往复，见公笔力尚健，方为泉人勉留，今生死隔矣。呜呼，公乎，其去而仙乎！铭曰："善足名里，马少游之处世；仕而知止,邴蔓容之为吏。已实而厚,人不求备,不肥乎人,宁瘠诸己。终身安行,匪激匪利。人爵勿要,天报有地。子子孙孙,尚引弗替。"开禧元年。

郭氏种德庵记

叶适

余同年友琼州刺史郭宗之,既没十年,子森卿,用举者五人,知崇阳县。卿锁主簿厅,中乙科,皆会余容成之阳。始余与宗之别长沙,宗之卒,而余有大戚不暇哭,又不能吊,相对惭惋而已。故访其家事甚详,森卿曰:"先人葬莲堂之山,吾数世坟墓所藏也。并墓之庐,吾先人手所建也。郭氏自镇将传祀三百,约而久,劳而安,至曾大父正信均淑,一县所取平也。大父施舍惠助,一乡所倚成也。而后先人士以文显吏以善最,然而端直寡偶,不视时向背;缩敛自爱,不倚势进趋。每曰:'吾欲先世流泽,常在子孙,使坟墓永有荫托尔,奚以多为?'故庐上之题,我兄弟以种德为之名者,先人之志也。"余闻而叹曰:允哉! 夫家非德不兴,德非种不成。虽一人之家,未尝不与天地同其长久。所以不能者,天地种之,而人毁之也。人之所就,未豪末,而以邱山之心承之,为益几何? 然则谦者种之,盈者毁之也。我可以得,彼岂可以丧? 一夫攘臂,万人裂其肘矣。然则让者种之,争者毁之也。义勇而先,利怯而后,君子也,小人反是。然则廉者种之,贪者毁之也。冥升疾走,蹩必失,御必蹩,徐行安步,神乃泰,气乃舒。然则退者种之,进者毁之也。为其厚不为其薄,治于己不治于人,宁散无积,宁俭无怵,皆所以种而不敢毁也。朝种暮获,市人之德也。时种岁获,农夫之德也。种不求获,不敢毁,不敢成,圣贤之德也。冲漠之际,万里炳然,种者常福,毁者常祸,天地之德也。郭氏其知所以种矣。知所以种,则知德矣。嘉定八年十一月。

回郭提干_{嘉卿}

歙县　方岳字巨山,号秋崖,吏部侍郎

伏以榆火青新,霁景韶秀,恭维某官典司国货,与世作咸。有棐靖共,台候动止万福,某乃秋试浙漕,适在选中。客有箱榜贴指盛名者曰:“此赤城闻人,今之郭有道也。”自是姓名耿耿胸次间者八年。不图今兹共此淮月,而两地相望,又在边城吹角水茫茫之外也。天落云锦,字偕华声,乃知以洪范八政,佐常平使者。柳子厚所谓可以利民,非民利者,其不在吾儒乎?异时金张许史,连光云日,固有傲睨一世以相夸诩,而执事者退然山泽之癯,窃鄙粱肉,于此可以觇其不凡矣。

答郭退庵论纲目书_{郭熙}

太平　叶瀟字士冕,号拙讷

瀟顿首奉书。瀟承学门下,得读贞成公遗书,有《通鉴纲目》诸说论,及庐陵刘氏友益书法,有一二未尽处,尝默志之。兹领教令参订其数条奉复,瀟安足以及此?窃惟孔子因鲁史作《春秋》,以为万世之法,比事属辞,褒善贬恶,其要旨在于尊周室。子朱子因司马氏《通鉴》作《纲目》,以正百王之统,纲以效经,目以像传,其要旨在于崇正统,此天地之常经,君臣之大义,而圣贤之本心也。左氏、公羊、榖梁三传,备著褒贬书法,杜元凯、何休、范宁注解，复有书法凡例，一以尊周室为说。春秋之世，周室衰微，诸侯强盛，以地则仅比一小国，以兵力则不足以自卫，然而岁首，则必曰春王正月，其行事聘问，一则曰天王，二则曰天王，楚与吴不请命而僭自称王，则贬而斥之曰特见许与，一有逾分奸礼，则必贬而责之，凡所以尊周室也。子朱子虽不敢言续《春秋》，然知《春秋》之奥旨者宜莫如朱子矣。当其时，吾乡赵几道先生，从游门下，以意旨属令创撰《纲目》初稿，其详见于所与商论诸简可考也。赵氏之言曰："《纲目》之作，在于崇正统，如曹氏亲受汉禅，威加中国，卒不能禁诸葛孔明汉贼之讨；元魏据有中国，行政施化，卒不能绝区区江左之晋而继之。此万世之功，而不可易焉者，岂非君臣之大义，夷夏之名分不可废乎？《春秋》传曰：'春秋大居正。'又曰'王者大一统。'此正统之名所由本也。"方逊志先生有《释统论》，正统一，变统二，诸先生皆惊服，以为卓有高见，《纲目》书法，今刘氏一依朱子之书，其世代年月，自秦始皇二十六年始，凡不开行列书者，皆为正统，则其说褒贬之间，亦必有未尽处。然非殚一生心力，不足以议此。先肃奉答，俟及门详请教。

与郭士渊论文

方孝孺

　　吾郡之文阙有间矣。仆行四方，每见郡人词令可观者即喜，况能文者乎？是以自见吾兄，心洋洋如有所得，寝为加安，而食为加旨，非勉强而然也，乐善之诚，天性然也。继而又承寄以林君公辅之文，且教仆曰："试评其可否焉？"仆昔闻吾兄言，固知林君之贤，及展而读之，默而味之，其思渊以长，其辞辩以达，不觉叩几三叹，反复玩绎，遂至夜深，乖离旅寓之思为之顿消，而沉伏郁抑之气勃然奋起。信乎斯文之可以悦人，而吾郡之秀不可及也。

仆不才，自居金华太史公之门，当世士大夫多获见之矣，凡能文有名者，皆得而观之矣。至诵其文，而使仆喜惬无所遗恨者，不数人。岂仆识见鄙劣使然哉？亦作者鲜臻其极故也。太史公尝与仆言，而以为嗟叹。盖斯文之在人，如造化之于物，岁异而日新，多态而善变，使人观之而不厌，用之而无穷，不失荣悴消长之常理，乃足为文。而世之人多不能与此，乐塞涩者，以艰言短语为奇；好平易者，以腐熟冗长为美；或采摭异书怪说，以为多闻；或蹈袭庸谈俚论，以为易晓；而不知文之美初不在是也，古之名世者俱可见矣。

以仆言之，秦汉以下，大率多记载讲论之文耳，求如古之立言者，未之多有也。圣人之言不可及，上足以发天地之心，次足以道性命之源，陈治乱之理，而可法于天下后世，垂之愈久而无弊，是故谓之经。立言者必如经而后可，而秦汉以下无有焉。然而犹足以名世者，其道虽未至，而其言文，人好其文故传；其言虽不文，而于道有明焉，人以其明道故亦传。二者俱至者，其传无疑也。二者俱不至者，其不传亦无疑也。以仆观于今之人，求其成文而可诵者，且不易得，况望其明道乎？仆所以见吾兄与林君之文而喜者，良以此也。

自古国家之兴，功崇而绩伟，政举而教行。天恐其或失坠也，必生博特英达之士，执笔而书之，所望于将来者，非兄与公辅辈而谁乎？此非仆私于同郡而言，虽太史公亦深望焉。更为谢林君，加意问学，以法六经为务。倘有所得，即以见教，仆之几当不一叩而已也。

郭君圹铭

方孝孺字希直

君讳浚，字士渊，姓郭氏，台宁海人。少灵异，伉爽不群，从里中先生读《书》、《易》，悟若素熟者，为诗有奇语，先生大称爱之。国朝建学，设师弟子员，选为弟子，业益修，策策有进声。精敏，多有所难处事，逆推其理，无不中其机，县人皆以为才。洪武九年，诏郡县贡诸生之秀者于太学，宁海以君贡，时有诏许臣民言政事。君至，上书阙下，论当时急务甚切。召对忤旨，令学太学。君自悔年少始学，妄语是非。闭斋，取博士所藏书恣读，为文章辄美赡可喜。太学所畜士数百千人，见君文，咸吐舌惊叹，谓不可及。君亦气高自负，饮酒大醉，纵笔疾书，求者操纸立典。及取以去，无不意满，由是名起一时。金华太史公以致仕岁来朝，君同舍以君文见，公称为奇士。是时太史公以盛名为当世师尊，少所许可，独厚君，奇其能，君名愈闻于世。既而，丁母忧，公为志其母墓，同学见君名，以弗如君为恨。除服，复征入学。适有五人为学官，君与语不合，遂诬奏抵君罪以死，死之岁，洪武十五年五月某日，而君年三十三矣。君曾祖某，祖有闻，父仁，母黄氏。娶同县陈氏，无子，一女尚幼。陈氏育君兄子某为君后，而陈以君所仕冠与衣葬于某山，且泣曰："知吾夫者谁乎？其生不幸死矣，不可卒死吾夫也！"

君兄乃使来告，当君初上书时，同里人叶伯巨亦为太学生，分教山西，亦上封事言天下大计，征至京师而死。叶君亦豪士，其年长于君，其死在君前，死亦无子。人知不知，闻二君事，辄叹息之，而哀君为尤深，非特相与友善者为然也。呜呼！人之所愿欲者，富贵也，寿考也，才能也，名誉也，然不可得而兼。都大位，享眉寿者，常患不能有为，而为世所轻讪。其有才能名誉惊人者，又多不遇早死，而无所成功。岂非难哉！然处大位而无益于民，虽贵犹贱也。耆艾白首，而无旦夕之谋，虽寿犹夭也。以君视之，幸不幸果何如哉？

君之卒，友人王琦集其文若干卷藏于家。而君遇余尤厚，余实知君，铭其可辞？铭曰：其成也孰异之，其逝也孰毁之？人莫以之，天实使之，相其嗣人，尚克祀之。

饶阳知县郭公行状

太平　黄友义字翠华，蜀府长史

公讳槚，字德茂，号畅轩。其先东阳人，五代时为永安镇都监，因家焉。永安，今仙居也。传八世，至宋朝请大夫讳仲珉始大。仲珉生琼筦、安抚、宗之。宗之五子，曰森卿，夔州通守；曰明卿，湖南总干；曰世卿，两浙都兵马台州路分；曰嘉卿，以朝请大夫致事，赐号继一处士；曰磊卿，右正言，赠金紫光禄大夫，谥正肃，皆以风节振厥家声。世卿生太常寺丞勉中，勉中生左右司员外郎友直，是为公祖，娶乐邑桥亭刘氏，生公父敏夫，始从伯兄参知政事宽夫迁黄岩松山里。公天性明敏，迨壮独有所悟，由伊洛上溯洙泗，求圣贤真实之学，燕居衣冠修整，危坐终日。与人接，和气满容，闭门扫轨，箪瓢屡空，晏如也。其涵养尚用静中工夫，言动循礼，士大夫莫不尊仰之。初，公父没，兵荒不克葬者十余载，公抱戚未尝破颜，迨营冢，或以左道沮，公不听，曰："阴阳家祸福之论不足信，得先人入土，死无憾。"奉母杜氏，极婉愉，晨昏温清，出乎至诚。长兄梁，多子累，有所需，力为营，慰母念。母患风疾，奉食进药，不敢离左右，亲为沃面澡身，澣衣席，久而指湿烂成疮，终不许人代。比卒哀恸，水浆不入口者累日。袭含衾绞，遵古制，尽诚尽慎。四时祭祀，必请长兄主之。兄贫，欲以先业售于人，同署券，略无吝容，亦不分其直。饥寒扶济，不待告也。又收兄次子焘教之，族姻间恩义俱至，教后进收放心，曰："心收，方验得圣贤言语有归着。"又曰："作诗写字，误了天下多少英俊。"又尝论治道，当法三代，效汉唐则下，须力扫积弊，更张之，不然，为治皆苟而已。

　　洪武四年，同里李御史公时可，荐试吏部，授饶阳知县，县隶真定府之晋州。下车日，县人望见威仪，窃相谓曰："是岂肯私我者耶？"在事日察兵站，革豪户之夤缘，抚饥民之逃匿，以伦理开僧道，使之有偶；以礼义论倡优，俾之从良。立分数法，以均田赋，设方同令，而平力役。劝农桑、兴学校、毁废寺、坏观、淫祠，以葺理公廨、文庙。真定卫议选军料本县五百户，责流民未土著者充之，公以民户凋瘵，招集未遑，复选以充军，岂所谓民之父母，力争于卫幕官周，矜其恳款，止以二十五户少壮者入军，余遣还，民甚德之。既而军中着刷民间驴匹，公以民倚以当差给食，即申答罢刷。五年，夏旱，乡社聚设龙王像以祷，命焚之，默自诚祈天，即大雨尺深，民益惊信。秋聘，授同考试官。越明年，旱蝗洊作，民食木皮草实，公上其事，上敕尚书刘公赈之，仍免田租，弛力役，旁及晋冀、武强、安平、南宫、新河、武邑、棘强等处。继遇派办军装，令民出布，官酬直，布一匹，支盐二十斤，棉花一斤，支盐六斤。后大明府申时佑布一匹，直米三斗，盐二十斤，直米六斗。劝为倍给，省垣命八府照例追还，饶阳该米千石之上，公以岁凶民艰，又上其事，朝廷责问分垣，如此，非惟法度不一，抑且失信于民，已收者给主，未收者免征。公以身体民，不顾利害类如此。七年秋，解饶阳任，新令左以公贫，率僚吏馈绢一车，为道里费，追运至京师，辞不受。改升间，以从兄学士获谴故放还。巡事者察于途，囊无长物，惟得所著书与诗文一箧，爪发一束，以闻。上亦素知其忠清，加赐纱幞银带，及宝钞一百贯旌之。公念平生所学，弗克少展，遂更号台南兀者。公生于壬戌（至治二年）正月二十一日，以癸亥（洪武十六年）四月廿九日卒，得年六十有二。从子煜泊诸友人翰林修撰赵新，考论公之德，相与私谥贞成先生。有诗文数十卷，杂评一帙，其《易说》未就，卒以是年十二月十五日，葬于温岭西原。配徐氏，与公相敬如宾，公德之成，实有助焉，先公八年卒。子男二，熙娶陈氏，炁，侍公出仕，以疾卒于金陵。孙男垩，友义与公为忘年交，且熟闻其世系事实，兹从熙请，掇其大者为状，俟立言君子，铭于不朽云。

筠心郭先生墓碣铭

谢铎

弘治八年春正月二十三日，筠心先生来过予，予延之坐，酌酒论诗，言笑衎衎如平时。日且莫，予留之不可得。厥明忽报先生亡矣，予惊且愕，亟往哭之，遂以礼服殓先生而归。盖先生于是年已七十有二矣。未几，先生之子夔来乞铭。于乎，予尚忍铭先生哉！初，予叔父太守先生休致而归也，先生与敬所陈公实相与为文字交。令节佳晨，登临歌啸，盖无往而不与俱。予辱从杖屦者，几二十年于兹矣。一旦吾叔父溘先朝露，而先生继之，前辈典刑，零落殆尽，不惟后生小子无所与归，而溪风山月，亦无主领者矣，如之何而不悲且痛，而尚忍为先生铭哉！虽然，在先生则有不可不铭者，此固后死之责，亦复奚辞？谨按郭氏谱，先生系出仙居宋端平六君子正肃公之后，讳玙，字端朝，别号筠心。至元有为参政者，始自仙居再迁吾黄岩之温岭，今五世矣。曾祖讳櫺，洪武初为饶阳尹，文章行业为世推重，学者称饶阳先生。今与王方岩、戴泉溪诸公并祠于乡。祖讳熙，号退轩。父讳辈，别号溪南，俱隐处不仕，而实克以诗书世其家。先生少孤，荡无遗产，上念先世之绪，攻苦力学，屹然自力，再迁吾乡之新建，一室萧然，踈筠瘦石，左图右书。入其室，听其谈，殆不知人世间别有所谓尘俗气也。年甫弱冠辄为弟子师，及其学成誉尊，巨室大家争相邀请，殆无虚岁，而邑大夫之贤若袁公者，亦每造其庐而礼焉，至请为乡饮宾，则辄谢不往。于是先生之年益高而望益重，巍然布衣中，为乡前辈人仰而望之，有弗能及者矣。先生性孝友，重信义，未立家时，即以束修所入葬其兄姊姑表，凡几丧。稍克自立，家虽甚贫，而交游亲戚之疾病患难者，恒以为归，先生汤药而殡殓之无难色。先生初治《书经》，习举子业，既乃弃去，益博涉群书。为古文词，而尤工于诗，所著有《筠石存稿》若干卷，又辑先世所为诗文与诸名公之所赠遗者，为《郭氏遗芳集》，为《文献录》，又凡若干卷。所谓《遗芳诗选》者，则已梓行于世矣。配王氏。子三：长蒩，先卒；次即夔，次熏，亦早卒。女二，钟匡、陈元恒其婿也。孙男三：长鉴，次甚，次茎。夔等卜以今年冬十二月某日，葬先生于桃溪之缌山，墓地实太守先生所遗，而先生预营以俟者也。于乎！先生于是亦可以无憾矣。先生困处衡门，而过其庐者必式；终老布衣，而闻其名者必慕。

彼贵极卿相、富连阡陌而没世无称、公论不齿者，其视先生，已不啻倍蓰，又况区区雄伯一乡、奔走一命者，何足与论于此哉！因为铭其墓上之碣，以阐于幽，以告于世之人。铭曰："不贵而尊，不富而裕。顺受以生，得正而毙。饶阳之孙，正肃之裔。于乎先生，我铭无愧。"

与郭泰来

李笠翁尺牍初征　　陈于泰

先生之学之行，如芝兰幽谷，无人自芳，宁俟文章鬈悦耶？然鬈悦者不为不多，仆似无庸赘矣。必责仆以言，仆固安敢无言也。高年古道，后生典刑，凉风初厉，伏惟珍重自玉。

赠郭士渊序

方孝孺字希直

天地有至神之气，日月得之以明，星辰得之以昭，雷霆得之以发声，霞云电火得之以流形，草木之秀者得之以华实，鸟兽之瑞者，得之以为声音毛质，或骞而飞，或妥而行，或五色绚耀，八音和鸣，非是气孰能使之哉？山以是而不动，水以是而不息，有时而崩隤溢涸者，是气滞而不行，郁而不通也。惟人者，莫不得是气，而鲜得其纯。得其至纯者，圣人；养而至于纯者，贤者也。是气也，养之以其道，上之和阴阳，下之育庶类，以治天下则均，以事鬼神则格，以行三军则胜，其事君则忠，临下则仁。居乎富贵而不骄，处乎患难而不慑，施诸政事，秩乎其礼也。发诸文章，焕乎其达也。立乎朝廷，则近怀而远服，百王畏而四夷恐。豺虎蛇枭遁迹而深逝，凤鸟来而麟龟出，非至神孰能致是乎？

二帝三王之盛，是气伸而在上，故政教修而礼乐作。及周之衰，是气屈而在下，无所于用，则为孔子之《春秋》、《易》、《礼》，以诛暴乱，范伦纪。其后孟子得是气，说东方诸侯辅以致治而不能用，则著为七篇之书。故孟子曰："我善养吾浩然之气。"其谓是乎？秦汉以降，是气分而不全，赋于人，或得之而不善养，或善养而不遭乎时。汉文帝、唐太宗尝用之以致治；诸葛亮尝用之以诛篡贼；韩愈尝用之以辟佛老。他若董仲舒、贾谊、司马迁、扬雄，皆用之成一家言。虽不及于古，其屈而在下则一也。至宋，人君能以道德作海内之气，故周、程、张、邵、朱子，皆以是闲孔孟之道。幽者使之明，郁者使之宣，辟邪说而驱之，完群经于既坏。而司马光亦以是更弊法，欧阳修、苏轼亦以是变诡僻险怪者之文。其后文天祥复以是不屈于夷狄，使夷狄知礼义之可畏。是气之有益于世也，信乎不可不作是气也。今天下承祸乱之余，伸而在上，发是气于文章者太史公而已。继公而复古之道者，吾不知其谁也。

吾尝以为井田不行，民不得康，正统不定，四夷恣横，而道无由施。窃欲排群言而一反之，阐孔孟之道于今世，而闻者交诮余。吾邑郭士渊，独以为然。士渊能文章，学于太史公，而未得志于世。吾服其材，而又感乎命也。呜呼，士渊其得是气之几纯者乎！在乎自养之而已。养之诚以道，伸于上而施诸人，天也。屈于下而垂乎后，亦天也。吾其违哉，于人而违吾乎哉！

祭郭士渊文

宁海　方孝孺字希直

宁海为县，上下千年，才士众多，实难为贤。至于近世，诸老尽殁，天启其端，俊杰乃出，嗟嗟吾子，蚤有誉闻。在庠序间，已惊其群。昔被荐书，翱翔太学，抗疏殿庭，观者胆落，欲收其功，先挫其铓，敛而不施，其声愈扬。在岁己未，余从太史，至于京师，阅天下士，孰不奋笔，自拟韩欧？我程其文，莫如子优。辞采粲然，辨峭畅达。波涛之壮，鹰隼之决。太史好士，无所不容。独奇子才，称之群公。坐受子拜，以示亲受。铭子先墓，使永不坠。尝为我言，当世多才，斯文可传，莫盛于台。子鲜朋友，亦喜得子，坐谈千古，大笑起舞。意气之盛，自谓无俦，仰首视天，旷视九州。子继居忧，予亦还里，往来问难，情义益美。游并予毂，息联予床，凡予所闻，无或秘藏。予之金华，子将赴阙，自期即归，当与子别。予留子去，不相闻知，思于无悲，谓见有期。孰云吾子，而竟止此，不与子面，乃闻子死。子方未死，我在郡城，人或讹言，予不之听。或言吾子，近颇嗜饮，予曰不然，子慎而审。孰是不慎，以殒厥身。孰是不思，殄此良人。嗟嗟吾子，子果死耶？胡不子留，俾文邦家。况子之才，可以用世，非若文人，仅名一艺。吾意望子，卓尔大成，立言行道，炬赫声名。天胡不然，置子于毒，困于谗构，身死名辱。众人无知，谤谓子狂，纷纷蒙瞀，乌识否臧。微生好直，匡章不孝，苟微孔孟，是非曷较？子之言行，予实知之，一时毁誉，何足喜悲？贤哲不幸，古亦多有，身后名彰，终著不朽。顾瞻文献，耿耿余怀，为斯道恸，非予之私。

樗园稿序 郭浚

临海 林右字公辅,一字左氏,官教授

吾台郡以古文名家,始于有宋,如箦窗陈先生、泉溪戴先生、荆溪吴先生暨阆风、霁峰诸先生者并作。咀圣贤百家言,吐而为文,肆于歌咏,形于著述,内而朝廷制诰策命之须,外而厅署庵观庙寺仙佛神怪荒陬遐壤之记,往往而在。其光芒之色,四流并达,际蟠霄汉,视诸世亦可谓雄伟不拔者矣。元兴,一时士子,急于仕进,兢趋于科试间,所谓疑义赋策,以应有司之选尔。嗜古之士,或少贬焉。逮乎末年,中州隔越,科试废置,诸老先生幡然复归于古,一时学者从而和之。延至于今,骎骎迫视诸宋,识者谓古学中兴,殆弗信矣乎?同郡郭士渊氏颖悟绝人,童丱时已能日记书数千言。比壮从蕴德王先生学,考经核史,镕章铸词,尽昼夜弗怠。与子相友善,予尝评其文"肆而不复,直而不俚,丽如春葩,浩如秋涛",其老成沉郁之气,与时增加,亦可谓人文之选矣。今年又出所谓《樗园稿》者,俾予叙之。予尝谓文之在天地间,譬如持火,以风大则益烈,微则寻灭之矣。君子弗志于文则已,如有志于文,则当与大者相角逐,历万世下光焰如昨,使人家尊而户宝之可也。不然,则曰吾力弗能致于是,吾学弗能致于是,姑屑屑皮肤间,犹足窃一时名。呜呼,是不过伎者若是,非惟身灭而名随之,当时识者,亦已鄙之矣,果何足道哉?如吾士渊者,非有志于大者乎?志在是而力加焉,他日不克底绩于成,吾弗之信也。予虽不敏,志颇有所属,奈数年力夺于他事者十八九,间或出之,捃摭于皮肤者不有暇,尚何敢拟夫人者哉?吾知其有愧于士

渊者多矣,故赘一言于篇端,以志吾郡古学之兴废云尔。(《赤城后集》)

又评云:郭之文,如苍鹄摩空,飞纵东西,初无定适,而俊逸之气,自为人所畏。(见《操缦稿序》)

谔轩集序

徐一夔

上缺

宕而环奇,艰深而刻苦,亦皆各极其志而致其辞焉。姑未可以世之嗜好论优劣也。天台郭公葵,少负才气,绩学缵言,笃志不倦。予弱冠时,辱托交好,相与刮劘切偲,上下言论,于河洛卦范之原,无极性命之蕴,悉指授剖析,所得为多。元统乙亥,同贡有司,而罢举之令适下,予行四方,求天下士而师友之,君复得家钱塘,往还尤密。凡天文、秘奥、疆域、图籍、家国兴废之故,史记、传志、诸子百氏之言,日抄夜诵,考见得失,思所以措诸事业,其志可谓勤矣。暇时登临眺啸,肆情山水,吟咏陶写以乐天真,遇喜愕忧思,题赠讽咏一发于诗。自标曰《谔轩集》。时至酣醉,则对客长歌,泠泠余韵,人争喜前听。君之诗古雅和婉,悠扬清越,一唱三叹而有遗音,诚可尚也。君每抽思骋辞,不为庸常语,较之世习好尚,殆相什百,其然欤。翰林承旨张公蜕庵尝评君之文"整密高古",君之诗"雅趣绝俗,有风人深致"。进士唐肃谓君诗"清若元酒,雅若朱丝",当时以为知言。

戊申之岁,予同以前朝故官,寓临濠,且莫共出处,得君所为诗,三百八十余首,门分朋类,乃君之友柴季通,诠次手抄,其命题往往多与予同赋者。今予稿以兵燹不存，慨然兴怀，俯仰四十年矣。君以疾卒濠上，予每阅其编，即挥涕不忍读，而又不忍舍去。嗟乎！人莫不饮食也，鲜能知味也。予于诗也，虽非知味，而君之英华精粹，隽永有余，尤使人咀嚼弗能释。传之后人，沾丐未已。予知君之志不尽施，君之言尤足可法，遂序其编云。

郭氏文献录序

谢铎

予尝录吾乡先正诸君子文行之大者，为《尊乡录》，几年矣，间有得其名而不得其实者，则往往求诸其子孙，已漫不可考，恒窃自叹，以为文献之不足征也盖如是。夫夏殷之礼，夫子虽能言之，犹必取杞宋之文献以证，况欲以无稽之言，为不足征之论，而妄窥其万一者乎？荀卿氏曰："欲观圣王之迹，则于其粲然者。"信矣！筠心郭君某，一日出其所谓《郭氏文献录》者而观之，自宋迄今，上下几三百年，而其文章行业之载于碑版传记者，历历如前日事。于乎！筠心于是过杞宋之君远矣。杞宋先代之后，时王之所象贤而崇德者也，有宗庙之典籍，有有司之法守，而文献且不足征，筠心以一布衣而能之乎！嗟夫，自秦人坑焚之余，天下之所谓文献者，盖已不能存什一于千百，其不足征也久矣。君子生乎千百载之下，而欲考论于千百载之前，以尽知天下之文献，不已难乎！虽然，文献者，其迹也，粲然者也，不于其心，于其迹，于其粲然，不于其所以然。吾夫子之所谓文献者，其将然乎？殷因夏，周因殷，继周者之百世损益，圣人盖已知之而预名之矣。予欲筠心不徒以一家之文献而文献，如予之局于一乡而小也，因推其大者，作《郭氏文献录序》。

题遗芳集诗选

谢铎

《遗芳集诗选》若干卷，五七言绝诗若干首，五七言古律诗若干首，笃心郭先生之所辑录以传者也。笃心尝辑其先世之诗与文为一帙，曰《郭氏遗芳集》。铎叔父宝庆先生尝序之矣。既又别其诗之精者为是集，盖自其九世祖漫斋先生与其先君子南溪翁之作咸在焉。漫斋以诗鸣晚宋，与叶水心为友，水心亟推重之。至其子正肃公，则又从考亭朱夫子游，在端平中以谏诤名，号六君子。以至于我国初，而饶阳公又以文章节行世其业，暨其没也，并祠于乡，盖郭氏之最显者，而世之称台之盛者，恒归焉。台之盛，若车氏之有玉峰，有敬斋、隘轩二先生，杜氏之有清献，有方山、南湖二先生，林立并起，盖皆有得于考亭之学，屹然为世大儒，视郭氏殆无与让。然至于今曾未有如笃心者，君子谓嘉之于谊，谌之于植，小同之于玄，玄成之于孟，于是乎益难能矣。然则郭氏之后将不以笃心而益显乎？铎久不作诗，未能详其所谓诗选者，独尚论世，求其人，以仰止焉者非一日，因书而与金宪林君付梓，将与天下诵之，以见吾台之所以盛。

达泉记

临海　王洙字崇教，子一江，参议事吏左

客有慕巢许者，姓郭氏，世居三江之上流，鹿裘韦带，皂帽青鞋，偕琴樽，具人物，捕鸢鱼，扬波濯缨，披菜扫石，日盘旋于悬崖之浒，见夫山下之泉，渊然而深，澄然而碧，悠悠然而逝，于吾心有默契焉。遂仰天而歌曰："天一生兮蒙且静，神机泄兮为川为井，哲人观化兮天光云影。"再歌曰："天一清兮涤我襟，天机鸣兮入我琴，桐江渭滨兮千载知音。"于是投竿罢琴，禅坐而思，若有得焉。复起而叹曰："五行莫顺于水，于德为知，于质为柔，于泉为既济，是故水以足坎盈科为利，君子以泽人利物为仁。吾不能腾蛟龙，度舟楫，为苍生利，独不能烧金丹，煮白石，以为疲癃利乎？"归而读《素问》，写《黄庭》，明二气，戏五禽，沉潜于抱一存三之术，一年而悟，二年而专，三年而效，十年而其道大行。譬之兹泉，其出涓涓，其声汩汩，其流滔滔，已而放沧溟，入元海，而莫之所终，故虽遁迹山林之中，而有王公之泽者也。因取孟子书之文，而称之曰达泉山人云。乃今地更爽垲，门有悬狐，担蛇植杏，颂声载途。客有雅善山人者，请书其事。予谓斯人者，其后必昌，山人固自食其报也。庆流骈集，殆未涯矣，始达云乎哉？扩而充之，吾心有望于山人也。记之。嘉靖二十六年冬十二月

树德堂记在郡东偏紫阳仙里

刑部尚书　何宽汝甫，宜山

达泉郭翁，宗姓数百人，自安洲徙居邑之下塘，其高曾大父而下，以厚赀雄于乡，称下塘郭氏者，盖不知历几世也。至翁以岐黄之术通籍于郡，郡之诸缙绅士，咸雅重焉。延之者日旁午于其门，于是郡市中有郭氏居矣。尝语其子曰："舍旧址而勿居，忘莫先也。囿吾乡之一隅，志弗广也。吾将有吾祖之

旧,以祀吾先人,扩新居于郡城,为子孙燕翼之计,庶几古者在田在邑之意,以适吾老也,不亦可乎?"于是鸠工贸材,程时卜吉,几阅月而堂成焉。颜之曰"树德",来征余言。余闻古有三计,惟德卜世为远,翁其计之远乎。昔周人以树艺起家,克勤王业,幽风之咏明德远矣。以故卜世三十,卜年八百,德之树也。宋三百年间,以大德获报者,惟晋国王公。盖其历事二朝,文武忠孝,民间利病,多所兴豁,而当时颂公德者,感无穷焉。既归,植三槐于庭,而拟其子孙之盛果尔。其子文正公,其孙懿敏公,相继而相,功业琅琅然,树德之应,捷若桴鼓,岂汾阳氏独不然哉?翁闻予言,偻然而退,再拜而谢曰:"余之树德,非敢以望报也,岂如公言?"翁子韦素,善怡翁志,闻而喜曰:"有是哉,德之不可不树也,请书以诏吾后。"遂为记,时万历六年十二月。

达泉郭翁七旬寿序_{十五世}

刑部尚书　应大猷邦升,容庵

达泉郭翁,既七十而发尚缁,齿尚固,纯粹聪明,若未逮乎七十者。人见之皆曰:寿哉郭翁,其颐养使然哉?或以告于余,余与之语,道理时出,竟日无倦;与之饮,引满笑酌,陶然复醒;与之弈,动静闲习,神算不爽。至意兴之发,即猖狂自得,或赓或咏,哦哦焉作金石声。余曰:"康哉郭翁,其天锡之纯嘏乎?"今岁六月八日,适翁悬弧称庆,聚斋(协寅按:名祉如嘉靖四十年举人,鲁山知县,临海人。)张君,养吾林君辈,相与征余言为寿。余曰:若翁者,岂直惟其身之寿乎?人不难于能寿乎其身,而难于能寿乎其人。龟鹤寿乎气,而气有乎息;松柏寿乎材，而材有乎穷。金石寿乎质，而质有乎烁。赤松辟谷，钱铿久视，能寿乎身，而身有乎尽，非至寿也。古之圣人，利物而不私乎其身，知人情莫不欲寿，是故生之不伤，扶之不危，皆所以寿乎人也。羲轩寿天下以智，而民得生生之术；尧舜寿天下以仁，而世无疾病之民，皆不独寿乎身也。翁世出汾阳，以羲轩之术，鸣于时，而荣其身，台之人仁其术而获济者，难以枚举，虽绳枢瓮牖之家，深山穷谷之地，望其名而求剂者，无弗应焉，是不惟善运乎其智，而又善推乎其仁。翁之寿，非古之寿与？语曰：不为名相，当为名医。言能寿乎人也。士君子挟康济之术，酌时投剂，不能厝斯民于衽席之安，而顾为伤残之，殄灭之，为斯民者，生乎其世，不得以遂其欲，亦奚取乎其身之寿哉？余既耄，自愧无寿人之术，窃感斯民之甚乐于寿，而得能寿乎人者，顾结香社之盟，以共仰圣世太平之盛。于翁盖有取焉，故因而乐为叙，时万历二年夏月。

恭祝郭母周太孺人九十寿序

若夫瑶池瑞霭，桃实三千；阆苑祥云，花光十二。篆成曼寿，刻黄玉于金坛；酝储延龄，饮丹砂于璇室。志庆则千枝玉树，列在萱阶；鸣休则万选琼笙，喧来柘馆。非不极铺张之盛，要只属颂祷之常。惟是节苦乃甘，坤厚能载，贞松百尺，气郁恒春，慈竹一丛，阴垂爱日。守终身之荆布，久历囏辛；指绕膝之莱衣，已逾花甲。五福备征于箕范，一门环颂以莱台。洵是扬彤管之徽，而耀青闺之色者矣。

郭太孺人周氏，连溪先生之德配也，先生家传诗礼，案有琴书，清白相承，丹黄勿辍。侍亲则晨餐夕膳，华洁笙和；事兄则受少辞多，泉廉木让。太孺人织纴婉娩，井臼操持，戒厥鸡鸣，勤其蚕绩。藏兰受茝，共承堂上之欢；弄杼鸣机，迭和宵中之韵，良足重也。所尤难者，甫届四旬，遽嗟独活，任女嫁男昏之责，兼承先启后之谟。半壁寒镫，听残秋蝉，三株宝树，待翙祥鸾。托莲药之苦时，衣搜荩箧，认荻灰之画处，书启藏楹，懿训常殷，谷诒自裕。所以长君称硕儒于黉序，经作家传；季方储伟望于成均，材为国器。乘龙佳婿，长依天姥之峰；蜡凤群孙，争拥太君之席。凡兹福庆，并出载培。某以亥年获交子舍，缘掌教赤城，幸遇哲嗣石斋大兄，见其言堪坊表，品粹圭璋，然乙卷披，拜庚经肃，商彝周鼎，日事搜罗，断碣残碑，常勤摹搨，片羽集台垣之掌故，灵玑收先哲之留遗。钞未见之书，蝇头手录；藏不传之册，蛛尾踪寻。未尝不服其于梓里为有功，于萱堂为不匮也。兹以一阳之月，为九秩之期，地启金庭，人呈玉轴，卷韝齐进，瑜珥环嬉。屋正添筹，门逢设帨，而太孺人履祥弥吉，颐养愈和，郗夫人之神明，肃如少壮，曹大家之礼法，垂及曾元。孰不望怀清之台，奉为女则。指仁让之里，卜以兴宗也哉！某分合登堂，辞惭祝嘏，闻风起敬，望霭知晖。台山灵药千年，鹫岭慈云一片，伫见龙章渥贲，十行堆象笏以承恩；凤诰新颁，百岁焕驷门而纪瑞。

道光八年岁次戊子仲冬中浣赐进士出身国史馆誊录候选知县东阳愚侄包大成顿首拜撰。

列　传

唐

郭昭文

《黄岩县志》

郭昭文，郭岙人，文宗开成四年，以贤良征为殿中侍御史，抗章切谏藩镇之祸，为时所忌，挠之而归。

宋

郭琮传

《宋史》

郭琮(一作宗)，台州黄岩人，幼丧父，事母极恭顺。取妻有子，移居母室。凡母之所欲，必亲奉之。居常不过中食，绝饮酒茹荤者三十年，以祈母寿。母年百岁，耳目不衰，饮食不减，乡里异之。至道三年，诏书存恤孝弟，乡老陈赞，率同里四十人，状琮事于转运使以闻。有诏旌表门闾，除其徭役。明年母无疾而终，琮哀号几乎灭性，乡里率金帛以助葬。

郭磊卿传

《宋史》

郭磊卿,字子奇,号兑斋,晞宗五子,嘉定七年特科,袁甫榜进士。历太学博士,枢密院编修,兵部郎官,寻拜左正言,兼侍讲,纂修国史。终朝散大夫,宝章阁侍制。所著有《兑斋集》。初理宗微时,与鄞人余天锡善。天锡,史弥远门下士也。史希杨后旨,谋易储,天锡荐理宗,遂以疏属得立。既即位,怀天锡恩,擢执政,磊卿上言:"鸱鸮入林,凤皇远去,陛下欲兴至治,早夜计收复,顾使狎邪柄国,是却行求前也。"不报。磊卿论益峻,竟罢天锡,或劝其宜稍柔,曰:"上不以不才,使厕朝班,知而勿言,不重负上耶?"弥远子嵩之继相,滋不法,具疏俟名对奏之,为嵩之耳目所得,亟除以起居郎。磊卿愤不获言,径出国门求去,遂悒悒而卒。上念之,特谥"正肃"。磊卿与杜范、徐元杰、刘汉弼等称"端平六君子",又与王万祚、徐清叟、曹豳俱负直声,号"嘉熙四谏"。天下想望丰采,相继以殁,盖天不祚宋也。台州六贤祠,祀鹿金部(何)、石南康(整)、商侍郎(飞卿)、郭正肃(磊卿)、陈司业(耆卿)、杜丞相(范)。

郭磊卿传

金贲亨

郭磊卿字子奇,号兑斋,仙居人,琼筦安抚晞宗第五子也。尝游文公之门,嘉定七年举进士。端平初,拜右正言,寻擢右史,弹劾权幸无所避。时鄞人余天锡,理宗怀其定策恩,旋擢至执政，朝论不与，先生上疏云："臣闻鸥鹙入林，凤凰远去，豺狼当道，骅骝自藏。不仁者而在高位，则抱道怀德之士，莫敢近矣。陛下欲聚群贤以兴至治，而股肱喉舌之任，乃使雄邪厕迹其间，是却行而求前也。"章三上，天锡竟罢去。史嵩之三世相位，怙权不法，先生疏已具，俟召对奏之，而为嵩之耳目所得，亟除起居郎，不得言，径出国门求去。嵩之以书留行，且白帝遣中使宣押入国门。先生进退两难，郁郁不得志，呜咽而卒。时与杜成之、徐元杰诸贤号"端平六君子"。天下方想闻其风采，而皆相继以没，帝亦念之不已，特谥"正肃"，为立正谏坊以旌之。朱白云右作《文献书院记》，称先生与赵几道、二杜，同师晦庵。谢文肃公铎亦云："我台之学，考亭是宗。孰见而知？曰正肃公。"惜乎当时授受之详，无所于稽，所著有《兑斋集》。

郭仁本，原名本，字德元，号羽庭，黄岩温岭人，今隶太平界系仙居郭垚卿之曾孙。宋亡，其父时，字宽夫，号铁梁，始迁温岭，为舅氏刘长卿后。遂冒刘姓。仁本由进士乙科，试吏于闽，历江浙行省左司郎中，至正十八年，方国珍领节钺，以江浙行省平章行丞相事，闻仁本名，甚敬礼之。时群雄角立，朝令不行，仁本乃心元室，劝国珍海运资京师。朝命加枢密院副使，封其父参政爵彭城郡国公，一时名士，如林彬、萨都剌、朱右、詹鼎辈，咸依以避乱。论者谓仁本于方氏犹罗隐之在吴越，有足多者。著《羽庭稿》六卷，朱白云右序云："俟以经济之才，当艰厄之运，为国家安辑海隅，以通运道，盖有功于国者，不得以佐藩薄之。后明太祖以是憾而杀之，惜哉！"

述言：

胶柱难鼓瑟，甚者当解弦。造车不合辙，出门行莫前。弦更綮古调,车徒反旧辕。姚虞世既远,雅奏不复宣。姬公指南作,矩度谁能传?

经营百尺构,抡材须豫章。驱驰万里道,驾驭必乘黄。君(下阙)

郭　槚

金贲亨

郭槚字德茂,号畅轩,高祖世卿,正肃公之兄也。畅轩自仙居徙家黄岩之松山里,今属太平县。少勤学问,比壮时有所悟,由伊洛上溯洙泗,求圣贤用心,燕居独处,衣冠修整,即祁寒暑雨,危坐终日。及与人接,和气满容,箪瓢屡空,晏如也。其所涵养,专用静中工夫,言动应酬,一循乎礼。邑士人多从之游,其为教必先收放心,曰:"收得心,方见得吾道端倪。即圣贤言语,皆有归着。"又曰:"学者若不惩忿窒欲,则自家都坏了,此是大切要处。"父没,会兵荒,不克葬者十余年。岁茹蔬抱戚,未尝破颜。迄葬已,始御酒肉。母疾,衣不解带,亲为沃面澡身,浣衣涤席,凡六越月,手指湿烂成疹,终不以人代。与其兄友爱尤笃,乡人化之,虽狡猾者,亦革面输款。终元之世,隐居授徒,尝作《感秋》、《酷热》诸诗以寓意。洪武初,用御史李时可荐,始就饶阳知县。三年邑大治,以从兄故坐免。逻者察诸途,搜箧中,惟所著《易说》、《杂评》、《畅轩稿》数十卷,及爪发一束以闻。太祖嘉其廉,赐纱幞银带宝钞以旌之。既归,贫益甚,课其子熙,躬操井臼。一日诸生及门,闻打麦声,视之,乃先生卒,年六十二。门人尊之曰贞成先生。谢文肃公铎赞之,谓其奋起于正肃之后,家学有源委云。熙博学笃行,能世其业。从子元亮，有文名，尝著《尚书该义》。

郭　纻

临海　何柏章　字□□，号□□，岁贡生

郭纻，字仲端，号松厓，临海人，成化十七年王华榜进士，知绩溪县。凡所兴革，悉出古意，听讼无留狱。民贷群豪钱，辄倍取其息，少有负，辄赂郡吏，致之狱，公白巡抚置之法。父艰，补宜春，恶少杀其妾以诬仇家，更数令不能直，公折之顿服。擢南京监察御史，论内守备怙势，去之。请选正人以辅导青宫，孝宗嘉纳焉。谢病归，再起原官，上清戎五事，及铸钱法。转顺德知府，清操凛然，兴利革弊，教诸生，务实学，劝课农桑，招抚流移。谒乡贤祠，见张禹、范质从祠，亟撤去。郡孔道，民苦供亿，大为裁减，严束下官，而属邑王希孟，劳瘁成疾，亲往问视，为求医诊治之。六年乞休，百姓诣阙奏留。诏擢山东右参政，掌安庆府事，供帐过侈，悉召还于民。其清约至僮仆不能堪，有逸去者。陈长史垣一厓戏以诗曰："郊外儿童迎，屋里儿童走。廉爱自有真，古今郭太守。"又一指挥已论死，公察其冤，脱之。后秩满，馈金为贶，公力却不受，其人感叹。投金于江而去，时论重其风致焉。休致得允，绝迹市井，以次子桅成进士，官刑部郎中，授阶大中大夫，年七十三卒。

郭　表

郭表，黄岩人。正德中，黄岩县官山患虎，居民相率鸣钲扬刃，虎惧而逸，有戴采者，自负其勇，蹑而追焉，虎穷而反噬，遂为所伤。虎乘怒啮其股而颠顿之，众皆惊溃，邻识郭表以素谊，独往救之。手刃虎，虎释采而向表，表以刃自护，众复集，虎乃去。（《朝野杂记》）

郭士元魁合传见《新志·忠义》

秦锡淳字喆瞿，号沐云

郭士元、士魁兄弟二人，皆明武定侯英镇南将军镇之后。世袭台州海门卫指挥，至国朝定鼎，追念世臣，录用后裔，以士元为海门守备，士魁为守关千总。顺治十六年，遭海贼郑成功，领巨舰数千，入寇海门，防守参将李荣与士元议策守，士元传呼阖卫军民，激发大义，尽率登陴，遍设擂石滚木以守。屡谕招降，郑寇不从，围城攻击，危同累卵。士魁入见参将，起文请援兵，选死士四十八人，各执刀坚守北门，乘夜抱文缒城而出，杀瞭望贼二十七人，夺取哨船，飞棹渡江登岸，身亦被枪。至黄岩，谒总镇，贼四面埋伏，城不敢开，士魁取矢射书城上，转至郡，密谒提督。时海艘难行，援兵从嵊县出，未至海门，已破，入南门。士元与李参将望阙谢恩而缢。父生员郭继美，叔生员郭应凤，母张氏，妻朱氏，弟妇翟氏，牵衣俱投井死。阖族死者，共二百九十二人，无异方氏之义井也。士魁归，遇贼缚而不屈，受乱箭亡。后其子生员郭大绶，念阖门殉难，未获旌表，呈请府县议详，适大绶卒，无子，不果。兹据其婿生员陈琰出案稿，节略以志勇烈，表忠魂也。

元　郭贞妇，天台齐义妻。义当流于广，妇度广多瘴，必不得还，乃归女于童氏，端坐学前潭水中，既死，颜色不变。至正中，旌表立祠，杨子善为传。今祠在东门外枫树里。《天台山

志》

元　郭烈妇，天台戍卒妻。千夫长李见其美，乃遣卒他戍，至其家，百计调之，郭毅然莫犯。夫归具以告，夫欲杀千夫长，长诉于县，论夫以死。狱押叶姓者，有意于郭，乃恩卒，卒度必死，嘱妻曰："我死有日，此叶押狱性善柔，未有妻子，汝可嫁之。"郭曰："汝之死，以我之色，又能二适以求生乎？"既归，以儿女与人，得钱三十缗，以二之一具酒馔携至狱，谓夫曰："君扰押狱多矣，可用以少礼答之。又有钱若干可以取自给。我去一富室执作为口食计，恐旬日不及看君也。"垂泣而别之，至仙人渡，水中危坐而死。此处水极险，不为冲仆，官具敛葬之，表其墓曰："贞烈妇郭氏之墓。"至正丙戌，朝廷遣奉使宣抚循行列郡，廉得其事，原卒之情释之，遂付还子女，终身誓不再娶。见《辍耕录》、《大清一统志》

明　郭素姬，临海人，年十九，归冯九朝，甫阅月而夫卒，誓死守。人曰："其如无嗣何？"郭抱幼侄示之："此非冯氏裔乎？"极加抚养。奉舅姑惟谨，每进食，舅姑即饲其所抚之孙，郭携之避去，曰："宁使小儿啼，毋令老者饥。"茹荼饮蘗，有人所不能堪者。中年舅姑继殁，治丧皆中礼，幼侄得成人，以嗣夫之宗祧者，郭之力也。《台州府志》

明　郭氏，年十九适临海郑泉，生三子，夫亡，矢节不二。与已旌侯节妇比庐，而清苦尤甚，乡人称叹。《嘉靖临海志》

国朝　郭氏，宁海生员金城妻，年十九，生子甫四月，城故，因世变，舅姑欲夺之嫁，郭誓不适。年六十二。《台州府志》

郭氏，临海郭敬山妻。《大清一统志》（郭娶郭，当有讹字）

郭氏，宁海邵治浮妻，乾隆四年旌表。《大清一统志》

郭氏，黄岩余甲恺妻，乾隆间旌表。《大清一统志》

郭氏，临海张邦泽侧室，与正室何氏共守，生一子，名潮，未周岁，夫亡，郭年仅二十。

郭氏，临海儒士王季商妻，年十八归王，三载夫逝，遗孤才周岁。家贫，纺绩度日，训子龙文，读书入学，陈学宪给欧获遗微。乾隆二十六年，旌表。卒年七十四。《大清一统志》

郭氏，黄岩庠生余中恺《大清一统志》作甲恺，疑即是其人，姑两存之，俟考妻，年二十一中恺病亡，郭矢节自守。孝姑教子，清白完贞，年七十三，旌表建坊。《黄岩县志》

牟氏，临海郭叔云妻，五载夫亡，仅遗一子，名嗣汾，力学入泮。

邓氏，生员邓行远女，生员汉绩女弟，临海生员郭光璋妻。年二十三，夫亡，抚孤五龄，疫疡，自经。母命邻人以口呼其气，觉，以剪去其唇，水浆不入而卒，年三十。乾隆十五年，邑令陈鸿斌绘桓李芳踪匾，嘉庆十一年，学使潘世恩汇题，准入节孝祠。《□□□□□》

明　王氏，名珍，明初宁海郭仁寿妻，仁寿入台城，殁旅舍，氏闻恸绝，回丧至庭，抚棺一号仆地，布苫枢侧，卧不解衣者三月，取石为枕，石有棱，当枕处肌肉成创，创液浸淫，如是三年。在家事父母亦至孝。《名山藏》

元　陈真一，黄岩郭谷祥妻，年二十四而谷祥卒，媵周福儿，一子二女，陈抚之如己出，终身不二。至正七年，诏旌表其门。《赤城新志》《府志》以谷祥姓郑，未知孰是。真一，《府志》云："陈刚中女。"

月落池，在仙居县南七里前山。宋时，郭氏梦月落于池而生女，后为理宗后，即谢深甫之孙女也。《浙江通志》一说谢后生母毛氏孕后时，嫡使濯足。毛自言夜梦五色云照体，嫡大怒,以足踏其顶曰:"产皇后耶?"后果然。

高僧

隋　智越,临海人,郭姓,受业智顗。《赤城志》

艺文类

序

赠达泉郭先生序

临海教谕　林继茂春山　侯官

　　台有名医士曰达泉子郭廷选者,为临海旧族,世居三江之浒。野处不暖,为民之秀,聪警敏锐。尝忧俗医之不良,乃遍阅岐黄诸书,久而业精,效足以自疗。从而试于家,而家人验;试于乡,而乡人验;试于邑,而邑亦无不验,是以医道大行。或以达泉子称之,盖取其橘井之泉,而状其道之通也。予自闽广荐于乡,试于京师,得署临海庠教。舟车之所历,寒暑之所侵,劳勚之所不节。感于外而摇于中,为造物所乘忤。伏枕弥旬,医疗诊视者无虑数十人,毫无见效。近得达泉子,酌剂无几,竟报瘳焉。酬以礼,让而不居,冀予一言以赠。予曰:医之道,其妙矣哉! 上参天时之异气,下悉地利之异宜,中尽人情之异感,不极其体察考索弗精也。神而明之存乎人,会而通之存乎心,裁而制之存乎情。不入乎圣神,工巧弗效也。弗精则术疏,术疏则失于罔。弗效则道窒,道窒则失于庸。罔而庸医,且自病矣,况能起人之病耶? 昔有垣见方人者,有洞知症结者,以至折肱折臂者,皆自试于己而及于精而见效焉者也。达泉之治予病也,内则安其气,外则养其神。动而审其起居,静

而察其脉息，勿迫以亟，勿迂以荒，是以王道为吾儒治者也，其
殆医之良者欤。则其于苏氏之井之泉，真能穷其源，溯其流，
扬其澜，助其波者也。由是充之，自三江，而五湖，而四海，将
无远而勿达。岂止自润其身，沾被乡邑而已哉？否则掘之而
自弃于九仞，为无禽不食，徒致行道心恻，其竟为何如耶？此
予既始颂之，而终颂之，而不能终言也。达泉翁其勖诸。嘉靖
六年十一月

郭氏□□七旬寿序

刑部尚书　应大猷容庵　仙居

　　□□□翁年既七十而发尚缁，齿尚固，纯粹聪明，若未尝
逮乎七十者。人见之皆曰：寿哉郭翁，其颐养使然哉？或以告
于余，余与之语，道理时出，竟日无倦。与之饮，引满笑酌，陶
然复醒。与之弈，动静闲习，神算不爽。至意兴之发，即猖狂
自得。或赓或咏，哦哦作金石声。余曰："康哉郭翁，其天锡之
纯嘏乎？"今岁六月八日，适翁悬弧称庆。聚斋张君祉如、养吾
林君一焕二孝廉，相与征余言为寿。余曰：若翁者，岂直惟其
身之寿乎？人不难于能寿乎其身，而难于能寿乎其人。龟鹤
寿乎气，而气有乎息；松柏寿乎材，而材有乎穷；金石寿乎质，
而质有乎烁。赤松辟谷，笺铿久视，能寿乎身，而身有乎尽，非
之寿也。古之圣人，利物而不私乎其身，知人情莫不欲寿，是
故生之不伤，扶之不危，皆所以寿乎人也。羲轩寿天下以智，
而民得生生之术；尧舜寿天下以仁，而世无疾病之民，皆不独
寿于身也。翁世出汾阳，以羲轩之术，鸣于时，而荣其身。台
之人仁其术而获济者，难以枚举。虽绳枢瓮牖之家，深山穷谷

之地,望其名而求剂者,无勿应焉。是不惟善运乎其智,而又善推乎其仁。翁之寿,非古之寿歟?语曰:不为名相,当为名医。言能寿乎人也。士君子挟康济之术,酌时投剂,不能措斯民于衽席之安,而顾为伤残之,殄灭之,为斯民者,生乎其世,不得以遂乎其欲,亦奚取乎其身之寿哉?予既耄,自愧无寿人之术,窃感斯民之甚乐于寿,而能得寿乎人者,愿结香社之盟,以共仰圣世太平之盛。于翁盖有取焉,故因而乐为叙。万历二年夏月

赠恒峰郭医宗叙 十六世三房二分

戴浚之临海

不佞闻郡侯计公之赴湖襄也,舟次剡溪,遥与郡中士大夫,致别依依。以郭生故,特檄县令俞公,以"济世明医"四字扁其门,盖深有取其恒云。郡绅士何君文学,蒋君子行,石君明卿,陈君孟甫,征余文以叙之。嗟乎!医何容易哉!六艺外,谈道术者首推岐黄为胜,得毋以呼吸闪倏,可别人生死,而结筋爪幕之奇,为世所侈传耶。虽然,凡标奇见异之事,盖造物者假之以诪幻一世。如长桑君指授者,殆非人也。奈何浮慕其迹,每每以人试,幸而巧中,市一名,遂鹊起,好事者,又转相游扬,彼亦遂忘其无有。恣肆出入,无少忌惮。于是横罹荼毒者,积日无算,两下辄甘心焉。不知嗤嗤者流,孰不恶死而乐生。而此夫杀人,直操戈弧者耳。医何容易哉!不佞所闻郭生者何其恒也。生初读书,颖悟灵异,人皆望其大郭氏门,既以数奇落拓。时令伯父达泉公,方以医显,绰有儒者风度,雅为缙绅所仰。生遂转其学,于方书间进质于伯父,伯父亦乐

为指授。生乃大悟曰：与吾白首穷经，不获一试，何不继吾伯父业乎！矧于济世一念，又可实措吾手也。前时与郡彦游，辄从郡彦家医，人未知之也。比术日精，道日行，有言于当路者，召使之医，亦靡勿效。独以生春秋尚华，而涉术乃深，意必有至人授之，而生固自明其无他，以伯父故也。由是当道益贤，而旌之如四字云耳。嗟乎！道术之士，上为有司贤，下能令群彦口不置，庶足以称能矣。第以不佞所闻长桑君辈，义至高，而浮慕者贻害乃若彼。姑愿生且以明哲为保身，以循轨为善世，重怜生人而永终誉，则岂徒无负于当道□□□□乎。没世必有兴者矣。万历八年十二月

赠韦素郭君七旬序十六世大房五分

余郡自天姆发秀，诸山环错，古称多灵州者。故生在兹土，不惟禀淳厚之气，抑亦得引年之术，但求其德寿并全者，不数遇耳。不佞杜门以来，欣谈林泉中有道君子。适庠友二室陈君□□党君，具言韦素翁，懿行粹美，种种可慕。且今值古稀之辰，而公于二友，有姻娅好也，丐鄙语为公寿。余曰：寿以彰德，德而寿也，何能以无言乎？余闻公幼攻呫哔，以不售弃去儒业，遂用萧曹起家。雅有儒流风味，荣膺冠服，岂不堪分曹计禄，而君视之淡如也。惟逍遥山水，颐养葆真。凡戚里有可竭力处，靡不周到。厥配陈氏，贤操久著，赞相得宜，而五桂齐芳，家业丰饶，斯真天地间之完人哉！公之聿修厥德，昌大耆艾，必与乔松等茂。今日寿觞初举，诸戚又何独不与公乐耶？余慕公之德，因祝公之寿，虽未及，常领謦欬，时接高谈。然钟天姆姥之灵，享绵延之算。昔人有持老子图为寿者，曰：

但得须眉如此老，愿教仙鹤共长年。余于公亦云云，是为序。万历四十四年十月吉旦

仁丰郭翁八旬寿序 十九世三房大分

岁贡 陈守钟□庵 临海

太上寿神，其次寿形。今之称寿，岂必众如苍鹰，肺餐白凤，息胎息踵，煦嘘乔松为哉！亦宁壹葆元，怀仁咀德，精诚不贰，裂石贯金，自有五百年一春，五百年一秋也。仁丰郭翁，年已杖朝，而矍铄如壮。盖其贞固有守，悃愊无华，浑金璞玉，殆其似之。襟期爽旷爽，磊落不群，光风霁月，殆其似之。自家庭而宗族而乡党，孝友睦姻任恤著闻。丰年玉，凶年谷，殆亦似之。积厚流光，是以子孙绳，克昌厥逡，黄发皤皤，永锡难老。惟公凝尔神，逸尔形，故俾尔寿而臧，俾尔寿尔而富，俾尔炽而昌。天之报施善人，洵不爽矣。余犹子元良，系公外孙，复娶嗣君长女孙。三世瓜葛，世谊益为亲切。元良从余游数载，每道公之累世醇厚，味气致祥。俾余于烟波江上，如晤散人，桑苎园中，复睹先哲，寿神、寿形、遗徽其犹存乎。余故乐为之序。康熙卅年八月吉旦

福泉姻表兄郭先生八十寿序 二十一世三房大分

诸生 李世峰孝楷 黄溪

福泉郭先生者，姻子契吾尊人，子姻表兄也。先生生于康熙丁亥，至今上乾隆乙巳伏腊，八十更矣，乃八月十一日初度辰也。其婿辅宸谋所以寿先生者，造予，属以言。予曰：礼八

十杖于朝,自古贵之矣。知先生莫如予,书以寿先生,乌敢让。夫寿难言哉,盖言久也,授也,阜也,受也,引而授者天为政,阜而成者地为政,体其受者人为政,三才叶而后久于其道,故寿难言也。世之昧于此者,乃悖天常,戾地维。或夫妻反目,兄弟阋墙,或子母誓不相见。食君之禄,贻父母忧。虽处富贵之中,而内恒戚戚。自戕其生,虽欲寿得乎?先生恬静温粹,洵洵平雅。言无妄发,行无越施。一门之内,父慈子孝,兄友弟恭,姑慈于上,妇顺于下,长幼萃止,雍雍怡怡,天伦之乐,孰则如之,则不期寿而自寿矣。今日华筵盛设,鹤发酡颜,蔼然高坐堂上。子姓姻戚,以次奉觞,丝竹骈罗,绿衣迭舞,即人间之丹丘,何必瑶池洞府,浮慕神仙耶。或以先生具英敏之才,不获以廊庙显,仅以耄耋之年,迭邀国恩,锡予冠服,以荣其身,未免为先生憾。然士君子怀德抱义,艺啬于遇者丰于年,晦于前者发于后。以是而知先生之寿,方寝延未艾,而先生之后,必有兴者。承天藉地,悠久□□□坐而照也,预为贺。

恭祝郭母周太孺人九十荣寿序

若夫瑶池瑞霭,桃实三千,阆苑□□□□□□□□□□□□□□□□□□□□□□□□志庆则千枝玉树,列在萱阶,鸣休则万叠琼笙,喧来栝馆。非不极铺张之盛,□只属颂祷之常。惟是苦节苦乃甘,坤厚能载,贞松百尺,气郁恒春。□□□□□□□□□,守终身之荆布,久历蘖辛;指绕膝之莱衣,已逾花甲。五福备征于箕范,一门环颂以莱台。洵是扬彤管之微,而耀青阳之色者矣。

郭太孺人周氏,涟溪先生之德配也。先生家传诗礼,案有琴书,清白相承,丹黄勿□。□□则晨餐夕膳,华洁笙味;事兄则受少辞多,泉廉木让。太孺人织纴婉娈,井臼操持,戒厥鸡鸣,勤其蚕绩。藏兰受茝,共承堂上之欢;弄杼鸣梭,迭和宵中之韵,良足重也。所尤难者,甫届四旬,□□□活,任女嫁男婚之责,秉承先启后之谟。半壁寒镫,听残秋蟀,三株宝树,待翔祥鸾。托莲菂之□时,衣搜荙箧,认荻灰之画处,书启藏楹,懿训常严,谷诒自裕。所以长君称硕儒于黉序,经作家传;季方储伟望于成均,材为国器。乘龙佳婿,长依天姥之峰;蜡凤群孙,争拥太君之席。凡兹福庆,并出栽培。成以亥岁年获交子舍,缘掌教赤城,幸遇哲嗣石斋大兄,见其言堪坊表,品粹圭璋。然乙卷披,拜庚经肃,商彝周鼎,日事搜罗,断碣残碑,常勤摹拓,片羽集台垣之掌故,零□收先哲之留遗。钞未见之书,蝇头手录,藏不传之册,蛛尾踪寻。未尝不服其于梓里为有功,于萱堂为不匮也。兹以一阳之月,为九帙之期,地启金庭,人呈玉轴。卷轴齐进,瑜珥环嬉。屋□添筹,门逢设帨。而太孺人履祥弥吉,颐养愈味,稀夫人之神明,肃如少壮,曹大家之礼法,垂及曾元。孰不□□□龙章渥贲,十行堆象笏以承恩;凤诰新颁,百岁焕驷门而纪瑞。谨序。道光八年十一月

赠清潭帻麓公序

余宗帻麓,从高祖举贤良,登仕版,有镇守之功。余屡经宗宅,又值增修谱牒,奚可无一语以纪之?□□建立郡县,郎署之外,又有都护、巡视等职。所以稽察非常,弭御宾客也。

我帻祖虽蜇声泮□□中，不失驰马试剑之习。一旦上闻，举为都护，三辞不受。其后侍御王公，虑盗贼之日盛，里甲之扰攘，乃□□起。公不获辞，乃受其职。遂投笔为之，陈立更楼、置戍鼓、立射埻以走马，而寇盗不发，四方安□，皆郭都护功也。予与公雅善，乃为文以贻之，以见有才人，当为世用，乃吾宗奕叶之光，而天生豪杰之不偶然也。宋庆元二年，岁次丙辰，仲夏月，琼筦安抚仙居船山一十三世孙晞宗拜撰。同治□□补

记

达泉记

广东参议　王洙—江　临海

客有慕巢鲰者，姓郭氏，世居三江之上流。鹿裘带素，皂帽青鞋。偕琴樽，具人物，捕鱼鸢鱼，扬波濯缨。披莱扫石。日盘旋于悬崖之浒，见夫山下之泉，渊然而深，澄然而碧，悠悠然而逝，于吾心有默契焉。遂仰天而歌曰："天一生兮蒙且静，神机泄兮为川为井，哲人观化兮天光云影。"再歌曰："天一清兮涤我襟，天机鸣兮入我琴，桐江渭滨兮千载知音。"于是投竿罢琴，禅坐而思，若有得焉。复起而叹曰："五行莫顺于水，于德为智，于质为柔，于象为既济。是故水以足坎、盈科为利，君子以泽人、利物为仁。吾不能腾蛟龙，度舟楫，为苍生利。独不能烧金丹，煮白石，以为疲癃利乎？"归而读《素闻》，写《黄庭》，明二气，戏五禽，沉潜于抱一存三之术。一年而悟，二年而专，三年而效，十年而其道大行。譬之兹泉，其出涓涓，其声汩汩，其流滔滔，已而放沧溟，入元海，而莫知所终。故虽遁迹

山林之中，而有王公之泽者也。因取孟子之言，而称之曰达泉山人云。乃今地更爽垲，门有悬狐，担蛇植杏，颂声载途，客有雅善山人者，请书其事，予谓斯人者，其后必昌。山人固自食其报也。庆流祥集，殆未涯矣。始达云乎哉，扩而充之，吾心有望于山人也。记之。嘉靖二十六年十二月

又

饶州通判　应鹏翀晓山　临海

去刺史治，循三江稍南，郭君廷选世居焉。其人沉默简爽，读书爱吟。蚤志于医之术，曰为人子者，不可不知医。如得其道，事亲在是矣，泽民亦在是矣。从而穷其源于岐黄，溯其派于韩董，遵其流于东垣、丹溪。虽越千年，若与诸家神遇焉。君且持其术勿迁，守其道不变。或曰：君技请可试矣，何甘于名之晦也。尝见夫世之医者，日标榜市门，或自媒求售。而君独高隐山谷，恐为人知，不亦异乎人之情乎？君曰：否。君子能为可信，不能使人必信。矧吾之志，岂一饱乎哉！逾年闻郭君者敬慕，延聘无虚日。君亦乐为奔走而不厌，病者闻得君，曰：吾生矣。一切沉疴，随治辄效，名遂大起士林。有以达泉揭君楄者，盖取橘井之义，以其能浚而达之也。今夏余孙汝舟得艰病，医皆望而惊避，君独无难色。诊治浃旬，如缚斯解，如溺斯援，而剧去矣。余德君，为广楄意以赠焉。泉之为体也，停蓄流走则清，淤闶湫塞则浊。浊非其故矣，其为用也。挹彼注兹，沾溉广甸，即利物之仁也。不舍昼夜，周流无滞，即时措咸宜之义也。澄鲜一色，涣乎有文，即廉以明让之礼也。为江汉，为湖海，积厚负舟，不滥不竭，即多才多能之智也。今

君仁以利物，义以适宜，礼以明让，智以泛应，信乎泉之四达，称达泉也，殆斯意夫。昔范希文为医说，相君不职，不若治药。由范之说，知厥志远矣。鄞知可下第，信梦攻医，果得神楼之北。由鄞之说，知厥功多矣。余不佞，虽尝承之郡县，顾非医国之才，偶厕乡书，又鲜寿民之术，对达泉，殊滋愧云。嘉靖二十六年月日吉旦

又

瑞州知府　**鄞仁卿**古泉　临海

郡西二十余里为三江，郭氏世居之。有号达泉者，端悫而文，以医术行于台。台人争迎之，尤见重于缙绅诸名公，由是声闻大振焉。是岁秋，大司寇鹤田翁，荐得拜官，贺真里巷。予季弟礼乡，继室门下，偕姻友走请记之。予观天地间为物多，而民传者惟五行而已。箕子叙畴，一曰水，意者江水之功，首于□者乎。然巨而为江海，微而为川渚，皆原于泉。则润泽之用，必资于澄清之体，泉之始达，其功尤大矣哉。闲尝览地志，见名泉焉。骊山神女，华清太真，近于婉，罗浮卓锡，大宛刺剑，近于怪。虽名以人而闻，反足为泉累也。芦城之甘，洛阳之醴，颍水之廉，柳州之愚，是或以人而变其性，以人而美其名者也。至如远之苏耽橘井，近之朱彦修丹溪，彼虽利物以医，皆能擅名于世，信水之于物，无用不宜。而人之称名，无微不彰，今先生之为医也，用药不泥方书，理证必依运气，其泉之因时消长也。人无贵贱，罔不暨，家无贫富，罔不至，其泉之不择地而行也。方集古今之成脉，析大小之理。其泉之朝宗于海也，且效不速，求功无责报，其诸泉之清而不污，深而不挠者

乎。今荣一命,固风行之文耳。他日为上医食饩馆院,将一勺,起沉疴,方且功同造化,如醴出京师,天下当无瘵癫人。惜予老矣,文思不如苏廷硕之涌,而风流蕴藉,又非权载之作记灵泉。仿子厚为宋清传记达泉,以继橘井、丹溪之后。嘉靖四十一年卅日

树德堂记

刑部尚书　何宽宜山　临海

达泉郭翁,宗姓数百人。自帻麓徙居邑之三江,其高曾诸大父而下,以厚资于乡。称三江郭氏者,盖不知历几世也。至翁以岐黄之术,通籍于郡,郡之诸绅缙绅士咸雅重焉。延之者,日旁午于其门,于是郡市中,有郭氏居矣。尝语其子曰:舍旧址而勿居,忘厥先也。囿吾乡之一隅,志勿广也。吾将有吾祖之旧,以祀吾先人,扩新居于郡城,为子孙燕冀之计。庶几古者在田在邑之意,以适吾老也,不亦可乎。于是鸠工贸材,卜吉爽垲,阅数月堂成。扁之曰:树德。来征余言。余闻古有三计,惟德卜世为远,翁其计之远乎?昔周人以树艺起家,克勤王业。豳风之咏,明德远矣。以故卜世三十,卜年八百,德之树也。宋三百年间,以大德获报者,惟晋国王公。盖其历事二朝,文武忠孝,民间利病,多所兴豁。而当时颂公德者,感无穷焉。既曰:植三槐于庭而拟其子孙之盛,果尔其子文正公,其孙懿敏公,相继而相,功业琅琅。然树德之报,捷若桴鼓。岂汾阳氏独不然哉。翁闻予言,偻然而退,谦然而居,再拜而谢曰:余之树德非敢以望报也,岂如公言。翁子韦素善怡翁志,闻而喜曰:有是哉!德之不可不树也,请书以诏吾后。遂

为记。万历六年十二月

茹古阁记

恩贡　方旭紫霞　临海

郭子石斋，旧游吾门。厚重沉默，有古人风。好聚书，节衣缩食，并金悬购。遇善本罕有者，辄手录，历寒暑不辍。乐而忘疲，殆所性然也。尤娴桑梓故实，轶事琐闻，原原本本，人共目为两脚志书。复喜古金石刻，凡深岩穷谷，荒榛野莽间，携小奚童，登高涉险，不惜费，不辞劳，必摹拓之为快，装潢成册，分甲乙，柜椟庋诸阁。暇辄与一二博雅之士，浏览啸咏于其中。石斋洵好古士哉！余于嘉庆乙卯八月，采访节孝事，与陈子鲈江、郑子杏浦，同过其家，寝食阁中者七昼夜，得见所未见，闻所未闻，□深□□意。惜余衰迈，不能遍阅所藏，如入宝山，空手而回，徒滋愧耳。阁旧未有名，石斋属余题，余因颜之曰茹古。

锄经堂记

侄　元晖晓村　大房

盖闻剪草为檐，魏焦先心甘朴陋。依山结宇，顾逋翁地厌喧嚣，此皆泉石膏肓。烟霞痼癖，无心世味，自爱吾庐者也。若夫汰侈为常，丽华是尚，腠丹垩粉，泉刀竭而奢愿未偿，绣户雕甍，燕雀嬉而良工不辍。木妖号著，富窟名传。彼固顾盼以自雄，人方讯弹其过度。如吾季父三石先生则异是，幼攻举业，长务谋生。贾肇牵车，田增负郭。貌同松古，心本竹虚，唯孝可称。且耽不愧齐家有要,夙传勤俭休风。处世无奇,素守中庸懿行。樽浮绿蚁,醉客频来。库积青蚨,芳邻怜买。固趋庭,申学礼学诗之训;而居室,叶苟完苟合之风。所以志殷殖货,念切诒谋。谓半生溷迹一尘,深愧蝇头觅利。命后辈专心万卷,满期凤阁蜚声。非陆氏庄荒,周思式谷。虽郑樵产美,不羡遗金。以词林艺囿为可居,望秋实春华之有日。诗书夙好,经训可作菑畬。膏泽丰年,心苗自无稂莠。则学训于古训,戒非种之必芟。乃志在穷经,恐不植而将落。此筑室既成,颜其堂曰锄经,殆斯意也夫。尔其桂云院旁,清潭溪畔。基盘叠石,栋耸裁松。位置天然,安排恰是。聊资点缀,颇费经营。小占生涯,全安户口。开晴窗兮大扇,朗倩笺糊。留隙地兮三弓,阴宜竹种。悬壁何嫌蓑笠,编篱且隔鸡豚。帘成字而皆丁,栏不雕而亦亚。门称归厚,宅取安仁。岂必规月榭以重围,效霞轩而远翼者哉。别有读我书斋,适丁在侧。牙签满架,富拟曹仓。缥帙充檐,储同边腹。诸弟守青箱之业,未冠辄入上庠。我身免白眼之嫌,此间权居西席。地虽近市,午夜惟有书声。人似杜门,丁年早捐客气。诗成五字,互为推敲。文拟七篇,交相攻错。此真天伦之乐事,吾辈之常经也。舍外有园,广可数亩。溪环屈曲,树绕扶疏。墙矮及肩,桥横露齿。背则鹭飞双白,面山而屏列四青。杨柳垂青堤,直是陶家彭泽。桃花映面,几疑晋代武陵。白苋紫茄,蔡吴兴郡中风景。晚菘早韭,周汝南山内蔬肴。初未效逸士高人,故为简陋。常自得情古趣,别有清欢。□居邻尺尺,谊属籍咸。值大厦之告成,撰俚言以备纪。正如莺迁乔木,日报佳音。堪拟星聚高阳,名标旧里。喜箕裘之克绍,念堂构以相承。固共庆攸芋攸宁,大启尔宇。亦还望浸昌浸炽,长发其祥。

灵溪山馆记

扶风县令　宋世荦确山　临海

数椽北郭之庐,廿里西陂之路,树阴接槛,苔翠上阶,为灵溪山馆,余友石斋郭子之小筑也。对山四面,在水一方。卧展画图,坐安笔砚。当夫春杯烛短,秋笛阑高。轩几净而玉麈飞,帘幕开而银蟾入。茶香半榻,君正高谭。桥梦一枰,人方小住。清潭影重,真疑峰岫全浮。馆枕清潭山,相传此山为大水浮来,见县志小市醉归,剩有烟云作供。是资消受,良足盘桓。又况书拥等身,学窥建首。断碑零甒,摩挲五凤之题。□粉涂黄,珍重一鸥之借。行将集古作录,著选名楼。岂第托蕉竹之调,人娱蘅篱以终老者哉。仆志耽邱壑,迹混城关。鲈味输君,鸥盟寒我。轻霜两鬓,未能人海抽身。密雪一飘,正拟山阴访旧。倘鲰假半间以下榻,饱看青山;所不破万贯以买邻,有如白水。

重修长年殿前二石桥记

郭协寅石斋

清潭之水,发源于大洋,《赤城志》所称小溪是也。溪多石桥,长年、殿前二所,逼近村北,创建年月不可考。嘉庆庚辰秋大水,二桥俱圮,村之人权刳松木以渡。大雨连朝,即泛泛水中。一年间,不啻一而再,再而三矣。遐思古人九月除道,十月成梁。孟子曰:岁,十一月徒杠成,十二月舆梁成,岂好为兴作哉?盖西北之水,其势奔迅,石桥之利,无从措施。迨冰始合,乃克斩木成梁。春冰既泮,辄复漂去,故必每岁更作,不可缓也。若此溪者,一泓澄澈,无奔腾砰湃之险。一劳永逸,不为石谋,而为木谋,非经久计也。兹喜族彦训庵、作人暨予季弟三石,力任其事。就村中户,分上中下三级,各随其家之力量,酌捐其数之多寡,得钱四十余缗。择吉于道光二年二月六日,先修长年,阅十月□成。明年□大水复圮。三人蹙额而言曰:桥之不固,予等过也。于是重事增修,募捐不减曩日。选料加工,务求坚致牢实而后已。众复以殿前,属取族公储二十缗,以听其用,欣欣直任。自始事以迄终事,无偷心焉。今夫有力之家,往往守杨氏为我之学。问舍求田,不自厌足,而一切义举事,畏避退缩,不拔一毛。与之等量齐观,其相去为何如耶!噫!使世人皆如训庵辈之用心,不私其财,恒以济人为念,将邦国天下,何利之不可兴,何害之不可去也。吾其深望推广善心,为其所当为,毋以区区小愚自隘焉可。

重修麻车桥记

更楼下市,旧曰路口,在乌石殿前。明隆庆间,徙今地,易称更楼下。四面环水,分叠六桥,以通行路,便孰甚焉。嘉庆廿五年秋大水,平地溢丈余。正南之桥曰麻车,适当其冲,荡析崩圮,行者病之。余目击心动,计欲修复。顾力不自胜,愀然疚怀者久矣。洪聋甫生,诣斯地,相与徒步周览,指画商订。甫生慨然曰:匠石之需,某独任之,患无其人经理耳。余曰:非人之难,维财之难。汝不吝财,经理固自有人也。爰命季弟三石,专董其事。择日鸠工,不两月落成,视昔之规制有加焉。村氓商旋宵旰兼行,病涉无虞。耄倪衎衎,殆若王道坦平,不觉相忘厥初之辙轫也。猗欤休哉！甫生尊人润庵上舍，一乡善士也。乐善好施，遐迩称羡。今甫生又能承厥父志，而千万人往来之桥，独出私钱以底于成。行道之人，有不颂其功德，与桥同不朽耶？余嘉甫生之善用其财，三石之善用其力，固无所徼惠取悦而后为，而一片好义之心，乌容听其泯没，故直书其缘起，以告后之居斯地者。甫生名樾，字陟嵩。□园人。上舍生。道光十年十月日记

石剑记

郭协寅

岁元黓困敦，肄业于点石精舍。秋九月廿三夜，梦至试院，有趑趄者，自甬道来。衣冠伟然，左右各佩一剑。余鄙之曰：此文场地，何以武为？其人莞尔笑曰：女以予所佩者，金铁器耶？因出鞘示，则一石剑，方棱润泽可爱。余怪之曰：剑取其铓，石有铓乎？以舞则折，以击则缺，将焉用之？古所贵乎干莫者，当不尔也。其人闻予言，则奋然举，以试阶石者三。复示予曰：子验之，折乎？缺乎？不。余于是乃大异之，把玩不忍释手，遂因以寐，转记之，而不知所谓也。抑吾窃闻石之精为金，今金顾转而为石乎？俄而晨披衣出房，忽见阶级倾欹，以石垫焉。因掘出视之，则一古砚。体是宋制，以水涤之，见旁镌"天培"二楷字。其色黯然而碧，其光油然而幽，其肌理细腻而密栗，其银星闪烁而不可抑遏，歙材也。以示诸僧，僧曰："此吾师祖遗物也。祖俗姓郭，有侄曰天培者，善书画，为当时贤士大夫重。侄没后，砚为吾祖有。今吾辈既不能书，无所事砚，于是弃，亦于是藏耳。先生若见怜，请奉以为赠"。余

乃恍然悟砚与剑之同为人用,其音复相依为韵。其抑之阶以下,与试之阶以上,俱若有神物呵护之者。其将出也,特假之梦,勃然自鸣,其久于湮郁之气,复若慨然有知己之感。由此言之,砚魂然无知之物哉。余尝考叶氏樾砚谱云:端有德,歙有才。夫觌文以德,昭武以才。今此砚将出,而神以石剑示,意剑武备也,其有才之谓欤。抑古者以刀为笔,后人遂以笔之铦利,有如刀。夫笔也而刀之,斯砚也而剑之,不为过矣。不然剑而铁可也,剑而铜可也,即剑而金焉,亦无不可。神胡为特以石示意哉!若夫不善书者,不必善砚,为独善书者,然后能用此砚,则此砚之余赠也,其增余愧也多矣。因勉为记以志之,直名其砚曰石剑。

嘉庆庚辰旱涝记

台处万山中,复滨大海,田则叠石为畔,水则穴渠为砩。昔人所云十日旱则尽室呼天,三日雨则阖门沉灶,殆信然也。嘉庆庚辰岁,五月廿一日起,至六月望后不雨。赤日如火,四野焦枯。有司恭迎保寿寺观音大士于天宁禅寺,朝夕步祷,三日得雨,喜甚,遂送大士回。然只为城中庆,而乡间未沾溉也。村庄取水,络绎入城。有司拈香参拜,终日不暇。在城神庙,如南山殿张东平王、西墅临广惠侯、元坛庙赵元帅、佑政庙黄元帅,连日出宫。保下绅士军民等,葛衣草屦,沿街膜拜。群侍诸神,诣玉皇殿进表。而大士复敦请入城,邑侯萧公、郡伯德公、协台庆公,分赴龙潭,虔祷胕虀寂然。继仿春秋繁露法,为坛于东湖,唯浓云四起而已。人心皇皇,米价腾贵,街谈巷议,束手无策。绅士洪达泉,敬请孚佑帝君扶鸾,中有尚可挽回之语。于是郡伯德公，作罪己疏，步至八仙岩，叩求帝君，转达穹昊，此八月十五日事也。晚即微雨，十七八九等日，优渥沾足，廿一日大雨，廿二日大水浸屋，夕退其半，夜再溢，平地深丈余，城中未被水者，仅十数家。试院府堂颠仆，民居坍坏，多不胜纪。敲椽升屋，呼救之声彻耳，淹死者十有四人，此城内之惨也。城外东南二乡，贻害犹浅，而最酷者，莫如西乡官坑王士贻家。其屋在山麓，当大雨时，山鸣一昼夜，远近共闻，士贻不为怪。一夕山崩，土石压屋，男女八口俱毙，波及亲串寄宿者二人，唯二子他出获免。越日子归，号泣呼天，挽百余人掘之。其尸在土石下者，至晚始出。所畜鸡、犬、牛、羊俱被压，惨何如哉！其时早禾已收，颇称有年，晚禾全无。数年来，旱涝之灾，莫有甚于此者，故笔之。

诗赋

以下明

寿郭东泉六十

邑廪生　贺椿敬学　郡城

松柏异凡植,凌寒愈葱蒨。托根深且坚,秀色长不变。若人抱奇才,晦迹羞自炫。卜居近清潭,溪流净拖练。闲辱鸥鸟盟,冷看蜗角战。诗成刻竹纪,酒热凭花劝。六甲今已周,神完体常健。鬓发欲成霜,瞳光尚如电。诞辰启华筵,称觞集群彦。顾予未识荆,令德闻佳倩。即此可延年,丹汞何足羡。

题郭贻清隐居集句

搴萝结茅屋,朱子独绕清溪曲。柳子厚青松夹路生,陶渊明飞泉漱鸣玉。陆士衡班荆坐松下,陶渊明可以濯我足。孺子歌鸣鹤不归林,杜工部游鱼自成族。韦苏州身闲道心清,韦苏州浩然媚幽独。李青莲

题郭怀东懒散斋

六凿攘人未易平,惟君心迹喜俱清。溪边钓伴群鸥坐,松下吟随独鹤行。万事不如闲有味,一生赢得懒为名。畏途碌碌吾何补,目断白云天际横。

宿郭怀东家

独宿更漏长,衾裯冷于铁。展转不成寐,起踏梅花月。

访郭怀东处士

祭酒　周玉东湖　郡城

车笠休教负旧盟,别离何以慰平生。十年我作长安客,六帙君占处士星。花木半庭供啸傲,琴画一榻适心情。何当我得[遂]归来赋,同坐溪头日听莺。

树德堂

参政　秦文兰轩　郡城

虞史志种德,种法不可传。展卷抚嘉号,默默难于言。寸地蓄[于]活水,七情充腴田。用力先根□,枝繁听自然。善耨不在镈,逊志日乾乾。去恶如去莠,毋使枝蔓延。秀发满天地,坐看生气完。敛之不盈掬,子孙食千年。君不见世人弃德空树槐,几个昌大能如王氏家。

赠医者郭达泉

刑部尚书　何宽宜山　郡城

奇哉一橘井,渊深妙丹诀。非河亦非海,如何流不竭。

秋雨韦素过山栖

茂才　陈公纶玉室

漠漠江林风雨多,登楼高举复如何。世尘着眼浑长醉,时事经心只短歌。望断北云思白雁,梦残南浦对青螺。疏狂好客秋逾甚,三径寻常莫厌过。

东郭韦素用前寄韵

南国秋深落叶多,小楼孤望奈愁何。高吟自破青山梦,长铗谁赓黄鹄歌。对客只堪倾首槛,媚人争学画双螺。拟看月色今宵好,晚霁还应杖策过。

晚同韦素湖头闲望

斜日逢君共浩吟,牵衣东指碧湖浔。行来柳下云随影,望到楼前水接阴。岸鹢经秋饶短发,寻鸥薄暮逞狂心。眼中风景[色]真堪恋,一笑能轻万镒金。

贫贱行寄郭慕轩

布衣　贺干剪韭　三山

人生百岁隙驹过,富贵贫贱从天赋。贫贱不必心苦忧,富贵不必心苦慕。君不见伯仁金印大如斗,未值刘伶一杯酒。又不见季伦珊瑚数尺余,不若陶潜一卷诗。呜呼!富贵贫贱原如此,有酒有诗斯可矣。富贵处之不以道,到底不如贫贱好。富贵贫贱能几时,转眼人间迹如扫。

国朝

赠渊明宗翁九帙荣寿并序

台州郡守　郭日燧星槎　南昌

余族亦庶矣,支衍四方者,虽按牒可稽,而叙问恒缺。自余之衔命莅台也,于讲射读法日,获识吾宗渊明翁。目其貌,苍苍;耳其言,洋洋;齿其术,彰彰。初尚皮相,而泛接焉。继叩厥学,始知托隐岐黄,归田后,癙寐久之,忽前□邻剑内戚李君,惠传往来楮近,旋又私以介寿耄告余,聆而喜,喜而觥,觥而□。□朽拙之不能文也,走笔赋诗曰:

酩中偶阅洪范篇,五福骈臻寿则先。休征孚应报宁偏,遍阅人间罕十全。矍铄哉翁今见焉,杏林橘井承前贤。心恒卓识[卓]力回天,排难乡间媲仲连。矧是多方种德缘,仁人君子慕悬悬。箕裘世业相蝉联,瑜珥卷篝制锦笺。源远流长庆自延,而昌而大奋三千。绳绳蛰蛰复绵绵,吾宗汝振耀台躔,愧我衰颓懒着鞭,埋头林下成弃捐。西池翘首望盘旋,海屋崔巍筹满添。雪藕冰桃绛室宣,金浆玉液丹炉煎。画堂箫鼓闹阗阗,贺颂趋驰接踵肩。香喷龙涎袅作烟,鹿修麇脯酒如泉。关前令尹识非类，山内高人品非仙。又见壶公隐市廛，显图遥祝永经年。

宿清潭

临晋县令　何纮度石湖　郡城

溪水昕江流，江潮于此住。宛在画图中，小艇客来去。仄径沿溪行，炊烟纷劈絮。渡前三两家，蔬酒待我顾。古道自照人，直情肝胆露。群鸟噪满林，天色逼昏暮。假寐息幽斋，添衣御寒雨。凌晨起言归，逶迤问北路。室人亦从之，孤贫悲窘步。所惜伊伯兄，与我饶亲故。墓草今已芜，聆言泪双注。篮舆催上肩，举首怆云树。

寄祝文宇郭翁暨德配方孺人八十双寿

刑部侍郎　冯苏蒿庵　郡城

寿星炳炳耀南天，函谷图悬敞绮筵。玉烛共占春富贵，海筹同照月婵娟。若翁自是香山老，令子群夸角里贤。何日登门亲道范，奉觞同颂九如篇。

挽慎斋郭太翁

茂才　徐轼竹林　石塘

惊传蝴蝶梦庄周，人鉴云亡别恨悠。华表鹤声千载返，延陵剑气一林秋。曾钦洛社添遗老，讵意香山成古邱。玉树满庭风不静，杜鹃啼归下更楼。

祝上宾翁七十寿

瑞金县令　秦锡□沐云　郡城

洪范箕畴五福全,较量端让寿为先。一家团聚人间乐,七帙康强地上仙。绿酒银镫喧绮席,紫箫红笛谱钧天。追随愿结香山社,快晋华堂祝大年。

寿盛轩内兄先生六十

台州卫运粮使　李贤韬　黄溪

不藉灵丹炼九还,此翁端合列仙班。度如和煦春初际,人在羲皇上古间。心地芝兰香馥馥,醉乡日月乐闲闲。少微星喜长天耀,试看光芒射碧山。

祝母舅盛轩大人六十荣寿

茂才　李世峰孝楷　黄溪

旧识汾阳五福同,渭阳今复继休风。庭敷玉树琼枝秀,堂灿银花烛影红。周甲共钦神矍铄,降庚独得气鸿蒙。九如拟晋南山颂,浏喨新声倩乐工。

祝耀台母舅大人八十荣寿

茂才　沈孝汝介眉　坊前

三朝八十赋闲居,矍铄精神庆里间。国老寿[眉]齐庞居士,耆英会是白尚书。瑶池醉色桃堪并,元圃仙姿鹤不如。最喜圣朝崇硕德,蒲轮早晚见安车。

前　题

茂才　**沈照**介受　坊前

优悠陆地羡行仙,难得人间五福全。身似乔松神自旺,心如翠竹节弥坚。愧无肥牡供甘旨,敢缀芜词杂管弦。好继汾阳传盛事,晨昏点额画堂前。

郭子耀台重葺宗谱示阅题后

贡生　**党元勋**梅峰　郡城

望族绵延七百春,华编重辑得其人。旁搜远讨经年月,考古征今擢隐沦。才识两全推巨手,贤愚分别费清神。上中下宅明如掌,取法欧苏庆告峻。

赠郭景山先生

金山县丞　**侯嘉翻**彝门　下馆

家无长物守青毡,落落声名六十年。叔则玉山神朗朗,孝先经笥腹便便。栽培桃李阴围幄,啸傲江湖兴挟仙。愧我长途多历碌,何时息足到君边。

赠郭涟溪先生

恩贡　方旭升初　郡城

久慕贤声问，时流迥不同。诗书开世业，孝友守家风。品拟苍松上，芒寒白日中。诸郎看鹊起，亭特浙西东。

题邓烈妇册

金事　林培厚□斋　瑞安

乍可使毒蛇螫手虎啮肤，唇吻那受微尘污。乍可使南山石烂海水枯，性命那肯留须臾。抚君之孤绝君祀，嫠也虽生不如死。荒村月黑叫鸺鹠，金剪模糊血光紫。菂莲无净泥，砺璞少贞砥。如何仓猝间，衔憾入骨髓。冰天雪海花倒飞，怨魄唬春气力微。芝焚兰爇五十载，芳馨歇绝知者稀。夜台熊熊烧猛螭，烛龙吐珠煜穷发。雨冷香魂唤不归，纸上寒光耿秋月。呜呼！节妇之节何其烈。睢阳齿，常山舌。唇则缺，名不灭。

太史　刘嗣绾芙初　阳□

夜台哑哑啼晓乌，妾不殉夫因抚孤。抚孤不生妾生尽，漆镫照泉妾无命。续妾命，断妾肠。未亡人，与唇俱亡。呜呼！唇亡舌无语，石阙衔碑妾心鄦。

太史　董国华琴南　吴县

大海何漫漫，中有长凤湍。哀哀精卫飞，南山口血至今啼不干。婵媛苦节名家子，夫亡抚儿儿又死，投缳从夫愿早矢。吁呜乎！父母授女完肌肤，女身既嫁身则夫。宁死不受［尘］纤埃污，金剪淋漓喷碧血，妾形虽残妾身洁。耿耿贞心口衔缺,君不[记]见劓耳之女断臂妇,剪唇舍生更希有,炜管千春三不朽。

□学　鲍□　　□□

妾有夫,夫死何所存妾躯。妾有子,子殇何由续夫祀。乌啼月黑天风酸,逝血泪兮摧心肝,摧心肝兮志决绝。半气如烛耿将灭,强欲生之死逾烈。噫嘻乎! 张睢阳齿常山舌。

驾□　邾弼<small>椒堂</small>　平湖

红鹃喷血随风飞,钢刀直下如截机。珠唇迸落亦何惜,要留清白穷泉归。夫死抚乃子,子亡复安恃。母也不谅只,招呼邻人亟救是。黄沙眯目魂复来,曰污吾唇吾哀哉。吾哀哉! 不死于绳死于刀,贞魂飞去,随精卫涛。绰楔未建,名与山高。烈妇氏邓松操扬,其夫氏郭名尤璋。怀清台峙临海宝,芬声亿万载。

比部　吴荣光<small>荷屋</small>　南海

春风不到九幽门,一线难招再死魂。剩有香痕双剪血,杜鹃啼尽月黄昏。说到唇亡莽自哀,薨砧苶缬慰归来。荒村衰草茫茫路,谁筑怀清寡妇台。

大令　黄锴<small>文石</small>　盱江

叫天何计诉无辜,黄鹄哀时又陨雏。四大莽无生处所,儿今从子是从夫?

死灰何事更吹唇,枉污儿家澡雪身。烈到死时添一恨,血痕飞溅刃如银。

石烂松摧五十年,恨无鸾字耀重泉。莲花峰在天台上,夜夜幽光烛九天。

孝廉　曹三选<small>捐之</small>　□□

人生有至苦,求死乃不得。一笑全其身,肯为两唇贼。前后死愈奇,蹈节不遗力。想见泉下人,掩面那忍识。海水日夜流,口血湛然碧。千秋闻哀唬,恐化怨女魄。谁与发幽光,不泐南山石。寄言夫已氏,无恃喙三尺。

孝廉　胡定生安之　山阴

黄鹄歌深湘竹裂,妾身虽生心早绝。雏鸟啼苦冷月昏,妾夫虽没儿犹存。妾未殉,儿在妾依儿作命。妾命薄,儿早殇,妾死送儿儿有娘。殇儿有娘妾有子,倘可从夫九泉里。泉路茫茫往复回,欲死未死悲更悲。悲深有口不欲说,但使唇亡身自洁。唇不可补妾不生,血花快意飞寒铁。

郡伯　张青选云巢　顺德

夫死孤犹在,偷生尚可言。昊天胡不吊,慈母太深恩。仓卒呼邻子,悲哀动鬼门。齿寒宁足惜,唇吻肯姑存。

岂昧全归义,端因玷此身。靡他之死志,忍作再生人。彤史应添传,冰操待勒珉。信知无考璧,原不受纤尘。

邑侯　萧元桂芬圃　建阳

妾身为夫身,夫死子未死。抚孤绵夫祀,不死只为此。妾身为夫身,夫死子又死。悠悠泉下人,相见从此始。奈何求死死不得,一身白玉一唇黑。不死反令唇受污,唇污何以见吾夫。呜呼!臂可断,唇可亡,完节何必完肌肤。手执并州金剪快,掷下一[血]片血模糊。吁嗟乎!唇既亡,妾可死,巾山万古红光紫。

五十年间如转轮,随飚来往同一尘。惟有亮节不磨灭,往往珠玉搜沉沦。临海汾阳裔,嘉偶邓[其/沈]氏。

台府教授　沈焕鹿坪　归安

早寡誓抚孤,孤夭悲不止。心事苦被阿母知,慷慨投缳不得死。解县仓猝耳,岂谓吹唇污。如何引刃截,齿寒血亦枯。

令女割耳李断臂，古来完节无肌肤。前身疑是素娥月，中有顾兔玉为骨。故应唇缺飞上天，夜夜清光照吴越。

台府司训　唐圣斌　上虞

嫠也称未亡，耐死抚其孤。子殇复谁依，不若捐其躯。投环县绝气垂尽，母欲生之在斯须。亟倩邻子呼且吸，魂回黑海庆还珠。不知此身自信同冰玉，如何唇吻翻受他人污。并刀猛剪急弃掷，唇缺乃获全肌肤。碧血涌泉身再死，再死始见夫与子。天钟奇节在章安，谡谡松风石齿齿。嗟吁乎！桓女割耳梁截鼻，方之古人更谁烈。

临海教谕　王家桢讱斋　语水

苦节不求名，幽光难遏抑。遘厉丧所夫，之死矢靡慝。为抚抱中儿，残生留覆翼。门户惨凋零，五载摧弱息。踵死痛遗孤，偷生羞我特。扃户起投缳，誓不留片刻。母也不谅人，呼救情何亟。接吻仓猝间，回生意良得。女知唇被污，辱过强梁逼。急持并州剪，痛割施猛力。宁为玉碎亡，勿为瓦全惑。卓哉清白肤，长侍亡夫侧。

黄岩教谕　陶庆麒　会稽

风惨啼鸟月掩轮，抚孤肠断未亡身。五年空毓琼枝秀，六尺惊埋玉树春。何以为情缳系首，强云解事吻污人。真魂可返心弥苦，手执金刀自剪唇。

履洁何容玷寸肤，耳劓臂断古同符。毁伤之死忘非母，苟且回生虑辱夫。节为留青殊惨淡，血怜化碧久模糊。吁嗟穷巷幽光闷，大雅扬芬信不诬。

黄岩教谕　诸葛儁梦岩　兰溪

绮年便作未亡人，襁褓摧残更怆神。越帛已拚县素领，并刀何怯断丹唇。再生难报高堂德，九死终完白璧身。幸[有]

得扶风贤大令,宋确山为扶风宰,曾征烈妇诗册为题彤管永千春。

江西万年县人 刘冀程星辕

本欲求其生,翻以甚其死。何如毕命雉经时,犹能含笑黄泉里。闭门投缳甘如饴,妾唇那更须人吹。此唇若存污妾齿,举刀脔切如切泥。晶莹数寸刀,模糊一片血。刀生大漠寒,血洒满腔热。乃知睢阳常山非绝奇,折齿断舌犹须眉。正气兹乃在巾帼,创残肌肤完闺仪。呜呼!天只恶能谅人只,细人之爱姑息耳。徒玷妾身益妾耻,妾身万万无存理。口血未干竟已矣,依然含笑见夫子。

涉县大令 戚学标鹤泉 太平

哀哀烈妇,心甘一死。谁欤拯之,曰惟母氏。匆遽之间,忘其非理。嘘气接唇,而邻是使。虽返妇生,转增妇耻。岂有白圭,可污蝇矢。纵流之清,曷云能洗。急下并刀,喷血不止。痛甚摧肝,怒犹裂齿。吾毁吾形,庶见夫子。以古偶今,讵夸断指。

南安大令 蒋履礼山 郡城

天矜奇节欲明试,再死良难一死易。待刲两片被污唇,始完一点从夫志。夫也蚤亡儿继殇,谁能续此寸断肠。猛到黄泉笑开口,妾也有夫儿有母。铁肩能将道义担,辣手割出经常甘。风声凛凛震元宵,百神俯首鬼破胆。如何大节重于山,姓氏仅落乡邑间。我得闻之敬洗耳,松柏羞颜况桃李。夜台何求人世荣,天意要难埋没是。会看精诚通帝阍,大发潜光炳青史。

五□大令 洪蒙煊达泉

皑皑山上雪,不受纤尘污。莹莹匮中玉,不受蝇矢误。就令雪消玉毁在眼前,仍须剔瑕抉垢还其天。一死寻常事,从夫完吾志。谁解毕命缘,相救烦接呷。仓猝听人仍母恩,幽里冤苦何敢言。惟有剪弃一块肉,得全清净见夫魂。睢阳齿,常山舌,觥觥骂贼何激烈。夏侯鼻,李氏臂,不屈不辱凛生气。今兹但全本来清,剪刀如风手腕轻,唇血模糊心味平。

世间奇节无不有,不必须眉雄特武夫赳。不恃镵肌毁体肝肠剖,惟秉三寸耿耿铁石心,自然屹立不逐风尘轮走。我昔吊贞魂,遗事得八九。初闻泗被颐,既而拜振首,既而破涕为笑酬以酒。四座且勿哗,听我歌烈妇。妇南阳邓禹后,郭先光璋之嘉偶。藁砧飞去镜鸾分,藐兹孤儿在襁负。无何儿又归重泉,乃绾青绫辞阿母。异哉谁爇返魂香,十万买邻意良厚。可惜坐昧施救方,竟污茹蘖饮冰口。纵挽天河水,难洗此中垢。纵聚九州铁,能铸此错否。悲莫悲兮生别离,恨莫恨兮颜忸怩。实我风霜百炼身,凭他霹雳双纤手。赤涌人血白刃光,朱唇片片当风陨。且快志淋漓,逞计形妍丑。云散月晶莹,浊泄水清浏。贞璞攻瑕疵,直辕谢矫揉。唇刀分掷蛟龙吼,白虹上裂贯瑶斗。俯视桓嫠梁媛曹令女,奚啻嵩华压培塿。我歌既罢唤奈何,烈妇烈妇当不朽。屈指乾隆十二年,夜台寂寞今已久。补传无才愧藜杖,镌碑有字惭甔臼。酒阑重谱柏舟诗,伫采轺轩献我后。

岁贡　张灵江载泉　郡城
同穴甘心化作尘,如何救活未亡人。茹冰自守生前誓,埋玉难污死后身。蘖叶唇边刀味苦,鹃花冢上血痕新。当年谁请扬贞烈,贤牧题章记姓陈。

岁贡　宋锐远坪　黄沙
不为夫死乃为子死,死以为子以为夫耳。又欲其生,母也矢只。惟唇之干，惟邻之子。惟邻之子，惟唇之干。剪而掷之，唇亡齿寒。齿寒玉洁，唇亡体完。皎皎邓妇，惟心之安。邓妇之唇，常山之舌。邓妇之割，目眦之裂。莹莹并刀，殷殷唇血。皎皎邓妇，洸洸未没。

附贡　金铭之竹楼　石塘

夫也不天孤不延，妾谁与立，经赴黄泉，有生之悲，死之恬。一解惟家之蒙，惟愚之愆。为嘘之苏，为重有生之年。二解觉而忼然，旋而觍然。彼耳之劓焉，臂之刐焉，伊胡唇之全。三解雪洁铁坚，惟昆闻于令，令曰贤。桓李芳踪，旌庐之悬。四解越五十年，畴行欲湮。祐之自天，乃千秋绵繄宗族石斋之传。五解

茂才　程霖心树　郡城

天不困庸庸之辈，地不厄碌碌之徒。天地钟英有区别，女士决裂胜丈夫。卓哉邓妇清且洁，遭家不造集于枯。可怜好乌碎锦翼，可怜稚子啼呱呱。抱儿成立怜儿幼，幼儿不知母命孤。怪鹏呼号尚未已，哀哉弱息复何辜。搔首问天天不语，此身不死胡为乎。霜风凛烈初长夜，慷慨投缳不待旴。玉碎烟消石难转，此吻已污非我肤。手握利刀剜唇肉，玉容惨淡血糊涂。妾不爱利达富贵利达齐乡相，粹羽金玉耀明珠。又不学饮泣吞声忝面目，偃蹇岁月空歈歈。剩翠零膏不足恋，形消骨化见吾真。朝廷题旌扬贞节，里党比传呼族争传呼。乃知彼仓贻祸非无意，贻祸裁出千金躯。悠悠天壤谁无死，徒见荒邱衰冢穴鼪鼯。如贞妇者死无愧，为之痛惜毋乃愚。芳名自古有不朽，学士扬徽何时无。

茂才　程霅修源　郡城

大造有奇妒，完人无久留。丈夫且如此，况乃女士流。操

持不逾阈，何以云躬修。苟非逢天怒，一死良悠悠。贞哉邓氏女，神鬼为运筹。玉成在忧戚，夫婿赴冥幽。呱呱儿失怙，饮泣勤噢咻。乃复罹奇惨，厥疾举勿瘳。圣世哀茕独，自顾成赘疣。苟延恋残喘，问心安所求。投缳本慷慨，素志乃可酬。咄咄邻家子，援我真可雠。此吻亦已污，此唇不再谋。刲肉掷平地，毋遗夫子羞。忆昔邮亭妇，断臂空千秋。守身宁减鼻，矢志标夏侯。于兹成鼎峙，瞑目归荒邱。吁嗟邓氏妇，坚贞良罕俦。玉碎质仍洁，身殇名未休。自古谁无死，死亦多隐忧。为问庸庸辈，贪生今在不。题旌表大节，彤管传方州。莫为死者惜，千秋荷天庥。

茂才　黄庭云坪　郡城

有女能补天，石破邓林木。偏从缺陷中，完得真面目。夫婿启门楣，南阳旧氏族。谁谓龙蛇灾，丁年赋怪鹏。氏遽失所夫，血泪迸湘竹。有心誓从君，有子嗟谁鞠。偷生抚羸孤，饮涕不敢哭。存此一息身，为儿哺馈粥。儿病又沈绵，鬼火阴生屋。呼天天无声，双珠碎更速。望夫山已倾，思子台更筑。视死遂如归，重泉路本熟。妯娌竟何心，不使投缳戮。吻污人可生，唇岂贞妇肉。急取并剪刀，割去血盈掬。妇死虽断唇，妇死足瞑目。贤吏陈太邱，表哀书素轴。桓李同芳踪，四字今可读。我来贞妇乡，幽兰香馥馥。阐扬愧无才，彤管日三复。

布衣　张帆梦九　黄石

雪花阵阵飞寒铁，杜鹃声声啼碧血。宝婺腾光六十年，人间啧啧称奇节。奇节古来难，烈妇会更艰。九寡之弦惨以悲，何堪羸孤三尺复摧残。妇人无夫本从子，夫子茕茕何所恃。伤心了此一段缘，泰山比重莫如死。死固妇之贞，救亦人之情。可怜我命薄于纸，可怜我体洁于晶。闻道轻罗解下时，搂吻呼吸烦男儿。拟以凝妻引臂辱，较然轻重无疑迟。返身握得并州剪，掷下唇肤手不颤。戕我血肉全我真，蝮蛇螫指急断腕。呜呼！赤城山高高巉巘，灵江水清清不竭。烈妇奇节标绰楔，非惟巾帼励等列。并令偷苟活之丈夫，闻风汗背面赤热。

布衣　郑楫作舟　鄞县

夫死矣妾何忍生，荒坟白昼啼鼯鼪。儿尚在，妾何敢死，冰天霜雪月寒窗纸。呜呼夫死儿又殇，妾今至此摧肝肠。自分毕命三尺帛，谁教嘘气增妾伤。并刀猛下五内裂，唇吻截去喷碧血。杜鹃枝上月如霜，三寸锋棱凛寒雪。黄泉淡月生清风，精光夜夜贯白虹。琼台四万八千丈，桃树年年血色红。

茂才　郑超卓君　鄞县

死不必求完肤，生不必无奇厄。残吾肢体全吾天，万古清霜皎明月。庭前树枯啼悲鸟，缓死须臾为呱呱。奈何巢复卵复破，妾尚独生胡为乎？风凄月惨解带缒，阿母仓皇忘大义。呼□布气抉重关，黑海魂归痛洒泪。妾身等泰山，视死如鸿毛。一死吾分耳，胡为败吾操。夺取并州快剪刀，唇吻掷去惨不号。不救亦死救亦死，不死于经死刀耳。舍生本无一定方，就义奚计形容毁。嗟嗟烈妇之死距今六十年，丰城剑气夜夜腾苍天。六十年中死者几亿兆，惟有烈妇声名今独传。君不见夏侯截鼻李断臂，典册炜煌垂奕世。万寻古树雪山莹，天之厄之宁无意。又不见秦汉金石文残缺，剥蚀灿古芬披图。读罢烈妇传，仰视青天无纤云。

淡村童作□妻

金陵女史　张湘筠猗竹

鸳鸯共宿荻花洲，于飞戢翼相绸缪。无端弋人忽相纂，断竹飞土伤其俦。深夜哀鸣誓双死，江干踯躅悲清秋。微物虽小具真性，人不如鸟毋乃羞。君不见临海邓烈妇，幼结丝萝得佳偶。缥缃郎志在青云，荆布妻甘同白首。谁知修文郎，不久人间住。空闻天上玉楼成，生见土中埋玉树。伶仃弱质悲何[以]已，妾身虽存妾心死①。妾身不死夫有子，誓抚遗孤报夫子。鞠凶屡降妾何辜，弱龄偏又夭遗孤。孤儿既死生何益，拚将命毕红罗襦。九死恹恹余一息，阿母抚儿[尸]呼且泣。仓卒度气唇被污，香魂重返心转烈。恨持金剪截绛唇，血影淋漓溅素裙。完吾玉洁冰清体，好归泉下见夫君。噫吁嚱！如斯烈妇能有几，劓鼻割耳曹令女。更闻断臂与割袍，亦太清操差可拟。乃知天降鞠凶有深旨，要使芳名列青史。呜呼！要使芳名列青史。

灵溪山馆诗册

南安县令　蒋履礼山　郡城

溪山佳可游，不在深且密。管领得其人，万象闯然出。先生古雅士，彬彬有文质。观其所缔构，用意何深谧。花屿鸣春鹉，菊篱醉秋蜱。松间长夏风，竹外岁寒日。峦翠与溪光，幽

---

① "身"，底稿不清，似"身"字。

映此书室。同志可为群，乐事真无匹。何曾远城市，谁更羡衡泌。我来遇新赏，四山愁瑟瑟。临眺展双眉，举觞夹愁疾。便拟结茅屋，得与君促膝。回首见斜阳，题诗愧勉率。仙舟发高吟，幸寄凌云笔。

涉县大令　戚学标顾泉　太平

汉世传六经，屈指首高密。贾鄦更先之，古文义始出。石斋乡曲英，秉此渊令质。学古得所宗，□思逾静谧。卒岁事简编，遑问鹧与蟀。嗤彼襟裾徒，悠悠耗白日。金铙既已忘，何异坐暗室。视君云中鸿，邈焉寡俦匹。西山矗丛丛，灵溪环泌泌。结屋无一区，清音播瑶瑟。夙昔耳君名，轰若春霆疾。恨不携一编，风雨对抱膝。终宴聆清谈，会新意非率。山馆惭味章，君家尽名笔。

贡生　江豫纪南　郡城

为藉知心侣，偕来一濯轩。溪光澄午照，枫叶带霜痕。饶有林泉趣，而无村市喧。图书盈几席，风月小乾坤。松籁经檐细，人烟隔屿繁。何须山壁立，不数石狮蹲。爱竹常留径，迎朋自扫门。偶然欢接膝，偏是淡忘言。剪却园中韭，开兹菊下樽。辋亡与栗里，幽意恰同论。

扶风县令　宋世荦确山　郡城

十里山光青于沐，倒影直入溪头屋。屋内有榻可读书，屋外有舟可钓鱼。钓鱼爱钓清潭边，读书爱读秋水篇。我欲借书扣白板，生恐钓鱼人未返。冒雨且问市上人，市人定识林宗巾。

贡生　戴景祺心斋　义城

灵溪开别业，划石敞云庄。一水白通市，四山青入墙。屧粘岚气湿，花杂茗烟香。何日离尘网，高谭共举觞。

僻地堪容懒，幽居可避哗。我来休作客，是处即为家。村影潭俱倒，松阴屋半遮。白云吹不散，一路刺桐花。

集　唐

贡生　蒋素质轩　郡城

岩间树色隐房栊，欲访灵溪路可通。云外轩窗连早景，水边襟袖起春风。可怜颜色经年别，且喜琴樽数日同。昼短欲将清夜继，再三珍重室人翁。

起得幽亭景最新，山川犹觉露精神。座中古物多仙意，天下书生仰达人。一片水光飞入户，数家烟火自为邻。门前长者无虚辙，花市香飘漠漠尘。

到君居处便开颜，爱此令人不欲还。掩树半扉晴霭霭，长川终日碧潺潺。帘前春色应须惜，身外浮名好是闲。小槛宴花容容醉，可能时事更相关。

粥香锡白杏花天，只个逍遥是谪仙。古庙向江春寂寂，绿波无路草芊芊。招携每听双鱼远，沈醉何妨一榻眠。家酝满瓶书满架，每惭名迹污宾筵。

寿昌教谕　洪鼎煊丹霞　郡城

李膺同舟望若仙，文采风流何翩翩。瞻形附影慕有道，今我于君亦云然。灵溪山馆倚山麓，春色秋辉散花竹。宵分古殿佛镫青，疑有藜光出照屋［读］。忆曾为我截紫星，割云镌雪通石灵。端知斯筑豁尘表，行拟策杖扣林垌。快睹新编旧金石，鸾凤蛇龙飞四壁。应饶樽酒与只鸡，他时莫嫌不速客。

上虞司训　王映青苑　黄岩

　　闻道灵溪胜，幽人爱结庐。看山庆事少，乐水俗情疏。旷达浑如此，林泉得所于。开轩书插架，仿佛子云居。

　　琴榻饶幽趣，山樊足卧游。客来红叶径，门对绿沙洲。读画掀帘坐，谈诗纵酒留。超超尘外士，往迹继风流。

贡生　沈河斗 俶岩　坊前

　　闻说清潭之山水浮来，夷坚志异费疑猜。烟峦竹木天然致，濛鸿乃是淳熙开。巅顶绝处杰阁起，金碧黝垩劳剪裁。因之名命名义兼取，下通彭屿上天台。五界迅征果遥落，一濯直可夺凡胎。四时景物饶佳丽，松阴夹岸参柳梅。嗜古石斋真爱我，招致信宿倾樽罍。金石硬黄共搜拓，乘兴赤脚穷崖隈。风月古来称好戏，插架还喜图书堆。借钞文字扶后进，秋镫夜半书声催。人杰地灵信尔尔，何必虚无缥缈寻蓬莱。

集　选

　　疏峰抗高馆，灵溪可潜盘。昆山积群玉，穿谷饶芳兰。咏歌盈箧笥，衿带尽岩峦。岂不企高踪，安得凌风翰。

　　冀写幽思情，绝迹穷山里。卓荦观群书，逶迤带渌水。流焱激楱轩，轻云暖松杞。叙意于濡翰，伫立增想似。

　　结构何迢递，顿足托幽深。孤鸿号外野，幽兰闲重襟。何以铭嘉贶，咸共聆会吟。道遥越城肆，虚寂在川岑。

　　槿篱疏复密，庭州姜以绿。灵异居然栖，寸心于此足。伊余乐好仁，侜偬见迫刺。并坐相招要，税驾从所欲。

县丞　徐正廉 采轩　石塘

　　浅浅清溪小小山，蓬莱端信在人间。个中花鸟何曾异，到此身心自觉闲。听雨蕉窗云伴榻,观鱼水榭月当关。还怜近市无尘俗,隔岸人家绿一湾。

茂才　徐鸣向梧生　石塘

清秋高树好风凉,异境新开绿野堂。胜地自饶花石趣,高人恒在水云乡。闲情不减王摩诘,逸致真同喻伯疆。料想裁诗良夜里,文星炽炽焕龙光。

贡生　宋锐远坪　黄沙

仆本忙人性喜闲,与君今日共尘寰。台山温宕寻君遍,不道相逢在此山。绿伞红尘客到迟,秋风春雨卷帘时。遥山四面青如书,满眼中唐摩诘诗。忘机山鸟下幽斋,虚室无人动寂怀。我愿身为修行影,长随明月上瑶阶。一樽海内共论文,绝代词人争附君。借问古来谁鼎足,酒楼香社鼐三分。谢公游迹遍通津,屐齿偏多竟未亲。如此溪山不能到,古人须要羡今人。

集　宋

茂才　叶董石楼　义诚

天工钉出好山溪,结宇孤峰鲜径危。客有可人樽有酒,舟藏曲港竹藏篱。花明柳暗丹青国,旧刻新编唱味诗。我欲高歌吟还搁笔,漫添双鬓几茎丝。

谩结陶庐杂市阛,一尊风月羡君闲。人如景德咸平际,身在鸿蒙缥缈间。欲取锦囊收胜概,恨无杰句压溪山。停云影里频搔首,解恰临溪濯腻颜。

邂逅联床若有期,不妨湖上访清漪。酒边豪气横荆楚,幕下高才似牧之。山近冷光摇几席,水流清响入琴丝。羡君松竹吟哦处,泣鬼诗成人未知。

非利非名非有求,庆缨来此濯清流。竹孙和客凌风瘦,香篆萦云尽日浮。北牖已安陶令榻,谁人得上李膺舟。宝人夙具神仙骨,自是忘机可狎鸥。

县尉　陈育姜古农　郡城

美人在山,幽人在谷。画景天开,林泉结屋。好山四围,清溪一曲。石篆古苔,绿阴修竹。纵目有余,容膝亦足。白云初晴,渔帆几幅。

亦有友朋,啼莺鸣鹤。亦有生涯,煮茗锄药。神与天游,境因心拓。草绿花红,怡然自乐。琴罢月来,香残云落。何当载酒,与君对酌。

买屐寻幽,山居何处。好风相从,幽人来去。山花笑人,流水引路。携手入室,豁我尘素。得意忘言,此中真趣。我问先生,笑而不语。

我见炊烟,小市平桥。我闻人声,浅渡归樵。入室书帙,挂户诗瓢。以觞以咏,雨夕花朝。辋川夜月,裴迪相邀。此中有画,摩诘能描。

优贡　洪瞻升雨香　郡城

点尘不到山椒路,一簇茅茨万蓁树。溪光罨画山郁葱,白云几片留人住。书声镫火无时休,先生讵是林宗流。角巾不垫市上雨,持版日向名山修。平生气本如虹长,玉堂曾忆蓬莱乡。罡风吹阻有寻常,辋川便守王维庄。呕心得句满锦囊,萤窗兀坐鬓亦霜。如椽巨笔无所彰,桑梓文献细参详。作唐一经本素志,潜德一发千秋光。邺侯万架读未足,断碣残碑访山曲。鲁鱼帝虎辨传讹,吾宗钱志更可续。山中有泉可清心,山外禽声可砭俗。桑苎老翁云溪侯,举杯时对溪山绿。先生莫悔老石田,此堂肯构得后贤。钟鼎功名付儿辈,地行何必非神仙。琅环福地世未有,泥检难寻大小酉。何如问字访元亭,他日亲携一尊酒。

茂才　李纬文李斋　郡城

红蓼花香水国寒,客心展转梦难安。耳根听说村庄好,晓起推篷着意看。

阻风中酒此经过,应向深林白板挝。赢得诗人都领略,溪光山[光]景不须多。

迩来风味问如何,如一炷[炉]香万卷书。可有苍松当皓魄,夜阑还照小窗虚。

辜负青鞶已数年,山中猿鹤笑徒然。何时得剪秋花好,共剔簧镫假榻眠。

水光山色浪疑猜,楼阁端因面面开。笑我亦饶天姥兴,梦魂一夜一飞来。

茂才　应大成展庵　黄岩

面面春山翠一园,吟轩恰傍钓鱼矶。亚檐勿谓梨花瘦,倒入灵波影即肥。

骄阳深浅衬山容,一角青分馆畔松。最是倚阑看不厌,漫溪开遍碧芙蓉。

山禽啼断水禽啼,帘卷秋风夕照低。一色碧流映带处,蓼花红近馆东西。

雪后山泉拥不流,白沙冻住水云舟。横塘无数争春树,拚让三分欲出头。

自是花门有四时,溪山真趣我深知。何缘消受清闲福,得与幽人细论诗。

释梅谷扫云　天台

半潭秋水，一角青山。凭谁买得，结屋其间。

身瘦于松，人淡如菊。拥万卷书，晨窗坐读。

俗客不来，好风自至。世虑都捐，飘飘仙意。

谁家村墅，若个林泉。恰同枋口，无让斜川。

茂才　宋兴潮枚叟　郡城

盘谷，结屋。一角烟岚，三分水竹。羊求把袂径三三。任清谈，溪光泻蔚蓝。笔床香几煎茶鼎，清凉境。乐趣分明领。爱吾庐，读奇书。幽居，丹青画不如。填《河传》第九体

州贡先生　金城欧生　石塘

画里寻君去。趁春风，山青水绿，引人知趣。羡煞先生供养福。终日水云间住，解涤红尘烦虑。旧雨联舟，曾促膝，清风韵入冰壶句。山水友，胸中素。灵溪莫数天台迹也。只是兴公一濯，于今相识。此地多君重点缀，已占林泉胜癖。且莫问名垂似昔。春水方山生翠暖，倩荆关。画溪山册，雅人事，同心适。

茂才　张滨涧南　小岭

妙龄驰誉百夫雄，晚节尤惊落木风。只有天公终可倚，固知我友不终穷。

碧畦黄陇稻如京，自是丰年有笑声。无事不妨长好饮，故将妙语寄多情。

急雨潇潇作晚凉，高情犹爱水云乡。一家春气如春酿，自酌金樽劝孟光。

囊中未有一钱看，夫子胸中万斛宽。惟要传家好儿子，文章还复富波澜。

约石斋诣石龙精舍访龙田先生

廪生　张必豫　郡城

暂结子真伴，言寻郭泰游。多才精古刻，善贾裕良谋。有品人胥仰，无瑕玉与俦。君家大阮迹，试访竹林幽。

秋日喜龙田石斋两先生过访赋谢

茂才　王又维辋川　郡城

秋风披拂葛衣凉，文斾联翩贲草堂。德行汉家尊有道，勋名唐室重汾阳。到来雅度波千顷，归去伊人水一方。孤馆寂寥同况味，何当旦暮挹清光。

和石斋见柬元韵

前人

白云红叶酿愁思，每恨缘悭识面迟。吐属芬芳兰作骨，丰神朗彻玉为仪。书生岂羡千夫长，才子当称一字师。丽句清词勉赓和，吟髭拈断信还疑。

郭石斋枉过

茂才　徐肄三环桥　石塘

幽居久绝高人迹，乍得逢君转惘然。聚旧何妨容少饮，赠诗却恨未终篇。荆班后会知何日，指屈初交已有年。投辖絷

113

驹留不住,归途十里起寒烟。

送石斋口占

前人

我客休辞相送远,宝人素亦爱郊游。平桥独恨君归后,麦自青青水自流。

几回送别碧溪头,滚滚清泉昼夜流。好把溪填精卫石,便君来往不须舟。

寄郭石斋

司马　洪颐煊筠轩　郡城

小斋岑寂似岩阿,一榻清风足寤歌。云水坐涯随分住,文章憎命总由他。槐庭昼静忘时永,花院阴浓少客过。昨夜先生归去也,新诗赋就倩谁磨。

赠石斋

前人

槐庭昼静临未夏,点检斋中得闲暇。人生乐意须尽欢,莫使良时负清课。与君嗜好有同癖,搜索闲钱不论价。五铢半两那足奇,九府泉刀谁敢借。吾家鄱阳作泉志,分别流品辨欺诈。高文大册久县垂,千载犹有虹光射。君从何处得永安,古色斓斑惊满座。可惜世人好事稀,至宝久使埋尘埲。尊彝钟鼎世所珍,寒士焉能屈其驾。不如阿堵觅生涯,品论沧桑等唉蔗。日来积雨苦潇潇，摩拓几令旁人骂。他年倘得著录成，与君拍手长林下。

寄郭石斋

学博　洪鼎煊丹霞　郡城

丁巳夏，石砚一方。荷蒙磨琢，割云镌玉，制轶尚家。虽然新发于硎，工诚巧矣。他山之助，不在兹乎？勉为长句，书尘清鉴。

台峤秀杰群峰攒，他山之石多巉岏。君得钟灵神自完，为我攻错截马肝。裁云细落蕉叶宽，澄泥漾绿春波寒。守墨虚中方且端，善事利器如是观。石工巧匠惨不欢，已治益精良〔难〕独难。我惭穴石还再叹，窗几狼籍吟未安。唯愿与君结邻友，璧相盘桓，共注凤池之水长不干。

乙丑八月晦日诞辰宿郭生石斋藏书楼率成寄哂并谢

恩贡　方旭升初　郡城

当年枫岭泊归舟，涨水连天七日留。恰我县弧逢夕晦，教人习坎逼秋愁。不堪往事频回首，剩有余生独到头。自辛卯越今三十五年，时同舟者：徐公秉文、李公作栋、拔尤严公整、蒋公青、黄公为光，皆后先归道山，惟不才尚存，念之怆然。只是浮萍终泛泛，还将贱降施更楼。拟从辀史采幽贞，节孝祠新成，廉访节孝中，无力请旌者，江请入祠素羡高才弃取精。俎豆千年凭铁论，盘飧永夕仗云情。偏宜叶子连昏晓，同人有打牌之戏剧爱书林错玖琼。石斋藏书最富半纸楄音容待易，归来为报一嘉名。书楼旧名传清，予易之曰茹古。

石斋市寓新辟一轩诗以贺之

附贡　胡室兰香谷　石鼓

野店纡回别有天,此中胜景比林泉。映墙纤月摹花影,绕锉轻风飏著烟。未必先生争在利,几多畸士溷于廛。笑余自得垂青后,五日为期作醉仙。

石斋读书石龙庵诗以讯之

沈河斗　再见

山翠霏青霭,书声隐石龙。隔溪新水涨,坐尔绿云重。考古搜罗富,谈心意气浓。禅房花木旧,阔别赋离踪。

余有石卧榛莽间,人不之识。石斋见之,惊喜赞羡。属移置园林,与松竹梅并植,果尔峭拔可爱。因嘉石斋之具眼也,诗以纪之

徐正廉　再见

一石卧墙隅,往来人不识。抱屈千百年,空对风露泣。有客曰石斋,素性好金石。访我过其傍,俯视深叹息。如此好良材,弃置诚可惜。其色碧玉姿,其坚黄金质。一一指示予,移向小园立。我园两三弓,彼石四五尺。左右视周遭,大小刚匹敌。松竹梅相间,三友得其一。超拔出污泥,皆赖石斋力。石斋何者流,今日韩荆州。一经品题即佳士,我说与石连点头。

茹古阁夜话

溪山落日秋光淡，楼阁多风夜色凄。共话一镫更欲五，月阴偷过小窗西。

秋宵怀石斋

书窗落叶夜纷纷，独有秋声不可闻。未必石斋能睡稳，此声料想与君［闻］分。

忆宿茹古阁观书寄柬石斋主人

宋锐　再见

东郭先生好逸居，我来恰是鞠花初。客情此夜陈蕃榻，人境当年靖节庐。风月易催名士老，湖山不尽酒人咀。一缄试问分襟后，多少儒林到石渠。

芒鞋得践辋川泥，有酒难浇面目黧。俗眼何妨凭世白，此头不漫为君低。三台遗籍归编纂，一代词人就品题。见说香山今后社，文星应聚郡城西。

九日寄石斋

大小雷峰满落霞，晚秋风景点飞鸦。头颅依旧加儒帽，身世遑庸问菊花。青史茫茫来事业，红灯燏燏去年华。何时一［醉］载茱萸酒，同上寒山石径斜。

赠郭石斋集苏

五河大令　洪蒙煊达泉　郡城

壮心降尽倒风[尘]旌，宠辱年来我[欲]亦平。怪底眼花县两目，白头犹对短镫檠。真诚相见问何如，疾世王符解著书。好学怜君工杂拟，更看二李跨鲸鱼。嗟余与子久离群，时作新诗寄白云。喜见通家贤子弟，泮宫初采鲁侯芹。犹思对案笔生风，畴昔相亲岂貌从。我觉风雷真一噫，知君心似后凋松。

归舟柬石斋

茂才　洪济煊未斋　郡城

独来沙岸雨蒙蒙，顺水争多逆水风。浅渡一舟浮镜里，高城双塔出云中。向平婚嫁君何早，倪瓒行藏我岂同。听说虎头山下过，贪看山色自推篷。

雨窗无事，戏作赠友怀人诗，
共得四十余篇，取次柬寄，此其一也

筑成山馆傍高岑，一笑何年共入林。同辈投诗常在手，断碑卧地最关心。箧藏小篆虫书古，窗镶轻烟鸟语深。十日平原刚有约，清流邃谷待幽寻。

醉任人人唤酒徒，醒来嫚骂看财奴。那禁天气连阴久，不碍儒生放胆粗。旷达如君甘市隐，穷愁似我奈饥驱。夜深不听茅檐响,一点书镫任故吾。

赠郭石斋二首集宋

叶熏　再见

南州争慕郭林宗,才出城门兴便浓。正拟开云访韩愈,真成避雨识茅容。顺时不作荣枯想,对酒频浇磊块胸。归计未成留亦好,杖藜萧散一相从。

冠玉堂堂骨相奇,胸蟠今古袖披披。之秦剩肯迎张禄,满耳惟闻说项斯。学巧不如藏巧是,见君还恨识君迟。诗坛尚幸从明约,明月满怀心自知。

丙戌夏五竹醉日,为石斋大兄大人六十华辰,萱怀康悦,子职恪恭,洵足庆也。知己卅年,无以为贺,爰晋俚语,以当称觞

蒋素　再见

君子不欲多上人,惟寿之高心最喜。杖国杖朝及常珍,闻者亦因而羡美。卓哉我友郭石斋,优游泉石畅襟怀。居易以俟埶安排,杖乡之乐正莫偕。上奉萱庭龄九十,戏彩承欢恒侍立。一家孝友一郎师,不比虚无须取袭。嘉耦曰妃岂徒然,助君治事几经年。孟光未老凤称贤,君乃得以无拘牵。膝下佳儿夔一足,能嗣家声父书读。云路高骞未有程,比似郊原升鸿鹄。孙枝郁葱初茁芽,扶疏老干足庇遮。他年文采看争夸,始知君是邾侯家。桑梓遗文伤散佚,广于搜罗勤于笔。厘订成帙卷百余,急急挈挈无虚日。储畜彝器兼磁窑,神留金石非一朝。阮屡嵇锻真同

条,座中乃愈征丰饶。乡曲是非谁与辨,终岁忿争殊不鲜。得闲偶为一解排,只觉仁人有施展。兹者揽揆逢芳辰,榴红竹醉娱朋宾。谁信其中周甲人,朝昏侍养尚振振。不以谀词祝难老,元发依然颜自好。待逾十春颂古稀,定到君家共醉倒。

道光丙戌夏五旬有三日俚言恭介石斋先生六秩双庆并祝上侍之福

禀贡　宋曾昀禹农　郡城

台岳之高高插天,中有百道飞来泉。赤城霞起[标]光照室,散彩正罩称籛筵。仁者寿协乐山理,西瞻天姥祥云起。黄精白术地延季,神光之乐无与比。光生爱日不称老,萱荣柏悦风光好。芹宫早岁蜚英声,文坛树帜摘新藻。终年矻矻扬清芬,喜从乡里葺遗文。吉光片羽珍拱璧,手钞百帙何精勤。当日先君同结习,断简残编收秘笈。相从考订辄忘疲,笋管兰虹共晨夕。先君所葺梓里遗文合诗三录,并经先生商确贱子凤昔忆趋庭,幸亲芝宇承垂青。今遇先生庆周甲,榴明竹醉辉云屏。家学渊源能传后,一经旧德缥缃守。谁信齐眉扶杖人,莱彩翩翩尚奉母。三寿作朋古所难,德门集庆欣团圆。敬效希構祝难老,但愿先生百岁长承欢。

石斋大兄年周花甲敬奉俚句以贺

茂才　江河清煦林　郡城

先生好古性天生,周甲年增赏鉴精。舍石有缘征静寿,溪山适志葆安贞。足能选胜癯犹健,眼到钞书□更明。无限和光堪混俗，莫愁造物忌清名。

恭祝石斋老伯大人六帙荣庆

百字令

茂才　洪云封吉生　郡城

象管云璈，谱乐府唐山，寿人一曲。最难逢周甲筵开，犹着戏叶彩服。鸿案齐眉，雁行聚首，阶下森兰玉。矍铄哉翁，蔗境老臻硕福。　　千载名山事业，梓里献章，腕脱钞胥录。似者般纲佚搜湮，合受天心佑属。杖履曾亲，琴书同伴，好藏兰台续。岂矣灵光，一瓣名香遥祝。

恭贺又村姻兄游庠

茂才　毕应三斗岩　更楼

少年才子气凌云，文采风流迥出群。梅局不曾知几道，笔锋直欲扫千军。学承三世家声古，庆集重闱旧德芬。预祝来秋联捷去，乘闲洗耳听新闻。

挽晓村表弟

上舍　洪煜裕堂　沙头

古来仁寿理昭然，斯疾斯人哭问天。我已悲深侪骨肉，君何意忍割情缘。文章满腹埋黄土，风貌前身现白莲。差慰兰芽纷绕砌，书香继起属他年。

茂生　洪燏栗生　沙头

居梁落月每思君，梦里遗寻与论文。正拟兼葭依玉树，何比仙鹤离鸡群。八砖古研遗佳制，君有晋砖八方，手制为研五字新编蓄妙芬。君工诗，注《瓶花斋试帖》四卷未了前因当再续，生生中表愿殷勤。

奉唁石斋先生西河之痛

茂才　金掞之藻石　石塘

宋公抱恨乍闻知，哀挽惭无摩诘词。地岂长沙伤问鹏，官非录事叹焚芝。语孙排字乌丝阶，少妇含悲血泪垂。愁听晓钟敲落月，误看穗帐作书帷。

好古谁知谶已成，铭砖出冢作斋名。苏仙橘井枭争集，谢传芝庭鹊倦鸣。梅李春溪花又落，薛萝秋馆月空明。白头未罢抄书事，隐几萧条恨转平。

挽母舅晓村先生

受业外甥　王就贤则生　沙湾

甥舅兼师弟，因亲得所宗。一心专响往，五载荷陶镕。倏尔骑鲸去，何时化鹤逢。西州频洒泪，欲步叹何从。

挽晓村世兄先生

世弟　徐俊用光　石塘

十年拔帜树三台，驰逐功名志未灰。说礼敦诗承旧业，摹秦仿汉育英才。蒲轮顿促征书至,梓里同悲梁木摧。藉有遗编窥底蕴,予心私淑恨迟来。

赋

灵溪山馆赋

茂才　江河清煦林　郡城

　　人醒梦笔,岁晚瞬祝犁。展工仿谢,山拟居嵇。移情岩北,游思村西。是中有深趣,适子之馆兮,三间两间。四面皆山,一溪九折,碧泻沙在湾。岩皴斧劈,水理云春还。云拿木直,雨洗苔斑。令人到此,能不开颜。则有翠竹粉垣,曰一濯轩。帘绞岚气,壁影波痕。静听香而欲醉,频读画而共论。屋如舟小,人比玉温。不觉写我衷里曲,涤我烦襟,真堪立脚清漪之阁。林翠侵裾,溪声入幕。洗砚鱼吞,眠琴花落。击鲜之网集澄潭,携酒之童过短约。洵咫尺之画图,任四时兮行乐。花晨月夕,频来佳客。书圣酒仙,石颠茗癖。乃掣韵筹,不拘诗格。或倚树而撚髭,或临风而脱帻。莫不藻思花披,云笺波劈。见夫青来斗室,碧蘸一窗。潭心人影,牛背笛腔。枝头黄鸟,篱眼绿茫。领闲趣兮云霭霭,悟化机兮水淙淙。正疑无路,忽别有天。乃登仄磴,乃陟高巅。村田□错,野屿螺旋。石龙居其后,瀑布飞于前。长江东绕,苍岭西连。目不暇给,笔难声传。聊凌空以舒啸,还席地而开筵。既醉而且歌曰:原有田,市有廛。懒学禅,漫学仙。本是书中颠,半生金石多奇缘。小山结屋俯长川,一木一石皆天然。雅爱乐宾日招延,乐地达人君似焉。

诗　内集

题郭岩岩下新居

大房二分十二世　郭树滋光华　必秀

前青山，后碧岩。别见绿水一湾，白石一滩。浮扫新斋，高踞中间。四时景色，纵目看甚是离奇变幻。时来渔翁信手撑船，得鱼换酒共一醉。彼也心欢，我也心欢。蓦然大路逞奇观，高人逸士逐金鞍。来兹息足停骖，四方杂乱乡谈，听得如琴如管。来一队，去一班，都羡此处安闲，快活多端。那时月照波澜，雪压篱藩，雾锁禅关。真正雅淡清奇，更是非凡。

除夕效李义山祭书

三房二分十二世　郭夏瑚光璋

缥带缃签紫笋棚，汗牛充栋邺侯争。浑如云海盈千顷，不啻铜符拥百城。按部就班区甲乙，焚香酹酒守辛庚。他年道我青云路，报国文章尽此生。

公为张学博天佐先生甥孙，邓茂才行远先生女婿。张、邓两家俱富于书，继起无人，其书统归于公台。人言藏书者莫为之垺，捐馆后书悉散去。予生也晚，惜未及见，念之惘惘。戊寅识。

124

秋夜点石斋居闲坐

大房二分廿三世　郭景山际杰

秋景将过半，良宵睡未安。月明花影苦，风静竹声干。得句添清兴，披衣御薄寒。闲庭容少坐，星斗细参观。

嘉庆癸亥同人约游慧明禅寺留宿赋诗和石斋韵

三房大分廿三世　龙田绍云

兰若依栖云山名，四檐亚众木。待月坐南楼，听松来涧谷。我客话未终，山僧眠已熟。无边快游心，兹缘料结宿。

题黄江夏邑侯攀辕图册

吾族前明达泉子，洞彻六气识表里。尚书奖借升诸公，食俸天家世称美。先生宅与吾族邻，桑梓遗闻久熟耳。改业良医活世人，抛置田园轻敝屣。遍参思邈千金方，明辨君臣识佐使。其初试家效辄随，声名日大播遐迩。丹崖之邑吴长官，北堂有疾色不喜。遥慕先生遣属丞，延致琴堂委诊视。卓见立辟群方非，投剂二三霍然起。逢人说项诧神仙，报以诗文功备纪。复锡匾时颜其堂，题曰：信手回春深深道谢甘长跪。莫嫌小道无足奇，先生之门日如市。古来良相鄎同俦，味乎其言诚是是。

赠陈文治先生

先生真旷达，林下寄清欢。酒为知交醉，琴缘适意弹。半床书作伴，三径菊为餐。不问城乡事，西园日耐看。

谒方正学先生祠

小韩子早播芳声，大息奇冤十族倾。痛哭未能忘旧室，诏书那得屈先生。群忠甘就生前劫，一字难逃死后名。手掇溪光毛荐祠下，纲常万古仰缑城。

挽洪峙麓

儒雅翩翩重士林，幽居正在峙山阴。学承评事［评］家声古，派衍敦煌世泽深。讵意龙蛇逢厄岁，遂教猿鹤起哀音。九泉应抱终天恨，未了萱堂寸草心。

石龙庵杂咏

兰

珊珊风骨想前身，坐对全无一点尘。空谷幽香谁解赏，只应长伴素心人。

桂

射策何年更吐奇，风前把酒合酬伊。小山含露知多少，先报君家第一枝。

丁香花

前身应得近芳妍,化后犹余露气鲜。乍卷珠帘香满室,不须宝鸭爇龙涎。

移花

赠花都是好朋俦,移植园林事事幽。多谢有情双粉蝶,抱香犹自宿枝头。

盆鱼

此生争得自由身,尺水微波且暂亲。夜半月明风又静,一天星斗浩无垠。

木假山

日日思闲那得闲,雁台咫尺隔跻攀。雨窗好读苏公记,未必真山胜假山。

石狮子

天然巧石异人谋,远胜丹青笔底钩。长向琳宫蹲隙地,未知也驾梵王不。

题黄邑侯兆台攀辕图

大房二分　郭协寅石斋

凤皇山蜒蜿,鹦鹉洲潆洄。山川发灵秀,特逢钟英才。缅想公丰姿,玉立绝纤埃。文章为报国,壮岁登巍魁。自当人世用,梗楠梁栋材。黄绶暂分绾,乐只赓有采。仁慈出天性,保民如保孩。讵无遇盘错,游刃而恢恢。桑麻承雨露,桃李荷栽培。郇伯黍已膏,卓茂今再来。行应副帝简,燮理寄盐梅。

黄益庵姻丈种竹成林中产一茎
两歧为赋瑞竹诗以贺之

旧闻王子猷，所居必种竹。又闻竹骈枝，挺生九嶷麓。先生高隐流，情性泯寒□。长日对此君，襟裾空翠扑。陡然产一茎，两歧秀而矗。骈如并头花，奇似连穗禾。劲节交虚心，差肩伯与叔。吾台齐琼台，大科干旌速。是年万绿中，骈鲜齐书□□□□□□□□□□□□□□□□□□瑞气天则钟，地灵祥地已□□兹复获嘉休，山川临清淑。援古以征今，先生讵长伏。会见凌云姿，凤毛时栖啄。岂止协箫韶，取裁矜嶵谷。愧乏与可能，个字书未熟。纯宝令莫忘，题诗增瑟缩。殷勤语园丁，日报平安福。

送王也泉明府谢篆晋省

嘉庆己卯

嘉树垂清阴，群趋得所芘。况逢贤长官，能不萦瘭瘵。公本凤池才，愿就牛刀试。亟抒抱与怀，聊写弦歌意。烦剧裕措施，有举无废坠。甘考拙催科，惟矢勤抚字。保民如保赤，花村犬稳睡。奸蠹悉敛藏，陶镕到士类。似抱广厦欤，春风已普被。怀哉此邦人，□□不遗弃。瓜期何太促，已整归［骊］驹辔。父母信孔迩，行矣偏如寄。饯以下里吟，焉敢工于媚。庑几采风者，循声达当事。

送镜岩萧父师大人荣擢吴兴司马

闽海人文薮，簪缨多望族。我公起建阳，名场推老宿。壮岁掇巍科，大材人拭目。奉檄为亲喜，俯就岩疆禄。岁星纪一周，善政敷更仆。仁风浃闾间，膏雨随车沐。庶民享和丰，天心答贤牧。有废急修之，北山构书塾。中祀朱文公，厥心愿私淑。教学聚多士，周围覆板屋。公余甲乙评，丹铅杂案牍。更有深远谋，常平仓兴复。一一遍城乡，捐俸先输谷。有备斯无患，百里咸沾福。信哉贤父母，家诵而户祝。托庇十二年，犹说去太速。愿公行入觐，姓名御屏录。乡月悬中天，思光长照烛。

题洪雨香桐阴觅句图

当代尚汉学，二洪称经笥。翩翩小阮贤，又树骚坛帜。肝膈具宝藏，咳唾珠玑坠。忽起火急追，如恐失交臂。是中有甘苦，谁复识难易。萧萧风佳日〔佳〕，梧桐郁苍翠。俨坐夫何为，万象森构辅。似适得句初，喜动眉宇际。君家渊源深，南沙盎元气。森森武库兵，累叶难悉记。匝披一院阴，旧是承恩树。行矣矢雅音，钧韶烦鼓吹。

王淑姑行

淑姑淑姑丁数奇，字于李生父命之。年未及笄尚有待，李生之叔未闻知。李生却为阿叔后，□□□氏叔主持。聘后殷勤通尺素,两家申[家]意言差池。叔命不可夺,父命不可□。议□□同居,姊妹相追随。淑姑之母不谅只,愿女别字迫以离。淑姑之意与母异,偷泪不欲再生焉。□轻似叶命如花,晓鸟绕屋声哑哑。脱身赴井清无波,断送蕙质哭爷娘。讣音急走闻夫家,舅曰此女心靡佗。好姻缘付空嗟呀,命子亲迎礼孔嘉。一帧小影悬回车,道旁啧啧父称夸,琼台诗笔正而葩,从头纪实荣何加,越今甲子周岁华。吉氏有子皆兰芽,为谋合兆并头花。吁嗟乎! 生不同衾死同穴,漆镫照夜光烈烈。

题胡香谷又村园苍玉笏

玉京朝罢归群仙,罡风吹酒酣思眠。高枕石床僵不起,脱落苍笏抛山巅。五丁劈裂屃屭负,贾胡不惜青铜钱。透瘦秀削逾八尺,未经雕琢神完全。香谷主人好独癖,衣冠下拜颠非颠。西林佥宪最好事,八分字书倩良工镌。珍重何嫌器求旧,四邻健羡观垂涎。闻道李唐韩,□□宅一笏,三世相留传。会昌以来宰相府,笏囊笏架曾高悬。皇家典物守非易,瞥眼一过同云烟。何如此笏垂千年,体质润滑光新鲜。位置园林作清供,卓立一柱长擎天。

钱王铁券歌

仙李根僵颜色死,唐纲解纽政废弛。虎圈蛇乡豕突流,闲门莽自作天子。归安不睡茅山龙,崛起诛戮宏昌凶。一剑霜寒州十四,吴王越王天家封。乾宁锡券褒厥功,冶铁形□偃瓦同。高一尺郇广二尺,三百卅字金熊熊。乡恕九死子孙三,三世五王皇恩覃。钟繇宝宪不足比,嘉王卓识保东南。西湖花柳自年年,陌上春风争新鲜。衣锦还乡会[老]父老,金尊玉酌张琼筵。此券流传八百载,宝之不失尚完在。官圩深渊时暂沈,蛟龙欲吞终避退。金涂塔造忠懿王,八万四千施于杭。台州求旧得其二,与券愿祝钱家藏,表忠观碑日月同争光。

庆善楼怀古

《赤城志》:兴国乡在郡西二十里,管里二曰庆善。丹邱旧名迎恩,因陈贻范有藏书楼曰庆善。后同弟贻序,中第子师恭,亦举八行,故改今名。

文星炽炽光烛天,三江映射红牵连。上流结屋成村落,鲁邹风俗诗书先。闻说颖川才万斛,刊落绮纨爱卷轴。经史子集百手誊,庆善楼中劳校读。声名落落满治平,金昆玉季同登瀛。八行蝉联起后嗣,师纯师圣俱峥嵘。自来文章重师受,安定门墙游最久。仔肩大道讵寻常,出贤入圣开民牖。牛刀小试判处州,弦歌化俗古子游。口碑籍籍传里巷,不拾遗风速于邮。苍狗浮云世变易,书目沦亡无陈迹。只今尚留乡里名,迎恩旧称谁人识。我生既晚地犹同,榜花未放文难工。安得平步登莲院,竭力聚书绳遗风。

万年藤杖歌

客自海上来,遗我珊瑚枝。云是紫藤斧作杖,藉以出入相扶持。人言不若万年古藤好,产自天台质更奇。倒挂深崖阒穷谷,饱经霜雪黄农时。纹绉胡桃劈不直,坚蠹鹤胫瘦无肌。匠氏一顾色大喜,斧斥修饰圆非规。杖乡杖国佚老用,先借游山作导师。扶危定倾要坚致，刻鸠刻塔终非天然姿。或成桥而访月，或化龙于葛陂。滕公长房皆后辈，笑问何用狡狯为。老者安之圣人志，愿任扶掖抑搔干庞眉。肇锡嘉名曰灵寿，拜手作贺颂贡丹墀。

石梁瀑布歌

两龙赴壑争天台，倒掀地轴轰晴雷。退骨横空长弃掷，似梁似石供往来。上有千寻之瀑布，源自银河直灌注。手抉云汉分天章，珠玑万斛纷无数。乞取并州快剪刀，割下一［编］幅冰纹绡。不贵荷衣与云叶，裁成道人衫轻飘。莲花峰，桃源路，云中仙子列无数。昙花亭上若见招，我欲从之长逍遥。

挽桂云院彻崖和尚

彻崖方丈僧中龙，主持宗教明和聪。宝珠晃耀鲸鳞红，月满蝉胎音涵钟。珀香拂拂千寻松，蒲团日夕劳深功。广长舌吐溪翻空，天花四坠纷云中。好占溪山地一弓，四围苍翠奇玉丛。蛎墙屈曲房幽通，春花烂漫秋丹枫。七十二载颜如童，嗣法门人分西东。世缘截铁眼□铜，四时课诵药疲聋。去无踪迹来何从，一丝不挂冷然风。

雁宕大龙湫瀑布歌

讵那西来袖携钵，戏豢顽龙钵内活。欲纵巨海患未驯，养在深山虑其渴。雁宕湖宽黝而清，中为龙宅宜性情。银河下垂亘终古,半空倒压青山倾。喷雪飞霜时六月,况况水晶为宫阙。天台匡庐两匹练,未及盘旋熊超绝。林樾风号寒复腥,挐云攫日献奇形。是龙是水难名状,千寻界破青山青。龙兮我欲乘之破巨浪,瀑兮我挟词源倒流与同壮。雷硠夜半雨风来,霹雳一声飞天上。

赠胡香谷

君本不羁士,胡为类散樗。性情三径竹,岁月一床书。古貌经冬柏,新诗出水蕖。世人殊落落,青眼独看予。

里门长不出,无毁并无誉。风雅参前辈,清华沐太初。种花劳健仆,凿沼活枯鱼。只怕闲难耐,阶前草自锄。

癸亥春三十九日,同徐采轩、洪峙麓、家龙田,游栖云精舍,留宿南楼。诗以纪之

一径引幽深,四山围竹木。入春未多时,寒威犹在谷。明月隔林来,清香茶已熟。山僧差解人,晚饭欢留宿。

元日宗祠团拜

元日来团拜,和光见古风。五房全族在,七代一堂同。忠厚延先泽,诗书启后蒙。欣兹强健日,拭目看昌隆。

补绘房祖静庵公真容

四百余年像,重摹喜见之。居然今作古,直是弟为尸。原像已佚,以季弟□斋公像重抚服式齐腰短,灵光与泽垂。冀传千万祀,荣长庆孙枝。

灵溪山馆落成

结屋两三间,垂成颇不艰。附村还近市,临水复依山。借树绿盈幄,移花红上颜。软尘飞不到,禽语日关关。

初夏入市

一六日为市,人声远沸扬。瓜蒲担簌簌,丝绢客皇皇。比屋村醪贱,沿街饼饵香。维子生计拙,闲处独相望。

送周柳堂父母荣迁

目送双旌去,棠阴绿正稠。一行知轫发,万古剩碑留。共信心同水,如望岁有秋。旗亭听白叟,闲坐颂周侯。

借寇刚三月,双凫倏别飞。种花城欲满,除莠野俱肥。陇雉驯鸣昼,村厖静护扉。无思还远企,何地沐清晖。

曾摄安洲篆,平阳旧树型。有民皆保赤,无士不垂青。政迹多师古,官常遍渤铭。深存无倦意,案牍日劳形。

贤声蜚百里,墨绶绾章安。正喜逢生佛,何堪送好官。流风温且惠,善政猛兼宽。忽听骊歌发,江头漫整鞍。

赠岐山上人

上人学道天台,将近十载。今因便归讯,与余盘桓三日,得聆元义。耳根一清,胜读苏子十年书也。旋即启行,勉成二律以送之。

不见参寥子,为期近十年。偶来非凤约,相对即前缘。却有烟霞兴,而无尘俗牵。心镫悬永夜,望望续薪传。

学道情何急,家园只暂停。崎岖黄叶路,岑寂白云心。若住焦山院,师曾诣焦山,听退庵和尚讲经,禅理大进须寻瘗鹤铭。疗予金石癖,拭目仁摹临。

桐柏宫谒清圣祠

虞夏黄农世已更,君臣大义尚分明。生无一饱甘薇蕨,死有千秋共弟兄。满壁烟霞萦古貌,空山风雨撼愁声。我来手撷溪毛荐,溷浊方知圣独清。

谒郑广文祠

荒祠寂寂古衣冠,独冷先生世寡欢。好句谷幽花后放,空山碑断字多残。才惊宸翰题三绝,贫逐浮萍守一官。欲识当年心曲事,杜陵诗史几回看。

次洪筠轩夏日移馆胡香谷山庄元韵

炎歊喜不到山庄,竹绕幽窗水绕廊。小住爱君人似玉,新诗惠我锦成章。绿天遮日阴常在,白昼摊书暑自忘。得共盘桓连永夕,此心分外觉清凉。

无地名花不偏栽,落红片片衬苍苔。石从米老庭中出,山本倪迂画里来。谱曲琴停凉月上,联诗吟罢黑云催。叩门奚藉园丁报,省得工夫日日开。

次筠轩见寄元韵

大抵人情唯与阿,先生卓见问如何。是非有定评知己,富贵无求耀自他。明月清风容坐领,落花流水看闲过。近来一点疏狂兴,却为家居半折磨。

述怀_{甲申}

数椽子舍寄吾身,望六年华老渐臻。眼见三朝全盛日,躬为下里半闲人。但求他日如今好,不怨余生若此贫。毕竟幽期从所好,陶陶自在乐天真。

髫龄失怙叹无成,遗训谆谆记最明。式好无尤兄及弟,安居乐业读和耕。一语是先严□训中意勉承世德防颠越,喜得慈帏获寿贞。家慈八十有五为问门风依旧不,家声还是十分清。宋理宗送家宣教致仕诗结句云:家传唯有十分清。

穷通修短悉由天,世事如棋着让先。抛却妻孥长作客,学成愚拙胜逃禅。不比充腹书堆屋，未善持家债上肩。赢得头颅还半黑，买山初愿待他年。

头衔少贱署蒙师，自分才疏不入时。避俗怕言钱有命，解愁遍觅药无医。人当白首心全懒，书过青年读便迟。未了功名肠尚热，摩抄老眼望吾儿。

祝胡静山翁偕配蒋孺人百龄双寿

跻堂联袂晋醑酥，骨相端如老子图。翁至百年真上寿[者]，身膺五福殆仙乎？升乎□瑞阁王气，积善家声作世模。更喜□维行不悖，同承帝宠色谀谀。奉敕建坊，八品冠服及彩织二端。

展先严墓

蕴藻苹蘩掇涧滨，维兹不腆墓前陈。已成永恨嗟无父，奚补生时养及身。城郭犹存当日旧，松楸须惜百年[身]春。殷勤还望孙枝发，五色荣封下紫宸。

哭仲儿德实

十七年华弹指过，一场短梦付如何。名虽父子缘还薄，教以诗书悔转多。骨相无从窥夭折，肌肤转见尽消磨。几番摆脱终无济，双鬓稀疏为尔皤。

断送吾儿七尺身，悔教两月误因循。我犹如此形悴憔，娘复何时见笑嚬。残喘若丝还望活，灵丹无路可通神。请吕祖扶乩乞药，莫非命也。分明是也还疑梦，情绪翻嫌慰藉人。

吊陈寒山

烈烈轰轰做一场，死灰吹焰暗无光。义心私淑文丞相，绝命终依大法王，公自尽于云峰著作等身垂宇宙，姬人满院付门墙。回头万事齐抛掷，留得千秋姓字香。

钱塘江上揭残军，地老天荒尚效勤。半壁河山余一恸，高峰风雨倚孤坟。漫夸我辈能殉国，只守臣纲不负君。到底前身多佛性，是非两字早攸分。

挽龙田叔

黉序翩翩侣俊英，一衿本领协乡评。自来总角同师友，讵意分襟判死生。华表何年栖泂鹤，泉台无地觅骑鲸。伤哉桑柘斜阳祖，少个人同醉里行。

挽洪仁丈苏云先生

落落才名迥出群，仪型未坠播清芬。文章如此偏无命，乡党何曾可少君。善病维摩伤四载，解纷陈实压千军。克家喜有贤郎在，化鹤何年乘白云。

和金藻石挽宽儿元韵

天道茫茫叹莫知，开编愁读楚骚词。欲辞人世长参鹤，何处神仙可采芝。凉德自遭门祚薄，老怀端与俗情违。从兹忏悔恒沙孽，日热炉香闭素帷。

我生历碌苦无成，几度求名未得名。满望析薪能负荷，谁知赋鵩转哀鸣。解愁沽酒肠偏渴，含泪钞书眼尚明。刀尺孙男粗识字，书香断续问君平。

里居杂咏卅首

远近喧传庆善楼，里名袭取竞风流。珍藏书目当年事，过眼云烟在也不。庆善里旧名迎恩，因贻范有藏书楼曰庆善，故改今名。有书目二卷，见《宋史》。

白银盘拥小青螺，翠岫浮来一撮多。试取夷坚征故实，漫言虚诞与传讹。《夷坚志》：旧有陂十余里，淳熙间，大水推一山汭。陂中山之大小，正与陂等。

韩子仙人去不还，鲤鱼壈口剩空山。欲寻遗冢凭谁问，云自青青水自潺。

酒务坊开税例征，杏花时节值清明。大家剧喜丰年贱，探取囊钱买半坑。

落叶西风急暮村，三江渡口正黄昏。铁衣都监归来夜，坐对更楼月一痕。

狮子山前松柏青，断碑无复见旌铭。发祥端自牛眠地，三百多年八百丁。

树德堂高傍子城，活人无算颂休声。尚贤彩笔名笺记，分乞天家一命荣。

天风吹堕列仙班，九十翁犹驻少颜。三饮大宾推上座，声名不减白香山。

三间老屋富藏书，人去书亡剩敝庐。司训茂才两销歇，不堪回首几欷歔。

断送坚贞一命轻,青山埋骨不埋名。玉堂太史齐题咏,欠个夫家棹楔旌。

布地袈裟建道场,秋风参透木樨香。一天云影垂清昼,讲座喃喃礼法王。

打头矮屋窄于舲,茗碗炉香昼亦扃。天矫石龙山下路,绿筠深处煮茶亭。

新拾梁家废冢砖,纪元端属武周年。毛山狼籍无人问,急拔斋头作砚田。

断碑玉碎小于拳,姓氏头衔佚不传。差幸丐祠留两字,粗知主管宋廉员。

荒冢累累半夕阳,上茶亭下坦何长。义心舍地埋枯骨,短碣留题朱八娘。

未经砺角碑犹完,石墨文章处士传。多藉名家大手笔,金华黄氏共青田。

台绢驰名旧有年,双经新织尚红边。村庄儿女当家惯,夜半鸣杼不放眠。

灵溪山馆何年构,待我回头省得来。檐外绛桃亲手种,春风二十度花开。

点石空王绣像精,工师好事自题名。老昙不惜劳心力,叩募三年始落成。

路口纡回古市场,懋迁百货利皇皇。飓风卷地齐翻屋,过客歔歔吊夕阳。

过街楼正在中街,来往纷纷日夕皆。赢得风花雪月侯,吟诗酌酒说齐谐。

一道灵旗晓集乌,抹红墙里倩鸾扶。不知风雨迷离夜,出入神镫定有无。

宋朝聚族衍丁男，遗俗流风仔细谙。不信力农偕力学，好分街北与街南。

门巷深深数亩宫，闲情缚取桂屏风。天香预兆科名客，折取当头月窟中。

桐花开过麦凉生，煮兰香风阵阵轻。好趁隔篱蚕蛹熟，清潭去钓鲤鱼烹。

老蚌生珠值自钱，清潭明媚色澄鲜。凭谁结网多收拾，大小安排一串圆。

细雨溟濛叫鹧鸪，逢春庶草正繁芜。峙山阳外村边路，麦肚刚肥豆荚粗。

季家湖水绉鳞鳞，两岸莎堤映白苹。几阵秋风催结实，老菱香稻共尝新。

故家乔木竞葱苍，拔地挐云十丈强。三四百年谁氏植，至今蔽芾目甘棠。

杖藜扶老列西东，置酒花筵酬社公。一岁春秋常两举，夕阳箫鼓满行宫。

挽晓村再侄

文周良焕　郁堂

壮年抱负气昂昂，忽作修文地下郎。生有天才逢盛世，死无中寿压名场。瓶花雅咏诗千首，曾著《瓶花居试帖》四卷砖甓新镌砚八方。曾制古砖砚八方，因颜其庐曰：八砖精舍料识双眸应不瞑，满腔奢愿未曾偿。

芹生良松　竹溪

五载曾同学，观摩日渐亲。鸿才推世杰，雅量率天真。诗礼渊源旧，文章气焰新。如何年不禄，□□转怆神。已矣生无复，伤哉痛莫伸。珠光还合浦，剑气失延津。孝友施家政，声华配古人。皇天如可问，寿夭理详询。

灵溪山馆

筑成小阁傍岩隈，结构玲珑境别开。一水绕窗将碧蘸，_{窗曰蘸碧}四山当面送青来。_{圃曰青来}诗天酒地宁嫌俗，秋日春花不染埃。赖有贤劳妆点出，此间端不让蓬莱。

余从龙田夫子肄业于灵溪山馆即景

习静山斋别有天，尘襟扑去合称仙。浔阳室小堪客膝，端木墙低仅及肩。时雨化人曾下尺，春风坐我已三年。青云有路终须到，努力还期着祖鞭。

更楼怀古

大水浮来一土邱，吾宗卜筑溯源流。丛谈旧入夷坚志，遗迹空怀戍鼓楼。吊古有情同众志，征文无据可千秋。闲来直上峰头望，眼底真教美尽收。

道光癸巳八月予偕鹤曹小阮抵义城山宗人宅重辑家谱纪事

崒崛高峰矗碧空，吾宗家住白云中。林深市远无兼味，俗俭人勤有古风。虎迹夜寻豺豕栅，_{时多虎患}鸡声时当报更钟，_{生平未历如斯险，举步方知竹杖功。}

生平未历如斯险，举步方知竹杖功。

拟孙兴公游天台山

天台高且广，上古云难登。不有绝俗士，畏险无从升。中有石梁奇，午夏积寒冰。飞流悬瀑布，千丈势奔腾。翕张毛骨竦，欲渡人何曾。使君好山水，胸次罗邱陵。披图兴不浅，想象劳夙兴。策杖问前路，直进忘崚嶒。起视赤城霞，烂漫延山蒸。钟声纷到耳，古佛代传镫。窅然何幽邃，笑语千山应。两颐纷掠木，一道蔓苍藤。摘星峰可到，群山何足凭。四围列其下，贴地若田塍。空阔献万状，众美收不胜。如入山阴道，应接忙未能。愿言脱尘网，结茅最上层。饥采五芝食，兴挽祥鸾乘。遍山日来往，深岭牢服膺。

状元塘

人不必仙与佛，地不必华与嵩。但能产此英伟质，地以人传名则隆。吾台素号佳山水，粤有方塘傍城东。塘兮塘兮广数弓，不疏不凿凭天工。颍川有子廊庙器，卜居其傍秀灵钟。政和三年登上第，大魁天下翔蟾宫。乡曲父老真好事，曰状元塘人金同。僧寺转徙遗胜迹，志乘备纪详初终。越今问年逾六百，声称如昨怀流风。信知洞天福地世不少，端由巨老开其踪。我今散步过斯地，源头活水交旁通。眺望低徊不能去，坐看一塘红芙蓉。

怪石歌

　　怪石怪石秀灵钟，嵯岈突兀坚如铜。屹立穷谷人不识，天然奇致成棱锋。我今一遇觉狂喜，爱之不啻珩与琼。叱工辇置小园里，平地陡见撑芙蓉。似人似兽莫名状，玲珑万窍莓苔封。呼之欲起起未得，击之有声声丁冬。幽斋地僻蛎墙白，几席宛如罗群峰。蛟龙屈蟠待雷雨，仙灵鬼怪□长相从。壶中九华何足拟，仇池宝石继芳踪。对此令人眼光眩，不必更羡五老十笏之殊容。吁嗟乎！天地生物幻且奇，一卷秀削光陆离。未知几经呵护力，饱历风霜至于斯。君不见米颠爱石传佳话，呼□呼兄欣下拜，我今敢效古人风，长揖书斋曰愉快。

苦寒行

　　北风卷地地坼裂，万木怒号层冰结。冰坚似铁水息声，风利于刀面出血。枝上栖鸟不敢啼，病猿呼□气欲绝。中天日色淡无光，猛火入炉炉不热。呵冻作画可奈何，皮肉全皴指欲折。早知天地四时心，暑往寒来亘古今。暑热烦襟不可涤，寒至毛骨冷欲侵。吁嗟乎！暑既往苦已忘，寒复寒兮不可当。那禁僵卧时为常，人言欲避无良方。不必翘首疾呼怨彼苍，我欲暖酒围炉相对向阳光。

钱忠肃铁券

　　一版乾宁券，天王特表忠。错金敷[命]帝命，铸铁泐臣功。形拟鸳鸯似，铭垂鼎卣同。河山撑半壁，吴越仗元戎。信誓明肝胆，官阶彻始终。子孙三恕死，父老久称雄。呵护经神力，留题重圣听。于今仍宝守□□□□。

扬帆采石华

石蚨生东国，逢春正茂华。借帆言薄采，傍海即为家。甲壳藏偏固，辛盘进自嘉。箬篷新雨后，碕岸夕阳斜。小摘旋盈筥，轻敲不待义。味原同蚌蛤，族早异鱼虾。食肉宁嫌鄙，充厨讵过奢。瀛壖周览好，谢客兴无涯。

挂席拾海月

品在鲑蕌上，肥随三五宵。壳形工省月，肉桂合称瑶。席挂风前便，胎从海上饶。石华同采采，□□□□□。错认天心印，凭端水面撩。作羹宜让独，馈友不嫌遥。泊处还寻岛，归来正趁潮。谢公诗句[在]好，体物学虫雕。

刘晨阮肇游天台

共话天台胜，因思物外游。同行欣有伴，采药务穷幽。指点名山在，相看碧水流。洞由岩罅入，衣惹藤萝钩。无复轻舟荡，浑忘去路修。烟霞新世界，风景古春秋。境僻尘嚣隔，人稀草木稠。此间真福地，仙子鄹淹留。

刘阮入天台遇仙子

瞥见夭桃放,漫山一色鲜。本来同采药,不意偶妃仙。环佩鸣金玉,笙簧杂管弦。别成新眷属,漫忆旧园田。春暖溪头树,香浓洞里天。翠鬟披绰约,红袖舞蹁跹。半枕烟霞梦,三生鸾凤丝。团圆成胜会,作合自天然。

仙子送刘阮出洞

才住仙家稳,如何便欲归。乍分还缱绻,相送自歔欷。红袖风前立,青山眼界围。启行同饯酒,话别各牵衣。顿起离乡思,难逃薄幸讥。低头看逝水,含泪对斜晖。会冀他年再,颜从此日违。飘然长往也,一坞白云飞。

仙子洞中有怀刘阮

自别桃源后,痴心念不忘。何时来顾我,无计可留郎。独理霞裳佩,慵倾玉碗浆。因缘真草草,消息转茫茫。羞对琪花放,空余瑶草香。溪头流自逝,洞里日偏长。地隔争千里,人遐各一方。因风频寄讯,难慰九回肠。

刘阮再到天台不复见仙子

满望余欢继,飘然已避人。无从求再面,何去向谁询。路忆当年熟,情协昔日亲。烟霞思旧室,罗绮杳前身。丹灶灰俱烬，胡麻饭久陈。鸟啼如解恨，花落不成春。往事还疑梦，空山低怅神。故园回首望，遥见旧城闉。

六潭著书

第一溪山地，留题重硕儒。著书忘岁月，隶事萃门徒。直笔昭天壤，萧斋入画图。义客窃取矣，文不在兹乎。翠嶂屏相似，樊川号岂虚。艰辛曾易草，涂乙几添朱。有阙惟传信，如疑早辟诬。渊源今未坠，名胜与人俱。

班超投笔

投笔见何超，佣书弃一朝。丈夫宜自奋，将相冀同僚。壮志千军扫，雄心五岳摇。毛锥思脱手，金印慕悬腰。念切奇功立，心惭小技雕。已成燕颔相，不藉兔毫描。题柱人堪比，生花梦已遥。玉门关万里，归路望超超。

相如鼓琴

弹罢求皇曲，情移窃听人。只缘音素好，聊试技如神。绿绮当筵奏，红丝宿世因。闻声隐悬念，下指便生春。鹄叹多时寡，姻联此日亲。七弦诚解意，四壁不嫌贫。作赋题桥手，羞花闭月身。临邛聊寄迹，驷马耀风尘。

陆公纪怀橘

公纪逢袁日，堆盘橘试新。奇童三尺隽，孝子六龄人。怀袖原私窃，回家为奉亲。偶然遗地上，率尔见天真。技比东方滑，心同考叔纯。探囊宁作伴，胠箧不同伦。善养群争〔称〕羡，知几孰笑嗬。漫言无卓识，珍重席前陈。

东方朔偷桃

王母桃初实，东方计熟筹。丹梯扶直上，瑶岛到频偷。足蹑三千界，身登十二楼。事原同草窃，术亦近风流。洞口人窥未，云端犬吠不。径通三次惯，颜带一分羞。小摘供游戏，多藏藉赠投。帝旁星摘下，偶尔溷蓬邱。

郭林宗剪韭

东国人文望，清交见素寒。留宾当午夜，剪韭荐辛盘。叶嫩春初到，茎鲜雨未干。白头珍一刺，青眼劝加餐。作饼谋诸妇，充肠晋以箪。不甜殊粗粝，宁俭异牢丸。适便情弥永，谈心漏已阑。主人真淡雅，相对博余欢。

张季鹰思莼

宦况澹如斯，归心虑或迟。秋风来掾署，莼菜系乡思。荚忆红盐下，羹谁碧碗遗。带涎怜软滑，浮紫记参差。人喜吴中产，官差洛下卑。几年违咀嚼，千里忘驱驰。舌本参他日，心旌赐此时。不须仍少待，秣马策鞭丝。

林和靖放鹤

宋代传高士，烟霞任往还。安居甘大隐，放鹤[孤]在孤山。银汉时腾翼，金绦日去环。盘旋翻竹径，下上度柴关。天阔程千里，江空月一弯。心超尘俗外，家住翠微间。入暮□招宿，闻声自解颜。优游[悠]幽兴惬，长啸自闲闲。

韩蕲王骑驴

少保衔冤后，秦奸窃柄初。军门思脱剑，湖上爱骑驴。助岳雄心谢，平金大志虚。一鞭供放浪，三字代欷歔。潜豹南山似，敲诗灞岸如。功名前日事，烟水此时居。二帝凭谁复，双堤得自娱。优悠全晚节，身价重璠玙。

王昭君出塞

说到和亲议，千秋恨事传。有心安虏寇，无计惜婵娟。背阙红颜改[减]，登车翠袖牵。四弦弹马上，双泪落君前。宠绝宫帏地，魂销塞漠天。程途千里隔，社稷一身肩。白草秋风厉，荒村夜月圆。不堪回首处，青冢暮山边。

谢小娥受戒

不染群钗习，红尘旧梦捐。服佣思雪怨，受戒学逃禅。决裂须眉气，生涯瓶钵缘。皈依情更切，剪发志[坚]弥坚。貌谢羞花美，心怀智月圆。彼姝伤在昔，我佛喜当前。懒对妆台镜，思航苦海船。何须悲薄命，巾帼可称贤。

郭令公见虏

只骑出围中，将军威望隆。不须环铁甲，惟藉坐花骢。慷慨英雄气，殷勤劝谕功。一鞭犹在手，三拜合呼公。鼠窜惊酋长，鹰扬属总戎。别成平虏策，自具止戈风。社稷金汤固，声名山斗崇。片时垂硕业，唐室荷岈嵘。

吴越王射潮

卷地涛翻涌，临安界撼摇。雄心思捍海，强弩射平潮。犀甲三千壮，银山十二遥。劈空飞电掣，拍水阵云销。愿冀云根固，工凭麾下招。喧声干赭岸，杀势逼金焦。夕照痕犹满，归舟兴自饶。擘棱遗镞在，纪事溯梁朝。

梅　妻

孰伴孤山寂，海花最契神。唯怜冰雪质，不羡绮纨身。纸帐宵同梦，罗浮夙有因。调羹成妙用，索笑见天真。共守茅檐素,宁嫌高士贫。催妆宜点额,执手自生春。品已超香国,呼当并美人。还期勤育子,携鹤日相亲。

鹤　子

别具贻谋愿,先生记姓林。谁堪为肖子,自喜得仙禽。爱鲡依当膝,鸣求和在阴。舞衣披缟袂,娱老出清音。入汉间常倚,趋庭步不禁。守梅严告诫,放艇费招寻。似续江湖念,弓裘高隐心。有成当□□,□谷望弥深。

韩文公平淮西碑

入蔡言旋日,平淮奏凯时。书勋昭特笔,纪实树丰碑。功业三唐冠,文章一老遗。琢磨经大匠,□□运精心。严本春秋义,光同日月垂。才推著作手,谗信妇人辞。乍毁难消灭,重镌得护持。摩抄勤诵读,百代有余师。

三字经

不学知无术,蒙童教正堪。漫令经习九,试用字连三。诵与嵩呼协,听教禹耳参。纵横排讲席,六七喊村男。欲使隅皆反,先求味细谙。温凭成魄计,义鲡折肱谈。琢句台星朗,联篇太极函。他年千佛贵,犹自背喃喃。

吴宫教美人战

句吴陈彼美,孙武教深宫。闺秀钗鬟盛,将军号令崇。纤腰趋倍速,玉手舞偏工。汗洒胭脂雨,戈挥翠袖风。军容娘子壮,兵气妇人雄。欺敌宜巾帼,吟诗记小戎。倾城倾国貌,射马射人功。倘上凌烟阁,蛾眉画似弓。

秋入西窗风露晚

杜太宗师岁试阖属古学第一名

赢得清秋景,幽窗晚向西。凉风时瑟瑟,冷露正凄凄。到地轻阴匝,连天暮霭迷。红酣灯乍上,白少月犹低。韵出丛篁乱,珠排小草齐。云端闻鹤泪,阁外听乌啼。故纸光全黑,斜阳色半黧。几番清兴惬,搁笔咏新题。

送萧邑侯擢吴兴司马

曾记飞凫入境年,鸣琴奏治拟烹鲜。设仓远绍常平业,课读重开司户筵。昼静人闲心似水,刑清讼简吏称仙。如何荣擢吴兴去,愁听骊歌唱目前。

题王淑姑

坤纲大义只身肩,从一宁教字二天。薄命自知花比脆,贞心不转石同坚。蓝桥虽未成佳会,鸳冢还同了宿缘。伫看征书超递至,他年破涕笑重泉。

苏长公十六快_{录九}

雨后登楼登山

家住千峰万壑间,登高眺远此心闲。天开图画初过雨,人在楼台饱看山。百道飞泉悬瀑布,半空积翠锁烟鬟。犹贪轩豁窗三面,倩润琴书不闭关。

琴罢倚松玩鹤

冷然一曲罢瑶琴,人倚苍松鹤在林。须貌支离撑健骨,精神闲雅杂□□。□□□径先生兴,纵放孤山处士襟。兼喜九皋鸣有子,高枝稳借和清音。

隔江野寺闻钟

古鼎烟销睡态浓,声声继续递疏钟。家连野寺天当夜,云满长江月在松。枫叶冷飘波万迭,客船寒到思千重。还怜两岸村墟里,四壁篝镫闭暮春。

柳阴堤畔闲行

长堤一桁绿云深,两岸垂杨阴复阴。正是新晴开画景,何妨散步惬幽心。青迷极□全遮眼,翠飔轻风半上襟。输与黄鹂长来往,乔枝稳处啭佳音。

农兴半炷名香

诗梦才醒寝载兴,半床无复拥书䌥。纹帘晓启轻风飔,宝篆闲焚宿火凝。缕茶烟和口莫历,满庭花气杂薰蒸。人间清福容消受,渺渺灵台昧未曾。

午倦一方藤枕

读罢南华倦倚床,午窗无事枕迎凉。置身直拟羲皇世,适意如游沕穆乡。花韵半帘清昼永,炉烟一缕草堂香。梁间怪底呢喃燕,诗梦惊回句已忘。

清溪浅水行舟

屈曲长溪浅复[深]清,扁舟一叶任游行。人从画里飘飘去,兴到闲时□得生。三尺波拖蓝自蹙,一篙烟破绿还平。有时直占渔湾宿,倩与沙鸥结素盟。

良友竹窗夜话

小窗低压碧篔筜,良友欣逢夜话长。交淡不嫌心似水,更阑旋见月如霜。低徊往日三秋隔,消受今宵一味凉。恼恨鸡声催太促,两家分袂正仿徨。

暑至临流濯足

炎歊何地可安休,濯足时临万里流。清兴满腔歌孺子,闲情一段付浮鸥。青苔白石随行坐,布袜棕鞋自坦由。健羡烟波垂钓客,日无驰逐荡轻舟。

则尺轩题壁

软尘飞不到闲居,小住清幽兴有余。自笑此间无长物,半床图画半床书。

拟陶九成南村杂咏八首 录四

青山迢递抱云斜,罨画南村处士家。日对小窗无别事,携琴调鹤是生涯。

东风吹水绿生波,九十春光一半过。坐久不知天色暮,满身红雨夕阳多。

沿堤细草绿初齐,缓步芒鞋浅印泥。[如]昨夜水田经雨足,家家叱犊去扶犁。

金风披拂木樨香,秋入园林□色苍。负郭有田杭稻熟,大家团坐共新尝。

状元塘 道光辛卯周邑侯招覆题

郭巩宸松庚　鹤曹

陈宅枕东城,畸人应世生。才堪上舍首,政和三年,陈公辅上舍两优释褐塘遂状元名。僧院当年徒,文坛此日荣。祥休□□□,□话协舆情。取用供烹茗,行歌听濯缲。会龙桥媲美,学士洞同声。崒崒双峰□,□鲜一鉴清。巢痕容指点,记识了分明。

石龙庵

粥□□□地,如何日就衰。有尘封佛相,无米接僧炊。地僻人来罕,窗幽读坐宜。惭予年□□,□□□□□。四十年前事,宗风正盛时。满庭梅兀傲,曲径竹参差。壁有模山画,胸多赋物诗。不图成往事,□翼至于□。残僧今七十,落落一晨星。拙似巢鸠性,臞同野鹤形。世人多眼白,佛阁少镫青。风雨飘摇夕,何堪对否□。旧说上茶院,留传有石亭。接时忘岁月,纪实欠碑铭。只叹僧无用,难言佛不灵。心香拈瓣瓣,鄌写梦□□。

又村小阮采芹赋贺

不染时趋日下帷，峥嵘头角眼中稀。千寻甫苗蓝田玉，一试先赓泮水诗。家学有源堪继续，妙年方富戒荒嬉。青云即在芸窗外，直上扶摇正及时。

宿栖云精舍

不有招提地不雄，入门端喜径幽通。楼藏翠竹苍松里，人在春风夜月中。世味早知如水淡，名必旋悟等禅空。何时得遂山栖愿，少占伽蓝半亩宫。

挽晓村宗侄

晓村小阮，浸淫六籍，淹贯百家，长余一年，居邻旧里。花亭月榭，常倾北海之樽。雪案鸡坛，共展西窗之烛。忽乘箕尾，遽谢角巾。听午夜之啼鹃，回肠欲断。忆他年兮归鹤，望眼将穿。兰香乍无，石文安在？聊成里句，谨晋灵帏，难招屈子之魂，庶代羊昙之哭。

欲语谁从心转酸，此生无复见应难。秋风一夜吹残梦，穗帐空悬月影寒。

樽酒当年共论文，雄奇笔阵扫千军。玉楼不少鸿才记，何事征书独爱君。

正拟秋高战棘闱，谁知天定愿终违。痴心不信逢人问，多半犹疑是也非。

亏治箕裘望象贤，难兄难弟继真传。青毡旧是君家物，收取声名满百年。

清潭柳枝词

上茶亭下石龙庵,古佛珠衣镫一龛。记得月来逢朔望,半男半女杂和南。

多种高田与水田,□收芋粟庆丰年。官租早了常快活,免得打门妨夜眠。

读我书斋夜坐

一灯闪闪夜迢迢,茗碗炉香破寂寥。读罢南华更正永,倚阑听雨打芭蕉。

哭堂弟晓村廿四韵

郭德昭载著　朗夫

吾弟幼志学,质美而才全。伟哉人中凤,矫翼思高骞。弱冠游庠序,矻矻以穷年。皋皮开讲席,启后与承先。足不逾户限,诗酒陶性天。无量不及乱,日哦富百篇。脍炙在人口,万选青铜钱。恪守君陈义,孝友希圣贤。家庭得真乐,不慕世腥膻。我忝居兄行,雁序翼联翩。髫龄同笔砚,风雨手一编。既冠锻翎□,改辙学服田。满期尔特达,快着祖生鞭。青云路直上,焜耀遍台躔。纵偶遭颠蹶,晚成理则然。不□染微疾,遽尔赴黄泉。我心长恻恻,我泪常涟涟。严亲谁侍养,幼子孰陶甄。一堂曾三代,致令□不□。尔灵宜默相,荷担休息肩。暂

屯运复泰,蔗境日甜鲜。高堂歌寿岂,后嗣守青毡。行将录行
□,表尔泷冈阡。尔魂庶少慰,破涕为欢焉。

哭堂兄晓村先生

郭元曦旭初　　□□

□□□肃肃,西窗[堂]梦寂寥。拈香还大恸,剪烛记前
宵。天独文章妒,人多词赋招。宁知□□□,□□殡堂浇。

食　瓜

珍果□□□,豳风句旧谙。买园怜蔓绿,登席羡皮蓝。利
刃分真快,纤绤羃最堪。盘承红玉满,齿溅晓霜含。饱食无伤
热,充饥足疗贪。肥浓逾玉醴,杂脆压金柑。斗觉诗脾沁,旋
消午梦醑。□台超渺渺,舌本妙醃醃。华副严周制,飞升述幻
谈。未须茶碗七,已胜酒杯三。涴绝青蝇集,伤除黄甲奕。水
壶圆可拟,雪藕泠同参。种出燉煌地,家藏邵氏篮。及时贞处
女,兆瑞颂多男。大火虽移次,炎风尚□南。会宜多蓄取,无
慕蔗浆甘。

冬效四咏

种麦

筑场才罢纳嘉禾,瞥见更番种麦多。疏雨一犁旋在即,小
春十月莫闲过。云花预卜三冬足,土脉均沾四气和。指日寸
苗新簇簇,来年齐唱两岐歌。

采柚

耸两寒肩倚竹梯,筠筐采采快携提。满身乱叶红飞雨,脱手遗珠白嵌泥。树影模糊添日冷,山歌嘹喨与云齐。深村矮屋烟飘处,藉碾兰膏照夜迷。

打豆

南山言采几人偕,相约终朝遍地排。颗粒充肠厨待试,尘沙上面手慵揩。村翁争说街头价,箕火新添[宠]灶下柴。共羡淮王遗制在,田家滋味本来佳。

收荞

半在村东半在南,花房初绽子[含]新含。讵随夏熟时还异,趁好天晴刈正堪。满握嫩茎和露□,一肩寒色带霜担。岁余共乐丰穰庆,彼满车兮此满甂。

拟任翻三至巾峰诗

双峰峭削石崚嶒,十笏香龛最上层。笑我浑闲无一事,竹房深处访山僧。

重来我客爱幽清,管领烟霞不世情。记得前番深夜里,半江明月听潮生。

脚跟喜未着纤尘,三到巾峰不厌频。岁月渐移人不识,看松都已作龙鳞。

题看耕图

山外晴霞妆抹,桥边远水沿洄。此间别有天地,身在桃源往来。

幽人且耕且读,春事好归未归。凉燠平分天气,棕鞋蒲扇蕉衣。

深绿深红桃柳,下来下括牛羊。省识田家至乐,陇头小立徜徉。

丰韵翩翩美士,才华籍籍芳声。一邱一壑别墅,三沐三熏前生。

读我书斋种竹

宿雨初过趁晚晴,移栽腊底属闲情。不嫌着力锄新土,贪惜浓阴一榻清。

□□□□□塘

巢痕隐约近□□,走院为塘宰化工。个里元机人识得,管教贵显振文风。

政和癸巳擢英才,一舍公车北上来。两次夺标优释褐,者番文运属天台。

□□□□□□塘,塘存人去水犹香。声名旷世依如昨,过客低徊话夕阳。

□水澄鲜一鉴开,科名洋溢闹如雷。当年一段真消息,留个头衔艳大魁。

挽堂叔晓村先生

郭攸致 志坚　固生

年逾颜氏志昂藏，忽为仙游别故乡。绛帐十年传弟子，青衫一领裹文章，秋风瑟瑟悲黄鹄，夜月凄凄掩白杨。最是天公难问处，有才无命理茫茫。

赤城霞赋　以赤城霞起而建标为韵

元晖

丽境天开，灵区地辟。一簇花攒，千层锦积。嶙峋嵌瑙，望眼流丹。璀璨含猩，凌霄蘸碧。聚而为城之峙，有石皆奇。衍而为霞之栖，无岩不赤。夫赤城之称，奇于台岳也。据其北者，峰名穿剑。敝于西者，洞号玉京。王妃之塔高耸，仙人之井常清。云盖方瀛，名区宛在。悔山乌石，游屐时迎。羡尔离奇不改，看兹绚烂常明。倩涂赭于谁人，烧空拟朝天之烛。问赐绯于何代，凝晖如不夜之城。则见悬崖焕影，峭壁添葩。疑张火伞，似慰丹砂。直如南郡城楼，顾长康观来目眩。不必山阴道上，王子猷盼到兴□。孰买胭脂，装就峰峦尽赤。未经版筑，争看雉堞如霞。尔其景丽一方，烟融十里。祥光耀日，未翦割可为裳。紫气腾霄，几疑散将成绮。惊汉帜之云移，讶秦山之火毁。漫散气结如凡，无待烟凝成紫。天边影落，鹜鸟齐飞。江上人来，诗情顿起。色原是锦，群疑织自七襄。地本非都，莫谓制过百雉。加以休阴深夹，林翠低垂。岩花匝绣，瀑布飘丝。鹭玉横飞，空中着色。鸦金斜点，分外生姿。一角光摇,司马流□。丹台矗起,四围彩彻,季伦之锦帐齐披。长教日照山中,松含青而不冷。若遇桃开洞口,人望□将迷。峻极遥天,非不高也。餐堪果腹,岂其馁而。别有释子安栖,高人偶寄。拄杖摩崖,携童到蔓。沐一番膏雨,湿重成殷。映半壁斜阳,红酣入嫩。如洛川而皎若神女同升,非花县而灿然锦□远逊。具天然艳冶,不画不施。本造化神工,谁封谁建,此真境超蓬岛,地绝尘嚣,秉赤帝之□日。端有俟施,镇巽方之位。长看其大地高标,喜兹灿烂可人,早已名于台岭,问他年……

桃源春晓赋　以□树桃花万树叶为韵

　　□□□□□,渺世界之三千。问源头之活水,得涧底之洞天。纷芳草树,缥渺云烟。人不□□□□溅□□类于登仙。想昨朝花墅经过,松风谡谡。值今晓桃源在即,红雨绵绵。旭日当峰,春阴匝路。□面之映红,信天工之绘素。会仙石畔,天光破晓已曾。惆怅溪头,水里落花无数。春可怀也,人影在山。桃无言乎,鸟声隔树。尔其天新围画,地绝尘嚣。认刘阮村边之树,疑元都观里之桃。山浮黛□欲然,只鄹白云相错。瀑垂帘以蘸碧,偏宜绛雪周遭。此乃会逢其适,洵乎山不在高。艳丽□加,烂熳周遮。源以桃而见异,春以晓而尤嘉。者番恰好天气,此中定有人家。维彼牧人,误指杏村沽酒。于焉过客,还疑枫径停车。全无脂粉在胸,讵御苑杨妃之种。向有红尘拂面,非河阳潘令之花。于是去也踟蹰,望之缱绻。径曲三三,树攒万万。还期赤城霞起,绯争千叶之娇。正逢华顶日升,红入半林之嫩。倘作笺以成锦,应怜逸少墨池。堪前粥而皆香,并忆胡麻仙饭。彼夫昙花亭迥,且叶经联。金松笼翠,方竹摇妍。井韭鱼肠回阳九转,岩藤虬舞拄杖万年。非不琳琅秀润,翡翠新鲜。独难乎洞抱万山,似到避秦之地。源深千尺,宛怀送客之天。想其戏水二姝,持杯三接。延伫芳时,低徊宝屦。瑶筐金幄,齐开连理之花。蓉粉玉颜,群侍垂笄之妾。晋桃实兮,厨分王母之盘。赋桃夭兮,诗贮风人之箧。烟霞枕畔,逍遥洞里三春。杖履归来,问讯人间七叶。

罗汉松赋<small>以叶如剪刻状如绿玉为韵</small>

有松焉,相自天成,名与形协。葱郁其枝,婆娑其叶。超三十六洞之凡植,冉冉□□□□□□。峰顶之奇观,翘翘翠晶宜。不受将军之号,异品常标。共加罗汉之称,高踪谁接。原夫佛之有罗汉也,迹超上界,神驾太虚。游名山之化境,托梵宇而端居。珠火为眉,象共摹于释氏。青莲作眼,异早纪于佛书。此真名兰所共奉,原非植物所能如。若夫松之为木也,翠盖长垂。虬枝不剪,铁干穿云,霜皮着苏。共称梁栋之材,得备斧斤之选。看依枝而结子,最是可人。乃取象而加名,无烦细辨。尔其傍岩边,依涧北,谢蓬蒿,远荆棘,多种上方,非来异域,历岁寒而沃若。想此生几破禅关,托深谷而蔚然。知今日亦资地力,欲观兜罗手软。恰当弱干春抽,若看之字胸留,还谢藉么虫秋蚀。自超色相,早荷栽培。宛见须眉,何庸雕刻。具此庄严,呈兹情状。经久不凋,终朝相向。倘龙鳞皆作,无需咒钵降魔。羡髯叟高临,直是扬眉宝相。时来微雨,几疑法雨频施。或覆轻云,错认慈云远飏。要其质本松同,各求形似。□□柏叶,未鲫齐称。迦叶阿难,自当同揆。经如可听,倾耳定有仙禽。礼问何人,低头或来□子。蓬日升华顶,如法炬之焰初。然或值桃放，仙源似天花之飞未。止加以山萼粘红，岩藤□□□□绿。种□非常，品原不俗。匀圆颗颗，舍利之子堪方。礌砢离离，大夫之封不欲。螺溪艇近，谁杭□海之舟。瀑布澜翻，聊当香汤之浴。时则雅客盘桓，高人瞻瞩。爱若寸珠，珍如尺玉。□□□□，想参禅之已足，何用经翻贝叶。长留竺国嘉名，不必地涌莲花。堪□□□□，可补传灯之录。

良田无晚岁赋

以题为韵杜太宗师岁试阖属古学第一名

　　□□言于曹氏，见有德之必昌。言方行物，玉质金相。种锄非类，品擅独良。义种礼耕，瘠土亦成沃土。□□百获，斯仓复庆斯箱。但教田非下下，自必岁获穰穰。原夫田之称良也，土膏独沃。地脉无偏，泽□□□□膏□醴泉。念他时梅雨一犁，趁同群于东作。看此日金风几阵，占比户而有年。既托根之孔固，□□宝而陈先。须知菽粟之生，人力还需地力。当此收藏之候，良田讵比石田。四郊足喜，一望堪娱。黄云□□□穗垂途。我田既藏，信可乐也。农夫有庆，宣其然乎。向南亩以先登，十千有获。望东皋之已熟，庚□无呼。既实栗而实坚，藉兹土田肥美。虽或耘而或耔，不关农力有无。惟是树艺之地既良，斯告成□时不晚。白云起处，遥闻籼板声喧。黄叶飞时，远见篝车载穗。带露实以登场，合霜花而作捆。□助其长，欣我稼之已登。乃亦有秋，岂厥田之无本。不致无年，常占富岁。户有盖藏，野多滞穗。歌斯千□□斯万，聚首颂大有之年。食九人食八人，鼓腹享太平之世。神祠报赛，土鼓载伐而载挝。村墟夜舂，玉粒或精而或粝。惟赖土德厚而有收,岂徒镃基具而能济也哉。方今圣皇宝穑维殷,诏农是务。恺泽旁敷,湛恩远布。德惟善政,既本立而道生。土美养禾,亦根深而蒂固。良苗看栖亩之多,膏泽有丰年之瑞。即今仓囷告足,共陈多稌之诗。他时艺苑生香,同赓籍田之赋。

赤城论谏录

［明］谢铎　黄孔昭辑

李秀华点校

赤城論諫錄卷之一

上欽宗條畫十二事

陳侍郎

臣近者兩蒙聖恩召對親奉玉音事平之後當急於圖治此寶天
下幸甚臣不勝踊躍抃蹈之至臣聞之聖人不先時而起不後時
而縮凡興事造業扶危救衰要當勇於力行敏則有功烏可以後
時哉伏自陛下臨御以來天下延頸舉首伺望新政遲遲未聞民
惑固矣況今宗廟垂休神祈降福陛下聖德所感強兵宿將皆顧
盡力軍聲大振虜氣已奪欲和與和欲戰必克事之可平在旦暮
矣然則陛下圖治之計宜早定睿謨以慰天下之望不可緩也臣
自念平昔有致君澤民之志有犯顏逆耳之言無路而不得進今

論諫錄一

台州叢書續編

临海博物馆藏《赤城论谏录》书影

点校说明

　　《赤城论谏录》十卷，由明代名臣黄孔昭、谢铎二人合编。黄孔昭（1428—1491），初名曜，后以字行，又改字世显，号定轩，黄岩洞黄（今属浙江温岭）人。天顺四年（1460）进士，历任屯田主事、都水员外郎、文选郎中、右通政、南京工部右侍郎，谥"文毅"。黄孔昭为人清正孤介，读书不事章句，往往能穷究前人之所未达，乃一时名流。谢铎（1435—1510），字鸣治，号方石，太平桃溪（今属浙江温岭）人。天顺八年（1464）进士，官至礼部侍郎兼国子祭酒，谥"文肃"。谢铎精通经学，善作文章，著述极丰，曾参与编修《英宗实录》、《宪宗实录》。黄孔昭、谢铎是同乡，两人相与为友，皆留心于收集和编纂乡邦文献。据《明史·艺文志》、《浙江通志》所载，二人还合编了《逊志斋集》三十卷、《拾遗》十卷以及《赤城诗集》六卷。

　　根据陈耆卿《嘉定赤城志》，南朝宋武帝孝建元年（454）析分扬州五郡为东扬州，临海为其属地，梁武帝则改称赤城郡，但很快又改回原名。唐代李吉甫的《元和郡县图志》说："临海县……本汉回浦县地，后汉更名章安。吴分章安置临海县，属会稽郡。武德五年改置台州，县属焉。"又说："赤城山，在（临海）县北六里，实为东南之名山。"于是，赤城多被视作台州的别称。《赤城论谏录》即汇集了台州籍名士撰写的一些奏疏和政论文，其中辑录南宋时人陈公辅、陈良翰、王居安、杜范、陈耆卿、车若水、郭磊卿、戴良齐等所撰文章四十篇，明初时人叶兑、郑士元、郑士利、叶伯巨、叶叔英、方孝孺等所撰文章二十六篇,总计六十六篇,并在书前总目中略载诸人的生平事迹。另有宋末吴芾、叶梦鼎二人亦以言事著称,但其奏稿不能复得,仅载其出处行事,附名于后。

所谓"论"多是对时政的看法,"谏"多是对最高统治者的劝谏。《赤城论谏录》所收入的这些文章,显然都是围绕治国理政而展开,涉及谏议、边事、选官、皇帝内务、民俗等许多实际问题,具有很强的现实针对性,体现了宋明时期台州名士关心政治、积极进取的事功精神。黄孔昭、谢铎乃当时名儒,他们收入这些文章时一以阐扬儒家道义为准的,重视修德立诚,施仁行义,显示了理学之于政治的渗透。著名的理学家蔡清曾致信谢铎,称赞此书:"则天地正气沉郁百年而几泯者,一旦遂得其全,以显行于世,公之功大矣!"(见焦竑《国朝献征录》卷十四)确实如此,很多文章并非显得迂阔,反而能切中时弊,提出富有见识的策略,至今仍有一定的启示价值。

《赤城论谏录》最初由谢铎、黄孔昭好友林克贤刊刻于明成化十五年(1479)。明嘉靖时期,晁瑮的《宝文堂书目》将其记录在册,其后清初黄虞稷的《千顷堂书目》以及《四库全书总目》都有著录。但流传于世的版本极少,《四库全书总目》(存目)所提及的只是浙江巡抚采进本,其具体情况已不得而知。目前所能见到的是上海图书馆藏清代台州人王棻(1828—1899)的钞本,全称"王氏柔桥隐居钞本"。此本第五卷卷末记曰:"光绪乙酉八月廿二日王棻校一通。"可见,王氏钞本大约完成于1885年。此本在20世纪90年代被纳入《四库全书存目丛书》中,列于史部第六十九册,由齐鲁书社1997年10月影印出版。另外,此书又被王棻收入他的《台州丛书续编》之中，有清光绪戊戌年（1898）翁长森刻本、临海黄蒸云重刊本，可称之为《台州丛书》本，与其钞本略有不同。

　　本次点校，即是以王氏钞本为底本。然而，这个版本并非善本，不少地方存在空缺、磨损、模糊难辨甚至脱页的情况。故在点校过程中尽量参校《台州丛书》本，以及个人别集，如《翠渠摘稿》、《清献集》、《筼窗集》、《逊志斋集》等，也参校一些诗文总集和史书，如《宋名臣奏议》、《国朝献征录》、《名臣经济录》、《明文衡》、《皇明经世文编》、《建炎以来系年要录》等。原本有缺损者，取而补之；模糊难辨者，取而正之。若有异文，皆作出校记。原本缺损但无法补入者，一律用□表示。由于本人学识有限，此中难免存在错误，敬请读者批评指正。

目　录

赤城论谏录叙

　　台为州万山中，群贤出，多能立光明俊伟事业，以惊动人世，而其论谏，亦往往达治体，识事几，忠爱诚恳，明白剀切，足为后世谏官法程。甚矣！台之多贤也，盖他州莫之或先也。成化十五年冬，瑛入京师。台有仕于朝者，若吏部黄先生世显、翰林谢先生鸣治，相与来视瑛，翌日出《赤城论谏录》，属瑛叙之，瑛奉而卒业焉。

　　盖皆二先生辑录其乡先正，自宋左司谏陈公辅以下十数人奏疏，共为一编者，其意将以诏告天下后世，而与谋人国家者共之，不但成其乡多贤之誉而已也。顾瑛谫薄，何足以叙群贤之言！虽然，瑛尝闻之，天下之事，有几有势有形。几，善恶也；势，轻重也；形，治乱也。几动则势趋，势趋则形就。是故几动于善，则天下皆趋于善矣。天下皆趋于善，善重而恶轻，及其至也，而治成焉。几动于恶，则天下皆趋于恶矣。天下皆

趋于恶，恶重而善轻，及其至也，而乱成焉。[①] 夫治乱固有形
也，而其始也，系于善恶之几。知其几者，其天下之至明乎！
用其几者，其天下之大勇乎！故谋人家国，而救其几者，上也；
救其势者，次也；救其形者，又其次也。当时群贤论谏，或在于
草昧之初，或在于治平之后，或在于存亡危急之秋。其所敷陈
非迷于几也，所值不同也。所值不同，而犹汲汲以救焉者，此
爱君忧国之至者也。后之君子，有志天下事者，读其书，体其
心，审其几而用之，天下其永安哉！此则二先生集书之意，亦
当特群贤惠泽及人之余也。

是岁己亥冬闰月甲寅，后学莆田周瑛叙。

---

① 此句之后的文字，与周瑛《翠渠摘稿》卷一所收录的《赤城论谏
录序》大不相同。今录于此，仅供参考："夫治乱，形也，然不生于形而
生于势。轻重，势也，然不生于势而生于几。有善恶，是为形势之先，
治乱之本也。当时群贤论事，或在治平之后，或在草昧之初，或在存亡
危急之秋。其所言事虽有大小，要皆有以审夫几也。夫几动于心，间
不容发。非天下之大知，不足以知此；非天下之大勇，不足以用此。故
气运不我与，明良不相值，坐失此几者亦多矣。此君子于豪杰之士，又
不能不叹其建功立业之为难也。二先生裒辑是篇，用心良苦矣。瑛复
以形、势、几为言，而终之以智勇以告读是编而兴起焉者，当有以审夫
次第而为之也。"

赤城论谏录总目

侍郎陈公三首

公名公辅，字国佐，临海人。宋徽宗政和三年，上舍及第。钦宗靖康中，为左司谏。论事剀切，疾恶如仇，尝忤时宰，斥监合州税。高宗即位，特起用之。极攻王安石学术之祸天下，且请官陈东以作士气，竟与大臣异议，不久留。官终礼部侍郎。所著有《奏议骨鲠集》，凡十数卷。事见《宋史》及诸臣奏议。今从祀乡贤祠。

陈献肃公八首

公名良翰，字邦彦，临海人。宋高宗绍兴五年进士。孝宗时，官至敷文阁学士，与王十朋齐名，卒谥"献肃"。朱子称："公在州县，勤事爱民，号为良吏。及登朝廷，直言正色，抑邪与正，中外倚以为重。隆兴中，协赞庙谟，经营北向之策，尤尽其力。当是时，国势几振，不幸为小人所间，比其复来，则事已异前日，而公亦老矣。然其气不少衰，因事献言，必极其意而后已。"所著有《劲正集》十六卷。事见《宋史》及《朱子大全集》。今从祀乡贤祠。

侍郎王公七首

公名居安,字资道,黄岩人。宋孝宗淳熙十四年进士。始官太学,辄慷慨论事。及在谏垣,益尽言不讳。寻出为郡守,诛洞獠,降汀寇,卒立大功。宁宗嘉定中,与魏了翁同召,迁工部侍郎,卒赠少保。《宋史》称公"宅心空明,待物不二",又曰:"王居安扫除群邪,以匡王国,其志壮哉!"所著有《方岩集》十卷。今从祀乡贤祠。

杜清献公十七首

公名范,字成之,黄岩人。宋宁宗嘉定元年进士。理宗端平嘉熙间,立朝风采,屹然为天下重轻。天下之人,至候其出处,以为休戚。淳祐中,始拜右丞相,未几卒,谥"清献"。史臣黄震谓:"端平大坏之余,方得正人如杜公,我理宗方倾心仰成,众弊方条陈更革,乃才八十日而终,其所关系何如哉!公生有令质至行,亲得朱子再传之学,于其从祖南湖方山二先生,而金华王鲁齐柏,实相与师友。故其道德勋业,有如此者。"所著有《杂文奏稿》凡三十卷。事见《宋史》。今从祀乡贤祠。

司业陈公一首

公名耆卿,字寿老,临海人。宋宁宗嘉定七年进士,官至国子司业。尝从叶水心游,水心极口推许,一时及门之士,莫之与京。南渡以来,称文章家者,水心之后,惟公为适派。号筼窗。所著有《筼窗集》数十卷。事见《赤城续志》。今从祀乡贤祠。

玉峰车公一首

公名若水,字清臣,黄岩人。自其祖敬斋、隘轩二先生,讲明理学。至公复从清献公游,与王鲁斋实相师友,盖有得于朱子再传之学者。隐居不仕,自号玉峰山民。所著有《道统录》、《宇宙略纪》、《玉峰冗稿》诸书。事见《一统志》。今从祀乡贤祠。

郭正肃公一首

公名磊卿,字子奇,仙居人。尝与赵公几道辈,从朱文公游。登宋宁宗嘉定七年进士。理宗端平初,拜右史,与杜清献公、徐元杰等,号端平六君子。风采凛然,以论史嵩之,愤不得伸,郁郁而卒。帝轸念,特谥"正肃",诏立正谏坊以旌之。事见《赤城续志》。今从祀乡贤祠。

秘书戴公二首

公名良齐,字彦肃,黄岩人。宋理宗嘉熙二年进士,官至秘书少监。公以古文鸣,而尤精性理之学。著述最富,有《礼经辨》诸书。草庐吴文正公尝师之,而得其说。事见《郡志》及《始丰稿》。今从祀乡贤祠。

布衣叶公一首

公名兑，字良仲，宁海人。以经济自负，尤精天文、地理、卜筮之学。元末仰窥天运有归，乃以布衣献太祖高皇帝《武事一纲三目策》，言取天下大计。太祖奇其言，欲留用之，公力辞，遂赐银币袭衣以归。后数岁削平天下，其规模次第，悉如公言。事见《洪武修史事实》。

佥事编修二郑公二首

佥事名士元，字好仁，宁海人。洪武初，以进士为怀庆同知，迁湖广按察佥事。所在民皆望风畏服，而去辄思之。编修名士利，字好义，佥事之弟也。以布衣上书，输作江浦。永乐中，累官翰林编修。事见《逊志斋集》。

分教叶公一首

公名伯巨，字居升，宁海人。洪武初，以国子生分教山西平遥县。适星变，诏求直言，公应诏言三事，坐死狱中。事见《逊志斋集》。

修撰王公一首

公名叔英，字元采，黄岩人。洪武初，起仙居训导，迁汉阳尹，寻擢为翰林修撰。岁壬午，以修撰募兵死广德。杨文贞公士奇,实公所荐。既殁,为表其墓,且曰:"先生学醇行正,子道臣道,终其身无一毫之苟。"所著有《静学斋集》行于世。今从祀乡贤祠。

逊志方公十九首

公名□,字□□①,宁海人。洪武中,被召为汉中教授。岁壬午,以翰林侍讲卒于官。公自幼得考亭之学于其父济宁先生,既长,从金华宋太史公游。太史得之,喜且不寐,曰:"吾道台矣。"一时名士,如苏公平仲、胡公仲申,皆竦立起敬。而公之学,初不以是为足也,自题其读书之所曰逊志斋。所著有《逊志斋稿》三十八卷。

吴康肃公

公名芾,字明可,仙居人。宋高宗绍兴二年进士,官至龙图阁直学士。卒谥"康肃"。朱子谓:"当绍兴之季年,天子慨然有意收用耆俊,以遂中兴之烈,其所引拔以为谏诤论议之官者,多得直谅敢言之士,而吴公又其伟然有闻于时者也。迨其晚岁,竟以刚鲠不得尽行其志,退而老于湖山之下者十余年,天下莫不高之。"所著有表奏五卷、诗文三十卷。事见《宋史》及《朱子大全集》。

---

① 原本空缺,《台州丛书》本作"公名孝儒,字希直"。

叶信公

　　公名梦鼎,字镇之,宁海人。宋理宗嘉熙元年,上舍释褐。度宗咸淳末,官至右丞相,封信国公。嫌与贾似道共政,力引疾,坚卧不起。益王即位于闽,召为少师,道梗不能进,恸哭而还,卒于家。所著有《西涧集》□卷①。事见《宋史》。今从祀乡贤祠。

---

　　①　原本空缺,此书已佚,未知卷数。《台州丛书》本无此卷数。

赤城论谏录卷之一

上钦宗条画十二事

陈侍郎

　　臣近者两蒙圣恩召对，亲奉玉音，事平之后，当急于图治。此实天下幸甚。臣不胜踊跃抃蹈之至。臣闻之，圣人不先时而起，不后时而缩。凡兴事造业，扶危救衰，要当勇于力行。敏则有功，乌可以后时哉！伏自陛下临御以来，天下延颈举首，伺望新政，迟迟未闻，民惑固矣。况今宗庙垂休，神祇降福。陛下圣德所感，强兵宿将，皆愿尽力，军声大振，虏气已夺，欲和与和，欲战必克，事之可平在旦暮矣。然则陛下图治之计，宜早定睿谟，以慰天下之望，不可缓也。臣自念平昔有致君泽民之志，有犯颜逆耳之言，无路而不得进。今幸遭遇陛下慨然愿治，容受直辞，乃臣自效之秋。臣不避万死，条画十二事，皆今日治所宜先者，预以奏闻。伏乞圣慈，贷臣狂愚，少赐睿览，谨具列其目。

　　一曰审因革。臣闻圣主立法，不矜于同，而矜于治，故可则因，否则革，未尝拘于一而不知变也。国家祖宗之法善矣，至治平而稍弊，故神宗皇帝革而新之。凡以随时之宜，适民之欲耳。比来专以不变熙丰之法，为绍述之孝。不问时之所宜，民之所欲者，曰以不变为孝，则是神宗自不当变祖宗法。盖法无必因,亦无必革,惟其当而已。今①吏员猥多,赋役烦重,政令数易,纪纲隳坏,以至养兵取士,驭吏牧民,皆不如古。法至于此而已弊矣,尚何绍述为哉!臣愿考祖宗之法,与今日所行,善者因之,否者革之,详求博取,精思熟虑,择其至当者,著一代良法。不必拘拘以绍述为名,而失其实也。

二曰论大臣。臣闻天子所与共天下者,七八大臣得人,则朝廷正,百官治,海内和平,四夷效顺。苟非其人,天下不安,岂可不论哉?《传》曰:"人主之职论一相。"相之难其人久矣。古之论相,必曰才足以有为,识足以有明,量足以有容。三者固难全矣,有一于此,亦可任焉。乃若以道事君,以公灭私,则难其人矣。惟以道事君,则自任以天下之重,毁誉得丧,不以动心,声色富贵,不以累志,可则行之,不可则止。唯以公灭私,则孤忠自许,不立朋党。所以钧陶天下,进退人才,一付以至公,未尝着意于其间也。本朝惟李沆、韩琦,为真相焉。近时此风,无复存者。陛下承变乱之后,将大有为,必得贤相共图治功。臣望陛下详择而审考之,则必有名世之才,为时而出者。至于枢密之地,政事之本,纲辖之任,亦必择其真贤实能、人望所归者。傥无其人,自可兼之,不必备也。

三曰辨邪正。臣闻正臣进者治之表,正臣陷者乱之机。自古治乱,必主乎邪正。古之人君,所以任贤勿二,去邪勿疑。唐太宗知士及之佞,德彝之奸,而不用,至房、杜、王、魏,则任之不疑,所以成贞观之治。明皇之初,委任姚、宋,以致太平,至于末年,罢张九龄,相李林甫,则治乱自此分。甚哉!邪正不可不辨也。然邪人乘间窥伺,揣合主意,阿事权贵,持禄固

---

① "今",四库本《宋名臣奏议》卷一百五十作"况今"。

宠，故人主易以信。正人责难于君，不务苟且，直道而行，无所附丽，故人主易以疑。此唐德宗所以于裴延龄辈，则委任不移；于陆贽，则怫然以谗幸逐也。臣愿陛下于易信者不可以轻信，于易疑者断之以不疑，庶几可得其实也。

四曰明赏罚。臣闻赏当贤，则臣下劝；罚当罪，则臣下畏。赏罚者，人主之威柄，安可以不当哉？国家承平既久，万事姑息，故爵赏太滥，典刑太轻。贵游子弟，虽乳臭小儿，联班侍从，应奉官吏。虽苍头奴隶，蹑取显仕。两府大学，而身不任责。直阁待制，而眼不识字。伶伦嬖幸，医卜伎艺，身被朱紫，家盈金玉。岂非爵赏太滥耶？汉法："大臣有罪，皆弃市夷族。"本朝祖宗恩德之厚，未尝杀戮大臣，然窜逐岭表，固有之矣。近时，大臣怀奸误国，天下疾之，乃令闲居都城，坐享厚禄。其他朋邪谄佞之徒，奸赃狼籍，罪恶昭著，方且结交权贵，与之营救，或贷而不问，或朝窜夕召。岂非典刑太轻耶？夫爵赏滥，则人多侥幸；典刑轻，则下不畏法。此所以至于危乱也。臣愿陛下深鉴此弊，爱惜名爵，不轻以予人，明正典刑，不失其罪，赏以春夏，刑以秋冬。如天地之无私，则天下之治举矣。

五曰广言路。臣观自古人君，苟不至有大恶如桀纣者，未尝不欲纳谏，然卒至于言路壅塞，天下溃乱者，皆权臣蔽之。元帝之初，听萧望之、刘向所言，及恭显用事，则不能容。成帝之初，数下明诏求言，公卿奏议可述，及外家擅权，则不复闻矣。国家祖宗之时，大臣皆公心直道，故朝廷诏令有未便者，臣下得以直言。虽天子震怒，大臣方极力救之。至熙丰以来，用事者欲新法必行，恐人异己，故排斥群议，有出一言则谓之沮坏良法，必逐之而后已。谏官御史，以其党为之，观望成风，无复公议。方太上皇帝诏求直言，言之不中，亦不加罪。及蔡卞乃尽治言者,如陈瓘等,皆当世端人,摈死不用,士论痛惜。臣观今日,其弊极矣！大臣乐软熟而憎鲠切,台谏之官与夫缙绅之士,相习一律,闲居议论,无敢及国家安危、生民休戚。况望于人主前争是非利害耶！所以上下欺罔诞谩,无所不至,而召天下之乱也。臣愿陛下以前日为鉴,择台谏官,责其言事不称职者。凡政事法度有可议者,诏臣下集议,各献其说。无令权臣壅蔽圣聪,则人人皆愿明目张胆,效区区之忠,下情不患不通矣。

六曰励风俗。臣闻士大夫者,风俗之所系。朝廷用贤士大夫,以职业成政事,以行义率风俗,则民德日归于厚矣。近时士人,以剽窃记闻为读书,不能行其所言;以纤艳浮巧为能文,不能先以器识;以倾险变诈为有材,不能持以节义①。士之所尚如此,而在位大臣,亦以此为用人之先。故奔竞成风,巧伪相扇,礼义廉耻,浸以凋丧,而天下日流于薄也。臣愿陛下稍革此习②,令庙堂之上,选公忠廉退、纯实笃厚之人,用于朝廷,其浮躁炫露、倾邪险薄者黜之,示以好恶。则天下之士皆相率为善,可以革浮薄之风,成忠厚之俗也。夫忠质文之政,三代所以相救。臣观今日,礼法度数,失于太繁,声名文物,皆非实用,习俗淫靡,人情浇伪,可不救之以质欤？

七曰收权纲。臣闻太阿之柄,不可授于人,人主之权,不可移于下。汉自昭帝之时,大臣秉权。宣帝承之,信赏必罚,总核名实,所以收威权于上,而成中兴之功。及至元帝,牵制文义,优柔不断,故汉业衰焉。臣观太上皇帝,本以宽厚旷达

---

① "节义",四库本《宋名臣奏议》卷一百五十作"义节"。

② "习",四库本《宋名臣奏议》卷一百五十作"弊"。

之性,在位日久,不防奸邪,浸以欺惑,故群小狙①狎,权移于下,而威令有至于不行。臣愿陛下深鉴此弊,排斥群邪,奋然独断,使威权皆出于人主,则颓纲废纪,可以复振,而天下之治,无患不成矣。

八曰抑宦寺②。臣闻柔曼倾意,佞谀盗朝③。汉唐祸乱,皆原于此,不可不知也。然此曹蛊惑人主,皆以其嗜好入之。今陛下勤俭之德,出于天性,声色狗马,观游宴乐,皆所不近,彼固无所肆其巧矣。然尚有可戒者,不宜崇其爵位,任以事权。盖崇其爵位,则志得意骄;任以事权,则作威作福。唐太宗时,内侍不立三品,不任以事,惟阁门守御,廷内扫除,可谓深鉴此弊矣。至于进退人才,尤不宜与之谋。孔子不主痈疽瘠环,孟子不畏臧仓。圣贤君子,宁没身不见任用,岂肯附丽幸臣耶?其所以夤缘干进者,必朋邪险薄之小人也。怀奸之臣,皆倚之以为重,卒乱天下,可不鉴之哉!

九曰治财赋。臣闻古者制国用,皆量入以为出。是以祖宗盛时,敛取有经,用度有节,无虚费,无妄与。故常赋之外,未尝一取于民间,而聚敛兴利之臣,亦不得容其奸矣。比年费耗百出,征求无艺。聚敛兴利之臣,专以上供为名,侵渔百姓,无所不至。州县率掠,民不聊生。陛下今日,虽已尽罢御前供奉所须之物,奈何军兴之时,财物窘急,于取民者尚或未已。臣愿事平之后,诏有司以一岁经费,立为定额。常赋之外,如茶盐法刻民尤深者,一切讲究,取其中制,轻徭薄赋,与民休

---

① “狙”,四库本《宋名臣奏议》卷一百五十作“狙”。

② “寺”,四库本《宋名臣奏议》卷一百五十作“侍”。

③ “朝”,原本缺损,据四库本《宋名臣奏议》卷一百五十补。

息。使海内富庶，如祖宗时，国用亦无患其不饶。所谓百姓足，君孰与不足也？

十曰崇俭约。臣闻俭为德之共，侈为患之大。帝王所以训天下，未有不以俭德也。比年承平之①久，海内富庶，骄侈不期而至。故尊卑上下，内外远近，皆以淫靡相胜。衣服饮食，极其珍异。车舆屋宅，饰以金翠。声乐玩好，观游宴乐，其费不赀。而物价腾踊，细民穷苦，盖不可不节之也。上之所行，下之所效。陛下在东宫，俭德著闻，今日临御，专以敦朴为天下先。夫杨绾人臣也，以清德在位，能使人减驺彻御，罢去声乐，况以一人而躬行者乎！然羔羊在位节俭，虽以化文王②，而有刑威之政存焉。臣愿陛下明诏四方，痛革前日侈靡之弊，有不惩者置之③以法，自京师贵近始。则此风可消，而天下富足矣。

十一曰重外官。臣闻监司天子外台，守令民之师帅。监司得人，则一路受赐；守令得人，则郡县被泽。此不可不择也。近时除擢监司，或出贵幸之门，或繇宰执亲党，不观才能，不问资格。至于郡县，尤不择人。侍从之官，得罪朝廷，乃付以民社；贪饕之吏，干求权要，乃得除郡。士人以县令为俗吏，不肯注受。吏部以县令非要官，不加铨择。故为监司者，人微望轻，不能举善惩恶；为守令者，旷官慢法，不能承流宣化。上下蒙蔽，肆为奸欺。穷困之人，无所告诉。臣愿陛下谨重外任之

---

① "之"，四库本《宋名臣奏议》卷一百五十作"既"，当从。

② "虽以化文王"，四库本《宋名臣奏议》卷一百五十作"虽化自文王"。

③ "置之"，四库本《宋名臣奏议》卷一百五十作"重置"。

官。凡监司有阙，选卿监省郎；藩府有阙，选侍从官。所以均其内外，更其劳逸。其余郡守之阙，尽归吏部，如祖宗时。以分数资望依格授之，以久其任，无令数更易。至于县令，虽有吏部选格，更令侍从官举充。其有治状优异，委监司御史考察以闻，特加升擢，使人知郡县为重，不敢不勉。而四方万里，皆蒙朝廷德泽矣。

十二曰修武备。臣闻有文事者，必有武备。治天下国家，未有能废此也。祖宗盛时，边备尤谨。比来委任非人，故守卫中国，御戎安边之策，一切坏尽。是以夷狄一旦长驱而前，良可骇叹。臣愿陛下深鉴前日之弊，以武事为急。内自京师，外至郡邑，讲求兵备，尽如祖宗之时。况今金寇虽已出境，秋冬决须复来。河东、河北两路，尤当备御，亦宜早为之计。粮不可不积，兵不可不募，将不可不择，城池不可不固，车马不可不修，器械不可不备。臣料此等庙堂讲究熟矣，不复具陈，姑举其略而已。

缘臣所论十二事，其次第虽有先后，然皆今日之急。至于武备，议者必曰当在所先，而臣独后之者，盖文武以《天保》以上治内，《采薇》以下治外。至于宣王，亦曰内修政事，外攘夷狄。今日虽夷虏①深入，御之为先。以臣观之，朝廷若法度修举，大臣得人，赏罚无私，风俗归厚，以至下情得通，权纲不失。大略如臣前项所陈，则天下国家无有不治矣。彼夷狄自当怀德畏威，望风远遁，岂足忧哉！孔子曰："远人不服，则修文德以来之。"孟子曰："王如施仁政，可使制梃以挞秦楚坚甲利兵。"臣所闻如此，陛下不以为迂阔，不胜幸甚！

---

① "虏"，四库本《宋名臣奏议》卷一百五十作"狄"。

靖康元年三月上，时为校书郎。

上钦宗论致太平在得民心

陈侍郎

　　臣比缘奏对，特蒙圣慈谕臣亲自擢用之意，令臣协心助成太平。臣皇恐感激。臣诚何人，获闻此语，臣固当展尽底蕴，以补报万分之一。然臣自愧学力智识，皆不逮人，但有朴忠而已。惟陛下怜之。

　　臣尝询诸朝士大夫，皆谓今日国家夷狄之患未除，太平之治诚未易致也。然以臣观之，所以胜夷狄者，必在于治中国；所以治中国者，必在于得民心。陛下无以臣言为迂阔，而不切于治也。孟子尝曰："得天下有道，得其民，斯得天下矣。得其民有道，得其心，斯得民矣。"然则民心乌可失哉！臣尝原先王所以得民心者无他，莫先乎有德而已。盖易感者群心，难忘者盛德。唯圣人躬行于上者，既有感民之盛德，故百姓欣戴于下者，斯有爱上之诚心。非特如此，因所欲而与之，因所恶而去之，皆所以得民之心者也。是故善政者民之所欲也，虐政者民之所恶也，君子者民之所欲也，小人者民之所恶也。善政行之，虐政除之，君子用焉，小人去焉。此因所欲而与之，因所恶而去之，民心其有不得哉！

　　臣不敢远引前古，请以今日观之。陛下养德东宫，十有余年，恭俭出于天性，聪明本乎生知。爱民之诚，未占有孚；动民之行，不言而应。盛德之至，固足以感民心矣。及乎一旦即位，遂取其政之善者，略施行之；政之虐者，略除去之。忠良之君子，以次召用；奸恶之小人，以次窜殛。于是天下翕然，莫不仰戴圣明①。如重阴蔽天，初见赫日；如大暑执热，初濯清风。岂有不得其心者！故虽金寇之兵，围逼京师，几四十日，而都城百姓，咸愿固守，无一人有离心。四方援兵，不日皆集，无一士有叛志。以至于州县之间，人情帖然，盗贼不敢乘间而起。此何以致其然哉？实有以得民之心而已。陛下诚能效大禹之克勤，体文王之节俭，至诚以行之，不倦以终之，检身不及，从谏如流，孜孜图治，日谨一日，则其德愈盛而不替矣。民心焉往而不归哉！然后与宰执大臣，相与讲明，求其善政，尽举行之。凡所谓虐政蠹国害民者，除之唯恐不尽，择其君子，尽召用之；凡所谓小人蠹国害民者，去之唯恐不至；则所以得民心者至矣。夫民心既得，则中国无有不治！中国既治，则夷狄焉有不服哉？此太平之治所以可图也。昔齐宣王畏诸侯之侵，孟子曰："臣闻七十里为政于天下者，汤是也，未闻以千里畏人者也。"滕文公以小国间于齐楚，孟子独告之："凿斯池也，筑斯城也，与民守之，效死而民弗去。"孰谓陛下以一人之尊，有天下之大？尺地无非王土，一民无非王臣，区区以夷狄为畏哉？臣愿陛下勉之，但思所以得民之心，彼诚不足畏矣！

靖康元年上，时为左司谏。

上钦宗乞迎奉上皇笃其孝心

陈侍郎②

臣恭闻道君太上皇帝圣驾将还，臣不胜鼓舞欣跃之至。此陛下孝诚所感，而宗庙社稷之福，天下之幸也。然议者皆谓

---

① "明"，四库本《宋名臣奏议》卷四作"朝"。

② 原本无"陈侍郎"三字，今依《台州丛书》本补。

上皇左右有怀奸之臣，离间陛下父子，致有疑心。臣切怪之，窃惟太上皇帝临御日久，去冬缘夷狄作过①，深厌万机，欲行逊禅。陛下至诚笃孝，感泣退避，以至慈谕再三，方即大宝。此与唐睿宗因星变答天戒，遂欲传位，太子皇惧入请②，其事类矣。岂比明皇幸蜀，肃宗自即位灵武哉？是宜父子欢好之情，虽数千百年，不复有疑矣。若乃陛下更改诸事，进退大臣，赏善罚恶，兴利除害，皆以宗庙社稷为念，合天下公议，所以奉承上皇罪己之诏，岂有异志邪？纵使奸臣离间百端，而上皇慈仁，陛下孝爱，二十余年，人无间言，岂一旦能入之哉！且父子天性，上皇于陛下亲邪？于群臣亲邪？臣谓上皇之亲，无亲于陛下也。臣恐臣僚未悉此意，或因道路相传之言，致陛下于上皇自有所疑，此大不可也。况上皇聪明睿智，宽厚豁达，不防奸邪，浸以疑惑。今既自感悔，断然不疑，以神器授之陛下，方未逊位前，已下哀痛之诏，追悟宿愆，尽革弊事。虽禹汤罪己，周公改过，无以复加。

陛下今日所行，皆奉行上皇去年十二月诏书也。臣深恐前日所遣如赵野辈，不能为陛下感激敷陈，以解上皇之疑。臣愚欲望更择一二重臣，前路迎候，仍赍陛下亲书，为开具上皇罪己手诏，与今日奉行之意，使释然无疑。然后迎奉上皇，备加礼数，内自后妃诸王帝姬，外至公卿百官士庶，皆出国门。使圣意知前日之去，匆遽如彼，今日之还，光艳如此。非陛下承付托之重，贼兵远遁，京师复安，政事修举，人心欢快，能若是乎？以此慰悦上皇之心，方知此时为天子父尊之至也。若

---

① "夷狄作过"，四库本《宋名臣奏议》卷十作"金人举兵"。

② 皇，《台州丛书》本作"惶"。

夫还宫之后，一切供奉之物，陛下过为俭约，上皇务加隆厚，著于令式，风示四方，以劝天下之孝。仍乞于宰执、侍从、台谏中，选有学术行义、明忠孝大节者，分日请见上皇，以备顾问，开谕圣意。庶几究性命之至理，以适其优游无事之乐，顾不韪哉！

夫尧舜之道，孝悌而已矣。孝悌之至，通于神明，光于四海。陛下贵为天子，有父可尊，此人间莫大之乐。伏惟笃其孝心，使诚意昭感，无纤介自疑，则天地神明，保佑圣躬，靡所不至。臣将见陛下全万年人子之孝，而上皇享万年天子之养，国祚延长，生灵蒙福，自今以始，岂有穷哉！臣一介微臣，不任言责，妄意论及陛下父子之间，死有余责。惟圣慈裁之，不胜幸甚！靖康元年三月上，时为校书郎。

议虏人索旧礼及归正人

陈献肃

臣闻夷狄为中国患，何世无之？在人君应之如何尔。周宣王修政事以攘之，汉高帝讲和亲以结之，世宗穷兵甲以讨之。刘贶谓周得上策，而汉无策，良有以也。今陛下以敌人索我旧礼，不忍以中国为夷狄屈，中原归正之人，源源不绝，恐纳之则东南有限之物难于尽给。上勤圣训。臣谓此虽二说，其实一事。陛下若还其旧礼，卑下而承事之，则中原归正之人，在所不必纳，纳之则他日彼必见索，我复遣之，徒为纷纷，而重伤中原向化之心。陛下若有一定之谋，先于自治，和与不和，付之泛应，则中原归正之人在所必纳。傥或惮我烦费而阻却之，曾非劳来安定还集之义，将无以慰亿兆来苏之望。孰谓堂堂大国，而肯自屈于夷狄者乎？

中国天下之首，夷狄天下之足，颠倒而莫能解，贾谊所以流涕也。爰自先尧圣寿太上皇帝，上为亲屈，不惮卑辞厚币，结以约誓。垂二十年，逆亮败盟，驱封豕长蛇，蹂践我淮甸，荡析我生聚，屠戮我人民，神人共愤。未几自毙，葛王篡立，畏我问罪，汲汲修聘。太上皇帝姑兼容之，遣使报复，不谓将命之人臣，先自沮却。而虏酋得以骄倨，嫚书随至，要我旧礼，盖有以致其然也。恭惟陛下躬睿智神武之资，负刚健文明之德，初政之临，正夙夜淬厉，以恢复自任之时也。少有屈抑，则万事解体矣。若谓屈己修好，则可以安国家、利社稷，则昔日之盟，质之神明，彼一日不顾如此。岂保后日之盟，终始而不渝乎？今当定我之规模，审彼之情状，斯可以应敌耳。

何谓定我之规模？请以形势言之。川蜀之险，可以折关陕之冲；荆襄之甲，可以趋韩魏之郊；江淮之师，可以捣青齐之墟。陛下常委重臣以经纶之矣。当明赏罚以驭将帅，严纪律以齐士卒，修筑要害之城，储蓄糗粮之备，明斥堠，谨封疆。先为坚守不可胜之计，则观衅而动，待时而发，无施不可。如是，则在此自治之策得矣。何谓审彼之情状？请以虏人常态言之。非常之辞，无厌之求，难塞之请，此其常态也。折衷之议，当出于我。昔澶渊之役，射杀挞览，虏人方议请和。真宗皇帝不忍穷兵，与寇准议合，命曹利用使之。准戒利用，岁币之数，不可妄增，卒如我约。元昊之叛，西师久不决，契丹以我为怯，聚兵境上，要我关南十县。仁宗皇帝命富弼报聘，弼宣以威德，谕以祸福，虏酋感悟。至于献纳二字，反复数四，卒修旧好。近者虏人内怀篡立之忧，外当敌国之患，朝夕惴惴，惟恐人之谋己。先遣使人，来通和好。使我之报使，与之曲折辩论，晓利害之所在，必未敢肆大言而妄有要索。此机一失，彼得以虚言耸动,我逐至望风沮抑。

陛下盛德雍容,若未忍驱赤子于锋镝之下,不欲遽逆其诈伪之情,当以敌国之礼,移文对境,谕以圣意。彼若我从,然后遣使聘之。不然,则吾封疆既固,边备既修,出而应之,何所不克?傥陛下骤从权宜之策,受屈辱之名,必至驰我边备,还彼新疆,损宗社之威灵,增敌人之气焰,非臣之所知也。臣备员台察,误蒙圣问,辄竭愚忠,无任战栗之至。九月十日集台谏上。

论刚德①

陈献肃

臣闻天以刚德为主,故转运而无穷;人君法天,以刚德为主,故应变而不匮。圣人之作《易》,于《乾卦》有曰:"刚健中正,纯粹精也。"《乾》之七德,以刚为首,故于天则曰行健,于君则曰自强。人君将欲大有为于天下,可不取法于斯乎?恭惟陛下沉潜之志,得于天纵;果断之诚,发于自然;动静语默,密与道会。可谓见天地之心,通神明之德矣。临莅之初,正圣人作而万物睹之时也。其恢张治具,当先以刚德为主,然后赏罚由兹而可明,风俗由兹而可正,财用由兹而可节,号令由兹而可一。

何谓赏罚可明?《易》之《大有》曰:"君子以遏恶扬善,顺天休命。"本乎其德刚健而文明。庆赏刑威,人主之至权也。赏当功则臣下劝,罚当罪则臣下畏。倘名器滥而冒赏众,典刑轻而畏法鲜,将何以劝善而禁非?故烹阿而封即墨,威王所以

---

① 《三台文献录》卷一题作"论刚德疏"。

大治也。何谓风俗可正？《易》之《履》曰："君子以辩上下,定民志。"本乎刚中正履帝位而不疚。盖士农工商皆民也,而士尤为风俗之本。倘为士者不安选举之法而望速化,从宦者不安州县之职而望超迁,奔竞成风,巧伪相扇,将何以厉廉隅而化庸懦？故聘严光而起卓茂,光武所以中兴也。何谓财用可节？《易》之《节》曰："节以制度,不伤财,不害民。"本乎刚柔分而刚得中。今也州县之吏,星火而急征求;祠庙之官,安居而食廪饩。或增秩以加俸,或起例以添差。故存无事之官,食至重之税,李吉甫所以陈省并之说也。何谓号令可一？《易》之《涣》曰："涣汗其大号。"本乎刚来而不穷。盖发号施令,安危所系。今也令之弛张,或由臣僚之奏陈;法之苛细,或自有司之申请。议论则未精,思虑则未审,遽著之令甲,载之续降,本末舛逆,首尾衡夹,吏缘为奸,民听愈惑。故前之所是著为律,后之所是疏为令,杜周所以被刻深之讥也。

故凡此四说者,本乎刚德则可行,行之而能久也;不本乎刚德,则未必能行,行之未必能久也。《洪范》曰"沉潜刚克",继之以"惟辟作福,惟辟作威"。《中庸》曰"唯天下之至圣,为能聪明睿智,足以有临",继之"发强刚毅,足以有执"。刚之不可已也如此。臣愿陛下专以刚德为主,核名实之当,示黜陟之公,则赏罚明矣;进廉静纯实之人,退浮躁炫露之士,则风俗正矣;严撙节之制,去冗食之员,则财用节矣;除繁密之禁,申简易之条,则号令一矣。持之以坚,行之以久,将见朝廷之政,穆穆而迂衡;海隅之民,皞皞而击壤。中兴之业,自此可成矣。

臣不胜管见,惟陛下裁察。

议选人改官

陈献肃

臣窃谓善救弊者，塞其弊之源而已矣。不塞其源，而障其末流，法日益变，而弊日益生，亡益也。保举之弊，在今日为甚。盖亦究其弊之所从起而治之乎？议者欲变其法以通之，殆见其徒为纷更，未见其有补也。夫任满六考，举足五员，此后改秩。此祖宗法也。祖宗之法，非不善也，行之既久，不能无弊。非法弊也，人弊之也。此所谓弊之所从起者，安得置而不议？是故贵长官之贤者而用之，则其属之不贤者，不容冒举也。不择其举者，而求所举之贤，是立曲木而求其景正之喻也。贪者不能引廉，浅者不能识远，谀者不能容直，理势必至，又何疑乎？故以择长官为先，内之六部卿监长贰，外之监司太守，皆所谓长官也。可不重其选乎！故长官得人，则其他可以次第理也。

且今日所谓保举大弊，非托于权要，则出于货贿也。以货贿取与，固有之矣。然稍有识知冠裳而曰人者，已羞荐之。托于权要，则虽中人以上，皆不能免，况其下者乎！今欲革货贿之弊，则当准赃罪以定法。与之者及受之者，随其多寡轻重，例置典宪，则虽黩货者亦少戒矣，冒进者亦少息矣。今欲革权要之弊，则自宰执、台谏、侍从，与夫左右近习之人，皆不得有请于举官。严立法禁，以为之防，则所谓权要者，亦有辞于人矣。择长官以清其源，严请托以防其奸，保举之弊，十去五六也。其间节目犹有未尽者，请得毕陈之。

保举之法有云："如后犯入己赃，甘当同罪。"其法固存而不行也，非不行也，有自首以原之也。同罪则太重，自首则太轻。太重而难行固也,太轻则彼亦何所忌哉?谓宜折轻重之中为之制,以示必行。如曰"所举犯入已赃"者,降一官,停一任,不得以首免赦,原则举者知有所择矣。举者有所择,则为之属者,莫不强勉修饰,以求上之知,□①贪薄当自此始。若曰"用年劳而不必举主",则孤寒者愈困,而权要者得志矣。孤寒者得官,动辄待次数年而后赴;权要者今日罢官,而明日有所处矣。故孤寒者考任常不足,而权要常有余。此年劳之说,所以不可行也。若曰"宽改秩之岁额,减举主之员数,以振淹滞",则是益启侥幸之门也。往者权臣用事,狭进士之路。官无正员,往往兼摄,诸路职司,多不除人,故改秩者一岁不过五六十人。今则不然,每岁改秩者近百人矣。视曩时已倍,又可加乎?此减举主、宽岁额之说,所以不可行也。抑又闻仁宗朝,选人当改京秩,虽有司引对,法所当与,亦自察其当否,乃可之。至和中,判吏部铨贾黯,引对雍丘县主簿,谏请不縻有司,第与幕职知县而已。其后宁海军观察推官胡宗尧,尝坐以官舟假人得公罪,已除落而奏举,当改官奏入,御批与存资判流内铨。欧阳修面奏,帝曰:"吾闻州县多循私请,欲因以是惩之。"今若于引见之次,遵用祖宗故事,审度人才,出自圣断,庶几名实综核,有以彰圣朝得人之美。不胜幸甚!

---

① 　此字原本缺失,用"□"表示。《台州丛书》本作"惩",并云:"旧缺一字,今以意补。"

赤城论谏录卷之二

应诏书条具阙失　隆兴元年七月二十一日①

陈献肃

臣闻应天以实不以文,动民以行不以言。今陛下睹天象之变,因臣僚之请,命侍从台谏,条具当今阙失以闻。仰见陛下严恭寅畏,务得应天之宝也。臣窃惟仁宗皇帝庆历六年三月朔,日有食之,谓辅臣曰:"天所以谴告人君,愿罪归朕,无及臣庶也。凡民之疾苦,益思询究而利安之。"是年六月星变,又谓辅臣曰:"国家虽无天异,当常自修警,况因谪见乎?猗与伟欤②?"兹仁皇所以享年有永,特臻太平,而泽遗后嗣也。陛下嗣膺大宝,于兹二年,乃者六月庚申,日有食之,七月上旬,太白昼见,水灾飞蝗,损苗害稼,为患滋甚。靖惟灾异之来,诚见上天仁爱,欲警戒陛下。凡厥臣庶,因此以仁祖望陛下也。陛下惟钦崇奉若,夙夜祗惧,俨精神于蠛濛,际天人于和同。

然修德之验,必于人事见之。盖人事尽而天理得,人事废而天理违③,必然之理也。今天下之事多矣,臣未敢缕举以溷天听。臣愿陛下先正心诚意,端己饬躬,谨边防以保两淮之

---

① 《台州丛书》本将此年月日移至文末。

② 《台州丛书》本云:"本作欤,今改。"

③ 《台州丛书》本"违"作"乖",并云:"旧缺一字,今以意补。"

民,推恩惠以消乖戾之气,以为应天之实。臣闻民惟邦本,本固邦宁。两淮之亿兆,皆陛下赤子。今以边防未备,日夕惶惶,如鱼在沸鼎,可不思所以安之乎?臣所以欲谨边防以安两淮之民也。然谨边防之说有三:藩篱不可不固也,委任不可不专也,幕府不可不择也。

王公设险以守其国,爰自艰难以来,弭清跸于临安。譬如堂奥大江之险,则门户也;长淮之阻,则藩篱也。辛巳冬,虏犯淮甸,蹂践我疆土,残害我民人。太上皇帝命将遣师,驱犬羊之群,扫腥膻之气,而两淮以清。陛下天临,首命张浚以经理之。浚初以恢复自任,志在伊吾之北,而两淮区处之方未遑也。自符离之溃,方行措置。今其规模,以要害之地,则屯重兵;低洼之地,则为陂泽;平漫之地,则欲清野。然而事未就绪,民心皇惑,指以秋高,岂容噬脐?臣愿陛下严赐戒饬,俾惜分阴以图之,淬厉将士,作[1]其声势,必使堤防森密,斥堠严明。静有难犯之形,逢有必胜之计,庶乎藩篱固矣。议者谓两淮延袤,秋高水落,人马可涉,恐未易保,不若退而防江。呜呼!是何言之不忠也。《春秋》书"郑弃其师",言自弃也;"纪侯去其国",言自去也。议者之言,何异于是?况长江之险,本吾内地,若与虏共,何以固圉?川广荆湖之纲运,通泰两州之盐利,万一邀阻,害将若何?使其筑室反耕,与吾对垒,其祸可胜言哉!臣所谓藩篱不可不固者此也。

任[2]贤勿贰,疑谋勿成。陛下用张浚于众言淆乱之时,付以督府李兵之柄,可谓之任专矣。未几,浚轻用庸将之谋,驯

---

①　原本无,《台州丛书》本云:"此字以意补。"

②　《台州丛书》本作"时"。

致宿州之败。常情已谓有指纵之失,陛下独明其胜负兵家之常,再用不疑,责其成效。视邺之败而不废荀伯,殽之耻而犹用孟明,无以异矣。迩者罢督府,寝便宜。朝廷姑欲杀其专,或谓难以责效。疑则勿用,用则勿疑,不可不察也。况江上之兵,分屯淮上,保淮守江,权不可分。陛下初下视师之诏,继命杨存中为御营使,先为江上之行,未几中寝。天下莫不仰钦陛下聪明睿断,不惑如此。今也视师之举少缓,而存中使名未寝,中外疑之。孔子曰:"惟名与器不可以假人。"近闻朝廷以三十万贯委用存中回易,然回易之事,其弊甚多。侵渔商旅,朘削细民,翔踊物价,偷瞒官税,敛怨于公上,继富于私室。曩者太上皇更化之初,尝一切寝罢之,后军中稍稍又行。今来委存中以回易,是可已而不已者也。臣愿陛下将存使名及回易并赐寝罢,庶乎张浚知责成之力,而后效可图。臣所谓委任不可不专者此也。

戎幕参佐,实谋主也[①]。幕中之画,堂上之奇,而三军是赖。裴度用韩愈,而成淮蔡之功;房琯用刘秩,而有陈涛斜之败。其为利害不相侔也如此。今张浚幕府之用人,皆不逃圣鉴,然其间高谈有余,济务不足者。臣愿陛下命二三大臣,遴送实材,为时倚重者以易之,庶几军务有济,诚非小补。臣所谓参佐不可不择者此也。

此三说皆保淮之急务,愿陛下断然行之,则两淮之民,有奠枕之望矣。岂不谓应天之实乎?臣闻和气致祥,乖气致异,祥多者其国安,异众者其国危。求所致之祥异,系人情之惨

---

① 原本缺损,今据《台州丛书》本补。《台州丛书》本云:"二字旧缺,今以意补。"

舒。东海杀一孝妇，犹足以致旱。况人情有未便，可以干和气者，得不思所以救之乎！臣所以欲推恩惠以销乖盭之气也。然推恩惠之说有四：鬻告之扰可寝也，劳役之民可恤也，海舟之赏可优也，出战之实可核也。

国家闲暇之时，常赋之外，未尝科敛。及其多事，百色军须，出之民间。惟官告之鬻，科敛①太重，告之上者五七千缗，次者亦不下二三千缗，岂人间有力愿就哉？虽存劝诱之名，实有剥削②之害。讼谍纷纭，日至官府。臣愿陛下特降睿旨，行下各路州郡，截日住卖，庶几民力可少纾矣。臣所谓鬻告之扰可寝者此也。

浙之民牵挽舟船，般运之民陆运抵极边，不拘老弱，不问寒暑，未有恩惠③以及之，得无胥怨④？臣愿陛下诏天下⑤州郡，考役使之籍，特与蠲免丁税一年。仍须更番役使，务在均平，庶几德意遍及。臣所谓劳役之民可恤者此也。

昨⑥者李宝焚贼舟于胶西，以清海道，纠合福建浙东海舟，以成此功。濒海之民以舟为生，官司搜索津发，岂出情愿？论经营则废其渔业，撑驾则仗其篙师。出战穷年，辛勤亦甚，后来奏功上，各补一守阙进勇副尉而已。今则措置海道，又复发遣，人多怨言，深虑未便。臣愿陛下命枢密院，将前来胶西

---

① 敛，《台州丛书》本作"价"，且云："旧缺一字，今以意补。"

② 剥削，《台州丛书》本作"抑配"，且云："旧缺二字，今以意补。"

③ 恩惠，原本空缺，今据《台州丛书》本补。

④ 自"浙之民"至"得无怨胥"句，原本有空缺。

⑤ 天下，原本空缺，今据《台州丛书》本补。

⑥ 《台州丛书》本作"时"。

出战船主，再行讨论，量加赏典。此臣所谓海舟之赏可优者此也。

前日宿州之溃，由主将失律，非兵之罪。有重伤轻伤之兵，有临阵陷敌之兵，诸将各以新兵补填，遂泯其迹，使被伤者茹苦而无告，战没者衔怨于九泉。臣愿陛下诏宣抚司，疾速尽数核实来上。或官其子孙，以慰忠魂；或给其财帛，以酬劳苦。臣所谓出战之实可核者此也。

此四说皆推恩惠之急务，愿陛下断然行之，将见和气横流，薰为太平矣。岂不为应天之实乎？臣又闻王者继天而为子，其兴事造业，建功立勋，非上承天意，为天所保佑，何以有济乎？共惟陛下聪明如帝尧，智勇如成汤，侧身修行，兴衰拨乱，如周宣王，以仁厚之德，济英雄之资，如汉光武。诚能兢兢业业，所行必正道，所近必正人，凡一施为，一注措，无不以合人心承天意为念，去其华而务其实，固其始而要其终，自然福禄日来，休祥日至。何患夷狄之未平，疆土之未复哉！

论修德
陈献肃

臣尝观天下之理，有以德胜，有以力胜。以力胜者必亡，以德胜者必昌。昔始皇吞二周而亡诸侯，执敲朴以鞭笞天下，威振宇内，自谓当传万世。未几，一夫作难而七庙隳，为天下笑。此以力胜而亡者也。少康有田一成，有众一旅，能布其德而兆其谋，故能祀夏配天，不失旧物。此以德胜而昌者也。振古以还，未易缕数，臣请以辛巳冬江上之事明之。黠虏肆凶，长驱封豕，举国南下，直有吞噬之意。太上皇帝专修德以应之，内则政事无不举，外则备御无不至。我方以道德仁义为主，彼专以诛杀屠戮为事。上天之应，当如何哉？宜渠魁不待歼厥而自毙也，德之与力，岂不明甚？

恭惟陛下以聪明睿智神武不杀而临莅天下，知尚力之失，鉴修德之验，故严精诚以应天，示宽大以惠民。陛下之心与太上皇帝之心，可谓吻合而无间矣。迩者星文昼见，尚未消伏，飞蝗蔽野，尚未殄息。上天所以出灾异示陛下者，欲陛下祗畏而益加修省也。臣区区之愿，专以修德为言者，盖修德之实当验于人事者也。昔成汤之遭旱，以六事自责，曰：“政不节耶？民失职耶？宫室崇邪？女谒盛邪？苞苴行邪？谗夫昌邪？”即是以自警戒所①以修德矣，而旱果不为灾。宋景公忧荧惑守心，司星子韦曰：“可移于相。”则曰：“相吾股肱。”“可移于民。”则曰：“君者侍民。”“可移于岁。”则曰：“岁饥民困。”子韦曰：“天高听卑，君之言善矣。”荧惑果为之退舍。由是观之，人君修德足以应天，岂不章章者哉！

恭愿陛下兢兢业业，日思政事之有未至者：或民瘼之未求，刑狱之未恤，赏罚之未中，浮费之未省，谄佞之未去，公忠之未进。凡可以干和气者，日与二三大臣详议而请求之。况今夷虏未平，干戈未息。谨自治之策，以安民和众，严边防之修，以保大定功，皆修德之实也。既足以合人心，自足以当天意，将见销变起福于冥冥之中，而国祚永宁矣。彼区区尚力者，岂可同日而语！惟陛下念之。

---

①　所，原本空缺，今据《台州丛书》本补。

论风格委靡

陈献肃

臣窃谓天下风俗之弊，亦云甚矣。学士大夫以偷合苟容为智，以危言正论为狂。曩日有符离之役，则争陈保江之说；近日有讲和之议，则竞赞赂地之谋。但知为进身之梯媒，曾不恤国家之大计。无事之时，既养谀而导佞，则利害之际，讵能仗节？以捐躯委靡之俗，相师成风，甚可畏也。苏轼尝论西汉之衰，其大臣守寻常，务大略，元成之间，公卿将相安于禄位，顾其子孙低回畏避，以苟岁月，而杜钦、谷永辈，又相与弥缝其阙而缘饰之，故其衰终以不悟。此言诚不可不监也。然欲革今日之弊，莫若求天下忠直之言，进平昔謇谔之士，养臣下激烈敢言之气。如是，天下之风俗，不劳而革矣。

恭惟陛下登临大宝之初，首下求言之诏。凡缙绅之士与夫刍荛之贱，皆得以囊封投匦，上达圣聪。谅其所陈，无非朝政之缺违，生民之疾苦，边方之利害。虽降付后省看详，未闻施行其言，旌赏其人者。臣愿陛下于清闲之燕时赐省览，有议论劲正，可裨治道，取其允者施行而旌宠之。自然嘉言日进，妄言日退矣。臣昨因奏对乞赐收召忠谠之耆旧，拔擢鲠概之臣寮，已蒙陛下可其奏矣。然尚未闻收召拔擢之命，则德望之臣虽有惓惓不忘之忠，直谅之士虽有蹇蹇匪躬之节，何自摅发邪？臣愿陛下询访耆旧，早加收召，兼听谠言时赐拔擢。自然公忠日进，谄谀日退矣。风俗一变，实国家根本之福也。臣猥以虚庸误当言责，辄罄孤忠，冒黩天威。惟陛下赦其狂愚。

论恢复志略

陈献肃

　　臣闻立天下之大志，就天下之大业者，不可以常道拘也。观诸往牒，英睿之君，当经营规画之时，其深沉之度，经度之谋，秘而不露。故勾践报复之志，维持上下，未尝一日忘吴，而吴弗知也。高帝怀酂侯之谋，隐忍入汉中，而楚弗知也。光武值伯升之衅，戒冯异无妄言，而更始弗知也。是皆踌躇郄顾，待时而动，如猛兽之欲搏，鸷鸟之欲击。一举成功，而天下始知其无敌也。

　　仰惟陛下规模宏远如高帝，沉茂先物如光武，期于报复如勾践，可谓欲成大志，就大业也。每念王业之艰难，悯中原之沦没，非不能长驱直捣，以复祖宗之境土。然而宵衣旰食，专尚人事之修，以待天时之定。讲和好以交邻，非示怯①也，裕吾力也。筑两淮以据险，非劳众也，固吾圉也。择将帅以守边防，厉军律以壮士气，孳孳业业，未尝自暇自逸。视前古大有为之君，何以加此？臣闻昔人有言："阳与之和，阴为之备。"言阳所以显，言阴所以默。虏使之遣，币帛之将，固显诸仁矣。备御之方，经理之策，盖亦藏诸用乎！臣愿陛下监勾践图吴之志，效两汉兴王之略，自然动静之间，罔不如志，而大业可就矣。

----

　　①　原本"怯"作"法"，今据《台州丛书》本改。《台州丛书》本云："旧讹作'法'，今改。"

论中兴当为持重之计

陈献肃

臣闻天下有至难之事，非大有为之君，不能图也。古之为创业之说，则曰创业难；为守文之说，则曰守文不易；是固然矣。然而创业之君，一意恢拓；守文之君，一意于持守而已。惟中兴之君则不然，居守文之世，而欲图创业之功。镇之以静，则堕委靡之习，而国势几于消弱。发之以刚，则因动静之几，而社稷之安危系焉。视创业、守文，岂不两难哉？

恭惟国家艺祖太宗以神武定四方，真宗、仁宗以恩泽洽天下，圣圣相继，积累厚矣。自靖康之后，京邑沦于异域，衣冠污于腥膻。太上皇帝南渡以来，剪除强梗，拊摩凋瘵，每以自治为急。陛下禀神圣之资，负英武之略，抱大有为之志，嗣膺大统，于今九祀，日以故疆为念，诚社稷生灵之幸。然今日之事，极前古之所难。将欲如唐文皇之恢拓天下，专事征讨耶？彼取他人之所有而经营之，故得以锐进而直前。陛下席祖宗基业之厚，荷太上付托之重，其可轻为之乎！将如晋元帝仅全吴楚，以苟岁月耶？彼之志盖安于江东，坐视生灵涂炭，而不知恤。陛下方以版图未复为念，国耻未雪为愤，又可但已乎！二者事之至难，陛下处之，必思为两全之计可也。臣愚欲望陛下当无事之时，则念中原百余州沦于左衽，而日为宏远之图；当谋事之际，则思祖宗二百年宗社付托之重，而每为持重之计。庶几尽圣人经纶之美，得帝王万全之道矣。惟陛下留神。

论知人安民

王侍郎

　　臣闻皋陶以智为帝谟，古今之进言者，无以尚矣。意其必有非常卓绝之论，今考之书，其大端不过曰："在知人，在安民而已。"自今观之，岂不类老生之常谈哉？臣尝反复思之。自昔圣帝明王之治天下，未有过于斯二者。后世循之则治，反之则乱，益信皋陶之言，亘万古而不易。臣敢发挥其意，为陛下陈之。

　　夫人之难知，非君子之难知也，惟小人为难知耳。佞者似忠，诈者似信，讦者似直。急于求用，则随时好尚；巧于迎合，则同声是非。苟惟知之不审，辩之不早，待其名位既高，罪戾既积，然后从而疏远之，罢斥之。岂惟亵用朝廷之名器，其于国家之利害，所系不已多乎？陛下思知人之难，则选任之道不可轻也。

　　国家自累圣以来，养兵日多，民力日困。先正群公，固已深论之矣。逮驻跸东南，供亿愈广，赋取愈繁。考财用之入，轻经费之出，益非祖宗之旧矣。今田里空虚，州县匮乏，岁幸中熟，犹有愁叹之声。间有聚敛者，专事掊克。贪墨者肆为赃污，罢软者纵吏为奸，则民不聊生矣。不幸有旱干水溢之变，何以保其不为盗乎？陛下思安民之难，则惠养之方不可缓也。

　　选任之道，莫若明诏大臣，考核其名实，而参酌乎众多之论，谨重于用舍。而期合乎好恶之公，则诚实者有以自见。而虚诞者无所容其欺，斯可以昭陛下知人之明矣。惠养之方，莫若明诏大臣，讲裕民之策，择循良之吏，节浮冗之费，弛无名之敛，使休戚有以相关，疾苦得以上闻，斯可以达陛下安民之心矣。夫人不知则官废职，民不安则国易危。此君道之大端，在陛下可不亟图之乎！陛下诚留意焉，则有虞之治，庶几可复，皋陶之谟，不为空言矣。臣不胜惓惓之愚，取进止[①]。

论灾异当修实德实政

王侍郎

臣闻灾变之作，天所以警人君也。自古遇灾而惧，则天意可回，灾变可弭。遇灾而委之于天，归之于数，不为思患预防之计，则自兹以往，宁无可虑者乎？近者烈焰为灾，京城之内，太半煨烬。天灾若此，不可谓无自而然也。向使火备素修，号令素明，举乐喜之政，行子产之事，军兵不敢怀幸灾之心，起觊赏之望，思用其命，各宣其力，则亦不至若是其甚也。国家自南渡以来，火灾未有酷于此时者。在陛下可不思畏天之威，而敬厥德乎？军兵非不多，赏予非不厚，而灭裂怠惰，曾无涂彻之功，致勤宵旰之忧，烦朝堂之虑。在陛下可不思备患之道，而立厥政乎？陛下减膳避殿，发廪赈给，罪己以慰人心，抑奢以厚风俗，天下仰望圣德之新，圣政之举。而被火之民，知陛下念之，渐有生意。

而臣惓惓之愚，则愿陛下自今以始，修实德，立实政，而后可以答天之威，而副民之愿也。陛下思积累之艰，念付托之重，开言路，决壅蔽，公天下之是非，辩天下之邪正，居之以刚

---

① 《台州丛书》本后有王棻案语：舟瑶案，《宋史》本传"居安由江西提刑司幹官入为国子正、太学博士。入对，首言：'人主当以知人安民为要。人未易知，必择宰辅侍从之贤，使引其类；民未易安，必择恺悌循良之吏，以布其择。'"云云，此疏盖上于此时。

健,行之以中正,则实德修矣。陛下追究既往,临事仓卒,若将若兵,无以足倚仗,正纪纲,明赏罚,有罪者诛,有功者用,储养人才,为国远虑,则实政立矣。实德日进,实政日举,行之有常,对越无愧,则成汤之六事自责,宣王之侧身修行,不过是也。信能行此,则足以和同天地,而延社稷之福也。狂言逆耳,惟陛下听之。天下幸甚！取进止[①]。

论搏节财用减汰冗费

王侍郎

臣闻时有缓急,事有变通。处艰难多事之时,而不知权宜变通之术,是犹拯危极之疾,而不用苦口之药,未见其瘁愈之效也。今师旅暴露于外,日费千金。总镶之臣,屡以乏告。州郡之财,平时犹患不足,况当招募调发之后,百费倍于常时。独有节冗滥之财,可以济缓急之需尔。岂可循于人情,而不知变乎？军兴以来,督视有司,宣抚有司,分僚设属,辟阙创置。因军兴而设官者,不知其几,时固不可免者。今内外官司,不甚紧切而繁冗者,固宜并省而兼摄也。今天下之财赋,总于户部,而又有国用一司,何邪？岂有为户部不能理财,必为国用司而后能理财邪？不知自有国用司之后,官吏俸给月费若干,天下财用增益若干,亦尝稽考及此乎？臣虑其无益也。今天下之法令,历代成书,敕令格式,条目明备,灿如日星,守之勿失,亦已足矣。今复置敕令一局,何邪？纵有奇请他比,刑部自当随事申明,春秋颁降。何至专局置一司,岂法令有日更月

---

① 《台州丛书》本后有王棻案语:王棻案,嘉定元年三月,临安大火,凡四日,城中庐舍,十毁其七,疏当上于此时。

改之事乎？官吏俸给，日计不足，岁计浩繁。若此等费，臣知其无益也。

且节察防团等使，祖宗之时，固有限也。今比之旧，不既多乎？纵曰："已予者不可复夺。"平居坐享厚禄，多事之时，固宜体国。除见今管兵之外，其余俸给，权议减借，不亦可乎！官有常职，职有常员。今内而辇毂之下，外而州郡诸司，添差之员，不知其数。向也止于戚里，今不止于戚里矣。向也未尝厘务，今则类多厘务矣。厥今何时，而捐此不急之费，可不痛加裁减乎？凡此之类，不可悉数。如前所陈，傥尽取而省节之，计见今内外支纳之数，权令解发，以供军需之用，岂不有助于一时之大计乎！年岁之后，规模必定，百官调度，渐当无阙，然后可以复旧矣。人臣公尔忘私，国尔忘家。当国多事之时，捐躯丧元，有所不顾。倘并省其冗官，或借其冗禄，而有利于军国之用，亦孰敢归怨哉！臣之所言，盖一时权宜之策。如有可采，欲乞睿旨降付三省，详酌施行。取进止。

论今日莫急于御戎

王侍郎

臣窃惟今日之急务，莫急于御戎。然自用兵以来，廷议不一，臣窃忧之。自古中国之待夷狄，不过战、守、和三策而已。大抵以守卫主，而以和、战为权。惟其能守，故可战则战，而战不至于危，可和则和，而和不至于屈。以吾之所以待之者，素有其备故也。臣观近日之事则不然，言战则无必战之声势，言守则无必守之规模，言和则无必和之成说。三者之论，久而未决，是岂可不原其故哉！

国家自南渡以来，其为失策，盖非一朝一夕之故。议者不知边防失策之由，而轻言兵事，抑何不思之甚也。自绍兴和议之后，沿边不屯重兵，险阻不修，斥堠不明。当时所建城邑，始于和议之际，收复残破，鸠集其民而居之。初非有意于审地利，相形势，谋为异时解盟败约，金城千里，可战可守之计也。纵或有之，亦不过因陋就简，潜为经画而已。而其实可以凭藉者，十无二三。异时有志之士，未尝不叹息于斯。往往掣于开边生事之戒，日就苟且，莫能加意。况自绍兴以来，内郡之民，利其荒闲，谋往居之，生息日蕃，车马屋宇，渐拟内地。后生晚长，不见兵革。盖自辛巳逆亮之来，边民始窘。未几修好如初，武备复弛。自时厥后，非无深谋远虑之人，逆知今日之事。每谓沿边城垒，其不可守御者有几；沿边之田，其可便官兵留屯者有几。计非不善也。然城郭既立，则难以复迁；请佃既久，则难以复夺。而况虏人耳目邻近，微有改作，官吏惧谴。纵有欲建长策、为国远虑之人，孰敢迁移一城邑以据险要，夺一民田以便留屯哉？所以守不足恃，和战费力。及至前日，戎马侵犯边境。沿边之城，疏缺甚矣。淮襄州郡之蹂践太半，足见沿边素不为谨守之备。

　　用兵之道，进则可攻，退则可守，斯为善计。苟惟不然，但知进以谋人，不知人之谋己。进以图侥幸之胜，退不知自保之策，为谋亦已疏矣。臣闻虏人一入吾地，修城掘堑，便为守御之备。岂有我国家素有之地，平时无事，不曾修治险阻，一旦用兵，但为常驻之计，略不思保守之策？考其源流，利害之迹，灼然可见。今也置督视宣抚诸司，而未有大举之日，遣和议之介，而未有必和之报。窃恐和战犹豫，计虑狐疑，仓卒有变，必误大事。倘使虏人果能听命求和，使疮痍之民，稍稍息肩，岂不甚幸？然虏情多诈叵测，岂可尽信？彼或知吾圉之未固，而我又屈意以议和，彼必有难塞之请，朝廷自度能悉从之乎？臣知其不可也。议或不成，虏必再来，事不在远，不过三数月之间尔。夹淮之战，不可不急为之备也。或曰："若此，则和议遂可已乎？"臣曰："不然。古者兵交，使在其间，亦何尝因战而废和哉！"惟我之形势先立，可守可战。彼自度不能以必势，而后有可和之理。我无必守必战之形，而屈意以求和，彼必骄塞而邀索。此和之说所以未易议也。

何谓可守可战之形？如扬州之堡寨，真州之六合，若和若楚若襄阳，皆以城壁稍坚，虏人屡来屡却，亦足以见有备无患之小验。如安丰，如豪梁，如滁阳，如仪真，如光化，如枣阳等处，皆以城壁不坚，遂至虏人蹂践其地，而无所忌惮。及今和议未定，百事可为。兵少处便当益兵，地险处便当增戍，城壁可迁者即迁，可修者即修。凡百守御之策，次第修举，纵未能逾淮前进，亦须使敌人稍知疑畏。断不可玩敌弛备，以待和也。倘吾之形势渐立，兵势渐振，守御之道无阙，异时欲和则和，欲战则战，无不在我。机会所在，间不容发。此庙算所当先定者也。惟陛下留神。取进止。

论用兵当以感励人心、激昂士气为先

王侍郎[1]

臣闻孔子之言曰："成事不说，遂事不谏，既往不咎。"孔子之意，盖讥宰我一时之失言，非谓天下已成已遂已往之事，皆不可以复言也。俗人不察圣人之旨意，见时事之难言，往往以是为借口。然自为保身之计，如此之谋则可，何取于尽忠谋国

---

[1] 原本无此三字，今依《台州丛书》本补。

之义哉！向者朝廷举恢复之师，赞之者有人矣，沮之者亦有人矣。今焉用兵期月或胜或负？已往者固不可复咎，未来者岂可不说不谏哉！

向者小胜，则赏用兵者，而沮兵者获谴。近者小却，则往往咎言兵者，而谏用兵者录用。小胜则督之进讨，小却则戒之守御。倘守御无功，则又策将安出？今日欲攻，明日欲守，今日欲行，明日欲止，议论纷纭，迄无定说。何以示天下之定向？何以鼓天下忠臣义士之勇气？使天下谋议之人，模棱两端，皆不敢慷慨论议。不过揣摩时势，以求迎合而已，非有断然明白之谋也。今兵端已开矣，边衅已成矣。或追咎用兵之说，或追悔沮兵之罚，皆无益于事功。譬如已发之舟，中流遇风，相与协力，求济难危可也。岂可悔恨而缩手，坐视其悠扬，谓此舟不可行于风波哉？况用兵之道，一胜一负，兵家之常。

国家全有江淮，兼有吴蜀，地不可谓狭，兵不可谓寡也。亦缘和好以来，兵久不用，将不知兵，兵不知战。举事之初，尝试而用，败衄无功，固其宜也。今焉屡战之余，某将为勇，某将为怯，某人为能，某人为愚，大略亦可见矣。为大将者，或不能尽护诸将，当议黜陟可也。拔卒为将，自古有之。况用兵之法，赏不逾时，罚不逾日。或当罚而赏，当黜而升，何以感励人心？何以激昂士气？今虏骑侵扰淮甸，而要害城壁，皆未尝破。如和如楚，如真如扬，虏人屡求屡却，皆未尝得志于吾地。今兵少处只当增兵，地险处只当增戍，未可谓淮不可守。专为保江之计也，政缘国家和议之初，沿边不屯重兵，险阻不修，斥堠不明。此为失计久矣。今既绝和好，百事可为。或屯重兵，或修民兵，仍诏询问沿边诸将，不问偏裨小校，但有计谋，尽令投献。今日淮如何而可守？江如何而可护？某人曰："可。"某人曰："不可。"参酌其说，择而用之。某人曰"可。"则用某人，假以事权，责其成效，且御且守。自此以往，春水渐生，长江以北，水深土厚，非戎马驱驰之时。少待数月，以一州之长，用一州之人，守一州之地。要害去处，建立寨栅。州将教阅民兵，军将教阅禁兵。使之守将协和，军民辑睦。吾以熟人守熟地，彼以生人攻生地，人与地不相得，客主之势，一可当十。彼负粮而远攻，吾储粮而待敌，以逸待劳，功力百倍。藏攻于守，审势待时，则吾事济矣。前日之亟战，既失之轻举。若今日之亟于退保，其失又甚于亟战。

臣愚言狂直，欲济于事而已，欲求效验于将来而已。若揣时势以图苟合，以幸进用于一时，愚臣所不敢也，亦愚臣所不能也。书生妄议如此，惟陛下留神来择。取进止。

赤城论谏录卷之三

乞诛殛韩侂胄、陈自强
王侍郎

右臣至愚极陋，初乏寸长，陛下过听，擢居谏诤之列。臣辞不获命，黾勉就职。自量无以补报隆天厚地之恩，惟遇事尽言，始为无负尔。臣今早立班，恭听麻制，窃见太师韩侂胄罢平章事，特进陈自强罢右丞相。奸人去国，公道开明，天下幸甚，社稷幸甚！然二人之罪重于丘山，而罚未伤其毫毛。虽曰朝廷姑存体貌之礼，而罪大罚轻，公论怫然。臣职在言责，既有所闻，岂容缄嘿？请详为陛下陈之。

侂胄始以肺腑夤缘，置身阁职，典司宾赞之事，不过若此而已。光宗皇帝以父传子，盖国朝之家法。陛下贤圣仁孝，亲承大统，加以慈福太皇太后重闱之眷，天命所归，人心所向，臣子何功之有？侂胄乃以预闻内禅为功，窃取大权，自是以后，无复顾忌，童奴滥授以节钺，婢妾窜籍于宫廷。创造亭馆，震惊太庙之山；燕语乐笑，彻闻神御之所。齿及路马，礼所当诛，忽慢宗庙，罪宜万死。其始也，朝廷施设悉令禀命；其后也，托以台谏大臣之荐，尽取军国之权，决之于己。且御前金牌、祖宗专法、隶内侍省，而多自其私家发遣。至于调发人马、军期急报，并不奏知，此岂征伐自天子出之义？台谏、侍从惟意是用，不恤公议。亲党姻亚，躐取美官，不问流品。名器僭滥，动违成法。窃弄威柄，妄开边隙。自兵端一启，南北生灵，壮者死于锋刃，弱者填于沟壑，流离冻饿，骨肉离散。荆襄、两淮之地，暴尸盈野，号哭震天。军需百费，科扰州县，海内骚然。迹其罪状，人怨神怒，覆载之所不容，国人皆曰可杀。而况陛下即位以来，以恭俭守位，以仁厚保民，无声色玩好之娱，无燕游土木之费。凡可以裕民生、厚邦本者，无所不用其至。不惟人知之，而天亦知之；不惟中国知之，而夷狄亦知之。自军兴以来，人情汹汹，物议沸腾，而侂胄钳制中外，罔使陛下闻知。甚至宦官宫妾皆其私人，莫敢为陛下言者。至如西蜀吴氏，世掌重兵，顷缘吴挺之死，朝廷取其兵柄，改畀他将，此为得策甚矣。侂胄与曦结为死党，假之节钺，复授以全蜀兵权。曦之叛逆，罪将谁归？使曦不死，侂胄未可知也。

人皆谓侂胄之心无有限极。数年之间，位极三公，列爵为王。外则专制东西二府之权，内则窥伺宫禁之严，奸心逆节，具有显状。纵使侂胄身膏斧钺，犹有余罪，况兵衅未解，朝廷倘不明正典刑，何以昭国法？何以示后①人？何以谢天下？今诚取侂胄肆诸市朝，是戮一人而千万人获安其生也。况比者小②使之遣，虏帅尝以侂胄首谋为言。是虏人亦知兵事之兴，非出于陛下之意也。使诛戮侂胄而虏不退听，则我直而彼曲，我壮而彼老，自然人心振起，天意昭回。以此示敌，何敌不服？以此感人，何人不奋？臣尚谓议者谓国朝家法仁厚，大臣负罪，止于窜斥，未尝诛戮。臣窃谓侂胄非大臣比也。祖宗之法，位至公师、平章军国者，皆东班元勋，臣德而后有此。未有

---

① 《台州丛书》本作"敌"，当从。

② 《台州丛书》本云："《太平志》作'北'。"

如侂胄一介武弁，自环卫而知阁，自知阁而径为平章太师者。若此，则破坏祖宗成法。自侂胄始，乃乱法之奸臣，非朝廷之大臣也。侂胄既有非常之罪，当服非常之诛，讵可以常典论哉？

又窃见右丞相陈自强素行污浊，老益贪鄙，徒以贫贱私交，自一县丞超迁越授，径至宰辅。不思图报陛下之恩，惟侂胄之意是徇。侂胄始虽怙权，犹奉内祠，凡所施设，尚关庙堂。自强巧为柔佞，上表力请平章军国。侂胄骄昏，但贪荣而冒处。自强狡计，因藉庇以营私。驱虎狼为之前导，而狐狸舞于后，自强之为己计深矣。姑以大者言之：用兵一事，举国以为不可，而自强曲为附和，力援私党，占据言路，以胁制天下之公议。至若纵容子弟，交通关节，饕餮无厌，皆臣所未暇言。独以其奸俭附丽，斁国乱经，较其罪恶，与侂胄相去无几。臣愚欲望陛下奋发威断，将侂胄显行诛戮，以正元恶之罪。其自强亦乞追责远窜，以为为臣不忠、朋奸误国者之戒。谨录奏闻，伏候敕旨。

论更化治本当以侂胄为戒

王侍郎

臣仰惟陛下奋发乾刚，剪除奸慝，朝纲清明，下情无壅，此诚千载难得之时也。转否为泰，易危为安，正在今日。然臣私忧过计，窃谓古今治本乱阶，更为倚伏，相去不远，以治易乱，则反掌而可治，以乱易乱，则乱去而复生。譬如人有胸腹癖痼之疾，累年坚凝，胶固而不可去。一旦力加箴砭，幸而病除，然气血久耗，百倍调护，方保全安。所谓调护之方者何也？元气不可不实，外邪不可略侵。今日国家之势，何以异此？谓之元气,君子是也;谓之外邪,小人是也。

今元凶既殄,陛下躬览万机,厉精更化,万万无此。然事当戒于未然之初,不待论于已然之后,一治一乱,皆有明验。人主公听并观则治,偏任私信则乱;政事归诸外朝则治,归诸内廷则乱;问诸百辟士大夫则治,问之左右近习则乱;谋诸大臣则治,谋诸小臣则乱。人主以一人之身,应万几之繁,裁处事几,有所未决,虚心任下,何损盛德?虽尧舜之圣,未尝不资人以下问。然公朝之事,当与廷臣公谋之,不当有私人以议公政也。

臣惓惓愚忠,伏望陛下当此更化之初,豫防憸幸之进,鉴覆辙之已失,杜来事于未萌,躬亲政事,委听辅弼。每日于退朝之暇,或于内殿,或于经筵,时赐宣召执政大臣,共议国事。凡臣僚之章奏,边陲之便宜,郡国之申明,相与谘谋,而付外施行之,庶几政事纪纲,方当人心。不出多门,或所行有所未当,则台谏给舍,得以辩争正救于下,不至如曩时有掠权植党、害政误国之事矣。若用人稍误,则旧病复在,是一佅瘠死,一佅瘠复生也。臣一介疵贱,伏蒙陛下拔于疏远,付之言责,深惟官以谏为名,事关治乱之大,不敢不番为陛下言之。惟陛下裁赦。

论从逆曦等人不许叙理

王侍郎

臣闻人主所恃以御天下者,惟曰赏罚二柄而已。使天下之人,不爱其生,而爱吾赏,不畏其死,而畏其罚,而后可以为国。不然,虽尧舜不能以自治矣。《书》曰:"罪疑惟轻,功疑惟重。"而解经者以为忠厚之至。功罪而至于有疑,则罚当从轻,赏当从重,而后为忠厚之事。若功罪本无可疑,而欲为忠厚之事,则是滥赏失刑,适以自坏吾法而已,未有法坏而可以治天下者。

近者逆曦之事,神人共愤,所赖宗庙社稷之灵,不旋踵而授首,谓之天幸可也。一时士大夫之在蜀者,或弃城而遁,或离职而归。国家平时,不爱高爵重禄以待士大夫,正望其缓急捐职效命,若委而去之,则国家何赖焉?纵曰圣朝家法仁厚,不欲置之重典,亦当量其罪状而加责罚。今也或与之逐便,或与之还任,不知他日,外而边境,内而州县,脱有风尘之警,盗贼窃发之事,谁不委而去之,以全躯保妻子哉?当是时而欲行吾法,必有指今日之事以为例,而议吾之不平者矣。今朝廷以宽大为意,姑曰恐为伪命所污,遂宥其罪,宥之犹曰可也,使之复职还任可乎?夫伪命未污,望风而遁,乃设辞以自解可乎?鲁语有言曰:"事君能致其身。"又曰:"士见危授命。"当此之时,惟有效死勿去而已。祸未及于己,事未至于危,而乃窃身远避,脱使兵刃在颈,宁有如颜杲卿之骂贼者乎?今也逃遁之人,复使之还任,其亦何颜以见吏民?彼已弃城,而复使之守城,彼已离职,而复使之任职,他日忽有事变,又将委而去之乎?此犹可也。如当时已受伪命,或上表称贺,或领兵抚谕,其背国从伪,罪恶昭著之人,尚复使之生于人世,不知背国从伪,而得不死,则当更有何罪,而后可死哉?若背逆之罪,置而不问,何以教天下臣子忠义之节?今虏寇在境,兵备未彻,惟以赏罚信必,而奔走天下之人。

臣愚欲望圣慈,奋发英断,将西蜀从伪之人,悉置之辟,其望风奔走之人,且行罢黜,庶几法令精明,人心振起。臣忠愤所激,但知国法不可废弛,不敢有所顾忌。惟陛下留神省览。

取进止。

军器监丞轮对第一札 端平二年秋
杜清献

　　臣草茅书生，窃第奉常，几三十载，区区愚忠，无由自达。遭遇圣明①，聿新庶政，一介滞遗，亦与甄擢，进之周行。今幸当轮对，正小臣竭忱报上之日，其敢或有所隐，以负不忠之罪？惟陛下垂听焉。

　　臣读《易·系辞》曰："《易》穷则变，变则通，通则久。"夫天道人事，未有运而不穷者，变而通之，斯不穷矣。其道存乎其人，故《否》之上九曰："休否，大人吉。"盖谓非大人则不能转否而泰也。《剥》之上九曰："君子得舆，小人剥庐。"盖谓非君子则不能转剥而复也。至于上卑巽下苟止则为《蛊》，蛊者弊坏之极也，而有元亨天下治之象。其彖辞曰："先甲三日，后甲三日。"盖甲者事之更端也，先甲以究其弊之所以然，后甲以虑其弊之将然，周思曲防，动而必当，则弊革而治②立矣。夫穷而必变者势也，穷而能变者人也。人不能变而听其势之自变，则天下之故可胜道哉！

　　陛下以为今之时何如时也，岂非否而欲泰，剥而欲复，大坏极弊，而为蛊之时耶？三四十年权奸③擅国，百蠹交溃。自陛下亲揽大柄，召用正人，天下延颈企踵，而望更新之治，且两年于此矣。而纪纲之废荡者未修，政事之苟玩者未饬，风俗之

---

①　《清献集》卷五作"遭逢圣朝"。

②　《台州丛书》本云："今本《清献集》作'事'。"

③　《台州丛书》本云："《清献集》作'臣'。"

颓靡者未振,气象之凋残者未复。楮轻物贵,国匮民贫,军伍干纪而远迩效尤,边备单虚而中外凛凛。弊端纠结,有不可爬梳之势;坏证捷出,有不可调治之忧①。而上下方且苟安,玩愒岁月,以忧时为张皇,以虑患为过计,以振职为生事,以持正为好名。天下大势,如寄扁舟于惊涛骇浪之上,维楫不固,篙师不力,而安坐以幸其善济,盖亦难矣。陛下更新之志非不勤也,朝廷更新之令非不多也,天下不惟未睹更新之效,而或者乃有浸不如旧之忧。陛下亦尝深思其故乎?夫新教条易,新风声难,新观听易,新心术难。以一时之教条,耸天下之观听,而无以行鼓动之风声,变积习之心术,是无异饰屋之漏以丹腹,丹腹虽新,而屋犹故也;饰人之赢以衣冠,衣冠虽新,而人犹故也。若是,则蛊何由而治,而否泰剥复之机,将转移之以人耶?将一听之于势耶?臣愚窃谓致弊必有源,救弊必有本,本原之不究,而漫曰革故而图新,是以弊易弊也。

　　天下之理,天命之所不能违,人心之所不能异者,曰公而已矣。公则正大而明达②,私则偏狭而滞暗。公则兼听广览,而是非洞见;私则恶异好同,而利害莫察。公则刚毅有执,而果于徙义;私则依违不决,而制于两可。公则确意倚实,以图事功;私则苟焉徇名,以为观美。公则随其所施,而人情允协;私则一有所为,而异议并兴。公之与私,盖世道治乱之所由分也。积三四十年之蠹习,至于浸渍薰染,日深日腐,溃而为百孔千疮,有不可胜救者。考论其故,虽不止一端,推究其源,不过私之一字耳。

---

① 调治之忧,《清献集》卷五作"援持之扰"。

② "达",《清献集》卷五作"远"。

陛下奋大有为之志，而适当天运人事之穷，固宜惩其弊源，而痛加涤、濯，使私意净尽，公道大明，则变而通之，本无难者。不然，病根未除，而随证用药，药虽屡更，何补于病？臣两年间所睹闻者，虽未必尽然，而愚臣不敢有隐，试为陛下一僭陈之。以天位之重，而或疑其为私德之报；以天伦之亲，而或疑其有私怒①之藏。天命有德，而或滥于私予；天讨有罪，而或制于私情。左右近习之言，或昵于私听；土木无益之工，或侈于私费。隆礼貌以尊贤，而用之未尽；温词色以纳谏，而行之惟艰。此陛下之私犹有未去也。和衷之美未著，同列之意未孚。纸尾押敕，事不与闻；同堂决事，莫相可否。集议盈廷，而施行决于私见；诸贤在列，而密计定于私门。正涂未辟，捷径已开；朝端未清，旧习犹在。此大臣之私犹有未去也。君相之私，容有未去，则教条之颁，徒为虚文。是以贤能不见于实用，而流俗足以移人。居论思献纳之地，或以循默而充位；处弥纶省闼②之任，或以刻薄而结知。有言责者不得其言，而风采之日铄；有官守者不得其职，而吏奸之日胜。监司无澄清之志，而贪俗未弭；守令无抚字之劳，而民生益困。任边陲之寄者，视资③实之丧，而不以实上闻；夸称提之能者，饰楮券之直，而惟以虚取誉。上下相党④，类皆欺罔。至于事之相关者，则挟谖诈以启纷争；势之相敌者，则怀嫉妒以谋沮害。朝廷方恃以为屏蔽，而彼乃自为仇雠。私意横流，上下充塞，大

---

① 《台州丛书》本云："《清献集》作'憾'。"
② 《台州丛书》本云："《清献集》作'闱'。"
③ 《台州丛书》本云："《清献集》作'军'。"
④ 《台州丛书》本云："《清献集》作'蒙'。"

抵以便文自营为入官之计，以乘时射利为进取之能，以辞难避事为保身之哲。各身其身，各家其家，则陛下将孤立于天下之上矣，岂不危哉！此私之一字所以为致弊之根源，而枝叶之蔓延，末流之泛滥，其害有不可胜言者。

弊源之未去，而徒摘其一二政事之失更张而易置之，朝令而夕变，屡行而辄止，无益更新之政，而徒以失信于天下，而生乱阶也。向也以苟且致弊，而今也以苟且革之；向也以具文致弊，而今也以具文革之；向也以因循致弊，而今也以因循革之；向也以欺诞致弊，而今也以欺诞革之。是谓弊益弊也，何革之能为！是以上轻于出令而威信不立，下轻于玩令而朝廷不尊。天文变于上，人事乖于下，民心日摇，国势日危，陛下之臣，谁与领此？此臣所以痛心疾首、流涕而长太息也。臣愿陛下克己寡欲，侧身修行。不以富贵为可乐，而所畏者天威；不以威福为可恣，而所奉者天道。体干德之刚健，而无一毫牵制之失；行王道之正直，而无一毫系累之偏。广聪听以防壅蔽，采众论以定是非。厉笃实之意以斥虚美，行谨审之令以立大信。毋徇流俗之见以疑君子，毋求目前之快以用小人。洗此心以主公道，正此身以行公道，修明此纪纲政事以大布公道。然后明诏二三大臣，相与扶持公道。

方今爰立并相，揆路更端，亦转移世变之一机也。若拘孪退沮，复循故辙，则天下之政，殆将不复新矣。矧国家多事，内阻外讧，镇定绥辑，惟在辅相，既同心于忠爱，亦何分于事权？宜相与协力并智，扫除宿弊。旷然大公，以公是非进退人才，以公好恶大明黜陟，以公议论修废补弊，以公利害扶颠持危。毋有纤介之嫌，以来才人交斗之口；毋为形迹之避，以壅中书积压之务。此正今日之所当先者。且论道经邦，宰相事也；四方有败，必先知之，宰相事也。今乃下行有司之事，而尤侵铨曹之官。州县之美职、京局之猥任，悉归于堂除。又有堂除拨下者，亦占为堂差。此奸臣招权之术、市恩之门、聚利之涂，因仍不改，以至今日。渎乱朝纲，滋长吏蠹，莫甚于此。祖宗朝虽六院亦隶铨选，今既纵未能远迹前宪，亦宜近考孝庙朝，凡不系堂除差遣，皆令铨曹依条注授。妙选天官长贰，使率其属以综核人才，不惟可以息奔竞之风，塞侥幸之路，而宅揆之地，文书不至委压，庶可以清心省事，与其同列讲明至计，以安社稷，举用贤俊，以起治功。此尤今日之所当先者。然后训饬庶官，布告中外，明示意向，立之风声，以洗天下积私之习，以回天下向方之心。其他蠹弊之所当革，事功之所当举者，毋徇偏见，毋急近功，必深思夫"先甲后甲"之义，图其始必究其终，视其得必计其失，虑患之必先，预防之必审。则治蛊之道得，而否者可泰、剥者可复也。臣不胜惓惓，取进止。

入台奏札

杜清献

右臣一介迂疏，误蒙圣恩，拔从庶僚，置之台察。自惟力绵责重，两具控辞，天听弗回，黾勉拜命。既在言职[1]，其敢顾私畏缩，以负陛下亲擢之意？抑区区有当先陈者。

臣窃见曩者权奸擅国，所用台谏皆其私人，约言已坚，而后出命，其所弹击，悉承风旨。是以纪纲荡然，风俗大坏。陛下亲政，公道方开，首用洪咨夔、王遂为台谏，痛矫宿弊，斥去奸邪，改听易视于旬日之间，烝烝然有向治之意。然旧习犹未

---

[1] 《台州丛书》本云："《清献集》作'责'。"

尽去，意向犹未昭白，庙堂之上，牵制尚多。言及贵近，或委曲回护，而先行丐祠之请；事有掣肘，或彼此调停，而卒收论罪之章。亦有弹墨尚新，而已颁除目，汰去未几，而反得美官。自是台谏风采，昔之顿①扬者日以铄；而朝廷纪纲，昔之渐起者日以弊。国论未定，治功不立，职此之由。今陛下一旦更易数臣，以任风宪之责，盖②欲一新台纲，以仰副励精之意。若欲其迎合时好，循默备位，是自坏其纪纲，自涂其耳目，圣朝图治，夫岂其然，亦非愚臣事陛下之职分也。臣望陛下断自圣意，明诏大臣，力除回护调停之弊，以伸敢言之气，以折奸回之萌。臣当誓竭愚忠，以上报君父。傥旧习未除，是非不别③，则言者虽多，小人无所畏忌，黜者虽众，天下不知所惩。虽数易台臣，何补于治？惟陛下裁之。谨录奏闻，伏候敕旨。

国论主威人才札子　台中上，端平三年春

杜清献

臣窃谓当今天下之大患有三，夷狄④之凭陵、财用之匮乏不与焉。夫二者关于天下之安危存亡，其大患宜莫急于此，而臣独以为不与者，固非敢为是迂缓不切之论，以罔陛下。盖本强则末应，纲举则目随，否则，饰精彩于衰残，饱口腹于肌肉，非惟无益，只以贾害。所谓三大患者，国论之未定也，主威之未振也，人才之未作也。臣请为陛下条陈之。

---

① "顿"，《台州丛书》本云："《清献集》作'振'，《宋史》同。"

② 盖，《台州丛书》本云："《清献集》作'更'。"

③ "别"，《台州丛书》本云："《清献集》下有'白'字。"

④ "夷狄"，《清献集》卷五作"敌国"。

国论者，所以一意向。方今鞑虏不道①，蹂躏荆蜀，震惊江淮，襄阳重镇而道梗援绝，江陵孤垒而力困事危，随、枣、德安蛇豕荐食，光、黄又告急矣。而议者虑兵财之不支，则主于和；忧豺狼之难厌，则主于战。庙堂筹边，未有一定之见；督视开阃，未有一定之规。因循岁月，苟且施行，精神何由折冲，将士何由用命？不特此也。至于进君子矣，已有贤者无益之疑；退小人矣，复怀狙诈可使之意。使君子隉杌而自危，小人扇摇而伺隙。欲节用而或嫌其流于俭陋，欲惩恶而或谓其戾于宽仁。凡此等类，不止一端。自更化以来，所以无一事之可立，无一弊之可革者，实由于斯。臣所谓国论之未定者此也。

主威者，所以厉风俗。方今百度积弛，万事交蠹，上轻于出令，而群议之易摇，下轻于玩令，而人情之不肃。王法屈于大臣之亲故，主柄移于政府之调停。姑息之政尚多，苟玩之习犹在。将帅骄蹇，而渐有难制之形；士卒怨傲，而常有易叛之势。胫大几于如腰，身微难于掉尾。② 朝廷不尊，威令不行，未有甚于此时者。如是，且不可以控驭中国，况能以制服夷狄③乎？则其所忧不惟在鞑虏④，而且在萧墙矣。臣所谓主威未振者此也。

人才者，所以兴起治功。今权臣窃命，三四十年，擅势利以消天下之气节，纵贪墨以昏天下之智能。自古才难，而加以

---

① "鞑虏不道"，《清献集》卷五作"敌兵强劲"。

② 《台州丛书》本云："《清献集》作'胫大几于腰，尾大难于掉'。"

③ "夷狄"，《清献集》卷五作"域外"。

④ "鞑虏"，《清献集》卷五作"塞北"。

挫辱沮丧，是牛山之木，牛羊斤斧之余，其不①濯濯者几希矣。方今多事沸集，非才不济，众弊坌积，非才不除。内修外攘，苦无任责之彦；宵衣旰食，常有乏使之忧。凡参错于职位者，惟以议论为事，以文移为纪纲，上下相蒙，习为苟道②，一旦有急，则束手顾惊，求其首公办事、以身徇国者无有也，其将何以排国难，何以宽主忧？臣所谓人才之未作者此也。

　　此三者实为当今之大患，亦在陛下主张之、纲维之、感召之而已。臣愿陛下清心寡欲，兼听博采，与二三大臣讲明可否利害之实而施行之，审之于先，而断之于后，事毋轻发，令毋辄变，则国论定矣。法天刚健，行以夬决，彰善瘅恶，以植风声，信赏必罚，以示惩劝，毋牵制于小恩，毋轻亵于大柄，则主威振矣。人才之生，何世无之。布于目前者虽未满人意，其沉于下僚、隐于山林者不乏也。臣愿陛下亟降手诏，内而侍从、台谏、卿监、郎官，外而帅臣、监司、守倅、令长，各举所知，不限其数，以其才之所宜，悉以上闻。其余职事官，苟有欲荐士者，许其于庙堂入札，军帅亦令举将士。陛下与二三大臣择其被荐之多者，详加搜访而录用之，其绩效可称者，从而尊显之，必有自奋于功名者出为陛下用矣。陛下以是三者深思而力行之，庶几国论定而意向以一，主威振而风俗以厉，人才作而治功以兴。如是，则虽夷狄③凭陵，财用匮乏，岂足为陛下忧哉！臣不胜惓惓。

---

① "不"，《清献集》卷五作"有"。
② 《台州丛书》本云："《清献集》作'且'。"当从。
③ "夷狄"，《清献集》卷五作"敌国"。

边事奏札 台中上

杜清献

臣窃谓存远虑者其国安，怀近忧者其国危，至于玩目前之忧，则国非其国矣。自鞑虏南寇①，荡析数郡，积骸千里。今襄报虽宽，而光围已急，势迫蕲、黄，声震江面，可谓忧在目前。或者曰："春气已深，虏②当自退。"又曰："鞑虏已退，其抢攘于荆淮者，皆其投拜户及德安叛卒尔。"此皆容悦幸安之论，不足深信。

臣闻前岁鞑虏灭金之时，追逐而南，自汴京而应天，自应天而蔡城，皆盛暑之月。荆淮风土与中原亦无甚异，是殆未可以畏暑而幸旦夕之安也。所谓投拜户及德安叛卒，今为鞑用，与鞑等耳。鞑虽退，不过宿师近地，以为之声援，其冲突之计，意实叵测。又况秋高马肥，屈指数月。去岁之春，亦尝忧及此矣，苟且因循，守御无备，一旦寇至，束手惊惶。今若幸其苟安，虚过日月，则蜀汉荆淮，莫非创残之地，边尘一警，望风惊遁。设不幸有一骑浮江而南，陛下能晏然玉食于九重之内，与京城百姓相安于无事否乎？靖康之初，金虏③三月退师，九月复至，臣子所不忍言，其覆辙可鉴也。臣每念及此，不遑宁居。然熟观今日之事，上下宴安，无异平时，至朝堂之上，其所施行皆不切之细务，其所关报皆无益之文移。方且志虑不孚，猜防已甚，遇风于同舟，而相救之不闻，载车于绝险，而将助之无

---

① "鞑虏南寇"，《清献集》卷六作"敌人南下"。

② "虏"，《清献集》卷六作"敌"。

③ "金虏"，《清献集》卷六作"金人"。

有。以至宏建督府，付以阃外之寄，奏劾细事，亦且稽于报行。其何以使之作厉士风，责其御侮之功？当此危急存亡之秋，而玩视如此，此臣之所未谕也。

臣愿陛下赫然震怒，汛扫旧习。笃忧勤之念，以身先之；奋刚果之断，以身行之。内而宫掖，凡燕饮之娱、匪颁之费，外而亲属戚族，凡土木之侈、锡赉之宠，一切以义裁恩，务从省节。日与二三大臣、侍从讲读之官，讨论守御之急务，使之同心体国，并志合虑，以求至当之说。毋以私情而废公议，毋以小忿而害大谋，毋以议论而为事功，毋饰具文以苟岁月。亟降御笔，勉谕督府，使之统厉将帅，以蔽遮江淮；警饬边臣，使之严备要害，以豫防冲突。仍令条具当今所合改图急切事宜，画一来上。凡督府边臣应有申奏，令枢密院择一属官专掌之，朝奏夕报，毋或稽留。昔范仲淹以参知政事使河东、陕西，久而觉报缓而请不获，召堂①吏问之，曰："吾为西帅，每奏即下，而请辄得；今以执政，而请报不逮，何也？"曰："吕夷简为相，特别置司，专行鄜延事，故速而必得尔。"乞陛下明谕大臣，以吕夷简为法。其或有难从之请，亦宜亟与区处而速报之，毋视为泛常，使之觖望而疑懈也。臣激于忧爱之忠，僭尘圣聪，惟陛下裁之。

端平三年三月奏事第一札

杜清献

臣窃惟陛下不以臣愚陋，俾分台察。凡天下国家理乱存亡，无所不当言，而臣一身之利害祸福，皆所不敢计。臣伏观

---

① "堂"，《清献集》卷六作"掌"。

今日事势，其阽危之形，又非昔比。昔之所忧者轶，今则不止轶矣；昔之所防者秋，今则不待秋矣。蛇豕荐食，千里为墟。幸其畏暑而暂退，正当改纪而亟图。边备方集议而未行，襄城已仓皇而告变。帅臣所恃以为腹心者，忽反戈而为仇；陛下所恃以为干城者，乃弃甲而远遁。江陵事力，素号单弱，况藩篱失守，迫近风寒，其何以折奸宄之冲，其何以壮上流之势？万一有夺舟浮江而南者，则远近震惊，望风奔溃，将有不胜讳之忧。

臣闻之经筵讲读之官，谓陛下忧见颜色。想夫日不暇食，夜不甘寝，思祖宗付托之重，念天命保守之难，凛凛乎临深履薄之忧也。昔宣王中兴，侧身修行，百姓见忧，是以天下喜于王化复行。今陛下独焦劳于圣虑，而未形于设施；惟黧蹙于圣容，而莫闻于政事。且宫苑不节之费用，朝廷无益之文移，苟且因循，以玩岁月，殆与燕居闲暇之时无以异。是陛下之忧虽同于周之宣王，而百姓未之见，则异于周之天下也。非惟百姓未之见，而臣亦莫得而见，亦何以致复行之喜，而成更新之治哉！

臣闻兴衰拨乱之规模，不可用继体守文之调度。昔靖康初，李纲疏论时事，有曰继体守文之君，恭己足以优于天下；至于兴衰拨乱之主，非英哲不足以当之。惟其英，故用心刚，足以断大事，而不为小故之所摇；惟其哲，故见善明，足以任君子，而不为小人之所间。此诚论治之格言，实为拯时之要道。臣愚不足以窥陛下神圣之万一，窃意当兴衰拨乱之时，而尚仍继体守文之旧，恭己之有余，而英哲不足也。故威断失于优游，权纲紊于姑息，聪明惑于牵制，政事蠹于美观。当祸至无日之时，而为滥恩不切之举。庙谟尚缓于边陲，廷号先及于肺腑。闾巷之人亦相与窃讶之,而大臣方且为固位持禄之计,孰与任社稷存亡之忧?且其好善之心不足以掩恶直之实,尽公之念不足以胜为私之情,一身之廉不足以盖一家之贪。而同列之人,存形迹以苟容,几于具位;视颠危而莫救,徒有空言。是以出一令、立一事,漫无成谋,卒无定见。如近者督府之始建也,仓卒而行之,继乃灭裂而遣之,其终也模糊而罢之,徒有丘山之费,曾无锱铢之补。凡此等类,非止一端。以是而继体守文犹且不可,尚欲其兴衰拨乱,不已难乎!且边臣之抚养北军,殆如骄子,不为不厚矣,窃料今日之叛,不生于怨,而生于易。彼诚见夫朝廷之秕政舛令不足以服人,边陲之庸将弱卒不足以捍敌,故易心一生,而叛心四起。况其徒实繁,散处淮襄千里之地,襄已叛离,则其他之在诸郡者,宁免疑贰?其变殆未已也。譬之久敝之屋,栋宇挠倾,牖壁颓圮,日惧覆压,而徒以幄帟障饰之具,燕笑其下,虽甚愚者,固亦为之寒心也。岂若去幄帟之饰,罢燕笑之欢,而相与尽力为整饬①支撑之计哉!少康以一旅兴夏,田单以一邑复齐,今天下之大,其为一旅一邑也亦多矣。自古未有颠而不可扶、危而不可持者也,亦在陛下与二三大臣深思②之而已。

臣愿陛下布昭英哲之德,尽破拘牵之见,必如汉宣帝之厉精总核,唐宪宗之刚明果断,以肃惰而革偷,以黜浮而抑诞,奖直臣以振纪纲,节浮费以给财计,用实才以集事功。明谕二三大臣协一心以体国,尽血诚以虑患,图社稷之大计,去形迹之

---

①　"饬",《清献集》卷六作"葺"。

②　《台州丛书》本"深思"后有"力图"二字,并云:"二字据《清献集》补。"

小嫌。必如蠡、种之治越，王猛之治秦，凡不急之细务，宜付司存，相仍之弊例，悉从罢去。毋牵于人情，毋役于虚誉，毋袭于具文。使朝纲一新，精采振发，则远近改听，而奸宄革心。此古人所谓折冲樽俎，固有在于临阵却敌之外者。至于重江陵之镇，严沿江之防，臣与昌裔已尝言之矣，至今未闻有大①措置。当救焚拯溺之时，而尚为雍容缓带之态，此臣所谓陛下虽有忧，而百姓未之见者也。昨有守臣召对，其所论奏，谓人主悔过，则上天悔祸，欲乞陛下痛自切责，下罪己一诏。臣愚谓此若儒生不切之迂谈，实当今至切之要务。盖所与陛下保天下者人心也，人心所在，作之则劝，感之则兴。以积数十年愁怨之情，而重以累岁俶扰之变，心已涣离，动皆仇敌。今陛下若深自咎责，布所失于天下，以求济难之策，以招遗逸之才，必有三军之感泣，父老之思见，可以潜消其不肖之心，而奇伟卓越之士亦必有出为陛下用者。《传》曰："禹汤罪己，其兴也勃焉；桀纣罪人，其亡也忽焉。"愿陛下以笃实恻怛之意行之，庶可使百姓见忧，而天下有复见之喜矣。

臣一书生，不能深晓边面事宜，惟见根本之未强，纲维之未举，而且有浸隳浸微之势，不识忌讳，罄竭诚悃，为陛下言之。倘察其微忠，赐以采择，其于内修外攘之政不为无补。冒犯天威，不胜陨越，惟圣明裁之。

第二札

杜清献

臣窃谓御史之职，不止按察，又许言事，自唐以至本朝，虽

---

① 《台州丛书》本云："《清献集》作'所'。"

有擅权之臣私意变易，寻即复旧。其官虽卑，其职之要与拾遗、补阙等。臣以疏贱小臣，冒当要职，日夜思念，惟欲以先朝台谏所以事祖宗者事陛下，虽至愚陋，期自勉竭。尝读先朝名臣奏议，台谏论事必先体要，弹劾必先贵近，非徒立一身之名节，盖将以振朝廷之纪纲。其职业在斯，虽窜殛不悔。故有论大臣而至八九疏者，有留直臣而至十余疏者，有纳敕复还而再论者，有召至都堂宣谕而不从命者。岂其好为纷争而恶安靖，甘于取祸而弃宠荣，不近人情若是哉？当时朝廷尊严，奸谀畏耆，史策书之，光垂万世。台谏之关于人国也如此，殆非他官比也。

自权奸擅命，数十年来，秽浊风宪，圮裂纪纲，至绍定极矣。端平更化，稍复振扬，然旧染已深，难于尽革。虽无纳简听命之风，而简亦不废于往来。间有直节敢言之气，而言终归于调护。臣向者已深为圣朝惜之，不自意冒膺其职，方开口而有言，已转喉而触讳。不能坚初志以求遂，又复闻上命而辄止。有负所学，为亲擢之羞，忸怩于心，局蹐罔措。

近者徐清叟以言去职，力辞新命，襆被出关。此数十年所未见，而士大夫多有訾其轻出者。盖习于近年脂韦之风，而未闻古台谏之体也。臣已与吴昌裔累疏留之，未蒙报可，义当与之俱出，适董试事严，滞留半月，不获嗣请。已闻陛下宣召清叟委曲面谕，清叟不获已供常卿职矣。自非圣朝崇奖直臣，以护国家元气，则一清叟之进退顾何足惜，而乃上劳宸念，勉留至此耶？臣闻苏轼尝言于哲宗朝，谓台谏论回河不当役，言既不从，而言者皆获美迁；论郑温伯不可任翰林承旨，言既不效，而言者亦获进职。虽人臣迫于朝旨，黾勉就位，而中外观望，不知曲直所在，为损不细。朝廷则负讳过便私之毁，臣下则被苟简怀禄之非。风俗渐成，士节陵替，载之史策，不为美事。今清叟之除，亦颇类此。使清叟以罪去职，则不当既去职而复得美迁；使清叟以贤而迁，则不当未及三月而遽夺其职。所以人言未弭，实缘上意未明。今陛下委曲勉留，且俾之经筵仍旧，是陛下已察其无罪，而欲进之矣。始也虽以其言之过实而出台，终也倘以其言之忠直而俾复台职，则圣心岂不明白洞达，圣德岂不日新又新？汉高帝刻印销印，无我之量，何以过此？若羁縻以虚名，而阔略于实意，徒使天下疑其讳过便私，陛下亦何利于此？

　　臣闻天圣、景祐间，三院御史常有二十员。其御史中丞阙者累月，御史五员，差出者二员①，吕诲已为治平羞之。今中丞虚位不知几年，而台臣阙长又已一月，未闻除命，仅有二御史，岂不为端平之羞？臣愚欲望陛下断自宸衷，还清叟台职，以昭示容直好谏之意，仍多选劲直忠笃之士，增御史员，广布耳目，以共扶社稷，式振纪纲。如臣之选懦不堪任，且疾病侵陵，实难以当风宪之责。欲乞圣慈畀以祠禀，或在外小小待阙差遣，容臣安分养疴，以为陛下他日之用，不胜大愿。

端平三年五月奏事

杜清献

　　臣窃闻天下之患莫大于持一偏之见，以幸一时之功。古人有言曰："君子之行，思其终也，思其复也。"终者事之极也，复者事之反也。思其终则已尽矣，而又思其复焉。盖人情多囿于期必之中，而事变每出于意料之外，思其得不思其失，思

---

① "员"，今据《台州丛书》本补。

其利不思其害，则为备不预，患至莫御。行之一身尚且不可，而况为天下国家者耶！譬之善奕者，一举棋而全局之胜败，已了然于胸中。盖其反覆思虑，知己而复知彼也。

曩者边臣邀功生事，经营河洛，以至一败涂地。此其不思复之祸，盖不可追悔矣。谋国者惩创前失，图靖邦家，优显职以出台臣，起私人以寄国事，诚岂得已？夫中国和戎，治世所有，虽汉文之盛，犹且屈意为之，况今日之财不足于用，而兵不足于战耶？正不必阳讳其说，阴主其谋，徒取掩耳盗铃之讥也。然臣窃闻之，先为不可胜，而后可以言和；有备无患，而后可以言和；纪纲修明，将士戮力，而后可以言和；糗粮充积，甲器精强，而后可以言和。使今之议和，如魏绛所谓边鄙不耸，师徒不勤，岂不甚幸？然反其事而思之，万一如辽之求和于金，金之求和于鞑，厥鉴昭昭，悔其可追？且靖康之祸，百年之痛未瘳也。

夫和之为义，《春秋》谓之“成”，以其两不相加，而彼此利于息民耳。倘以势穷力弱，卑辞求和，以偷旦夕之安，则与投拜何以异？彼方恃其无敌之势以陵我，我以卑屈之礼而有求焉，则彼之索愈高，而我之应愈难，力不暇应，将有不可胜讳之忧矣。且闻间谍之报、降卒之供，与夫逃归之言，皆谓鞑人不归草地，分驻河南，造舰治兵，期以八月大举入寇。今上下宴安，无异平时。以言其纪纲，则未见其修明也；以言其将士，则未见其戮力也；以言其糗粮，则未见其充积也；以言其器甲，则未见其精强也。荆襄不闻经理之方，江淮不闻守御之计，败证悉见，何以为不可胜之形？搏手无策，何以为有备无患之术？臣未知其何所恃而和也。窃料谋国者不过以史嵩之、孟珙曾与偾菑交通甚密，使之议和，必无不可。议之可也，必之其可乎？曩者不思其复，倚范葵以攻，而不知所以守，将使天下之势自安以趋于危。今若又不思其复，倚一嵩之以和，而不知所以守，将使天下之势自危而趋于亡矣，岂不甚可惧哉！

臣一介腐儒，不晓边事，采之公论，不敢不言。欲望陛下与二三大臣思终思复，计安计危，毋循偏见，毋求幸功。如极边土豪当乘机而号召，已破州郡当乘时而经理。团结战舰，招集水军，不可以文移而为实数；江面置屯，诸州和籴，不可以因循而致后时。凡固圉之计，委之边臣，各令任责，必加精核，以行诛赏。使和议幸而集，则内外相安；不集，亦可以无恐。天下之势常如泰山之安，而黠虏之强不足畏矣。臣不胜惓惓。

赤城论谏录卷之四

论重台职札子

杜清献

臣一介猥陋,误蒙亲擢,处以台职,强颜祗命,七阅月矣。力小任重,灾衅随之,累疏丐祠,求之愈力,而圣恩未俞,戒之愈严。臣惧渎天威,扶疾就职。窃伏自念,臣之不足比数,而陛下所以勉留至此者,岂非以台谏进退,关系国体,故不以人微而辄去之耶?臣近者恭闻陛下谕宰臣曰:"徐清叟方去国,杜某又岂容轻去?"尧言一布,人心胥悦,咸谓陛下重言责以扶朝纲,开公论以护国脉者,其圣虑至深远也。臣不佞,抑有疑焉。夫台谏亦朝廷一官耳,所以独重于他官者,陛下亦尝思之否乎?孟轲有言曰:"无法家拂士者,国常亡。"法家拂士,今之台谏是也。凡君德之过愆,朝政之差缪,庙堂之壅蔽,臣工之邪慝,人所不敢言者,台谏皆得以敷陈而劲奏之。是以朝纲振举,国势尊严,奸人敛手而畏惮,远夷闻风而詟服。此台谏之所以为重也。故汉有汲黯,而淮南寝谋;唐得李勉,而朝廷始尊。非以其人也,以其言也;非以其言也,以行其言者也。

臣学识浅滞,不足以明当世之故,受命以来,勉自罄竭,凡所奏陈,皆采之公议,不敢一毫有负于陛下。方入台之初,未暇他及,首言回护调停之弊。然奏墨未干,而旧弊滋甚,缓弹章之未报,以丐祠而先行。方劾去之未几,而除用之已峻。事有掣肘，则委曲调护；言有违忤，则节去全文。台谏不敢避怨，而大臣乃因以市恩。尝以臣昨所论奏而默计之，所上便宜，皆成空言，所有弹劾，多已擢用。论何炳而见疑于大臣，论卫朴、赵汝捍而具文于镌降，论赵澧夫、乔幼闻而独畀以祠廪，论史宅之而不改于予郡。若合台所奏者，又视之若无有矣。使微臣内愧而蓄缩，奸党旁睨而嗤侮。若是，则风采日铄，已不足取重于人，果亦何益于国体，而陛下重于去之若此也？如臣清叟所陈三渐，皆忧国之至论，但闻陛下深惜其去，不闻陛下深信其言。使陛下思其所言三渐者，折其芽于未长，扑其焰于未炽，遏其端于未成，虽清叟已去班行，犹侍黼扆。倘陛下溺于亲爱之情而长其骄，狃于狎昵之素而炽其奸，玩于窥伺之谋而成其计，虽百清叟日侍清光，亦复何益？臣固疑陛下之所以重台谏者名也，非实也。

方今天下之患，莫大于饰虚名而废实用，为苟道以事美观。纪纲所以不立，政事所以益蛊，风俗所以日坏者，皆由于此。矧迩日以来，天文屡变，人事益危，已迫防秋之期，茫无固围之备，危亡之势，忧在旦夕。近史嵩之、申上擒获鞑兵刘马儿所供，鞑虏已摆布兵马，分路入寇，约以七八月会合于大江。不知大臣亦尝奏闻，而与陛下忧及此乎？闻之人言，谓宫庭之间，土木之费未戢，燕饮之乐犹故。而大臣又不能同血诚以虑国，惟植己私而异心。今何等时，而上下玩易若此。惟有公议，一发仅存，而陛下徒以台谏之虚名，而牵制强留之，使之不得其言，又不得其去，意气消沮，名节顿丧。臣窃凛凛自惧，又窃为陛下忧之也。臣愚欲望圣朝推重台谏之心，而求其重台谏之实，扶植直言之气，培护公议之脉，以振朝纲，以定国是。或其言不合事宜，徒忤上听，即乞声其罪而斥之，或因其请而从之。虽祖宗盛时,盖亦若此。庶使是非别白,意向昭明,毋徒畏其去台谏之名,而曰姑留之而已。臣不胜大愿。

太常少卿转对札子

杜清献

臣戆拙不才,用过其分,冒处台职,无补涓埃,陛下未忍即加之罪,而擢贰奉常。祗服恩荣,惕焉内惧。适当转对,窃有向之所欲言而未尽者,敢为陛下言之。臣尝读《抑》之诗曰:"洒扫廷内,维民之章。修尔车马,弓矢戎兵。用戒戎作,用逷蛮方。"此古人内修外攘之政也。夫中国不竞,四夷交侵,则谨饬武备,以捍外侮,诚不可缓。若使廷内未加洒扫之功,纪纲不明,表仪不正,虽士马强壮,兵革犀利,蛮方未易逷也。而况兵力素弱,事力日困之时耶?荀卿所谓"堂上不粪,郊草不瞻旷芸",内治之急,盖有甚于外攘者。

臣窃谓天下之势,如人之疾病,外证虽甚危,使其病不在心腹,犹可为也。今日之病,在心腹矣。所谓心腹之病,莫大于贿赂交结之风。向之专于一门者,今分裂四出矣;向之形于缄题者,今潜达密致而不可数计矣。旁蹊曲径,竞致奔趋,小黠大痴,共为奸利。名位已隆者,贾左右之誉,以为固宠之图;宦游未达者,惟梯级之求,以为进身之计。边方帅臣,黄金不行于反间,而以探刺朝廷;厚赐不优于行伍,而以交通势要。饰女子之丽以阿好,献珠玉之珍以取怜。拨支军旅之费,大縻国帑;尽归承受之手,分贿权门。窠局已成,而公为市易;肘腋既掣,而易于取携。以致贸乱是非,颠倒赏罚,败坏纪纲,慢亵威令。使股几于如要,臂难以运指。罪贬者拒命而不行,弃市者巧计以求免。此方忧蹙国之祸,彼乃贪拓地之功。下制其权，上纵其欺。提援兵者召乱而肆掠，当重寄者怙势而夺攘。下至禁旅，骄捍难制；近而盐军，群聚剽窃①；荡无治纪，动成乱阶。此皆廷内不足为民章，以至此也。虽使四方无虞，边尘不耸，犹恐浸成鱼烂之势。况虏情叵测，人心不固，必将卒有瓦解之忧。此通国之所共知，而迷于利害之间者，未必尽知也。

臣愚欲望陛下念投艰之危，存履薄之惧，刚明以体天德，奋励以振主权。毋以小恩废大义，毋以私情挠公法。严制宫掖，不使外言得以入于阃；禁约阉宦，不使谗谄得以售其奸；亲亲以礼，不使近属得以招权为政。如是，则陛下之廷内洒扫矣。明谕大臣，尽血诚以思孔圣持危之言，塞私径以严姚崇寡谨之戒。清中书之务以凝志虑，省堂除之阙以归铨曹，塞奸邪之路以安善类。如是，则陛下之廷内益洒扫矣。君臣同德，庙堂协恭，一以社稷存亡为忧，而思所以济难保邦之计。一念所形，天心昭格，人心丕变。上有肃清之象，下无弛慢之形，国政、军政皆可以次第而举，内患、外患皆有所恃而不足虑，则天下未有不可为者。惟陛下亟图之。

殿院奏事第一札

杜清献

臣至愚极陋，偶值明时，蹑登朝列。已尝冒膺②耳目之寄，辄忝上宰，至劳陛下委曲调护。臣凛不自安，屡控祠③请，

---

① 《台州丛书》本云："《清献集》作'劫'，《宋史》同。"
② "膺"，《清献集》卷八作"应"。
③ "祠"，《清献集》卷八作"词"。

圣朝宽大，缓其罪斥，迁贰奉常，寻长秘府，又进之经筵。其滥恩幸位，未有甚于此者。臣退省震惧，方欲俟边遽^①稍缓，即申前请；今又复以向所负芒之地，升其职而界之。臣固辞不获命，黾勉就列。尝懼然以思，中夜不寐，不知疏远小臣，何以上简睿知若此。岂以臣朴无他肠，行绝私比，而其狂直之言尚有可取者耶？抑以臣选懦之质，易于调护，而姑使之备数耶？若以狂直之言为可取，臣敢不勉竭自效，以报隆恩？如以为易于调护，则臣向也执守不固，已为亲擢之羞，今更不务饬厉，而脂韦苟禄，则臣之罪大矣，臣实不敢。

臣窃谓自昔人主之于净臣，非乐而听之，即勉而从之，否则疏而远之，未闻有不用其言，而复用其人者也。陛下自端平亲政以来，召用正人，以正台纲，天下想望风采。未几而有回护调停之弊，其所弹击，多牵制而不行，其所行者，复因缘以求进。臣于入台之初，固已力言之。非惟不之革，而其弊滋甚，至于所论便宜，则但有报可之虚文，曾无施行之实事；甚者不惟不见之施行，亦且不闻于报可。殆无异于班行之轮对，何有于台谏之开陈？且其行于外廷者每加节贴，而文理不全，或至易写，而台印无有。中书不敢执奏，见者为之骇疑。纵使惟上意之禀承，岂无中间之暧昧？恐非清朝之令典，徒亏大道之公行。不意圣朝之时，而其相仍之弊一至此极也。陛下以为言不可用，则疏而远之亦可矣，而又从而超迁之。有不数月而出台者，有出未几而复入者。其出也，不为从官，必为卿贰；其入也，又因旧职而升之。则是台谏之官，专为仕途之捷径，初无益于朝廷之纪纲。设官初意，夫岂若此？陛下惟知崇奖台谏

---

①　"遽"，《清献集》卷八作"报"。

之为盛德,而不知沮抑直言之为弊政也。抑其言而奖其身,则是外饰好谏之名,而内有拒谏之实。天下岂有虚名,而可以盖其实者哉!

方今边氛甚恶,国事孔艰,可谓危急存亡之秋,正陛下虚心求言、屈己从谏之日。臣愚欲望陛下恢张圣虑,明目达聪,黜私意以开忠直之路,察迩言以防蔽欺之奸。凡台谏之所奏陈,亟降付外廷,与二三大臣详议而亟施行之。凡向来回护调停之习,节贴易写之弊,一切革去。或其所论未尽事宜,所弹未合公议,即乞明正其罪,轻者左迁,重者贬斥,使是非昭白,黜陟彰明,其于朝廷之政诚非小补。

殿院奏事第二札

杜清献

臣恭惟陛下缵承丕绪,乂安海寓,而两年之间,干戈日寻,境土日蹙。自去岁轶虏南寇,兴、沔破陷,均、房荡析,随、枣覆没,光、信震惊。今岁之夏,襄城重镇,鞠为盗区。历秋而冬,樊城不守,荆郢相继委弃。荆襄诸郡,十亡其九。未几虏透大安入阆、果,分三路以破成都,遣四散以焚郡邑。骸骨壅川,肝胆①涂地。西蜀诸路,四失其三。彼方据建瓴之势,我日有解瓦之忧。夔峡单薄,江陵孤危。虽闻已退之师,宁保不测之计。闻刘之杰②所报,谓其一旦抽去重兵,意图他路攻入。湖之南北与蜀道通,或有为之向导者,出我不备,捣我腹心,陛下其将何以为计?又况两淮诸郡,处处受敌。史嵩之蔽和议,而

---

① “胆”,《台州丛书》本作“脑”。

② “之杰”,《清献集》卷八作“杰之”。

且肆为诞欺；赵葵守备虽严，而亦先为畏怯；陈韡事权不专，兵少财乏，虽有忠赤，而难以展布。江面无备，一苇可航，万一有数百骑浮江而南，突入内地，陛下又将何以为计？高宗皇帝固亦备尝险阻艰难矣，今之时非曩时比也。其时东南之力尚强，今已竭矣；三军之心尚一，今则离矣；百姓群黎方望治，今皆思乱矣。陛下亦尝忧及此乎？臣每惕然而思，凛然而惧，其忧痛之怀，不能一朝居也。以臣区区之忠，而窃料陛下圣虑，思祖宗付托之重，念生灵涂炭之苦，其必宵衣旰食之不皇也，其必悔过自咎之甚切也，其必侧身修行之弗怠也，其必卧薪尝胆之如越也，其必向师而哭之如秦也。咸仰惟新之政，期以感动人心，兴作士气。

　　自闻蜀破之后已一月矣，而上下苟安如平时。而或者之言，谓陛下临朝听政，则敛容忧思，至退朝暇食，则软美之言交进，而艰虞之意已忘。至有妄为之说，谓昨者误闻蜀师捷报，陛下幕帟张灯，俾昼作夜。此等谤言，固无足信，然所以致谤，抑岂无由？且登元老而居上相，海内颙颙，以望兴复，而蓄缩畏懦，略无施行。朝绅之危言激论日闻，而庙堂之玩岁愒日自若。想其惩创往事，专为审重之规模，而不知已迫危机，徒重他时之痛悔。臣尝得近日合台之所奏而读之，又得朝臣之论对而读之，其间忠恳之诚、剀切之论，岂无当今可行之策？借曰易置淮帅重事也，如一路之监司，当自朝廷选差，亦何惮而不敢？借曰合帅江淮重事也，如鄂渚置帅，公安置屯，亦何惮而不为？借曰估籍赃吏，今已后时，若谕藏镪之家，借助边之费，似非虐政。借曰严核军实，昔已生事，若出无用之宫女，省冗员之阉宦，似亦易行。如痛下罪己之诏，非若财用之难办也；痛节浮泛之费，非若边需之难省也。不知何乃优悠卒岁，使人觖望若此？此臣所未谕也。

臣愚欲望陛下赫然奋怒，断自宸衷，毋溺于左右之近谀，毋玩于曩昔之天幸，明谕大臣，强勉有为，革去蠹习。凡不关于安危社稷之故者，一切缓之，毋以惑乱聪明。凡有司所当奉职者，一切付之，毋以妨害大政。如臣前所陈数端，与执政大臣详议斟酌，亟赐施行，则天下之事未有弱而不可强，削而不可振者。惟陛下留意焉。取进止。

论灾异札子
杜清献

臣闻周宣王之中兴，序《云汉》之诗者，美之曰："遇灾而惧，侧身修行。"又曰："百姓见忧。"夫天以灾变警戒人主，其玩视而不知畏者，固乱亡之道。苟知畏矣，惟恐惧贬抑，而不能修省于躬行，厉饬于政事，则虽有隐忧，百姓将何见焉？欲以感悦人心，兴复治功，其道无由也。

臣读国史，窃见高宗绍兴二①十一年春正月，雷发非时，而雨雪继之，殿中侍御史陈俊卿进言，谓鲁隐公八日之间再有大异，孔子谨而书之。震雷，阳也；雨雪，阴也。意者阳不能制阴，故阴出而为害。以类推之，是夷狄窥伺中国，臣下玩习威权之象也，可不惧乎！乃者立春之三日，雷震连夕，而继以大雪。陛下惕然祇畏，寝称觞之仪，罢垂拱之宴。一念所格，转阴为晴，自天基诞节，云翳豁开，数日以来，天宇清宴。天之仁爱陛下，可谓甚至。盖以易感之机而开陛下，非以可喜之祥而怠陛下也。陛下亦尝以陈俊卿之言思之否乎？夫天秉阳，君

---

① "二"，《建炎以来系年要录》卷一八八作"三"。

德也,泄以非时,而使阴慝之气出而乘之,陵暴肆虐,纷不可止,则代天职而为天之子者,亦盍知所以自警矣。徒曰恐惧贬抑而已,而不思振厉奋发,以昭布刚德,以整饬弊事,则是有负于上天示戒之意,而不足以动百姓见忧之喜。治乱安危,实分于此。

夫外而夷狄,内而臣下,皆阴类也。方今鞑虏不道,蹂躏荆蜀,所至残毒,荡无噍类。江面震惊,旦暮凛凛,固不止于夷狄窥伺而已。督视之遣,中外想望,而费不预备,行且滞留,所辟幕属,未厌物论。若为规画,已启玩轻,臣恐阳未足以制阴也。欲望陛下亟降御笔谕之,倍道疾驰,以慰荆湖军民之望。广其听纳,以来智谋;审其事宜,以谨号令;详其体访,以别能否;严其诛赏,以示劝惩。使风采可畏爱,而将士咸尽死力,则可以坐收攘却之功,而宽西北之忧矣。下之事上,分也。今也,上之体稍轻,下之分莫守。权纲不振,多抑法而滥恩;命令方颁,已沮格而辄变。将帅骄蹇而难驭,士卒怨激①而易叛。指强无可使之势,尾大有不掉之忧,固不止臣下玩习而已。庙堂之上,惟事覆护,殆类掩耳而盗铃;志在苟安,何异惜莠而害稼。臣恐阳未足以制阴也。欲望陛下法天刚健,行以央决。谨审于未发之初,坚守于既行之后。彰善而瘅恶,以植风声;信赏而必罚,以昭意向。则纪纲振明,观听一新,而率作兴事矣。

至于宫掖之间,谓之非阴类,不可也。事关禁密,固非外庭所能悉知,臣得之传闻,谓女谒之根尚固,而宦寺之权或行。以陛下圣智,固非此辈所能蔽惑,然易狎难制,渐不可长。臣

---

①　"激",《清献集》卷八作"懃"。

愿陛下日召二三大臣，与夫经筵讲读之彦，从容吁咈，讲明当今急务，而汲汲施行之。玉堂夜直，以备顾问，此祖宗旧典，旷废已久，亦宜时赐宣召，以裨聪明。庶几见士大夫之时多，接宦妾之时少，志虑清明，缉熙日益，以为消变召和之本。此尤不可不加之意也。陛下诚以是三者深思而力行之，则遇灾而惧，非徒有惧之之名，侧身修行，而皆有修之之实。令出而众听乎，本强而外患弭，则无愧于内修外攘之道，而中兴之功可以度越周宣矣。臣不胜拳拳①。

嘉熙四年被召入见第一札

杜清献

臣一介陋愚，绝无他技，晚误睿知，蹴踖要近②。君恩未报，衰病已侵，抗疏丐闲，养疴故里。伏蒙陛下念簪履之旧，起守宛陵。已书下考，曾蔑寸效，方将投诚君父，乞畀祠廪，倏叨召节，再觌清光。因复自念，粤从去国，以至于今，三蒙收召，始则以在家卧病而不前，今则以屡辞不获命而后至。揆以"行不俟驾"之礼，盍坐傲上从康之诛。席稿俟遣，而趣旨愈严。疏远微臣，何由上简渊衷至是，岂以其忠朴之肠，戆愚之论，不识避忌，恐足仰裨睿算之万一耶？臣感极涕零，罔知所措。倘或变易初志，隐情惜己，不惟上负圣恩，抑恐下玷清议。庸敢以今日所当急者历为陛下言之，不自知其狂且僭也，惟陛下裁察。且陛下视今之时为何如时耶？旱暵荐臻，民无粒食，楮劵猥轻，物价翔踊。行都之内，气象萧条，左浙近辅，殍死盈道。

---

① "拳拳"，《清献集》卷八作"惓惓"。

② 《台州丛书》本作"道"，当误。

淮甸流民，所至充斥，未闻安集之政；内地剽掠，相习成风，已开弄兵之端。是内忧既迫矣。新兴犬戎乘胜而善斗，中原群盗假名而崛起，捣我巴蜀，据我荆襄，扰我淮壖，近又由夔峡而瞰鼎澧，上流之势孔棘。虽以春涨而引退，宁保秋风之不来？疆场之臣，肆为蔽欺，因其敛兵，则张皇言功，饰无为有；至有败衄，则掩覆不言，以有为无。土宇日蹙，撤戍无时。脱使乘上流之无备，为饮马长江之谋，谁其捍之？是外患既深矣。

夫人主上所事者天，下所恃者民。陛下嗣服之初，灾异之形不知其几，姑诿曰天心仁爱，将示警戒也；寇盗抢攘，无处无之，姑诿曰民情惊疑，未易弭帖也。迩者星文示变，妖彗吐芒，犯王良，络紫微，方冬而雷，既春而雪，海潮冲突于都城，赤地几遍于畿甸。则其仁爱已转而为怒也。人死于干戈，死于饥馑，父子相弃，夫妇不相保，怨气溢腹，谤言载路，等死一萌，何所不至？则其惊疑已转而为怨也。内忧外患之交至，天心人心之俱失，陛下能独与二三大臣安居于天下之上乎？且陛下亦尝思所以致此否乎？臣历观古昔，缔考兴衰，大抵人主所以致危亡之衅者，昏暗也，怠荒也，淫刑重敛也，恶忠直而好佞谀也，远君子而近小人也。汉之威、灵，唐之僖、昭，未有不由此者。陛下聪明迈古，洞察事几，未尝有昏暗之失；日亲庶政，靡惮劳勚，未尝有怠荒之愆。哀矜庶狱，虽偾军失伍，类从末减，未尝用一严刑；岁蠲常租，虽国用窘匮，亦不少靳，未尝增一横敛。有言毕受，虽直而不加之罪，谀佞者无所售其巧；知贤必用，虽去而旋复登进，小人几无所投其奸。以此数者论之，陛下曾无致危亡之隙。今乃有危亡之证，不惟人以为疑，陛下亦当自疑之矣。臣请为陛下详其故。

盖自曩者，权相阳为姜妇之小忠，阴窃君人之大柄，以声色玩好内惑[1]陛下之心术，而废置生杀，一切惟其意之所欲为。旋至纪纲陵夷，风俗颓靡，军政不修，边备废阙。凡今日之内忧外患，皆权相三十年酝成之，如养护痈疽，待时而决尔。端平改元，号为更化，天下忻忻有向治之望，而充相位者非其人，无能改于其旧，而旁蹊邪径，捷出争驰，败坏污秽，殆有甚焉。自是圣意惶惑，莫知所倚仗。方且不以彼为雠，而反以为德，不以彼为罪，而反以为功。于是天之望于陛下者孤，而变怪见矣；人之望于陛下者觖，而怨叛形矣。

陛下敬天有图，旨酒有箴，缉熙有记，文义粲然，环列左右，使持此一念，振起倾颓，以无负列圣付托之重，何难之有？然臣闻之道路，谓警惧之意只在于外朝亲政之顷，而好乐之私多纵于内廷燕亵之际。名为任贤，而左右近习或得而潜间；政若出于中书，而御笔特降或从而中出。左道之蛊惑，私亲之请托，蒙蔽陛下之聪明，转移陛下之志虑，于冥冥之中而不自觉。《传》曰："君人者昭德塞违，以临照百官，犹惧或失之。"陛下之所以临照百官者，既失其所以自强，则而象之，宜其潝潝訿訿，而未知所底止也。且所谓大臣者，固当以宗社自任，以公道济时，但知有天下之安危，宁复计一身之利害。其相比也非党，其相可否也非忌，同心协虑，以跻康平。乃今徇国之志不足以胜自营之计，忧时之念未能盖其求胜之私。其深交密计岂皆社稷之至虑，其持正沮难或非黜陟之大公。外若为寅恭之同，中实有畦町之异。当言而不敢言，当行而不敢行，以有为之岁月，而虚度于两持莫可之中。且所职者何，而顾为是睽异耶？

所谓台谏者，天子之耳目，朝廷之纪纲，正有赖风采之振

---

① "惑"，《清献集》卷九作"蛊"。

扬，亦何取循嘿以苟容？祖宗盛时，所谓言及乘舆，则一人改容，事关廊庙，则宰相待罪，此其职也。乃今台谏方入朝，而类因尽言以去职；正人方招集，而每示意向以充位。论或切直，则讥其好名；弹及权要，则罕曾付外。于是或强起而辄告病，或辞职而遽遁归。中外怀疑，莫知所出。必至于以侃侃为戒，以容容为能，立见成风，而威柄下移，邪论之炽，殆莫知其所终矣。至于内而百执事，居一官者当任一官之寄，守一职者当尽一职之责，"靖共尔位，好尔正直"可也。今乃习为谀媚之常态，以苟安于燕幕。其或以国事为念者，亦仅能颦眉于平居无事之时，而未尝尽瘁于趋事赴功之际。其视纪纲陵夷，风俗颓靡，不暇问也。外而边帅，疆场之事，谨守其一，而备其不虞，姑尽所备，事至而战，古人之常法也。今乃徒能浚竭朝廷之事力，朘削生民之膏血，以为大言攫利禄之资。不为唇齿之良图，而猜忌横生；未有横草之寸功，而爵位已显。其视军政不修，边备废阙，未尝恤也。此譬如人之一身，内外百骸，头目手足，无一不受其病，为日既久，危证尽见。使其绝去声色，力节嗜好，而为之医者识标本、审虚实，而时进其粥食，密辅以良剂，庶几万有一焉可冀其回生起死之功。若致病之原未有一改，而群医且各惟利是嗜，粥食药饵，束手相顾，而莫之投，是坐视其毙尔，可不痛哉！

臣尝妄谓今之自上而下，大率喜含糊而惮明白，务包容而恶甄别。由是官无内外，人无贤不肖，皆得博取陛下之高官美爵以饱其欲，而于陛下了无所益，徒使国势日削、国事日非而已尔。以若所为，施之安平之世，然且不可，顾今何等时，而尚可循此轨辙，以悠悠度日乎？陛下与二三大臣试思念社稷之阽危若此，必不能以一朝居矣，必能翻然改图，而求所以拯救之策矣。昔汉武帝惑方士，事土木，穷兵黩武，及海内虚耗，户口减半，轮台之诏，痛自剋责，至曰："朕向所为狂悖，天下岂有神仙，尽妖妄耳。"于是禁苛暴，止擅赋，力本务农，而汉业复安。唐德宗志平藩镇，禁旅四出，税架除陌，急于聚敛。及泾原变起，三叛连衡，兴元之诏，至曰："积习易溺，居安忘危，不知稼穑之艰难，不恤征戍之劳苦，天变于上而朕弗寤，人怨于下而朕弗知。"于是武夫悍卒无不感动流涕，而唐祚再造。是二君者，其悔过之心皆未及施于有政，而一念之发出于真实，遂亦足以导迎善气，消遏乱源。实之不可掩也如此。近陛下以彗见发德音，天下方争倾耳听令，而词旨散缓，无异平时。人以是觇陛下徒为减膳避殿之虚文，而无反躬修德之实意也。臣愚以为今日之计，非有大悔悟、大振刷、大转移，而徒毛举细故，求以应天而惠民，安内以御外，臣恐日复一日，寖以沦胥，噬脐无及矣。

伏望陛下奋发宸虑，坚秉精诚，以灾谴屡形、天怒未释为大警，而常怀戒惧之心，以夷狄凭陵、国步斯频为大耻，而常励修攘之志。必侧身修行，使百姓见忧，如周宣王；必卧薪尝胆，使种蠡分任，如越句践。诞下明诏，责躬自厉，播告中外，嘉与士大夫洗心涤虑，惟新是图。责大臣以协心为国，共济艰危，而无事形迹之嫌；责台谏以有犯无隐，纠正官邪，而无为调护之举。博求良实忠纯之士，列置职位，以自辅翼；精择忠智勇略之将，保阡边陲，以张形势。取建隆开创与绍兴兴复之规模而力行之。直言可用者，不徒外为容纳，而必见之施行；君子当亲者，不徒阳为尊敬，而必任以事功。弥文不急者无一不省，实政有益者无一不举，非足国惠民、整军经武之事不为。自一人之勤，以至于内外大小、凡百执事，莫不恪恭厥职。自

一身之约,以至于六宫贵戚、内外臣庶,无不恪循彝制。庶几
国势强而夷狄知畏,民情悦而天意自回。于以迓续景命,巩固
皇图,天下幸甚,社稷幸甚!若今日更一令,是一令而已尔,明
日易一事,是一事而已尔,以此为补绽扶倾之计,亦果何益哉!
触突天威,罪在不赦,惟陛下略赐采择而用之,则虽以狂僭受
铁钺之诛,亦分之宜。《诗》曰:"譬彼舟流,不知所届①。心之
忧矣,不皇假寐。"臣不胜拳拳,取进止。②

八月己见札子

杜清献

　　臣闻自昔之为天下国家,弭变于未形者,其国安;遇变而
知惧者,其国存;玩变而苟安者,其国危且亡。唐虞君臣,敕天
命,惟时几,其道深远矣。禹之不见是图,成王之于时保之,弭
变于未形者也。宣王之侧身修行,百姓见忧,遇变而知惧者
也。自三代辟王以至后世叔末之世,未有非玩变苟安,以至覆
亡其国,厥鉴昭昭,具在简策。陛下亦尝念,今之天下,谓之变
耶?非耶?臣生于海陬,不及见淳熙之治。为嘉定进士,客于
京师,见市井喧阗,文物富丽,人谓已非淳熙之旧。至绍定、端
平,自京局而位朝列,耳目所接,景物萧条,又非嘉定之旧。去
国四年,今夏五月被命入京,得于所见,又非端平之旧。今才
四关月,视初至之时,抑又大异矣。天灾旱暵,昔固有之,而仓
廪匮竭,月支不继,上下凛凛,殆如穷人,昔所无也。物价腾

---

①　"届",原作"留",据《诗经》原文改。

②　《台州丛书》本后有王棻案语:"舟瑶案,时公由宁国守被召入
见,首上此疏。又有二札,北未录。"北字似误,当作此。

踊,昔固有之,而升米一千,其增未已,日用所需,十倍于前,昔所无也。民生穷瘁,昔固有之,富户沦落,十室九空,朝罕炊烟,人多菜色,昔所无也。楮券折阅,昔固有之,告缗讥关,钱出楮长,而物价反增,人以为病,昔所无也。愁叹之声相闻,怨怒之气满腹。

里巷聚语,首问粒食之有无,次议执政之然否。丐①于道,投于江,往往有之。军伍窃窃谇语,或不忍闻。此何等气象,而见于京城众大之区也!浙西稻米所聚,而赤地千里,继以飞蝗大至,田禾槁死,未尽者一旦俱空。太湖扬尘,河港断绝,啸聚剽掠,所在相挺。会稽帝乡,白昼行劫,道殣相枕。此何等气象,而见于京辅密迩之地也!江淮诸郡,大抵皆旱,江西间有稍稔,岂能旁给?淮民流离,襁负相属,朝廷以措置遣使,不过欲截之江北,而先已在南者,诸郡例以盗贼待之,使有枉莫诉,欲归无栖,道路狼狈,见者悯痛。其泊于沙上者,亦奄奄待尽②,使边尘不起,尚可相依苟活,万一虏骑冲突,彼将千万为群,奔避③南来,何有遮截。或捍拒之已甚,必怀等死之心,相携从虏,为之向导,巴蜀之祸,尚可鉴也,岂不深为朝廷之忧?不然,则外流内饥,势合为一,有桀黠者鼓倡其间,侵犯州县,又岂不为朝廷之忧?自淮以南,皆以旱告,自淮以北,乃以稔闻,虏有赍粮之资,而无清野之阻。似闻边声已动,万一长驱而前,为饮江之计,何以御之?又况夔门要地,付之一贪

① 《台州丛书》本云:"《清献集》作'蹐'。"

② "亦奄奄待尽"五字原脱,据原本评语补录。

③ 《台州丛书》本作"进",并云:"本作'避',今从《清献集》改。黄震所撰史传同。"

黩残暴之夫。专上流之计者,安坐鄂渚,迫之莫进。朝廷无粮以为之助,又将收其茶盐之利。似闻上流诸屯乏食已久,皆无固志,万一虏骑复去年已闯之踪,压以重兵,窥伺鼎、澧,震动湖南,又将何以御之?腹背之忧,莫之为计,而南诏复有假道之传矣。如多病之身,恶证俱见,元气已消,有奄奄澌尽之形;已坏之屋,栋榱户牖,倾蠹无余,有凛凛欲压之势。臣中夜以思,矍然而起,为之痛入骨髓,继以太息流涕。以臣之愚,窃料陛下宵旰忧惧,宁处弗皇。然宫庭宴赐,未闻其有所贬损也;左右嫱嬖,未闻其有所放遣也;貂珰近习,未闻其有所斥远也;女冠请谒,未闻其有所屏绝也;朝廷政事,未闻其有所修饬也;庶府积蠹,未闻其有所搜革也。秉国钧者,惟私情之拘①;主道揆者,惟法守之侵。国家大政则相持而不决,司存细务则出意而辄行。命令朝颁而夕废,纪纲荡尽而不存。无一事之不弊,无一弊之不极,未知其何所底止也!

自夏五不雨,今已数月,云已合而风离之,雨欲垂而虹截之。避殿减膳,仅行故典,并祷群祀,见为具文。正霜降水涸之时,宁有油云霈雨之望?星文示变,更无虚日,参之占验,抑又难言。危亡之势已迫,而恐惧之实未闻,玩变苟安,莫此为甚。其将安坐而委海内于鼎沸乎?其将甘食以委赤子于沟壑乎?其将暇逸以听夷狄之侵陵乎?其将因循以听盗贼之蜂起乎?其将优游以视宗庙之倾危乎?其将犹豫以视社稷之覆亡乎?臣又为之痛入心膂,继以痛哭哽噎也。臣愚无以效微忠,欲乞陛下念艺祖之创业、高宗之中兴、先帝之垂统。故王不足缵绪,而归之陛下,祖宗之所望者谓何,天意之所属者谓何,人

---

① “拘”,《清献集》卷十作“狗”。

心之所仰者谓何,而使世变至此。为之震惧自省,为之奋励有为。命二三大臣同心徇公,戒举朝百执事同心徇国。诏中外臣庶思当今之急务,如河道未通,军饷若何而可运;浙右旱歉,和籴若何而可足;财计正匮,籴本若何而可办;细民饥馑,荒政若何而可行;流徙失所,遣使若何而可定;诸阃专利,茶盐若何而可收;虏情叵测,边圉若何而可固;上流无备,军政若何而可修。凡关于目前之至急者,各务悉力尽思,以陈持危制变之策。其有济时拯艰之才,沉于下僚、隐于岩穴者,各举所知,以闻于上。二三大臣推血诚,黜私见,协虑并智,择其可行者而决行之,访其可用者而亟用之。明赏罚,谨号令,痛节约,责事功,去虚伪,如卫文公之定难,越句践之复雠。毋崇美观,毋饰大体,毋信浮言,毋循旧习,以行总核名实之政,天下庶或可为。不然,将有甚不可讳者。

陛下倘以臣一得之虑或在可采,厉精改图,以济厄运,臣敢不自竭驽钝,继之以死。如以臣言为张皇,罔惑上听,即乞重加贬窜,以惩不忠之罪。臣区区之愚尽于此矣。惟陛下裁之。取进止。①

---

① 《台州丛书》本下有按语:"舟瑶案,嘉熙四年公权吏部侍郎时所上。"

赤城论谏录卷之五

辛丑四月直前奏札

杜清献

臣闻忧治而虑患者，其治常无穷；幸安而玩危者，其亡不可救。《易·否》之六五曰："休否，大人吉。其亡其亡，系于苞桑。"盖六五君位，当否之时，常有危亡之忧，而有苞桑根固之计。此否之所以休，大人之所以吉也。圣人系之辞曰："危者安其位者也，亡者保其存者也，乱者有其治者也。"此其几相为倚伏，特在人主一心之运而已矣。自古言治者莫盛于唐虞、成周，观其君臣更相告语，不过曰"儆戒无虞"，"兢兢业业"，"敬天之休"，"无疆惟恤"而已。自帝王心法不传，后世常以天位为乐，溺燕逸而弛忧勤，习因循而忘戒惧，怵迫于事变之方来，喜幸于变乱之仅息。幸心一启，玩心随之，幸愈多而玩愈甚。至于天变人灾，层见间出，人皆有凛凛旦莫之忧，而君臣之间相为慰藉曰："昔固已若此矣。"以痛哭流涕为张皇，以危言激论为好名。甘受佞辞，恶闻忠说。天下之势，浸微浸削，至于灭亡而不悟。此皆幸与玩实为之，三代而下，其亡未有不若此者。

陛下圣德天纵，圣学日新，固将继帝王心法之传，以追隆古致治之盛。然天运未泰，国势未宁，而或者妄疑陛下忧勤之虑不足以胜燕逸之私，戒惧之诚不足以变因循之习，而幸之与玩,犹未免有累圣心也。盖自陛下即位以来,天下之变不知其几矣。未闻有戡定之大功,绥靖之善政,而纷纭未几,寻复帖息,惊扰方甚,旋即敉宁。诗书之垂训几成虚语,臣子之献忠类若过言。此固幸心之易启,而玩心之易萌也。且二十年间,变故之小者不暇论,姑撼其大者言之。山东逆酋,辄肆反噬,远近方震动,而彼已陷淖而殒躯矣。此幸之一也。京畿汰卒,隳突澒洞,且莫已莫保,而彼已服刑而顺令矣。此幸之二也。轻启兵端,大稔寇孽,巴蜀之祸,所不忍言,荆襄两淮,弥望茅苇,一江之限,未足深恃,国势岌岌矣,而两年以来,骑哨驱退,狼烟暂息,庙堂之上,稍宽忧顾。此幸之三也。清野有令,鸿雁载涂,数千为群,肆为剽劫,焚荡城邑,其势益张,人心亦凛凛矣,而乌合之众,未几解散,困饿沙洲,不敢猖獗。此幸之四也。以至江潮失道,摧陷撞击,浸淫之势,已迫城闉,几不可以为国,而怒涛复杀,浸安故流,民用宁止。此又幸之五也。积此五幸,则喜心胜而惧心忘,视其所可畏,将玩之以为不足畏,此其势所必至也。

　　然变至今日极矣。去岁旱饥,京辅为甚,田野小人,乾糠粃以延旦莫之命。糠粃不足,取草木根实以继之。根实又不足,弱者则殣于道、填于壑,所至秽积,无异毙兽;强者未甘饥死,而相食之风盛行。始不过刉剥遗胔,以赡枵腹,甚则不待气绝,已施利刃,又甚则生致而烹之,虽其子而且忍焉。哀哉,此何等气象,而见于畿辅之间也!陛下为人父母,其得不为之动心乎!盗贼公行,所在劫掠,道路险阻,行旅不通,被害横尸,往来习见。京城委巷,夜无行人,不幸遇之,辄遭其毒,市民闻之而不敢救,官司知之而不敢问。尸不及槁,掷弃于江,日日有之。哀哉,此何等气象,而见于辇毂之下也!陛下为民父母，闻此得不为之动心乎！然臣窃见上下通论，皆谓今日之可忧在轶虏耳，百姓流离死亡，非所甚忧也。去冬小沉边柝，而渐讲弥文之事，则是朝廷意向，重于外患，而轻于内忧，已可概见。况旬日以来，麦秋有成，民稍得食，米价稍减，死者渐稀，道涂之间，寇盗亦少，孑遗之民，粗回生意。人情至此，孰不喜幸？不惟天下幸之，而朝廷尤幸之也。

臣所深虑，惧其幸之而至于玩也。古人未乱而制治，未危而保邦。今日之势，几于乱且危矣，苟喜幸于一时，而苟玩于平日，则乱证已成，乃狃之以为常，危形尽见，乃忽之以为安。上下嬉嬉，恬不知惧。以根本之拨，而为太平之粉饰；以财用之乏，而袭丰亨之调度。事力日微，而兴不急之功①木；蠹弊日甚，而滥当尼之恩私。使今岁果有一稔之望，犹惧疲氓难以遽苏，坏病难以遽复。万一岁事复不可保，国廪无可储之粟，浙右无可籴之粮，上无以饷军屯，下无以济饥莩，揭竿一呼，群党趋和，当是之时，其将坐视而弗顾也，尚可幸而安之耶？此其萧墙之变，而边境之虞不与也。又况轶虏多诈，奸谋叵测。去岁边尘不起，岂无其故，斥堠不明，传者多端，或谓其聚众河洛，为抢淮麦之谋，或谓其备粟近边，为诱流民之计。抢麦不过为一时之扰，而流民无归，怨气满腹，使果以粟诱而招之，将欢趋之不暇，是皆吾仇也。岂不甚可虑哉！且天之仁爱陛下亦甚矣。赤雨彗星，冬雷春雪，日蚀地震，水旱荒饥，灾异之见，无岁无之，至于去岁之旱，则前此所未有也。海宇将有鼎沸之忧，人心已有瓦解之势，社稷真有累卵之危。而今夏麦事大熟，天下咸欣欣焉有愿治之思。是天欲陛下知世道尚可扶

---

① "功"，《清献集》卷十一作"土"，当从。

持，而益存圣心之兢业。使幸而玩之，不能有所振刷，而垢弊日滋，是违天也，违天者其能久乎？欲保天命，莫大于回天心；欲回天心，莫先于惧天变。玩视天变，苟安愒时，而欲回天心以保天命，未之有也。

陛下遇灾而惧，上同周宣，顾安有玩视而苟安者？然人言籍籍，或谓陛下宫中之宴饮不节，而排当日闻；左右之好赐不省，而内帑日虚；嫔嫱之请托不戢，而御批日出。臣每侍经筵，言及世变，辄忧见天颜，岂应有是？而传播中外，大累圣德。然近有内殿修造，破漆五千斤，而费外帑十五万缗，此臣所亲见，非得于传闻。汉文帝欲造露台，百金之费尚且惜之。今修造之漆，不知为露台几百金，自漆之外，又不知为几百金。有限之入，乃耗于无艺之支；锱铢之取，乃散于泥沙之用。以此一事言之，则前者所闻，能掩人之议乎？陛下固以为此特宫掖之常事，不足以系社稷之安危。然当天变人穷之时，戒惧之实意未著，忧勤之实政未彰，而纵欲奢丽之声乃闻于外，玩天变以违天意，觖人望以拂人心，其如宗庙社稷何！

臣愚欲望陛下念诞保受命之为难，思遗大投艰之不易。天示谴戒，则惕然震惧，若子之获罪于父母也；民生困穷，则焦然不宁，若父母之无以育其子也。省躬思咎，痛自贬抑，益加刻励。当人情喜幸之时，而常存儆戒之意，若祸难之迫乎其前也。罢宫庭之燕赐，节内帑之浮费，禁请谒之私，杜斜封之渐。日与执政二三大臣讲求扶颠持危之大计，毋为应变饰美之虚文。明示宰辅，以大公存心，以血诚忧国。正朝廷之大纲，而不弊精神于细故；明爵赏之大权，而不植除授之私恩。博求贤俊，进用忠谠，择监司以肃吏治，选守令以纾民力。广询众论，亟为来岁军粮民食之备，毋使一时束手，又行去岁之下策。上自宫掖，下至百司庶府，其所宜省者何可胜数，专置一司，条具事宜，务在节约，以丰帑廪之储。其边方之所当饬者，及此闲暇，亟为之备，毋使一时仓卒，上下狼顾。庶使厄运可扶，乱阶可遏，而休否之吉，庶乎可致矣。臣不胜拳拳，取进止。

经筵已见奏札　辛丑十一月

杜清献

　　臣闻上天之爱人君，如父母之爱其子。慈而抚之，爱也；怒而呵之，亦爱也；休祥以顺应之，爱也；变异以警惧之，独非爱乎？乃者瑞雪愆期，陛下宫中，精祷醮事，未几而飞霙已积。一念潜格，其速如响，岂非休征①之应？然次日之夕，电光再烁，继以雷声，都人震恐，此殆非小变也。阴方凝而散，阳方伏而泄，咎证之形，抑岂无其故？臣惕然而惧，端居以思，岂非边尘初收，腊雪又应，喜心一腾，骄逸易生，故天爱陛下而以此警惧之耶？又岂非庙堂已幸筹边之功，朝廷方举喜雪之宴，上下相庆，以乐忘忧，故天爱陛下而以此警惧之耶？周成王之颂曰："我其夙夜，畏天之威。"人主之事天，固当无时而不畏也，况天变甚异，天戒甚明。若不应之以实意之侧修，而视之为屡年之狃见，是玩天也，是慢天也。为人子，当父母之呵怒，至于玩且慢，则其获罪也，何止于呵怒而已哉！数年以来，天变屡形，其呵怒不知其几。今又有冬雷之变，继于腊雪之后。

　　臣窃意陛下宵旰忧勤，必有修省之实；君臣吁咈，必有戒饬之言；祖宗故事，必有讲行之节。熟观审听，皆未之见闻也。岂惧灾之心不足以胜喜瑞之意耶？不知大臣进尝以告陛下，

---

　　① "休征"，四库本《清献集》卷十二作"祥"。

退尝以咎其身否耶？使晏然坐视，无异平时，是几于玩且慢矣，臣窃忧之。昔高宗①皇帝以正月雷震，谓臣②曰："去年未交正月节，雷忽发声，后有苗、刘之变。朕与卿等宜共修德，以实应天。"今太史所占类是。矧当此国势萎弱、人心涣离之时，易于动摇，率多陵僭，苟非君臣修德，力行善政，痛除污吏，其何以安疲俗而遏乱萌？前之岁十有二月，雷电震京师，去岁遂有旱蝗之变，以至尸骸遍野，相食成风，今存者皆沟壑之余也。倘非今夏麦大稔，今秋小稔，则变乱之形已非今日所见。然其民生之困未苏，国用之竭益甚，气象之凋残，事势之危迫，未有极于今日者。设不幸嗣岁未保有秋，其将何以为国？乱亡之证，近在目睫，言之寒心！此正君臣栗栗危惧之时，未可以屡年狃见而忽之也。臣愚以为今日之弊，莫大于意向不白，无以鼓动天下；施行不实，无以信服人心；赏罚不明，无以作兴臣庶。上以苟且为政，下以偷安为习，沦一世于委靡坏烂、不可支撑之地。强阍得以遥制朝廷，强豪得以侵败王法，盗贼公行，奸宄阴伺，其欺嫚我国家者，不止于强鞑而已。

臣愿陛下严虞舜敕天之戒，修周宣惧灾之实，夙夜祗畏，毋使天下疑其有宫庭之宴酣也；政令由中书，毋使天下疑其有嬖幸之私谒也；除授以公议，毋使天下疑其有亲党之与政也。明谕大臣，推诚布公，毋使人疑其寻宝、绍之旧辙也；笃志用贤，毋使人疑其貌亲而情疏也；血诚忧国，毋使人疑其周防以固位也。明谕台谏，正学直言，毋使人疑其同好恶于权势也；弹劾必审，毋使人疑其求过愆于旧籍也；风采必振，毋使人疑

---

① "高宗"，《台州丛书》本作"高祖"。

② "臣"，《台州丛书》本作"辅臣"，当从。

其释豺狼而问狐狸也。以至侍从给舍、群臣百职，皆使之洗心易虑，竭节首公，毋怀利以事君，毋循枉以干进，毋便文以自营，毋合污而隳职。上下同心，以谨天戒，以回天意，庶几转沴为祥，丰登可兆，人心可安，乱萌可遏矣。《虞书》曰"庶明励翼"，又曰"率作兴事"。人心敬惰，惟在陛下与大臣率作之而已。臣不胜惓惓，取进止。

签书直前奏札　壬寅十一月①

杜清献

臣一介妄庸，误蒙睿眷，擢至枢庭，自愧无补毫发，以称任使。抑有区区愚忠，愿一陈于前，而淮堧绎骚，筹边为急，不敢妄进书生迂阔之谈。近者至日之朝，雷电大变，上下骇惊。陛下祗惧天戒，亟降御笔，以导人言。臣何敢不竭其愚，以效微忠？窃谓数年以来，灾异频仍，雷发非时，岁岁有之，未有发于阳复之旦，若是其震厉可骇者也。占验之书，臣所不识，妄意推测，雷在地中而为《复》，今乃在天上而为《大壮》，其不为旱乾之灾乎？关方闭于人，庆②乃发于天，其不为疾疫之疠乎？阴阳未定，当静而动，其不为危乱之兆乎？阳不胜阴，迫而轻发，其不为兵寇之扰乎？是必有大恐惧、大修省、大黜陟、大变更，以大慰乎人心，而后足以消天地之大变。不然，徒应之以减彻之常礼、求言之具文，适以重天怒而益其变也。

陛下栗栗承休，翼翼昭事，同符商周，当此非常之变，宜有非常之应。中外盼盼，朝夕引颈以观朝廷之设施，或玩视之以

---

①　原本无"十一月"，今据《台州丛书》本补。
②　"庆"，四库本《清献集》卷十二作"雷"。

为常,循习之以苟安,则变不虚发,其何以上答天谴?此实关于安危存亡,非细故也。寇蹂两淮,通川不守,其余仅保城壁,而井邑村落,虽海角湖渚至僻远之地,悉遭残毒,焚荡为墟。被虏者死于干戈,流离者死于饥寒,冤痛彻天,薰成沴气。生聚既空,国何以存?且津①流要害,在虏目中,荐食无厌之心,恐非一江所能限也。朝纲不肃,蠹弊成风,吏治不清,奸贪塞路。疾视兴讹,动形谤讟,危心无赖,每幸祸灾。国步日蹙,邦计日虚,生民日困,盗谋日启,危亡之证,凛凛可忧。使无天变之骇,犹当朝思夕虑,求所以拯艰扶颠者。而况天谴昭昭若是,尚可优游恬玩,以度岁月乎?人主代天理物,一毫之私,不容间也。救天命以谨时几,畏天威以严夙夜,此念所存,何莫非天。赏曰天命,刑曰天讨,陟降厥士,亦曰天监。若私怨之宿,非天也;私恩之酬,非天也;私昵之爵,非天也;私谒之行,非天也;私救之降,非天也;私财之贮,非天也。动不以天,其何以弭变?剥复之机,特在陛下一念转移,天意②、人心皆于此乎观之。

臣愚欲愿陛下以惧灾之实心,行弭灾之实政,奋然励精,痛自咎责,降诏罪己,如汉轮台之诏,如唐奉天之诏,以动天下感悦之心,以开天下忠直之气。穆然以思,二十载之间,有蓄疑而未化,溺爱而未克,过恩而未裁,揆之天秩之常,天道之公或有未合,而向也群臣固尝屡言而未从者,一旦举行之,斥绝之,易置之。罢宫庭之宴赏,惩左右之奸欺,杜禁掖之批降,禁斜封之除授,使天下欣欣然有望治之想。明谕宰臣,进退百

---

① 《台州丛书》本云:"《清献集》作'浸'。"

② "天意",四库本《清献集》卷十二无此二字。

官，黜陟在位，一采天下之公言；抑谀进直，扶正黜邪，以植国家之元气。至于台谏，天子之耳目，朝廷之纪纲系焉，而近者习于和平之说，流为迎合之私，毛举细微，猥及闲远，以应故事，凡君相之所信用而未察者，皆不敢略有所言。风采不振，莫甚于此，而尤不可不激厉而更张之也。虏寇虽退，奸计叵测，来岁备御，所宜急作规摹；江面诸郡，莫非风寒，藩屏重镇，所宜急选才望。盐政已坏，宜急变更，以循旧法；和籴方行，宜急措置，以赡军储；楮价益下，宜急扶持，以助国用。凡内修外攘之政，所当施行者，皆宜随其缓急，而为之图，以一新天下之耳目，庶人心悦豫，天意可回，而灾异可消矣。不然，臣恐忧未歇而祸方大也。祖宗之大业，社稷之大计，惟陛下深念之。臣不胜忧国之心，辄①贡狂言，罪当诛斥，谨鞠躬以俟命。取进止。

相位五事奏札

杜清献

臣恭惟陛下奋发乾刚，收还威柄，斥远凶佞，召用英耆，不以臣之衰残无似，起之家食，擢畀钧衡。臣控辞弗获，扶病入觐，任大责重，凛惧弗堪。臣闻更天下之治易，凝天下之治难。盖自古迄今，治乱之相因，祸福之相伏，机括所在，至可畏也，圣人于《易》发之。夫《巽》而止为《蛊》，蛊，坏之象也，而《象辞》乃曰："蛊，元亨，而天下治。"是当《蛊》而有大亨之理，乱之生治，祸之藏福也。乾坤交而为《泰》，泰，通之象也，而九三之爻辞曰："无平不陂，无往不复。"是当《泰》而有陂与复之理，治

---

① "辄"，四库全书本《清献集》卷十二作"敢"。

之生乱，福之藏祸也。

今陛下乘大权下移、众弊胶辖之后，一旦发愤而改弦易辙，薄海内外，拭目以观新政，人孰不以为善，而愚臣独有隐忧焉，盖惧是耳。臣不敢远摭往事，姑以陛下临御以来近事言之。且端平尝改绍定矣，而弊反甚于绍定；嘉熙又改端平矣，而弊益甚于端平；淳佑又重改嘉熙矣，而弊又加甚焉。何哉？盖端平失于轻动，嘉熙失于徇情，而淳佑则失于专刻。轻动者，其私在喜功；徇情者，其私在掠美；专刻者，其私在固位。是三者同出于私，而专刻又私之尤甚者也。臣入对之初，蒙陛下宠锡宸翰四卷，曰"开诚心，布公道，集众思，广忠益"。是陛下亦知私意缠绕之为害，而以诸葛亮所以处身治国者望臣也。臣虽至愚极陋，敢不尽忠竭节，捐私徇分，以报陛下之知遇哉？臣亦愿陛下克去己私，动徇公理，相与扶植世道，遏绝乱原，无使后之视今，犹今之视昔，则天下幸甚。臣敢摭五事为陛下献。

一曰正治本。夫中书者，天子所与宰相论道经邦之地，而命令所从出也。昔唐李德裕告武宗以政常在中书为治本，若辅相有欺罔不忠，当亟黜免，择其忠与贤者属之，使政无他门，天下安有不治？武宗从其言，德裕始得自尽其才，削平泽潞，麾制河北诸镇，几致中兴。大抵惟辟作福，惟辟作威，福威之柄固不可以下移。若惩下移之弊，而欲悉出诸己，则一人之腹心耳目无所于寄，左右近习得以乘间而窃取之，名为独断，实出多岐，是安可不虑哉？汉武帝愤田蚡之除吏，于是宰相徒取充位，而严助、吾丘寿王得以制外庭。宣帝戒霍光之专政，于是宰相止总众职，而洪①恭、石显得以纵己欲。武宣尚尔，他可知矣。或有劝仁祖以凡事中出，则威福有归，仁祖曰："事正不欲从中出，不如付之公议，使宰相行之，有过失则台谏得以言之，改之易耳。"大哉王言，真圣子神孙世守之家法也！今陛下新揽权纲，惟恪循仁祖家法，凡废置予夺，一切与宰相熟议其可否，而后见之施行。如有未当，给舍得以缴驳，台谏得以论奏。是以天下为天下，不以一己为天下，虽万世不易可也。

二曰肃宫闱。昔者周公旦制六典之书，以致成周太平之盛，自宫伯、宫正以至阉寺、嫔御之微，悉属之天官冢宰，其意盖甚深远也。今固难与古并论，然人主一心，攻之者众。外庭远而易疏，内廷近而易亵，亲士大夫之时少，亲宦官宫妾之时多。防闲之不密，检柅之不至，则淫怠奇衺之习进，得以汩乱其聪明；私谒请托之风行，得以干挠于政事。或托内降，或求御笔，宰执不敢奏，郡县不敢问，而令甲为虚文矣。陛下春秋既高，历变多而阅理熟，固未必为此曹摇动，然其间乘罅伺隙，狐鼠凭附，已不能掩，或者纷纷之窃议。大抵欲富贵之心，人皆有之，陛下处深宫之内，一言动之微，一颦笑之顷，皆左右近幸所售以为欺者也。或潜听默窥，公受贿赂；或阴排密谮，图报怨仇。于是士大夫之无耻者，从而趋附之，其门如市，徒使陛下蒙谤于天下。是安可不深为之虑哉？且自汉唐以来，多以女宠与政浊乱天下，惟我祖宗家法最为严密，程颐常深嘉而屡道之。臣愿陛下严外内之限，绝干请之私，纵未复成周六典之旧，而诸葛亮所谓"宫中府中，俱为一体，陟罚臧否，不宜异同"者，是亦布公道之大端也。

---

① "洪"，《清献集》卷十三作"弘"。

三曰择人才。夫人之难知,古今通患。其善恶贤否明白易见者,固未暇论;其大奸似忠、大佞似直者,亦未暇论。且均是善人也,均为君子也,而长于治民者,或不长于治兵;优于听讼者,或不优于理财。惟各量其能而器使之,则各称其任,而无废事矣。用违其才,必至败事,于是小人之有小才者执以借口,谓善人君子但能空谈,无济实用,而凶悍生事之流、椎剥奉上之术,得以售其奸矣,最不可不谨也。且夫经筵之选,所以养成君德,缉熙圣学,其任至重。今率为兼官,讲罢亟退,仍共本职,程颐所谓积实意以感动者何在哉?臣愿陛下谨择庶僚中如程颐、范祖禹、吕希哲辈,使专经筵之任,庶其发圣言之精奥,助圣德之光明,为益多矣。给舍台谏任缴驳弹奏之责,其选尤不为轻。自庆元以来,宰相率用私人,观望风旨,浸以成俗。今陛下亲洒宸翰,止令大臣平时荐进,至于除授,必出圣意,是故得收威柄之大端。惟必择其刚方直谅、守正不阿者而用之,其淳①厚谨默、巽懦无立者不与焉,则朝廷施设资其正救者多矣。至于内而侍从,任朝夕论思之寄,外而监司,司一路举刺之权,亦难轻授,必各随其能而用之,而不徒守迁转之常格可也。若其大要,则在乎取其忠实廉勤者,骤加拔擢,无拘乎近臣之论荐;择其贪墨苛刻者,重加贬窜,无恃乎台臣之弹奏。如是,则政事、文学、法理之士咸精其能,而天下之治举矣。

四曰惜名器。仲尼谓:"惟名与器,不可假人。"以为君之所司,可谓重矣。且文臣之有贴职,武臣之领阁卫,皆朝廷以是优贵劝功,而非贤与功者不在此选。祖宗朝于此最谨,至政

---

① "淳",《清献集》卷十三作"纯"。

和以后滥矣。南渡之初，稍加厘正。近者大臣徇私市恩，或以加诸世家之乳臭，或以授之臣僚之罢免，曷尝论其贤与功哉？盖带职之设，虽曰虚名，而圣主所以鼓舞天下、兴起事功者，正于此乎在。若朝廷不以为重，则人亦将轻之矣。他如亲王后戚之子弟亲故，迁爵秩①，不拘常式，边头诸帅之宾吏士卒，奏请军功，动逾万数，皆前朝所未尝有。愿陛下谨惜名器，勿徇私情，以之厉世磨钝，尚安有不趋事赴功者哉？

五曰节财用。且节用之说，谈者不胜其烦，而听者不胜其厌矣，而卒不见之施行，何哉？盖己私之难克，而人情之所甚不乐焉者也。今版图未复，赋输至寡，而朝廷之用度，视绍兴、乾、淳之间，已不翅倍蓰。况边戍未彻，刍輓之费至夥，郡县之征求无艺，民力日困，国计日乏，可不急思所以拯救之？惟陛下自一身始，自宫掖始，自贵近始。凡侯王邸第之营缮，妃后坟庙之供给，宫内非时之宴赐，一切减省，以助边储。然后取封椿国用出入之数，而勾较其出入，补窒其罅漏；考盐法楮币变更之条，而斟酌其利害，通融其有无。施行以渐，而人不以为怪；区处有方，而人不以为疑。庶几上下兼足之效可以旋致，何至皇皇然常以不足为虑哉？

臣所言五事，皆祖宗之成宪，今日之急务，在陛下举而措之耳。臣不胜拳拳，取进止。

---

① "迁爵秩"，《清献集》卷十三作"迁转爵秩"，当从。

代上殿奏札①

陈司业

臣闻天下非大弊极坏之足忧,而小康之可惧。孟轲曰:"国家闲暇,及是时明其政刑,虽大国必畏之矣。"又曰:"今国家闲暇,及是时般乐怠傲,是自求祸也。"夫同一闲暇尔,圣主乘之则自修,庸主乘之则自肆。果自肆也,虽大治且不保,况小康哉! 臣仰惟皇帝陛下,兢业勤俭,配古帝王,践祚二十有三年,而更化且七年矣。② 曩时权奸内蚀,据我乾断,今无之;曩时僭叛外讧,挠我坤维,今无之;曩时寇盗起于南,芟锄不息,今无之;曩时戎虏③乱于北,挈结不解,今无之。人孰不曰:"此闲暇时也!"陛下亦尝思之乎? 昔之于虏④也,惟忧其不亡,而今也反忧其亡。忧其不亡者,恐其盛而与吾角也;忧其亡者,恐其余息忽尽,而有崛起者之为吾邻也。然则外若闲暇,而中有隐忧之势焉。及是时而自肆,可乎? 臣之所以告陛下者,非止曰"搜兵选将,高城深池,以为备御策"也。"自治"一语,今为书生常谈,而自古圣贤,未有能舍是以跻于理者,要其大较曰用人、听言而已。

用人如资耳目、股肱,听言如通脉络。脉络壅底,则股肱、

---

① 原有题注:"王咏霓按,《筼窗集》载奏议五首,此一首作'代上请用人听言札子'。"《台州丛书》本题注为:"舟瑶案,《筼窗集》作'代上请用人听言札子'。

② 《台州丛书》本下有王棻案语:"王棻案,宁宗于绍兴甲寅践至嘉定九年丙子,适得二十三年,'七年'当作'九年'。"

③ "虏",《筼窗集》卷四作"狄"。

④ "虏",《筼窗集》卷四作"敌"。

耳目有作而不随之势。自更化以来，求言凡几？进言凡几？去岁小大廷绅，慷慨激烈争言时政，或以为指斥太过。臣曰未害也，惟圣主为能受尽言。言之是，可谓国家福；言之非，可为国家贺。贺者非贺其言之已甚，贺其言之虽甚而上之人能来之，且容之也。虽然，其甚者宜容也，其切且当者，不当止于能容。或谓陛下不酌可否，概而容之。圣度虽宽，物望未惬。夫亦于群臣奏对之间，择其稍可行者，次第施设，以收士大夫之心，可也。至若用人一事，陛下与二三大臣权衡于上，诞开公道，痛绳①私谒，有德者用之，有才者亦用之，正与翕受敷施，同一轨辙。而上之意向难测，下之体认易偏。用一精明之吏，则有以苛察迎之者矣；用一刚强之吏，则有以峻刻迎之者矣；用一能理财之吏，则有以聚敛迎之者矣。见影疑形，见叶疑根。上未必有是，而下不以为无是。此又公朝所宜察也。臣愚欲望陛下更与二三大臣筹度，仍降睿旨，布告中外，俾知所以招徕谠直、奖用忠厚之意。庶几上而朝廷，下而郡国，莫不晓然向方，以惟上之听。脉络既通，耳目、股肱既运，元气既固，夷狄②盖客邪尔。惟陛下亟图之。

---

① "绳"，《筼窗集》卷四作"绝"。
② "夷狄"，《筼窗集》卷四作"敌人"。

赤城论谏录卷之六

上范昭文书

车玉峰

某东南太平之民也，幼知读书，究天下之义理，阅方册之世变，慨然有念于斯世之故，甚惧其不得为太平之民也。顾卑居草茅，事不至乎忧思之极，徒能以一言，非有得时行道之大人君子以行之，则又无益于言。虽有大人君子得时行道，而素不见知者，则又无所投其言。昨大丞相以元枢参大政于时抠堂下之衣，蒙不以寒贱遐弃，进而置之饮食，教载之末可以言矣。会永国在位，以言之尽出于己而后为奇谋，以人之尽出于其门而后为奇士。虽有以投之，将亦无益也。

前岁秋，永国以礼释政柄，圣天子聿新庶治，下从民望，而大丞相与杜公实当周召之册，人神胥贺，山川改容。而某方私忧过计，以为天下安危之机正在于此也。杜公之薨，天下不能无疑于天，而天下之事犹可及救者。亟亟以告，吾大丞相可也。夫论嘉定、宝绍之事，莫不曰小人之弊天下也。然某徒见立君子小人之名，而君子小人初未见其明验也。小人之弊天下者从古矣，小人弊之，君子救之可也。奈何君子初不知救之，往往于既弊之余，又加剧焉？则端平之事是已。端平、更化取嘉定、宝绍，三十年之积蠹，期一洗而新之。贤才之久摈者，凂之于朝；不肖而幸进者，投之于远。权归之君，嘉定之专行无有也。事谋之同僚,嘉定之专断无有也。清议还之台谏,嘉定之上副封无有也。天下欢然,如水斯濯,方将洗耳刮目,颙颙然以俟更化之设施。然而朝廷之大议论、大典礼,故相之所阅抑,而更化之所当伸举者,端平不能行焉。至相掠京洛而挑虏衅,而边事以棘;约御阅而夹军情,而禁士以横;出精金而易楮帛,而国帑以空;皆端平诸君子之谋,而嘉定、宝绍之所必不为也。然而天下不怨且谤者,其事则疏,其心固有辞于天下也。自嘉定惩开禧之覆辙,置金人于度外,南迁之乱,可一扫游魂,尽刷祖宗之耻。而方且闭关之不皇,将帅士卒知权门之威,而不知君上之恩。余三十稔,至于楮帑,成价以通之,半价以易之,虽出于一时之权,而有司愧矣。三者皆端平之所当图也,图之不审,乃成迂误。

自古君子行乎国政,身任天下之重,固未闻率意轻为,而吾心仅有辞于天下而遂已也。且卫王镇静天下三十年之久,于社稷实有大功,百姓安之,而阴有以坏士大夫之气节,丧天下之廉耻,而胚胎后日无穷之艰难者,惟贤者能察之耳。至端平之误,则举天下嫠妇孺子知之矣。永国镇静之量,不及卫王,而运掉之术殆似过之。卫王虽专,实畏事也,永国不同也。杜公尝言,每与议边,则以书生为不足与闻;然则永国之以书生视同列久矣,一旦失政,百闷填胸,诸公方且明目张胆,而共非其前日所为渠,岂不翘首企足而伺今日诸公之所为何如哉?盖承永国之后诚难矣,无以洗瘢濯瑕,改纪其政,则无以新天下之望。苟徒锐意近名,一切反之而后为快,祇恐无益而适为之地也。盖今日之事,尤难于端平。昔卫王奄岁之已定也,今永国春秋之方盛也。彼方翘首企足以伺诸公之缺,而诸公或有以副之,则上孤主知,下夺民望。虽后有以君子小人之说嘤于时，而尚奚证哉！君子小人之说，终无以有证，于其时而后天下之事尽去矣。且今日更化，固有可作新者，亦有可仍旧者。永国无宰天下之度，而精于吏才，其所施为未必尽不善，特其不以忠信长者之意行之，而天下尽以为谤。要之，即永国之法，而不行之以永国之意，亦良法也。如严复试之制，谨铨闱之防，杜进纳之冗，结军功之冒，抑奔兢，塞侥妄。如此之类，永国能不恤讪议，以身任之。近世当国者，每好泛滥家国之恩，以贾私誉，能如永国之定见罕矣。其所以异者，抑奔兢，而奔兢于其门者不抑也；塞侥妄，而侥妄于其门者不塞也。苟于其小，而纵于其大，纤悉于其人，而阔略于其身，天下之不心服者此耳。

今大丞相公清无我，忠信长者名实素孚，断断而行之，可以无弊，可以无谤。凡此仍旧可也。□日之当作新者三焉：正风俗也，修边政也，裕财用也。而有最大且急者，皇嗣未定，无以系人心。圣君贤相，宜有定虑，非草茆之敢知，则某特言夫是三者可也。

脂韦括囊，贡谀投诒，而缙绅之道丧矣。胶人之膏血而以为能，刻人之肌肤而以为戏，而天下无守令矣。庠序者，礼义之出也，而浮言薄德尤工于市井；缁黄者，山林之遁也，而顽争很讼，每半于齐民。强凌弱，富吞贫，刚拏力抉，恣其所为，而冤者无告矣；高而冠，宽而襟，珠鲜锦耀，僭拟于上，而民无中夜之储矣。子生方孩而弃之水，亲死未寒而投之火。父兄不肖，挟及子弟；邻里戏骂，诟及父母。子孙嬉游，而老翁病妪，负载于道路；年岁丰穰，而游手无赖，愿幸于凶荒。有司不之罪，有识不之议，耳濡目接，玩为寻常。世故日多，人情日下，不早正之，他日无父无君，乱彝败伦，将不胜讳矣。正之之道，岂有秘计多言哉？上好仁，则下兴孝；上好义，则下兴弟；上好礼，则下兴逊；上好俭，则下兴廉。和之则不偷，裕之则不滥。长民之吏必求忠厚，师儒之职必用老成。旌异行，举逸民，凡系于教化者，吾笃之而已耳。于乎执政者言，政不及久矣。人谓无关于国脉也，非吾大丞相尚谁与论及此哉！

鞑人之乘锐不逊甚矣。山东余蘖且托之以生事，而边臣又张皇以为欺。朝廷之经理西北二边，不胜其多计也。而士卒无死战之心，边吏无死守之节，寇至则望尘而狼顾，寇退则诬功而觊赏。刍粟之飞挽日劳，楮券日增，绫纸日滥，东南之民日困，朝廷日虚，而壤地日以蹙矣。何不以郡县治内，以封建治外？且边外之地，我不能有而非鞑所能有者，茫茫皆是也。愚闻边外民，有不死于兵、自足耕食、自雄村落者，有私割据者，流民有桀黠者。东南之人，有悍勇多赀、功名自好者，何不募其自聚结，自屯田，自食其食而取其利？能据一县者，以一县封之；能得一郡者，以一郡封之。能开拓者，以其开拓者增封之，许以子孙世袭，或分封焉。亏乏周之，缓急救之，彼得假吾之灵，声吾之援，土地视为己物，而能以死守。不数年间，而吾之藩篱已固。岂特固吾藩篱而已？奉吾之正朔，行吾之号令，则边外之地，即吾有也。昔建炎初，李纲议于河北建藩镇，朝廷量以兵力援之。当是时，河北亡矣。而纲之所陈，盖此意也。况建炎之河北，正争夺蹂践之地。而今之边外，乃广莽寂寞之场。争夺蹂践则建置难为谋，广莽寂寞则经理易为力。在建炎犹欲行之于河北，则今日岂不能用之于边外？不然，则他日万一有豪杰生于其间，耕非己之土，食非己之食，生聚教训非己之人民，而假蛮夷之节度，以为吾不逊，尚可胜悔哉！

至于用财之说，其门实繁冗吏也，朝廷浮费不与焉。建言者有曰："天下之财三分也，军耗之，宗室耗之，楮币之拆阅耗之。"愚以为边外封建之言行，而耗于军者庶几瘳矣。宗室之耗，其耗可稽楮币之拆阅，非楮币之罪也。今宗室孤遗之廪，以某天台一郡观之，其孤遗又何能遍及也哉！宗室虽多，廪额有限，一人死，始得以一人代其籍。盖有力者捷而得之，而孤遗固无告也。最有可议者，孤遗之法，一人能仕，则孤遗尽废。夫宗室固有贫而方仕者矣，宁不可念也。今其富者不必有官，而田连阡陌。贫者虽小官，而不给于朝暮。夫田连阡陌，其媵妾之弘多，子孙之蕃庶，势力足以自荣，而顾以无官，占孤遗之请，其得太仓之粟，奴婢□走，厌其陈粝，有不食者矣。贫者困而无赖，虽有官不知自爱，于路夺市攫饥寒，害之无所不为。今宜考之租赋，其田有登三项者，县官无得给予；其不能半顷，虽有官亦周之。既可以资贫而养廉，而宗室之费有经矣。

至于楮券之低昂，此理之易见者，朝廷省浮费，免耗盗，绝民间之伪，减茶场之溢，钱不泄于番舶，不坏于坯销，而楮自重矣。今救楮而不救钱，咎之民而不咎之官，不以出之汗漫为非，而以拆阅为罪，殆不知本之论也。熙宁中，诸冶监钱，岁收六百余万，今之所收岁才数十万。淳熙敕，会子岁不得过三十万，今之印造，月且千余万。夫楮，权钱者也，有钱斯有楮可也。钱日销，而楮日益，欲其价之无轻，不可得也。楮之轻未患也，钱之价因楮而轻矣。何也？物价之腾涌，由于楮之称提也。称提不能以重楮，而能以重物价。今夫哗民悍吏市价以□，一楮其直三百，寻以官价强于商人，其直倍有半。商人压于称提之威不得听，而其势不能不于物价加重也。物价加重，则虽以倍有半之钱，亦不容不授以三百之直。何也？钱之价不敢与楮之价异也。曩也楮以钱而重，今也钱以楮而轻，朝廷以十钱之费而成一钱半钱之用，岂不惜哉？愚知楮价之低昂，非称提所能令也，必欲称提，亦当自有司始。今州县之入纳，未尝肯用全楮也，有用楮者矣，未尝肯用官价也。如吾州近日绢匹之折钱，为旧楮亦十贯有奇，为新楮十二贯有奇，以见钱推之，盖四倍于熙宁黄州之价。其他折纳，大率皆然，则州县之官自未尝以钱视楮也，而欲以官价称提于民，不已悖乎！杜公尝与愚议夹锡钱曰："番舶无所爱，鼓铸无所用。"某尝对以为然，今而思之甚难也。夹锡钱诚无漏泄坏销之患，而今日自不能以夹锡钱。何也？夫欲为朝廷谋无穷之利，惟无一毫谋利之心者能之。是以夹锡之议，惟杜公为能。人品难齐，智虑各异，钱非旧铜矣，铜非旧价矣。哓哓然较目前之亏赢，而杜公之议格矣。此钱楮之大略也。呜呼！末节而已。

今之州县无余储，而朝不足于用者，非冗吏耗之，贪吏盗之耶？今日冗吏何其多也！昔仁宗之世，苏公尝病员多阙少，率一官而三人共之，去者一人，至者一人，而俟之者又一人。夫当方裁任子之恩，且亲策进士，不过三四百人。而土地西至于灵夏，北至于河朔，东渐于海，南极于朱崖，而犹有员多缺少之病。今之土地不能以半也，三岁之间进士五百人，特科六百人，侥幸而超迁，侥幸而改官，而任子常满天下。又有获贼而改官者，其为冤滥尤不忍言。夫滥军功而得官，未尝杀人而欺朝廷者也；滥获贼功而改官，妄杀人而欺朝廷者也。杀人者死，奈何反赏之哉？村民之有力者，皆可以仕选；人之有力者，皆可以京官。巧佞者得先达，简重者沉下僚。以罪去者，不失祠禄之縻；以幸进者，重有子孙之宠。泛员愈盛，添差愈繁，祠廪愈多，县官之支吾愈不给，而人亦无耻矣，固宜贪吏之出于此也。昔建隆开宝间,犹存古制。宰相止赐一子,官太庙斋郎,岁不得过十五人,余可例想。太宗置审官院,迁秩者文臣五年,武臣六年,又严则文臣七年,武臣十年。何今日如此之易也?

近世门生视举主若路人然,盖有势劫之者,有贿之者,有交相贸者,有报父兄恩者,如真稔其人而拔之无几也。囊岁在京师,见在外执政亲故,携荐剡来鬻,为楮六万,才得预书。文移悉具,钱满则署而投之,而百里之命,不日寄之矣。自汉以来,荐举不实者俱坐,故何武左迁,颜延年贬秩,而唐陆贽奏重缪举之罚,凡举而缪皆罪也。本朝祥符间,止令犯赃者同罪举主,余不问,法意良厚,然自是并犯赃者不问矣。孟子曰:"观远臣以其所主,观近臣以其所为主。"今一切泛滥,如逆全之故吏,至今犹高官大爵以宠之,而况其余哉!今不必追汉唐之制,姑遵祥符之诏,其自犯赃以上必坐举主。谨于择人,而人亦谨于举主之择矣,其源必清,其流必长。他日将为国家之用,岂特不縻耗禄廪而已哉!

且雄藩重镇,体貌威崇,事务繁多,于是乎有金厅以分其劳。今一小郡之间,兼金无数,郡守辟于所爱信,私以无名之禄,寄之耳目,卧治千里,是非予夺,惟金厅之为听。金厅位卑官下,妄一男子皆得拍其肩,拊其背,而关节行焉。政以贿成,十事九缪,确乎有立者能几也?夫固有寄耳目于吏者矣,吏,贱人也,金厅郡守之爱信者也,于是孤寒之民无所诉告矣。昔五代之季,郡守领节旄者多武人,不能知书,或自补亲吏代判。太祖既有天下,悉知其弊,下诏绝之。今四方之郡守,非贵领节旄也,非懵不知书也,而亦辟兼金以代判。何哉?且一郡之间,六曹尽具,郡守亦可以为政矣。天子以千里之命寄之郡守,郡守而才则民瘼利害,吾将亲听之,不才则又何守焉？今宜下诸郡,除尹京及大藩府,始得用金厅。自余州事民讼,并令郡守勤勉详审,躬亲裁决,不得以金厅书拟混郡政。不但无名之禄可以不滥,庶几郡守干托者寡,民有以舒其情矣。

彼特科之设,国家矜士恤滞之盛心也。然以其数十岁灯火之栖迟,幸而注一丞尉、曹掾亦已老矣。而闲年需次之淹,千里奔驰之苦,缘斗升之禄,勉其疲惫,投之风尘,往往而毙者,良可悯也。况其钟鸣漏尽,日暮途穷。朝廷孤升擢之期,上官惜荐举之墨,利可苟得,何爱于名。耆儒硕学真有义理,以养其心者,绝不可得见。而即之馋然,触之顽然,诟笑不耻,按劾不顾者,往往而是也,不若尽归其乡。州县之学,以职事禄之三年而代其学问,颖异践履真绝者,许州县监司以实奏荐殊,其升擢与进士等。彼州学前廊之廪视尉曹掾已优,且使筋力衰疲之人无需次之淹,奔驰之苦,亦其所便也。然后并天下之泛员,而冗官殆不胜减矣。

今贪吏满天下,而世不以为怪,终年宦游,无终年之囊橐者,世共笑以为愚也。故朝廷钱币以犒军,彼自领军而半夺之矣。度牒以助费,彼且缁黄其乡里之人矣。诰敕以赏功,而酬吾直者,莫不有功矣。盐,经国之大用也,当则浮盐以攘之,何恤乎国计之亏？楮币惟恐不贵也。见任官自卑价以录之,何责乎民间之市,以至互为关节,交相赠遗？千弊万蠹,不知纪极。且建炎军兴以来,民之常税,视东都加重矣。而不肖之吏,巧需苛征,阴增酷算,鞭挞所至,一孔不遗,民不聊生,怨谤及国,而方夷犹容与,归为妾媵仆马、亭榭园池之欢。孟献子曰:"与其有聚敛之臣,宁有盗臣。"则聚敛之害,昔人既切齿之矣。然昔之聚敛以归其国,今之聚敛以归其家。昔之聚敛者与盗臣而为二，今之聚敛者兼盗臣而为一。下枯百姓而导之怨，上困朝廷而滋其谤。他日万一有不虞之变，则断断乎其自贪吏始也。

今莫若增天下养廉之俸，专设举廉一科，应天下郡守边将，下至州县之吏，有能以廉称者，自宰执而下，至于侍从监司郡守，皆得举其所知。朝廷优异其礼，褒诏殊擢，以风于四方，仍遴选监司责之，按劾其有贪墨无状，明具赃实以闻，监司不劾而为台谏风闻者，并监司有罪。昔仁宗之世，配知秀州钱仙芝于沙门岛，以其赃也，监司王琪、邵饰并从责降，以按劾在谏官之后也。此法可不行乎？今小人有斗粟之资，负贩鱼虾，以营朝暮，而关津之吏执而征之。至于高筒大匣，满装盛载，绵亘数里，谓之官檐，而豪商大贾且托于其中，行者避道，炀者避灶，群啸入关津，莫敢正视。嗟夫！仕有限之禄也，何官檐如此之绵绵也？岂官檐耶？斯盗贼之箧，交游于途，既不能籍之，又不能征之，固宜无忌惮者之不可御也。先王之法，商者征，仕而商者加罚焉，况仕而盗者乎！苟诚未能行先王之罚，姑讥其多寡而收，其征与商者同。既征，簿而书之，监司时取而阅之，则廉贪之吏，粲然可稽。中人有耻，无已甚者矣。或曰："何其待士大夫之薄哉？"愚应之曰："有司惩赃吏，籍其家，流其人，而世未必惩三寸之管握，□关津之小吏而不能以不惧。涓涓之窒，横流之救也，是□之以厚待士大夫也。"夫使天下之财，不耗于冗吏，不盗于贪吏，而犹曰"州县无余储"，且朝廷不足于用，非所知也。

凡是三者，言之无奇，信之有功。大人君子，出而相人国家，而国家之士皆吾之所轩轾，其或因循迤逦，与世浮沉，亦固未见目前之患，而他日之忧，殆不及我也。苟念圣君简寄之专，天下颙望之笃，今日极弊如此之缪辀，则当如救焚拯溺，一日之不可度矣。愚尝默观大丞相之门，冰净霜洁，士大夫之来者，礼貌而已。礼貌虽优，往往殆无人焉。有好修者抠从之勤，亦不过清癯枯淡、文字占毕之话，未见其足用，亦未见其我用也。而永国之门，势收利拾，生盟死结，一偏一曲之颖见，搜拔无遗，下至鸡鸣犬盗不乏也。夫鸡鸣狗盗，诚不足齿，士有环岸奇荤，识治通务，一日蹇步，而俯仰其门者众矣。朝政既新，台纲方振，黜之惟恐不亟，去之惟恐不空，舆论良一快也。夫自三代之教学不明，人有区区之才类多急于自耀，而不能以自立，其弊久矣。今皆跌宕无行，奸偷谗诡，拜尘尝臭之徒，朝廷既次第其罚矣，自余非有大过，不得尽废也。一转移之功，则其为懦弱、为无断、为柔佞者，可使为顺，为巽，为慈，而其为猛、为强梁者，可使为义，为直，为严毅，为坚固，如是皆适用之才也。朝廷有转移之道，而人才出矣。且大丞相与杜公同德，而不享杜公之名，与永国异见，而不为永国所忌，其恢度雅器，含光养晦，犹绥辔徐驭，不汗而千里。此真古人之所以大过人。而愚昔尝告人，而固预期其今日也。

今岁更化而不改元，四方有识者，举首加额，曰："吾贤君贤相之虑深矣，之德盛矣，生民庶其息肩矣。"盖经国自有实政，岂必赫赫然畏一时之圭角哉！每见学馆忠义之士，四方忧愤之人，闻永国之名，眦裂发立，涂叱巷骂，栉比猬兴。其心术之未必至者，极笔形容之。噫！此草茅之名，而非世之福也。端吾教化，立吾法度，明吾政刑，和气薰陶，上下咸若，而旧相之去国者，自体貌之于外，固不劳草茅之任怨，甚其怒而激其祸也。夫人言不必尽无用也，言事者不必尽生事也。昔赵、韩当国，厅事后置一大瓮，取四方投利害之书，贮而焚之，而文靖公为相，亦弃之不行，以为报国。且当咸平、景德间，天下安平，四方无隙，则谨守成宪，勿徇人言，以感动之。此诚宰相事也。国初天下甫定，割据者未平，平者未尽，法度未立，当国者正宜吐哺之不暇，瓮中之言，未必尽不可行，奈何一燎而共弃之哉？史称韩、王寡学术，多忌克，意者瓮中之言，韩、王固采之，人而掠之己耶？今日非文靖时矣，亦非赵、韩、王经掠之时矣，民生之休戚，国家之大计，出位者犹兢兢，在位者无泄泄也。窃尝论近世大臣，受国厚恩，专者惟恐持握之不固，而谦者惟恐谢免之不亟。好专者诚非，而徒谦又何益也？吾足以任天下之重，则任之可也，不足以任之，则即日而不拜可也。吾足以任矣，既任之矣，而盛德大业不可不暴白于天下。盖有其德无其位，虽孔孟之圣，天下所不望也；有其位无其德，虽管晏之得君，天下所不望也；有其德有其位，天下斯望之矣。身荷天下之望，亦必有以答天下之望也。岂曰今日居之，明日去之，虚麋朝廷一时之荣而谓之高哉？

　　愚学迂知浅，无所取能。天下豪人知士，成就声名，以矜持于斯世者，皆不敢以自信而辄尝妄意于本朝之史，以为曾氏隆平书，局缩无味，使本朝君臣光明硕大之业，屈于其笔，晻而不章。王氏《东都事略》、李氏《续通鉴》，博求阔取，有意铺张扬厉，而笔力衰下，规体散漫，皆不足成一代之记录。衡茅蔀屋可以证古，名山大泽可以藏书，古人所谓诔奸谀于既往，发潜德之幽光。窃不自揆，而杜公略许焉。近缘脾疢，不良于思，而此兴始衰，寻又加之忧患，胸中所储，耗失尽矣，犹念圭荜之贱，去清都太微不知几亿万里，而此心之灵亦覆载间之一蠕动也。世故既极，不得不惧，思尚有可救者，且幸大丞相舍容之素，故辄俯陈其愚。所冀君子登庸，明验籍籍，粝食水饮，不至恐惧，庶几获附于太平之民耳。万有可采，或得为瓮中之言，则某未为不遇也。

论俞天锡、蒋现状

郭正肃

　　臣闻鸱鸮入林，则凤凰远去；豺狼当道，而驺麟自藏；不仁者而在高位，则抱道怀德之士，莫之敢近矣。陛下欲聚群贤，以兴至治，而股肱之任，喉舌之司，使雄邪厕迹于其间，是却行而求前也。

　　臣切见俞天锡谄交权势，谲取科名，有德有言之莫闻，惟内惟货而罔极。原笾匦由于显比，汇征咸睹以冥升。共嗔元稹之蝇遽入于此。咸谓刘舆之腻，近则污人，挥去未几而复来，患得既深而愈躁。斗筲无取，舟楫岂堪？考其素则耕猎并枵，察所安则心门俱市。舐鼎鸡犬，亦既逾涯，和羹盐梅，安用此物？蒋现早谓廉平，晚隳节守，心匪端而好胜，故多暴其气，学匪正而好奇，故多离其辞。谓苦口为恶声，定甘心于善类。佞邪莫掩，徒夸张禹之鲁论；贬刺非公，有甚魏收之秽史。既乖正地蹳登之望，而有仰天窃欢之声。忠报全亏，义方莫有。曲木之影无直，硕苗之恶莫知。星履纳言，既辜惠简，厦毡劝讲，徒惑圣聪。

　　臣于天锡本无违言，现之于臣，尝举自代。既公论之交沸，岂言责之敢私？图报在斯，莫问其次。臣诚惶诚恐，顿首谨言。

奏札第一

戴秘书

臣一介寒微，缀员右学，属当班次，获对清光，区区平日爱君忧国之微忱，其敢不一敷露而以上欺君父，惟圣明之垂听焉。臣恭惟陛下，钦崇天道，寅畏天命，宗庙肆祀，罔不祗肃，惟天惟祖宗，监观在下，实我宋无疆之休。臣拜手稽首，敢以祈天永命之说献。

臣切闻之《诗》《书》，大训曰："天难谌，命靡常。"又曰："命之不易，毋遏尔躬。"此商、周盛隆之世，宰衡大臣，所为切劘其君者如此。孔子论《诗》，至于"殷士肤敏，祼将于京"，喟然叹曰："大哉天命！善不可不传于子孙。"是以自昔治世，未有不以危亡祸乱为戒；及至末流，未有不以危亡祸乱为讳。《易》曰："危者安其位者也，亡者保其存者也，乱者有其治者也。"是以君子安而不忘危，存而不忘亡，治而不忘乱。而况于履艰危之日，乘治乱之几，不为之怵惕震厉，战战恐惧于民生之不□？祸至之无日，日思所以祈天永命者哉！昨岁旱，川原□□，人心皇皇，风景大异。人曰："是厄岁之余孽，而害气□□□[①]也。"背冬历春，雨雪时降，民气稍苏，虑若更生。人曰："是厄岁之既往，而善气之将应也。顷岁以来，莫不以丙午丁未为厄岁，而今也则岁运而往矣，悦遂可以幸无事也，国□庶矣乎抑。

臣切惟天地气化，譬之寒暑之运，其极也至□，折胶铄金，而其变之渐也微矣。气化推移，非遽能截然于一日之进退也。夫岂必丙午丁未之为厄岁耶？天道六十年一变，则固有常运

---

① 根据下文，所缺之文当为"致将应"。

矣。宋兴以来，垂三百年，而中兴以来，再六十年矣。建炎丁末，变复之会也，又十余年，而国势始立，兵草始息，自是国家殷富，而乾淳适当其盛。淳熙丁末，会昌之际也，又十余年，柄始下移，王室始骚，自是国家靡弊，而圣朝适当其艰。十余年来，山剑丘墟，淮海荼毒，鞑之所杀吾国之民，数百千万，喋喋遗黎，颠沛无所。而吾之国事日棘，财力日困，物产日耗，民生日蹙，风俗日靡，奸宄日滋，凛然朝不可以谋夕之虑，而昨岁丁末，遂有枯渴之样。□□十数年又均一岁数耳，非必乃岁而后为厄岁耶？气化推移，其亦往而复耶？其亦或未易致诘者耶？而阴狨之虏，飘然无常，既田河南，以使入哨，又方岁从事于西南夷，规欲阴肆捣虚之计。南丹娥灾，顷又告矣。天若祚宋，必无此事，一日迸裂，势将安支？外弱中干，下巽上止，天时人事，忧虞万方，贾谊可为痛哭流涕，韩琦直为昼夜泣血。以今准昔，当何如耶？《书》曰："王其德之用，祈天永命。"今日毋亦惟德是用务乎？斡回气数，消弭祸乱，以安定于厥家，其几岂不在于陛下？陛下有钦明宪天之资，有岂弟近民之实，有忧勤恻怛图治之虑，致宽而礼下，有仁祖之风，沉潜而能断，有孝宗之略，可谓盛德矣。而时未易然也，则所为增修于盛德，以对天命者宜何如？臣闻先圣之训，固有崇德修慝之目，德之有未崇，慝之有未修也。德者此心之正，义理之公，而常易以汨；慝者此心之孽，意欲之私，而常易以胜。夫惟虚明应物之地，不使一物留于胸中，而粹然一出于至正，主敬以行义，体信以达顺，而私意不得作，私欲不得明，则德日以修，而治可保矣。故臣之所愿于陛下者，惟崇德修慝，以为祈天永命之本，而以四事为今日献。

其一曰惩奸。臣闻义者正之本，利者奸之原，义克利者治，利克义者乱。是以君人者昭德塞违，以临照百官，而后足以正轨度，弭奸慝。顷者大奸涸天下利原，开天下利路，以擅之一身，御下蔽上，以成其私。天启神断，一日斥去，而正路清矣。而阴邪之径，货利之蹊，芟夷蕴崇，不可断绝。赂行于幽阴，而私谒可得也；赂行于韦布，而公论可杂也。氛翳出没，上薄太清，于是命德讨罪之义，或得而挠，好善恶恶之意，或得而移，而九天非时之旨谕，亦或可以时而得也。圣学高明，枉直毕照，岂嬖幸邪气所敢干哉？而怙恩宠以窃威福，纳贿赂以行请谒，终有不得以尽绝者，其居势然也。语曰："毋曰胡伤，其祸将长；毋曰胡害，其祸将大。"陛下毋以是为细事而可忽也。"赂"之一字，涅莽禄山，尝用之矣。令萱得以进祖珽，力士得以固林甫，皆是物也。比日伪书乘隙叩阍，得亦无为之内应者乎？此制治清浊之原也。伏惟陛下深轸忧畏，而痛惩之，清明在躬，一绝利源，振饬宫闱，一正左右，则纪纲可肃，奸邪可息，而治化可成矣。《诗》曰："夙兴夜寐，洒扫廷内，维民之章。"此崇德修慝一事也。

其二曰劝贤。臣闻天下不可谓无人也，作之则振，消之则靡，惟上之人焉耳。方端平初，豪杰才俊，如林而起，一时精明，号小元佑，于今凋谢，相望晨星。晋明帝有言："欲无复十人如何？"斯言可深畏哉！恭惟陛下即位，二十余年之间，君子亦或见弃，而未尝不卒于尊用，小人亦或见用，而未尝不卒于弃斥。用舍此心，卒归于正。天下固有以服陛下之无我，然而岁月浸淫，意绪销铄，人方日靡，国且谓何？辅弼大臣，宜使日夜讨论大经，如天章阁故事，而后足以尽其才，而圣意或几于少息。朝廷纲目，宜得天下英俊，俾之分任，以裨政本，而后足以当其才，而圣意或几于徇私。周行接武，人才实难，昔进今亡,项背相望,非其得罪而去,则或远引而去矣。其间岂无亟当召用之士?而圣意或几于违忤之未忘。万邦黎献,共惟帝臣,作而用之,畴非心膂,如天如地,何容何私?陛下盍亦以天下,而顾使之得以议国家。今百度垢坑,庶事壅滞,朝廷之势未重,缙绅之气少衰,望端平已不易及,如国初何?伏惟陛下,恢经纶志,屏意欲之私,明识察之量,公任用之道,明诏大臣,振举纲维,齐一统类,以正朝廷,而正百官,则天下英俊,矗矗兢劝,皆足以佐下风而立治道矣。《诗》曰:"国虽靡止,或圣或否。民虽靡膴,或哲或谋,或肃或艾。如彼泉流,无沦胥以败。"此崇德修愿二事也。

其三曰保民。臣闻设官分职,制官诘禁,无非以为民也。今天下之民,其不幸而陷于寇戎之域者,固已无逮于仁矣。其得为天子之民,以戴陛下之德者,岂非仁圣之所隐哉?郡县之政,民所芘也。今或一大县而无良吏,或比郡而不得一贤二千石。贪冒之人,间且覆出,其间而猥弱昏谬,交为民蠹,莫之胜汰也重之。赋敛亟而督责之莫纾,版籍坏而趣办之可哀,官职壅而冤滞之不伸,藩篱破而荡析之靡定。非陛下德泽振救之,安所归命乎?所宜精按察之选,重州郡之任,严赃吏禁固之罪,宽督责之征,复经界之法,修勤恤之政,料简牧守,委任责成,其卓然任职者,旌以内职,等之朝列,而因任之。且使监司守贰岁中各任其属,经考满替,必使批书保任,无有贪纵、不胜任、脏私等罪,必有保任,乃听参选,而痛严其他日发觉同罪之罚,科别其宜,断之必行。如此则凋敝之民,庶其有苏息之望矣。边圉之事,非愚臣所敢妄言。然通国所共疑而不敢及者,督视一大事也。夫备御之事,建遣大臣行边,如庆历故事可也。而猥置大幕府,以隆虚名,事固已无及矣。然今督视不过两淮,则既归之一制阃矣。制阃将何为乎?抑但使之为一城主已乎?蹙边城之事力,空内郡之储蓄,赋调尽矣,科需极矣。取之锱铢,用之泥沙,国何以堪乎?晋陶侃都督八州,千里盗不拾遗。此一大帅府事也。若有入寇之警,则都督征讨,中外戒严,闻无寇乃止,未闻于无事而徒自蹙也。今鞑未灭也,备御不可一日懈也。督视之建,则将何时而可已耶?陛下盍亦慨然远览,亟思所以处置之宜,不然朘削未已,凋瘵不复。臣恐江之为淮矣,腹心之忧所必虑也。《诗》曰:"民亦劳止,汔可小康。惠此中国,以绥四方。"今方内之民病矣,西南之证兆矣,维持安固之谋,不可不重虑也。此崇德修愿三事也。

　　其四曰理财。臣闻财者,民与国所系命,时务之尤急者也。始者奸相欲尽民以为国,天下干耗累岁,幸而脱免。而继是迄今,曾未及大为之疏理,已而为国用所,已而为田事所,其欲以纾吾国甚至。臣切以为未也,且方建绍之际,外逼雠虏群盗,干戈抢攘,萧然烦费。方其时,非有内府百年之储,非有南库四方之积,非有日造千万之楮,一时仓猝,犹足以支。而今上下皇皇然若不足者,何也?渡江之初,国家草创,革华崇俭,饬自上躬,无华衣美食之奉,无嫔嫱柔曼之嬖,无宫室台榭之观,无撞钟舞女之乐,无匪颁赐予之费,无左右宦寺之蠹,是以能支持于内外多难之秋。而今也则既袭承平宴安之弊,而不可振矣。此大本大原也,而政事其次焉。昔唐德宗庸主也,犹能出内帑归之有司,后唐清泰极乱时也,犹能捐三司三百三十八万。今以陛下明圣,国家犹为间暇时,而何遽至于不可为也哉!在陛下为之与不为耳。陛下上为皇天所予,全付所覆,率土之滨,孰非天子之财,岂若臣庶私之筐箧,而后为己物哉!况今内府不属之士大夫,其奸蠹之弊,殆有不易言者,而国家何利焉？今若力屏嗜欲，力崇节俭，力划弊例，省无益之费，放成周司会，国初三司使，以凡中外府藏尽主之版曹，使得以稽其存亡，通其利病，御史皆得以时察之，而总之大臣，昭示大公。立政之事，核名实，除冗滥，纪纲军国，以制用度。如此国可以少纾，楮可以少振，宗祖破分之法可以复，而国家亦可以治且安矣。昔乾淳间，士大夫以多藏为耻，买田宅者不敢自为之名。乾淳既远，风俗大坏，偕此一贪夫，祸至于今未弭。凡今天下之财，往往偏聚士大夫之家，占田广者或乃至百夫、千夫之地，其为无道至矣。彼岂有毫发忧国忧民之心，而陛下何爱焉？陛下纵未能诛梁冀，以减天下租赋之半，灭刁氏以济京口饿困之民，盍亦用限田之遗意，以济括田之所不及？先经之以限田之法，赦其不义不法之罪，而酌量其数，使之自效于国，以岁中和籴若干之数，分之于名田之家，公其权度，使岁各以其力自致。此不过一出令耳，令之不听，正之以刑，岂不至简至易，足以大减籴本之费？孰与胶胶扰扰，劳而少功者比哉？若任事者能以身率天下，此亦毁家纾国。昔贤之用心也，孰敢不听？独所虑者，不能断之以为耳。戴骥谓齐宣王曰："王太仁于薛公，太不忍于诸田。"臣切恐陛下之过于仁而不忍也。夫不忍之于此，而顾蟊蠚于国，弊弊于民，岂不甚可惜哉！《诗》曰："池之竭矣，不云自濒。泉之竭矣，不云自中。"今天下真有水涸鱼死之势，非可以牵系之私，付之不治，而听国与民之俱蠚也。此崇德修蟊四事也。

　　天下之事，不可胜原。以臣至愚，何有一得，妄陈四事？切效愚忠，仰渎天聪，不自知僭，万分有一，足补大猷。惟陛下垂听而亟图之，陛下毋以时事之粗定，厄岁之既往，而忽不虑也。动静之相乘，变化之相顾，理数之相胜，是有不可得而知者。今年以来，边遽稍息，来牟呈瑞，疑得天人之祐助矣。而北方春中雨雹震电，越二日大雨雪，阴盛阳微，其证特异往。建炎三年之春，绍兴三十有一年之正月，其异亦皆类此。当时证应，今可睹矣，可不为之危惧耶？而况于气化之屡迁，人事之已极。江浙之郡，间已苦旱，岁复一岁，可为寒心，宁少须暇，而遂可以幸无事耶？《经》曰："惟德动天，无远弗届。"又曰："惟命不于常，道善则得之，不善则失之矣。"臣以为古今国家，惟崇德修愿，以为祈天永命之本。共惟本朝以至仁一天下，圣祖仁宗，一念昭假，中更祸乱，国既卒斩，而大命复集于我宋，以迄于今。夫孰非祖宗之德乎？且以其一二言之。建绍初，海水震荡，人谋颠错，阽于危亡，而卒能挫百胜之虏，以绍配天之基。此祖宗之德也。绍熙之末，乾栋倾欹，万姓睽睽，覆压是惧，卒获展宗臣之力，以办取日之勋。此祖宗之德也。至若完颜亮，气吞江南，下至□全，骚动淮海，非其自毙，岂国家之力，能制其死命乎？此祖宗之德也。祖宗之德不可恃，安危之几不可忽，培而植之，固而存之，以基我宋无疆之休，岂非陛下之责与？陛下克己求治，则纲领振矣；虚心用贤，则才俊出矣；惩奸黜欺，则风俗变矣；修政明刑，则事功立矣；务悦民心，感召和气，则国家之势固矣。《诗》曰："商之先后，受命不殆，在武丁孙子。"而《传》称之曰："武丁能耸其德，以至于神明。"崇德修愿，是在陛下此一心之神明耳。惟陛下留神。取进止。

赤城论谏录卷之七

奏札第二
戴秘书

臣既以崇德修愿之说为陛下献,敢复申言古者君臣所以交修之义。臣闻昔武丁之命傅说也,曰:"尔交修予,罔予弃。"修之为言治也,治其不善,而使之无不善之谓修。交修云者,凡所以修辅厥后,非一事而已,亦非一言而止也。譬之玉人之事,既切矣而复磋之,既琢矣而复磨之,交修之义然也。夫古圣贤端此一身,以治其国家,不啻足矣,而何孜孜于人之言,其不惮烦若是? 人心惟危,道心惟微,一念之差,真有发于其政,害于其事,而苦自不知者,又况群臣万民,四方之广,欲其无有壅蔽之患,岂一人心术智虑所能周哉! 道之使谏,宣之使言,而不敢以惮烦者,非务容纳为美观也,理势然也。昔卫武公年数九十五矣,犹箴儆于国,曰:"自卿以下,至于师长,士苟在朝者,毋谓我老耄而舍我,必恭恪于朝夕,以交戒我,闻一二之言,必诵志而纳之,以训道我。"以武公之德,岂其犹有不足? 则其所贵于交修者切矣。古者天子听政,使公卿至于列士献诗,工执艺事以谏,命百官箴王阙,凛然此身规谏之中,而后得以立于无过之地。下至齐威、晋文,犹曰近臣谏,远臣谤,舆人诵,以自诰也,而后能以成伯功。故曰若药不瞑眩,厥疾不瘳。交修之义,顾可一日不明于天下哉! 共惟陛下始初即政,窜殛奸慝,擢用贤良,谏争之路为一辟矣。及载更化,凶党四斥,善类再合,谏争之路又一新矣。而年岁以来,厌讳之意,浸加于前,覆护之俗,浸成于下,往往好同恶异,近于惟予言而莫之违。臣切以交修之义顾如此,恐非所以为国家之福也。

圣度恢宏,容德覆焘,凡在臣子,视如手足,虽草茅狂斐,未尝一有戮辱之事,顾岂不能容一二违忤之臣,而或反以滋天下之惑?臣知其说矣。自古言格君者,必曰惟大臣能之,何则?其德谊素孚,其学识素明,正身无屈,言皆可法,恳实之意,格于上下,以其正己之学而为格君之学,固将不待于有言也,而况于言乎。今也有所论刺,而或自不免于偏颇;有所矫拂,而或自不免于疵议;其所陈说论辨,而又或不免于词旨之失中。人品之不类,宜其未足以动九天之听也。虽然,君明则臣忠,君仁则臣直。此非陛下盛德至仁,海涵天覆,亦孰敢直为婴拂,以自取戾?其言之有失得也,词之有逊悖也,人之有纯疵也,要自其身之责,而非吾事也,独所宜急者,顾其言之足以中吾过否耳。《诗》曰:"它山之石,可以攻玉。"石之粗厉,物之至贱者也,而玉得之以成器焉,岂复以其粗厉而弃之耶?夫其言之果足以中吾过也,是明主之所欲急闻也,吾而改之,其益大矣,而又何尤焉?《书》曰:"小人怨女詈女,则皇自敬德。厥愆,则曰朕之愆,不啻不敢含怒。"细民之谤诽,圣人不敢恶焉,而惟日省诸己,敬德之为务。况其有列于朝,皆得以自献于上,而概以违忤去,岂所以彰陛下之盛德也哉!

近者谏诤,尤骇物听。事有未审,才一献疑,又已亟迁而骤去之矣。天下之事,与天下成之;天下之失,与天下正之。职在谏争,固不当是非可否其间邪?臣虽至愚,切为陛下惜之。岂徒以将顺之为是,而正救之为非?岂徒以逊志之为贤,而逆心之为罪？岂徒以恕己量主之为忠,责难陈善之为有邪心耶？切窥时意,似有好同之弊。夫去和而取同,此宗周之所以弊,而史伯之所以唏嘘也。故曰和如和羹,同如济水。若以同裨同,尽乃弃矣。夫好人同己,而恶人异己,则其弊必至为诡随,为迎合,为附和,为拱默,虽存亡安危反覆乎间,亦且结舌而不敢发,岂不殆哉！此人臣之利,非社稷之福也。陛下独不观之于端、嘉之际乎？方其初,旌擢忠鲠,乐闻直谏,一时治象,为之翕然。不数岁,而台谏给舍往往相继以言而去,中外能言之士,无虑亦以是而汰斥。于是大奸掉臂而入,莫之敢格,而国事几至于不测,赖陛下亟悔悟耳。此事也岂不为深戒焉,而又宁使再误而再悔邪？侧闻孝宗皇帝尝命近臣随事规谏,曰:"卿等若只备位,非所望于卿等。"又尝谓唐文宗仁弱,顾省而叹,曰:"朕不独有叹于文宗,盖亦以汉威、灵自警。"而陈俊卿直引威、灵以谏游猎,不特不以为忤,而遂登用之。一太学正奏对,数及王忭之恶,即日斥忭在外,不为固吝。此孝宗皇帝盛德事也,又岂非陛下所宜法耶？矧惟今日虽粗有安静之形,而实有危逼之势。左冯右翊,夕思朝议,所以弭乱持危保邦之道,恃谏争一路耳。若意向少差,顺适是与,望风相戒,不敢忤违,今日曰"诚如圣谕",明日曰"圣学非臣所及",则是使人主自圣,且孰与共忧天下之事也哉？

语曰:"千人之诺诺,不如一士之谔谔。武王谔谔以昌,殷纣默默以亡。"臣不胜大愿,惟陛下以顷岁近事为戒,以孝祖前事为法,渊澄大虑,砥励初心,振饬臣工,交修不逮。辟忠说之路,开不讳之门,不以人废言,不拂于从谏,不吝于改过。毋以切直难堪之言,而自为盛德之累,则天下忠哲志义之士,皆得自悉以佐其上,而陛下为克己从谏之圣主,岂不盛哉！昔者仲由问事君于孔子,谓之曰:"勿欺也而犯之。"由之果毅,不难于犯颜之谏也,而圣人犹以是戒之,何也?则犯颜纳谏之为最难,而有怀不敢尽,卒不免于欺君者,臣子之通患也。君臣之义,天地之经也。臣至疏贱,言不敢僭,然幸获一日之登对,不敢不效其拳拳之忠,惟陛下幸察。取进止。

太祖高皇帝武事一纲三目策

叶布衣

汉高祖之开基也,以萧何为丞相,何进养民致贤则天下有可图之策。光武之中兴也,邓禹有"莫如延揽英雄,务悦民心"之语,是知取天下之际,怀①民心,柔服远迩,莫先于求贤,贤才归,则民心归矣。故曰:"举逸民,天下之民归心焉。"钦惟华运中兴,当胡运之既终,乘历数之有归,国公②连百万之众,所向无敌。开国③金陵,控制万里,金鼓一振,诸郡悉平。夫阁下既膺上天之宠任,收高光之功业,所以揽英雄致贤才者,非阁下④而谁乎?是以四⑤方慕义之徒,莫不欢呼奔走,而况南方之人,久沦异俗,一旦闻阁下用⑥夏变夷,挈还礼义之乡,仰慕爱悦之私,又如何哉!思欲进谒以抒⑦所蕴久矣。然远方

---

① "怀",明焦竑《国朝献征录》卷一百十六作"怀来",当从。

② "国公",《国朝献征录》卷一百十六作"明公"。

③ "国",原本无,据《国朝献征录》卷一百十六补。

④ 此文中"阁下",《国朝献征录》卷一百十六皆作"明公"。

⑤ "四",《国朝献征录》卷一百十六作"远"。

⑥ "俗一旦闻阁下用"七字,原本空缺,据《国朝征献录》卷一百十六补。

⑦ "抒",《国朝献征录》卷一百十六作"摅"。

卑贱之人，堕在泥涂草泽之中，无由自达于王公大人之门，所居去金陵二千余里，又贫窭不能自至。兹遇浙东行省左丞，征岩穴之士，求鲠直之言，谨北向再拜，投所上书，及武事一纲三目之策，特乞转达，以闻阁下。未见其面，观其文足以知其心矣。特赐垂仁采录，而振发之，以劝将来，则天下咸谓阁下欲①招致贤才，自隗始，而四方风动，莫不归心，建国家万世之洪基，同符汤武，岂止如两汉之功业而已哉！伏祈钧察。

武事一纲

用兵之要，胸中不可无一定之规模也。规模素定，则众言不能惑。循其序而行之，则可以建功立业矣。古之君子，如韩信、孔明之徒，虽在畎亩之中，已有定见，特仕而后行其志耳。韩信初见高帝，画取天下之策，如指诸掌，及为大将所言，无一不酢②。孔明卧草庐，与先主论曹操取刘璋，因蜀资以争天下，终身皆行其言，此岂试为而侥幸其成哉？胸中有一定之见故也。今一定之规模，宜北绝李察罕之招诱，南并张九四之僭据，督方国珍之归顺，取闽越之土地，即建康以定都，拓江广以自资，进则越两淮、规中原而取天下，退则保全方面而自守。愿详陈之。

昔汉祚既微，群雄角逐，曹操挟天子令诸侯，以自济其私，今之李察罕是也。然刘氏乃中华之主，承高光之余泽，民未忘汉，故曹操倚之为重，特以成其志耳。今元以夷狄之种，僭据华夏，民厌腥臊，思得真主，一洗其习久矣。而李察罕上不知天命之有归，下不察人心之厌胡，亦欲效操之所为迹，虽同而

---

① "谓阁下欲"四字，原缺，据日本藏《国朝献征录》卷一百十六补。
② "酢"，《国朝献征录》卷一百十六作"酬"。

实则异。国公欲用夏变夷,李氏变于夷者也而可乎哉?孙权崛起江东,未有定谋,操督其来降,责质其子,策士如张昭者,尚劝权从之,况其下者乎?惟鲁肃初见之时,即廓开大谋,谓汉室不可复兴,曹操不可卒除,惟鼎足江东,以规天下之衅,剿除黄祖,进伐刘表,竟长江所极而据有之,然后建号帝王,以图天下,此高帝之业也。是谋独出众人之表,故孙权常比之邓禹,后其言皆验。

　夫长江天堑,所以限南北也。自古名将,莫不丧师于此。陈友谅盗弑武昌,今江南大势必归版籍。张九四僭据苏杭等处,如弹丸黑痣①,破亡可待。方国珍据台温庆,如机肉釜鱼,苟延残喘。福建兵脆城陋,特义师未临耳。建康昔人以龙蟠虎踞,有帝王之气称之,诚东南之都会也。建都于此,守淮以为藩屏,守江以为家户,如高祖之关中,光武之河内,以此为基,藉其兵力资财,进则规中原以取天下,退则保全方面而自守,不失作孙权也。李察罕敢窥吾之疆域哉?且江之所备,莫切于上流,而义兵去载已克,江州藩屏之势愈固。昔魏屯田皖城,谋以弱吴,孙权力争,而魏不能有。魏又以晋宗守蕲春,欲以谋吴,吴遣贺循,袭取晋宗,而蕲春属吴。夫皖与蕲春,魏必欲取,吴必欲争者,诚以上流之地,喉衿之所也。按,皖与蕲春,皆在江州之北境也,既平江州,足以蔽全吴矣。况两淮之地,自安吉历庐和州以至广陵,皆入化内,既足以遮蔽建康,又足以襟带江州,而安丰已为重镇之地,足可守江以为家户,守淮以为藩屏矣。又况张寇倾覆,可坐而策,则通泰高邮淮安诸郡,亦将来归,江之下流,又得其全蔽。自此前进,固可以并李

---

① "痣",《国朝献征录》卷一百十六作"子"。

氏而取中原,孙权不足为也。兑僻在远方,窃闻李氏妄自尊大,致书于国公,如曹操之招孙权。此言虽未知虚实,敢效鲁肃献国家之大计。此一定规模之纲领也。

武事三目

一取张九四

张九四据平江为巢穴,蔓延杭绍,为两浙大梗,跨涉通泰,为江北残寇。自古智谋之士,莫不以倾人之巢穴为先。田丰说袁绍,袭许以制曹公;李泌欲先取范阳,捣禄山之巢窟,与李、郭不谋而同;殷羡说陶侃,急攻石头以制苏峻;皆欲先倾贼之巢穴,则其手足枝叶不攻而自溃矣。今宜先举兵进攻平江,援枹誓众,期于必克,声言一面,欲掩取杭绍湖秀,以分其兵力。此李愬攻蔡,不取吴房之义也。倘城坚守固,难以遽拔,则以锁城法守之。锁城法者,却于城外矢石不到之地,别筑长围,环绕其城,于长围之外,分命将卒,四面立营,屯田固守,断其出入之路,绝其内外之音,仍设官分治所属州邑,务农重①榖,抚字居民,收其税粮,以赡军士。彼守空城,亦将安用?夫兴师十万,日费千金,城中之粮,积于公私者有限,城外之粮,产于土地者无穷,以无穷待有限,彼将安往?此正合兵法。城小地大,则先收其地之利,得尺则我之尺,得寸则我之寸也。今义师围之不克,或数月而解,或半载而罢,或攻或辍,屡围屡解,适所以长彼之志,益彼之备也。故当围之之时,则婴城固守;及围既退之后,则运粮挽粟,复为防守之计;是皆不绝其内外,容其出入之故也。倘内外悬隔,粮无所入,食尽兵疲,内变将作,一举殄灭矣。平江既下,巢窟已倾,杭越必归,余郡解

---

① "重",《国朝献征录》卷一百十六作"种"。

体。此上计也。

彼巢穴远在平江，而跨江涉海，远据绍兴，于势不便，义士所以远攻而不克者，以彼运粮自三江斗门而入也。苟一面以大兵攻平江，则不及运粮矣；一面攻杭州，则不及赴援矣。夫粮绝无援，必然可破，所攻在苏杭，所取在绍兴，正合兵法多方以误之之术也。绍兴既拔，一臂先断，然后进兵攻杭，唇亡齿寒，势必倾覆。杭城既拔，则湖、秀望风而畏矣。羽翼既剪，然后进攻平江，巢穴必倾，则江北之余孽随而瓦解。此次计也。

张寇一剪，基本永固，息兵则无侵轶之虞，远攻则无捣虚之患，进可以越两淮而规中原，旁可以并福建而制江广，折冲万里，混一天下。此取张寇者，正当今之急务也。

二取台温庆

戊戌年冬，大兵克取婺城。己亥年春，方国珍即奉书纳款，送子为质。是后信使往来，讲结旧盟，未尝阙也。然狼子野心，岂有驯狎之性？养虎遗患，必有反噬之祸。庚子年春，命夏博士陈显道招谕，迟疑不允，其反覆不忠，而怀二心可见矣。辛丑年，又遣使从海道诡报残元，谓国家欲举土投降，以中原路阻，特委吾由水道纳款，誺差张昶赍诏来宣，于是遣燕叔义为说客，欲说国公奉诏。叔义至大朝，不敢启口而还。夫前日彼欲投降于我，今反招我投降于彼，是大不近人情者，固宜兴问罪之师矣。然彼上计以水为命，一闻兵至，挈家出海，中原步骑，无如之何？彼则沿海寇掠，备东掩西，为巨害东南，剿捕则涉鲸波，招安则损国威。夫上兵攻心，彼自燕叔义回后，已震慑局蹐，即遣人招致陈显道，款曲缱绻，欲其复进言于国朝，俟杭越既平，即当纳土将以款我师耳。其心如此，攻之之术，宜乘其机，不可缓也。彼方仰陈显道，又畏我举兵，可即命显道，督其归顺，以九月一日或十五日限之，过限不从命，则兴师以征不服。如此胁之，彼必听从。此不战而屈人之兵之义也。必以九月为限者，彼畏我秋高马肥，又禾粟方登，足充兵粮也。宜速不宜缓者，速则不暇为意外之谋，缓则迟回而计生。一者彼自方国璋之没，自知兵不可用，胆已先丧。二者自燕叔义还，称义师之盛，气已先挫。三者方恳陈显道令为调护，显道大夸兵以恐之，责其反覆以罪之，可谓善于说辞者矣，正可胁之而从，诱之而化也。宣谕之后，宜易官吏，更年号，苏民瘼，慰民心，收其税粮，散其冗兵，革其滥官，拘其船只，潜收其兵权，以消未然之变，如此则台温庆三郡不劳只骑而自服，不可失时以长智也。

　　窃闻有人传至李察罕与国公之书，彼又遣人至李处结好，意外之变，不可不防。以势观之，惟及早督其奉命，潜收其权，以消未然之变，是为上计。兵尚诡道，不厌其密。兵法谓几事未成而外泄者败，更乞朝廷深秘此文。盖以方氏若知所言之人，则家无噍类，取莫大之祸，尤不可以不秘也。命陈显道宣谕之时，并乞国公赐之书曰：“华运中兴，孤命师恢复江南，所向无敌。戊戌年冬，举大兵克取婺城，既与台温庆三郡接境。足①下遣使投降，送子为质，监此诚心，特为足下真知胡运之已终，天命之有归也。夫何历今四年，延调岁月，弗奉前命，年号尚从其旧，海道运粮，复奉残元？设谓不忘旧主而然，情犹可恕。今载复遣人结好于李察罕，其心谓何？往者诡蒙残元诏书，以招安孤，始也足下投降于我，今也反欲使孤投降于彼，足下反覆之心，何异汉之隗嚣哉！本欲待秋高兴师问罪，尚念

---

　　① “足”，原作“足足”，衍一“足”字。

始初送款之诚，又悯锋镝之下，玉石俱焚，故特命显道宣谕，设官易制。足下昆仲，官爵不失元盟。截自九月为限，汝听与否，皆在此日。若又如前，延引岁月，问罪之师，其得已乎？叶克[①]恭欲报东门之役，喜山欲纾伍员之忿，无分水陆，动成齑粉。公孙述、徐道覆今如何哉？孤不食言，善自为谋，毋蹈后患。"此草创也，讨论润色，尚有待于当朝君子云。

三取福建

福建旧为浙江一道，倚山濒海，兵脆城陋。两浙既平，闻风必惧，宜遣辩士说之。彼必心计：江浙四道，三道既已归顺，吾独孤守一道，将安归哉？必然听命。此李左车下齐之策也。如或稽于送款，自贻天讨则进兵，一路自处温而入，一路自海道而至，冲其关隘，二道并进，夹攻福州，势必从风而靡。福州既下，余郡莫不迎刃而解矣。既平福建，威声已振，乃移兵进取两广，犹反掌耳。岂非千古之英伟哉！

上太祖皇帝十策

郑金事

一 愿亲近师儒，以究天下之治

臣闻尧舜禹，古之大圣人也，其相授之言曰："人心惟危，道心惟微。惟精惟一，允执厥中。"其曰精曰一曰执，则生知安行之圣，而亦不可废夫学与持守之功也。汉光武自平陇蜀之后，数引公卿郎将，讲论经理，夜分乃寐。唐太宗与诸儒讨论古今，道前王所以成败，日昃夜艾，未尝少息。自古圣哲之君，知创业之艰难，守成之不易，终日乾乾，不敢怠惰，以为治心修

---

① 原本模糊不清，今据《国朝献征录》卷一百十六补。

身之道，理乱得失之迹，可师可鉴，其在典册。是故古人谓开卷未尝无益。伏惟陛下圣德天纵，经纬地①之文，戡定祸乱之武，固将上配尧舜禹而迈汉唐，则平日与诸儒讲明工夫，非待臣言而后黾勉。臣愿陛下崇置经筵，必延天下之真儒，有道德有器局有学问有见识者，日相与处，其讲明必期于力行，切于实用。夫然后有补于圣德，且垂定式，以为圣嗣万代之法。

二　愿容纳谏争，以尽天下之智

臣读《孟子》曰："子路人告之以有过则喜，禹闻善言则拜，大舜有大焉，善与人同。"而孔子亦以舜好问而好察迩言为大智。夫舜禹圣人也，孔孟不以其生知安行为大智、为大圣，而以其不自用取诸人，与屈己以受天下之善为大智、为大圣。子路于圣门之中，称为好勇，使其志气盈溢，刚愎自用，亦奚取于勇哉？惟其闻过则喜，勇于自修，是以令名无穷。然则古之圣贤，不以无过为贵，能改过之为贵也。臣常读《汉书》，见高帝轻士善骂，至于溺巾骑项之事，想见其无礼纵放，与粗豪无赖之徒何异？而能辍洗问计于长揖不拜之狂生，筑坛具礼于全法当刑之降虏，谦卑畏服，若弟子之遇严师然。非天下之大圣大智大勇，其孰能如是哉！是知能受人之廷辱，能纳人之切谏，闻义则服，改过不吝者，谓之智，谓之圣，谓之勇。非智无不知，威无不服，而行无不得之谓也。古者自公卿大夫，以至农商工贾，无不得言，无不得谏，至汉而特置谏议之员，历代因之，其法愈备，于是台院之职，内外之臣，下至草茅疏贱，皆得

---

①　"地"，当作"天地"。如明杨士奇《历代名臣奏议》卷二百一："太宗有经纬天地之文，有底定祸乱之武，有躬行仁义之德，有理致太平之功，其为休烈耿光，可谓盛极矣。"

言事。是以殿陛之间，有排闼扣柱之臣，引裾折槛之士，则以为人君之盛德，朝廷之美事。抑臣又闻之，昔高宗之为太子也，在太宗之侧，见朝臣论事，终日不绝，及即位，首责群臣以不谏。若太宗，其真创业垂统之君也哉，以高宗之器[①]而亦能求言如此，由太宗为之法也。臣伏愿陛下比德舜禹，取法汉唐，致理于今，垂则于后。

三　愿常戒饬诸将，以救天下之人

臣读孟子答梁惠王"天下恶乎定"之问，曰："不嗜杀人者，能一之。"至考古帝王治乱得失之由，与国统修短离合之故，知圣贤之言，至明至当至亲至切，真可为万世法，而非迂也。夫以始皇雄材大略，仅能建二世之秦，而高帝以宽大长者，乃卒能就四百年之汉。天下至大也，能合而一之者固难，能守而不失者为尤难，然则匪合而一之为贵，能守而不失之为贵也。合而一之者，智力或可，能守而不失者，非智力之所能。圣人知智力之不可以守天下也，是以存不嗜杀人之心，以救天下之人，以济天下之难。夫惟不嗜杀人，而后天下可以合，可以守。是以禁止屠掠，镇抚父老，约法三章，除秦苛政，高帝之所以定天下也。蔑弃《诗》《书》，以愚黔首，任用残虐，毒害生灵，始皇之所以并诸侯也。天下既定，诸侯既并，守之以文景，弃之以二世，抑岂非二君嗜杀与不嗜杀之所由分也？秦汉之迹，具于史策，开卷在目。故凡论三代而下帝王者，必首及之继汉而有天下，其兴亡修短之效，亦莫不然。

臣每读史，则深以孟子"不嗜杀人"一语为帝王取天下之上策。伏惟陛下受天明命，伐罪吊民。臣生遐僻，久仰声教，

---

① "器"，原本模糊难辨，疑作"器"字。

乃者大兵来莅，锋镝之下，无一冤民。若廖平、章汤、大夫王驸马、朱参政之俦，皆慈祥宽厚，不妄杀人，虽邓禹、曹彬之为将不能过。臣虽在万里之外，有以见陛下如天之仁，宜其风云龙虎，将相大臣，同心同德，以定大业，济大事，将见立山河不拔之基，享有天地无疆之休矣。臣愚伏愿陛下扩充此心，每于命将出师之际，必丁宁戒饬诸将，以平定安辑为功，勿致屠戮妄杀。若汉光武之敕冯异，责吴汉，则陛下仁德所济愈博，而天下生灵所活者愈众矣。

四 愿善辅导太子，以固天下之本

臣闻天下之大，兆民之众，系乎一人，继志述事在乎太子。故古之善虑天下者，不惟其身之安为安，而以其子孙之安为安。《诗》曰："诒厥孙谋，以燕翼子。"夫太王非文武，则未必能兴周；始皇非胡亥，则未必能亡秦。周秦之兴亡，固系乎太子之贤与不肖。太子之贤与不肖，固在乎教养之正与不正耳。是故内有圣母，外有师傅者，周之所以教太子也。委之阉宦，教以法律者，秦之所以教太子也。有天下者，其可不以是为明鉴哉？是故太子者天下之本，太子贤则天下之本正，天下之本正则人君无复有可忧之事矣。伏惟陛下诞膺天命，建大明一统之基，立万世无穷之业，登极之初，东宫已定，天下四方皆知陛下有志于重天下之本。臣愿陛下置立师傅，遴选正人，以佐太子，训之以圣人之正学，道之以先王之正道，征之以历代得失之由，广之以下民艰难之事，辅其材能，养其德性。若夫词章技艺无益之文，刑名武力凡戏之习，不正之色，非礼之声，奸回邪佞之人，骄侈淫佚之行，请一切禁绝，勿使汨其聪明，乱其心术。

五 愿责任台省,以致天下之贤

臣闻天以天下之大,付之天子;天子以天下之大,付之天下之贤。然则天子治天下无他道,用贤而已矣。子夏曰:"舜有天下选于众,举皋陶,不仁者远。汤有天下选于众,举伊尹,不仁者远。"盖皋陶轨法,法行而恶自去,伊尹为辅,辅正而贤毕登。然则天子之用贤无他道,轨法为辅者,得其人而已矣。今之宰相,伊尹之职也;今之台宪,皋陶之任也。宰相职在于用贤,而台宪任在于弹恶。宰相得人,则内外文武、治军牧民、百司众职,无不得材,而无贤愚倒置之患。宪台得人,则朝廷上下、省部司院、郡县远迩,莫或容奸,而无善恶混淆之患。宰相者天子之股肱,宪台者天子之耳目。所以运动四海,措置庶务,无不得宜者,股肱之力也;昭察远迩,别类妍蚩,无或壅蔽者,耳目之达也。昔肃何急于追韩信,而祭遵敢于杀舍中儿。高帝光武能因而任之,是以济事。臣愿陛下委专宰相,责以求贤,崇重宪台,期于弹恶,优其礼而作其气。天子之用贤,岂必人人而用之?举其纲植其本,惟此而已。

六 愿修明学校,以正天下之教

臣闻学校一事,实有天下者之大政。圣王之治道,于是乎明;民之彝伦,于是乎著;世之贤才,于是乎出;风俗淳厚,于是乎兴;礼乐制度,于是乎定。古者司徒之职,典乐之官,庠序学校之设,五品三物之教,其法甚详,而其事甚重。世道日降,圣学不明。自焚坑之后,历汉唐之治,学校之设,非不盛也,然其冠带缙绅,圜桥门而观听与诸夷子弟,鼓箧而升筵者,徒以夸耀于一时,未必皆古圣王所以教也。赵宋之盛,亦不过因袭前代之旧。夫习文艺以干仕进,德行不修,真儒不有,廉耻日丧,奔兢日兴,治道之所以愈微,风俗之所以大坏也。古圣王之所以教，岂如是之谓也哉！

陛下开基创业，有志复古，崇儒术，重实行，举贤才，修法度，天下生民想望至治。臣愚欲望陛下修明学校，一准宋儒程明道之言，必求德业充备、材良行修者以为师，其教必自小学至于大学，知行并进，课其业而复察其行，县升之州，州宾兴于太学，太学聚而教之。岁论其贤者能者于朝，必先德行而后文艺，其法之详，见于《程氏文集》。陛下来取而行之，则圣学明而真儒出，治道日隆，民风日厚，异端不辟而自息，奔兢不抑而自止，政教不严而自治矣。

七　愿限民名田，以均天下之赋

臣闻自秦皇开阡陌而井田废，田归于私，由是富民日兼并，贫民日趋于沟壑。盖古者十而税一，犹虑有饥寒之民，今则十而则税七矣，民安得不穷且为盗哉？孟子曰："仁政必自经界始。"井田之制，虽难卒行，而限民名田之法，今可必行。此千载一时之会，不可失也。昔者董仲舒、师丹、何武及唐陆贽等议，欲行限田而卒不得行者，盖以时民已富庶，贵戚权豪不便，恐致纷乱，行之为难。故先儒谓井田限田之于高祖定天下、光武中兴之时，人稀土广，行之为易。今陛下开基创业，法令严明，内外文武大臣皆廉俭忠正，为国无家。而海内权豪富民亦皆消沮畏慎，缩首屏气，所谓贵戚权豪不便，已无其心。今征战之场，千里茂草，不过分密补疏，移东就西，委任□守，经其疆理，制其什伍，薄其税敛，勿夺其时，衣食既足，礼仪自生。不出二十年，天下生民，必敦庞富庶，风俗丕变。唐虞三代之盛，可复见于今日矣。此天以斯时授陛下。陛下若笃意即行，因循数载，贵戚权豪盘固，势必不可得行，千载之下，有遗恨矣。

八　愿裁抑奢僭，以阜天下之财

臣闻天地之生财也有限，而今之用财也无节，于是财匮民贫，以至于滥。《易》曰："节以制度，不伤财，不害民。"昔者商纣以暴虐之君，欲为象箸而不得。汉文当富庶之时，欲作露台而不忍。今天下无问贵贱，峻宇雕墙，金衣玉食，穷奢极侈，无不得为，而不以为怪。古之圣王，制为舆马宫室饮食衣服祭祀之节，至于山林川泽，鸡豚犬彘亦为之制，而不敢暴殄。盖伤财之源，在乎用度之无节，用度之无节，在乎贵贱之无等，贵贱之无等，在乎礼制之不修，不可不察也。陛下以天子之贵，四海之富，恶衣菲食，躬履节俭，为天下先修明法令，贵贱品级，各有定分，不敢或逾，一洗前元奢侈之弊。此诚古先圣王阜财之本。臣愚更望陛下于佛老二氏，宫室田园奉养之具，亦宜裁抑而为之制，以保其清净寂灭之风。凡天下之民，贵贱不宜亵渎天地神示。古今圣贤之像，为修荐祈福之事，以糜费有用之财。夫清修苦行、持钵乞食者，佛老之真教。天地山川社稷，五祀之祭，各有定分者。先王之大礼，于以务民事，定民志，息邪说，距跛行，大有补于风化，非特为阜财一事而已。

九　愿禁妖淫声乐，以新天下之听

臣闻今之歌曲，即古之歌诗，可以察民情，验风俗。自中国衰微，音律大坏，妖淫之词，哀怨之声，滑稽浇薄之习，移人德性。民风不古，亦此之故。臣愚欲望陛下命稽古儒臣，考订音律，制作典雅正声，泰平正乐，命教坊习熟，先之朝廷，以化天下。凡民间哀怨妖淫之音，请一切禁遏，其瓦子娼妓，亦不得习演淫亵浇薄之戏，以荡民情，以败风俗。孔子以放郑声为为邦之要务。此之谓也。

十　愿复中华衣冠，以新天下之视

臣闻之《经》曰："非先生之法服不敢服。"自前元混一之后，中国衣冠，渐染变化，渐失古制，华夷不分，贵贱无别。臣愚欲望陛下明著臣庶服色之制，使天下贵贱各服其服，无相侵乱。凡大小衙门官员，坐听莅政，亦各服本品公服，以章威仪，为风化之首。如此，可以新天下之视，使天下知中原①真主有兴礼乐之渐。

论空印书②

郑编修

前月九日，钦遇陛下涣发德音，广开言路，此二帝三王之盛举也。侧闻迩来，中外臣民，大有所陈，惟考较钱粮事未有言者。意者当陛下赫怒之余，故人容容各自重耶？不然，何其宜言而不言也？臣草野布衣，闻见浅近。政事之得失，生民之利病，臣焉能知？惟考较钱粮，得闻一二。谚所谓"耳闻不如目见"，向非臣兄士原，为先任怀庆府同知，考较钱粮事，断发工役，臣亦盖不知也。自诏书之下，臣欲言之久矣，特以臣兄之故，恐陛下以臣为假公营私者不敢言，欲进复退者累一月。既窃自念，以为当陛下求言之急，岂恶直言之士？若乃畏首畏尾，避嫌远疑，是忠臣义士之心，不白于天下也。辄不自揆，故僭言之，亦不自量已。昔有野人食芹而美者，则欲以献于其君，区区愚忠，政与此类，陛下幸垂察焉。

---

① "原"，原作"原原"，衍一"原"字。

② "论空印书"，黄训《名臣经济录》卷四十六题作"考校钱粮对事"。

夫考较钱粮，用使空印，自昔已然，非至圣代而然也。陛下即位已九年矣，诏条之内，不见禁革，而律令之内，所不该载，上下承习，以为当然。天下之人咸知之，惟陛下未之知耳。一旦生事之人摭拾此事，致使忠良老成被其害。臣愚请试言其故。夫考较钱粮，各府赍将文卷赴行省攒造，千百宗卷攒于一册，牵查照算，岂无错误？故曰寸寸而度之，至丈必缪；铢铢而数之，至石必差。是以必须空印无弊也。向使有司官吏，欲偷盗那移，埋没作弊，当预于本处文卷补完，然后赴省部攒造，岂不藏锋敛锷，便且易耶？又何必用空印至省部，旋补而旋生弊也。又况出纳钱粮，各府州非奉省部不敢专擅一丝一毫之出入。其原皆出于省部。故省部卷中所有，府州文卷不能损也；府州文卷所无，省部卷中不能益也。若网在纲，有条不紊，特散漫于各卷末之归一查照。攒造之间，不能无误，空纸所以为笔误差错之设，无弊也。且各省府至户部里路，远者半年余，近者亦不下半月。攒写之际，偶有差错，理须扣换填补。若待复至，本处衙门用使印信，即非旬日可及，省部置局督并攒造，如有星火。若是展转迂回，岂不大误事耶？是以必须空印，无弊也。今行移文书，除张缝中印信外，后面必有年月，年月之傍必有注语，然后官吏金押于年月注语之间，用使印信。今考较文册，下面张缝印信虽多，而后面年月之傍注语已定，又止一印信。向使掾典欲假此空印行移文书，憯谋不轨，下面张缝固有印信可征，而后面年月即无印信，又无封皮，不知复可作何行移，而何处不晓法律铺兵，便与承接递送，而何等庸愚官吏，即便凭信与之施行。空印之不可以行移递送，亦明矣。

臣窃迹前世兴亡之故，大抵亲贤人、远小人以兴，而亲小人、远贤人以败，未尝以空印也。空印之不能为国家患益明矣。陛下以天纵之资，日月之明，岂不烛此情理？然而盛怒未解者，意者左右之臣，未尝以此言进欤？臣愚窃以为考较官吏，止可坐之以不勤之罪，而不当坐之以重罪也，况所犯在律令颁行之先乎。空印既不可以行移文书，又不可以那移作弊，免死杖一百，工役终身。前此复有充军者，假使偷盗那移，潜谋不轨，不审陛下复加之何罪？陛下必欲禁革空印，不过罪一二人，下半纸诏书，明谕天下，使天下后世之人知惧而不敢犯足矣。何必牵枝引蔓，罪及各省府耶？夫人材之难，自古为然，十年长养，十年教育，十年历练，至于四十，血气既定，见识已明，然后适用，故曰人惟求旧。今内而尚书、外而参政等官，允所谓国之重臣，功能俱茂者也。自非圣人不能无过，纵有罪过，臣犹谓得与八议之科。今乃俱为考较钱粮，有不保首领复追俸者，有断发工役、改法充军者，中外老成，荡然一空，并使晚进后生布列中外，未审孰为陛下画此策也？使彼在任之内，所言所行，果皆考较钱粮事耶？抑亦有忠国爱民之事也。如果俱系考较钱粮，固为得罪，若亦有一斑半点为国为民，亦可绝长补短短①，以功掩过。三年之俸，亦不足为国重轻也，而追之，是导天下之人而为贪污也，奚补哉？今犯赃私者工役，而用使空印者亦工役，复终身焉。彼富裕者固不复忧，而此贫乏者则受苦楚。其平日赃私者，至此自为得计。臣窃恐自是之后，廉谨者愈无所劝矣。昔秦穆公赦食马之徒，厥后犹得其死力。考较官吏，非岐下野②人比也。陛下幸赦之，又岂特得

---

① 此"短"字疑衍，当删。

② "下野"，原本空白，据《名臣经济录》卷四十六补。

其死力而已哉！

古人有言曰："人之有言，不得已也。"臣兄已断发工役，固不敢辞，而甘心输作以赎罪矣。臣复勤勤恳恳，不避斧钺，为陛下言者，非不知触忤天颜，罪在不赦，顾以朝廷大体，当务从平恕，不宜持法过当，有累圣明盛德。盖亦不得已言耳，固非为臣兄一人之计而言也。言辞粗鄙，不能回护。陛下倘以臣为草野疏愚，不识朝廷忌讳，恕其狂瞽而纳用其言，又岂特考较官吏感恩无穷？天下之士，必皆鼓舞欢忻，而乐于仕进矣。谨于中书省投进以闻，干冒宸严，无任战栗、屏营之至。

赤城论谏录卷之八

万言书①

叶分教

臣居升幸备生员，首蒙宠赐，令教山西书。伏自开学以来，罄竭所闻，训诲民间子弟，常恐未见成效，身涂草野，无以上报圣朝养育之恩。私切自念，近者钦读圣诏，有曰："钦天监报，五星紊度，日月相刑，于是静居日省，谓古今乾道变化，映咎在乎人君。寻思至此，彷徨无所措手足，惟诏臣民，详言朕过。"四海闻之，欢呼雷动，皆曰："此大禹成汤罪己之道，复见今日矣。"孔子曰："丘也幸，苟有过，人必知之。"是过也，圣人所必有知其有过，乐闻而改之。此圣人之所以益圣也。今天下之士，苟有见闻者，莫不欲竭其心思智虑，以应诏书之求。况臣愚蒙久承养育陶成以至今日，敢不披露腹心以闻？惟圣主详择之。

臣历观汉晋唐宋之世，皆有灾异之变，始因刑政失宜，贤愚倒置，遂致纪纲不振，或政失于权臣，或势移于方镇，患不生于女祸，则困于夷狄，上下偷安，苟延岁月，谏书屡上，曾莫之省。天变于上而不知戒，人怨于下而不知恤，天下已坏而莫能救也。臣每读史至于其间，未尝不切齿热中，不止太息而已。

---

① "万言书"，《名臣经济录》卷一题作"上高皇帝封事"。

迄元之季，天人厌乱，既极天命真人，以圣神文武之资，扫除乱略，四海英雄，坐致阙下，沙漠之徼，罔不臣服。方宵衣旰食，以图雍熙之治。凡汉晋唐宋之失，今皆无有，然而天变于上，以致日月星辰失序，或者鉴观前世之失，矫枉其弊，而又太过者欤！汉贾山有言曰："忠臣之事君也，言切直则不用而身危，不切直则不可以明道，明主之所急闻，忠臣之所以蒙死而竭之①也。"臣今有刍荛之言，虽未足以明道，敢切直言之，庶尽忠臣事明主之心乎！

臣闻王者之心，上通乎天；王者之动，上应乎天。审天下之治否者，则求其端于天而已。天之阴阳、五行、日月星辰，其见可也，使阴阳交和，五行顺序，日月星辰得其常，天下虽未善治，谓之治焉可也。阴阳错缪，五行不得其序，日月星辰不得其行，天下虽无事，谓之不治可也。稽之天道，察之人事，而后可以谂治乱之实矣。臣观当今之事，太过者有三：曰分封太侈也，曰用刑太繁也，曰求治太速也。何以明之？日者君之象也，月者臣之象也，五星者卿士庶人之象也。臣愚不知星术，姑以所闻于经传，并摭前世已行之得失者论之。《诗》曰："彼月而食，则维其常。"阴盛阳微，则为不善矣。今日刑于月犹之可也，而曰"日月相刑"者，则月敢抗于日，臣敢抗于君矣。切观主上之有天下，扫除群雄，如蹈②草芥，包络豪杰，如臂使指。今公卿大臣，数十万之众，战必胜，攻必取者，朝廷遣一介之使召之，则拱手听命，无敢后时，况敢有抗衡者乎？《传》曰："都城过百雉，国之害也。先王之制，大都不过三国之一，中五

---

① "之"，《汉书·贾山传》原本作"知"。

② "蹈"，《名臣经济录》卷一作"践"。

之一,小九之一。"使上下等差,各有定制,上得以兼乎下,下不得以兼乎上。盖所以强干弱枝,以遏乱原,而崇治本也。

　　国家裂土封分,使诸王各有封①地,以树藩屏,以复古制,盖惩宋元孤立宗室不竞之弊也。然而秦晋燕齐梁楚吴闽诸国,各尽其地而封之,都城宫室之制,广狭大小,亚于天子之都,赐之以甲兵卫士之盛。臣恐数世之后,尾大不掉,然后削其地,而夺之权,则起其怨,如汉之七国,晋之诸王,否则恃险争衡,否则拥众入朝,甚则缘间而起,防之无及也。此皇天眷国之甚,或者谴告以相刑之象欤? 今议者曰:"诸王皆天子亲子也,皆皇太子亲骨肉也,分地虽广,制度虽侈,所谓犬牙相制,盘石之宗,天下服其强耳,岂有抗衡之理邪?"《书》曰:"列爵惟五,分土惟三。"今王亦爵也,汉谓诸侯王亦不过三分之位耳。礼莫大于分,使王侯之国与京畿同,则为列国矣,尚有君臣之分乎? 今秦晋燕齐梁楚吴闽诸国,皆连带数十城,而复优之以制,假之以兵,议者何不摭汉晋之事以观之乎? 孝景皇帝,汉高皇帝之孙也,七国诸王皆景帝之同祖父兄弟子孙也。当时一削其地,则遽构兵西向。晋之诸王,皆武帝之亲子孙也,易世之后,迭相拥兵以危王室,遂成五胡云扰之患。由此言之,分封逾制,祸患立生,援古证今,昭昭然矣。此臣所以为太过者欤! 昔贾谊劝汉文帝早分诸国之地,空之以待诸王子孙,谓"力小则易使义,国小则无邪心",向使文帝尽从谊之所言,则必无七国之祸。愿及诸王未之国之先,节其都邑之制,减其卫兵,限其疆理,亦以待封诸王之子孙。此制一定,然后

---

　　① 原本"封"字旁又改作"分",《名臣经济录》卷一、《明文衡》卷六均作"分"。

诸王有圣贤之德行者,入为辅相,其余世为藩辅,可以与国同休,世世无穷矣。割一时之恩,以制万世之利,以消天变,以安社稷,天下幸甚!

臣又观历代开国之君,未有不以尚德缓刑,而结于民心,亦有不以专事刑罚,而结民心,国祚长短,悉由于此。三代秦汉隋唐,享国之数,具在方册,昭然可观,其故何也?《易》曰:"天地之大德曰生,圣人之大宝曰位,何以守位曰仁,何以聚人曰财,理财正辞、禁民为非曰义。"此可以见天地好生之心,与圣人守位之道矣。然而禁民为非之义,特居末者,明不得已而用刑,而不专任刑罚也。古者断死刑,天子为之撤乐减膳,而寓惨怛之意于其间。诚以天生斯民,立之司牧,而教养之,俱欲其并生于天地之间也,不幸而不率教者入于其中,则不得不刑之耳。故其仁爱之笃,浃于民之肌肤,沦于民之骨髓①,民思其德,愈久而不忘。故其子孙享国久远者六②七百年,近者亦三四百年,岂偶然而已哉!今议者曰宋元中叶之后,纪纲不振,专事姑息,赏罚无章,以致亡灭。此行小仁而灭大义,虽有其位,而不能守之,主上所以痛惩其弊,而矫枉之者也。故制不宥之刑,权神变之法,使人知惧而莫测其端也。臣闻开基之主,垂范百世,一动一静,必合准绳,使子孙有所持守,况刑者民之司命,可不慎欤?

夫刑罚贵乎得中,过与不及,皆非天讨有罪之意也。使刑

---

① "浃于民之肌肤,沦于民之骨髓",《名臣经济录》卷一作"浃肤沦髓"。

② "远者六",原本缺损,据《明文衡》卷六补。

政不立，而强暴得以相陵，则国非其国矣；则①刑法繁苛，而政治促急，而民无所措手足矣。姑以当今刑法言之。笞杖徒流死，今之五刑也。用此五刑，既无假贷，一出乎大公至正可也，而用刑之际，多出圣衷，致使治狱之吏，务从深刻，以趋求上意。深刻者多获功，平允者多得罪，或致以赃罪多寡为殿最，欲求治狱之平允，岂易得哉？近者特旨杂犯死罪，免死充军，其余以次仿流徒律，又删定旧律诸条，减宥有差，此渐见宽宥，全活者众。而主上好生之仁，已蔼然布乎宇内矣，然未闻有戒治狱务从平允之条。是以法司之治狱，犹循旧弊，虽有宽宥之名，而未见有宽宥之实。所谓实者，诚在主上，不在臣下也。故必有罪疑惟轻之意，而后好生之德洽于民心，必有王三宥然后制刑之政②，而后有囹圄空虚之效。此非可以浅浅致也。唐太宗皇帝谓侍臣曰："鬻棺之家，欲岁之疫，匪欲害于人，欲利于棺售故耳。今法司核理一狱，必求深以成其考，今作何法使得平允？"太宗矫隋之暴，刑法务从宽宥，犹患及此，况今立法严密，以矫宽纵，能无是失？何以明其然也？古之为士者，以登仕版为荣，以罢职不叙为辱。今之为士者，以混迹无闻为福，以受玷不录为幸，以屯田工役为必获之罪，以鞭笞捶楚为寻常之辱。其始也，朝廷取天下之士，网罗捃摭，务无遗逸，有司催逼上道，如捕重囚，比到京师，而除官多以貌选。故所学或非其所闻，而其所用或非其所学，洎乎居官，举动一跌于法，苟免诛戮，则必屯田工役之科。所谓取之尽锱铢，用之如泥

---

①　"则"，《名臣经济录》卷一作"若"，当从。

②　"然"，原本缺损，据《明文衡》卷六补。"制刑"，《名臣经济录》卷一作"刑之"。

沙,率是为常,不少顾惜,然此亦岂人主乐为之事哉?欲人之惧而不敢犯也。切见数年以来,诛杀亦可谓不细矣,而犯者日月相踵,岂下人之不惧法哉?良由激浊扬清之不明,善恶贤愚之无别。

议贤议能之法既废,以致人不自励,而为善者怠。宋程颐有言曰:"君子小人常相半也,天下治则小人多化为君子,而君子多于小人;天下乱则君子多化为小人,而小人多于君子。"此言在上之人,有以化之耳。有人于此,廉如夷齐,智如良平,一或不谨,少戾于法,上之人将录其所长,弃其所短而用之乎?将舍其所长,捐其所短而置之法乎?苟取其长,而舍其所短,则中庸之才争以为廉为智,而成有用之君子矣。苟取其短,弃其所长,为善之人皆曰:"某廉若是,某智若是,少不如法,朝廷不少贷之,吾属何所容①其身乎?"致使今之居位者,多无廉耻。当未仕之时,则修身畏慎,动遵律法;一入于官,则以禁网严密,朝不谋夕,遂弃廉耻,或事掊克,以备屯田工役之资者,率皆是也。若是非用刑之烦者乎?汉之世,尝闻徙大族于山陵矣,未闻实之以罪人也,今凤阳皇陵所在,龙兴之地,而率以罪人居之,以怨嗟愁苦之声,充斥园邑,朝廷知非所以恭承宗庙意也。近令就中愿入军籍者听之,免罪复官者有之,而犹闻有拘其余丁家小在屯。夫②有罪之家长既赦,而任之以政矣,余丁家小复何罪哉?

夫强敌垒,则扬精鼓锐,奋三军之气,攻之必克,擒之必获可也。今贼人伪四大王,突窜山谷,如狐如鼠,无窟可追,以计

---

① "容",原本缺损,据《明文衡》卷六补。

② "夫",原本缺损,据《明文衡》卷六补。

获之,庶或可得。而乃劳重兵以讨之,彼之惊骇溃散,兼之深林大壑、人迹不能追踪之地,与之较奔走,则彼就熟路①而轻行,与之较死生,则彼负必死之气。三军之众,孰肯舍②死而争锋哉?今捕之数年,既无其方,而乃归咎于新附户籍之细民,而迁徙之,搔动四千里之地,鸡犬不得宁息,况新附之民日前兵难,流移他所。朝廷许之复业而来归者,今就附籍矣,乃取其数而尽迁之,是法不信于民也。夫有户口而后田野辟,田野辟而后赋税增,今责守令年增户口,正为是也。近者已纳税粮之家,虽承特旨,分释还家,而其心犹不自是③,已起户口,虽蒙怜恤,见留开封听候。今军士散漫村落,居民不知所为,讹言惊动,况太原诸郡外界边鄙民心如此,甚非安边之计也。臣恐自兹之后,北郡户口不复得增矣。何者?小民易动而难安。今之小民,以为新籍在官,乃见迁徙,不报反易逃匿,若欲迁徙,宁一概而迁之,我奚先受其殃乎?凡此皆臣所谓太过,而足以召灾异者也,未见其可以结民心,而延国祚者也。晋郭璞有言曰:"阴阳错缪,皆烦刑所致。"今之天变,岂非烦刑所致者乎?臣愿自今朝廷宜录大体,赦小过,明诏天下,修举八议之法,严禁深刻之吏,断狱平允则超迁之,苛刻聚敛者则罢黜之。凤阳屯田之制,见任家小在屯者,听其耕种起科,已起户口、见留开封者,悉放复业当差。如此,则人主足以隆好生之德,以树国祚长久之福,而兆民自安,天变自消矣。

　　昔者周自文武至于成康,而后教化大行。汉自高帝至于

---

① "路",原本缺损,据《明文衡》卷六补。

② "舍",原本缺损,据《明文衡》卷六补。

③ "是",原本眉评作"足",当从。《名臣经济录》卷一作"安"。

文景，而后号称富庶。文王武王高帝之才，非不能使教化行，以致富庶也，盖天下之治乱，气化之转移，人心之趋向，皆非一朝一夕之故。致治之道，固不可骤至。今国家纪元，九年于兹，偃兵息民，天下大定，纪纲大正，法令修明，亦可谓安矣。而主上切切以民俗浇漓，人不知惧，法出而奸生，令下而诈起，故或朝诛而暮犯者有之，昨日所进、今日被戮者有之，乃至令下而寻改，已赦而复收。天下臣民莫之适从，而不能相安者，甚不称主上求治之心也。臣愚谓天下趋于治也，犹坚冰之将泮也。冰之坚，非太阳一日之光能消之也，阳气发生，土脉微动，和气蒸之，然后其融释然。圣人之治天下，亦犹是也。刑以威之，礼以导之，渐民以仁，摩民以义，而后其化熙熙也。孔子曰："如有王者，必世而后仁。"此非空言也。况今之天下，犹古之天下，民俗虽漓，而民好善恶恶之心，则未尝泯也。因其好善恶恶之心，以正其风俗，则求治之道在是矣。

求治之道，莫先于正风俗；正风俗之道，莫先于使守令知所务；使守令知所务，莫先于使风宪知所重；使风宪知所重，莫先于使朝廷知所尚。则必以簿书、期会、狱讼、钱毂之不报为可恕，而流俗失世败坏为不可不问，而后正风俗之道得矣。风俗既正，天下其有不治者乎！古之为郡守县令，为民之师帅，则以正率下，导民善，使化成俗美者也，征赋、期会、狱讼、簿书，固其职也。今之守令，以户口、钱粮、簿书、狱讼为急务，至于农桑学校王政之本，乃视为虚文，而置之不问，将何以教养黎民哉？以农桑言之，方春州县下一文帖，里甲回申文状而已，守令未尝亲点视种莳，次第旱涝预备之具也。以学校言之，廪膳生员，国家资之以取人材之地也。今各处师生缺员者多，纵使具员，守令亦鲜有以礼让之实。作其成器者，朝廷切切以社学为重，教民之急务，故屡行取勘师生姓①名、所习课业，如是之详。今之社学，当市镇城郭，或但置立②门牌；远村僻处，则又具其名耳。③ 守令亦未尝以教养为己任，徒具文案以备照刷而已。及至宪司分部按临，亦但循习故常，照依纸上照刷，亦未尝差一人巡行点视兴废之实，上下视为虚文。如此，小民不知孝弟忠信为何物，斗争之俗成，奸诈之风炽，而礼义廉耻扫地矣。此守令未知所务之失也。风纪之司，所以代朝廷班导风化，访察善恶，条举纲目，拯治万事，至于听讼谳狱，其一事耳。今专以狱讼为要务，以获赃多者为称职，以事迹少者为阘茸，一有不称，虽有忠臣、孝子、义夫、节妇，视为虚文末节而不暇举。若是谓之察恶亦近之矣，所谓班导风化者安在哉？其始但知以去一赃吏、决一狱讼为治，而不知劝民成俗、使民迁善远罪为治之大者也，此风宪未知所重之失也。守令，亲民之官；风宪，亲临守令之官；未知所务如此，所以欲求善治而卒未能也。

《王制》论乡秀士升于司徒曰选士，《司徒》论其秀士而升于太学曰俊士，《大乐正》又论造士之秀者升诸司马曰进士。司马辨论官材，论定然后官之，任官然后爵之，其考之详如此，成周得人为盛。今使天下都邑生员考于礼部，升于太学，使历练众职，任之以事，可一洗历代举选之陋，而上法成周之制矣。然而郡邑生员升于太学，或未数月遽选入官，委之以郡者，间

---

①　"姓"，原本缺损，据《明文衡》卷六补。

②　"立"，原本缺损，据《明文衡》卷六补。

③　此句之后，《皇明经世文编》卷八有"圣祖时已如是，所以任法之难也"一句。

亦有之。臣恐此辈未谙时政，未熟朝廷礼法，不能宣导德化，上乖国政，下困黎民。虽曰国家养育之仁，然世间奇材，罕有如颜回、耿弇、邓禹者，固不可拘于常法。虽贾谊之材，汉朝以其年少难委之。开国以来，选举秀才，不为不多，所任名位，不为不重，自今数之，在①者宁有几人乎？臣恐后人之视今，犹今之视昔。昔年所举之人，岂不深可痛惜乎！凡此皆臣所谓求治太速之过也。

昔者宋有天下，盖三百余年，其始以礼义教其民，当其盛时，间阎里巷皆有忠厚之风，至于耻言人之过失；至其末年，扞城之将至力屈计穷，则视死如归，忠臣义士死事者，不可胜数；虽妇人女子，羞被污辱。此皆礼义教之效也。元之立国，其本固不正矣，犯礼义之分，廉耻之坏，自古未有，故其末年弃城叛将、降敌附下者，亦不可胜纪。虽老儒硕臣，甘心屈辱。大将北征以来，为之死事者几人乎？此礼义廉耻不振之弊也，今②其遗风流俗至今未革，深可怪也。臣谓国家求治之速，莫若敦礼义，尚廉耻。守令则责其先礼义，慎征赋，而以农桑学校为急务；风宪则责其先教化，审法律，而以平狱缓刑为最切。如此，则德泽下流，求治之道庶几得矣。郡邑生员，升于太学，须令在学肄业，或三年精通一经，兼习一艺，然后入选。或宿卫，或办事，以观大臣之能，而后任之以政，则其学识兼懋，庶无败事。且使知禄位，皆天之禄位，而可以塞觊觎之心也。

夫分封有制，则本支百世矣；刑罪既清，则刑期无刑矣；崇礼义，尚廉耻，而风移俗易矣。于是主上端拱清穆，待以岁月，

---

① "在"，《皇明经世文编》卷八作"贤"。

② 今，《明文衡》卷六作"令"，当从。

则阴阳调而风雨时,诸福嘉祥,莫不毕至矣。尚何天变之不消也哉!虽然臣愚猥,不自度微贱,庙堂之议,辄敢陈说。如此,是以蝼蚁之命,试当雷霆之威。朝廷苟以询刍荛之意而容之,怜其愚忠,言可采者则举其一二,不可采者置之不问,将见天下之嘉言日闻于上矣。此臣之愿也。干犯天威,罪在不赦,无任瞻天仰圣、激切屏营之至。

资治策

王修撰

序曰:臣惟三代之下,得天下以正者,惟汉唐宋而已。汉高祖起布衣,顺人心,除秦暴,此最得其正者也。宋太祖平五代之乱,虽以周臣代其位,然出于人心所推戴,亦得其正者也。唐高祖虽隋臣,亦因人厌隋政以除其乱,亦庶几得其正者也。惟其得之以正,故其传之也远。自汉唐宋之外,无足数者矣。惟我太祖高皇帝,当元政衰乱,群雄兢起之时,以布衣提三尺,扫除凶伪,卒成攘夷狄、安中国之大功。创业之迹,方之唐宋,尤无惭德,真可与汉高祖并称矣。是则三代以降,得天下最得其正者,惟汉与我朝而已。然自高祖之身已受挫于匈奴,而其土宇亦未甚开广,历惠帝、文景之世,皆有匈奴之患,至于武帝穷极兵力,而后夷越以定,匈奴渐衰。岂若我太祖皇帝?疆土渐辟,四夷咸宾,身亲致之,其功比之汉高盖益隆矣。且汉高又以过爱宠姬,欲废嫡子而立庶子,后虽以太子能致四皓之故,位由以定,然终非出其本心,于德有损。而我太祖皇帝,无有偏宠私爱,立子立孙,必以冢嫡,比之汉高,尤无遗憾。是以天下有识之士,观我朝创业垂统,正大隆厚如此,以是上知国祚当有万年之永,非汉唐宋之远可比隆也。

今皇帝陛下缵承大统，诞修文德善政，仁声日益布闻四海之内，若臣若民，罔不欢庆。万姓一辞，咸谓圣明在上，唐虞雍熙之治，可以复见于今日。是以天下之士莫不愿仕于当时，天下之人莫不愿生于斯世，国祚灵长之符已可验矣。天下人心娱乐若是，何以于今日始见之？盖太祖皇帝除奸剔秽，抑强锄梗，不啻若医之去疾，农之去草者也。夫急于去疾者，或伤其体肤，严于去草者，或损于禾稼，固自然之势。夫体肤疾去之余，则宜燮养其血气，禾稼去草之后，则宜培养其根苗，亦宜然之理也。太祖皇帝之心，固以此待于陛下，天下之情，亦以此望于陛下。今既上有以副皇祖之心，下有以答群生之望，固宜乎人心之娱乐见于今日也。人心之所归，即天命之所属。岂有得人心，而不可以得天命者哉！臣窃以为，得人心于一时者易，得人心于永久者难。今陛下即位之初，人之所望者犹浅，他日治政既久，人之所望者不止如今日而已。盖今日天下之心，莫不期陛下为尧舜。观陛下今日所发号施令，而措诸天下者，固皆本乎尧舜忧民之心矣，安知异日之治不能匹俦于尧舜？而臣为是言哉。诚以其身已能，而不厌乎人之告戒者，尧舜之君也；其君已能，而不忘乎己之告戒者，尧舜之臣也。稽诸虞书，可以见矣。臣学术疏浅，才无一长，固不足以为尧舜之臣，然独有忠君爱国之心可以自许。平居每思当世之务，时有管窥蠡测之见，私窃自顾处职疏贱，欲以上陈，则有出位之嫌，恒恐碌碌无分寸补益当世，与草木同腐。今幸遭陛下以尧舜之道为己任，求贤用言，惟日不足，如臣之愚昧，亦蒙征召。爰自闻命以来，且喜且惧。所以喜者，以获观圣颜，庶可陈其平时素蓄之志；所以惧者，以才术疏短，不足以应明主非常之求。既又自念，凡人知识各有短长，臣之事君，惟当竭其所知而已,固不可强其所不知以为知,亦不可因其不知,而遂废其所素知以为不知者。于是辄自奋励,而敢陈其夙昔微见于陛下也。臣闻帝王之治无他,求以安民而已。盖为治之道,必本于修身,必在于亲贤。亲贤而后可以任官,任官而后可以立政,立政斯可以安民,安民则雍熙之治可以驯致矣。

臣今谨陈资治策八条:其一曰"务学问";其二曰"谨好恶",所以修身也;其三曰"辩邪正";其四曰"纳谏诤",所以亲贤也;其五曰"审才否";其六曰"慎刑赏",所以任官也;其七曰"明利害";其八曰"定法制",所以立政也,立政则民安矣。伏惟陛下自继位春宫,日与儒臣讲求理道,固已体诸心,而见诸行。及即位以来,凡所设施,无非顺民之心,而不私于己,则于学问不为不务,好恶不为不谨矣。日以进贤退不肖、听言用谋为务,则于邪正不为不辩,谏诤不为不纳矣。俾内外大小之臣,各举在位贤否,赏不僭而刑不滥,则于才否不为不审,刑赏不为不慎矣。闻利必举,闻害必除,著而为令,布之天下,则于利害不为不明,法制不为不定矣。是则凡臣所陈,皆陛下之所已能者也。知陛下已能,而犹不已于言,亦庶几追慕乎尧舜之臣所用心耳。惟望陛下恕其狂愚之罪,纳其忠爱之情,而裁察之,毋恃其所已能,而益勉其所未至,则于久安长治之道,未必无补于万一,而人心可以永得,天命可以永膺矣。谨陈其策如左。

一 务学问

昔傅说告高宗之言有曰:"人求多闻,时惟建事,学于古训乃有获。事必师古,乃克永世。"臣以是知为人君者,不可以不学,而所以学者,必于古训而后可。盖古训者,先王已行之法,载诸方册,而其善恶治乱之效,已章章乎可验而不可诬者。后世君臣,虽有贤圣,所言所行岂能过之? 故为人君者,诚能于古训学焉,而以其善而致治可以为法,恶而致乱可以为戒者,体之于身,验之于当时,而力去取之,则于治天下不难矣。臣窃观三代之善恶治乱载于经,汉氏以下善恶治乱载诸史。陛下如欲师其治,而鉴其乱,宜仿前代置经筵,以有识儒臣为经筵官,听政之余,使之朝夕以经史善恶治乱之说,讲陈于左右。陛下闻一善行,则宜反而体之于身,曰:"彼善行也,吾身有是否乎?"无则修治,有则加勉可也。闻一不善之行,亦必反而体之于身,曰:"彼非善行也,吾身有是否乎?"有则改之,无则加勉可也。如是,则吾之行无不善矣。不独于行然也,闻一善政,亦宜反而验之当时,曰:"彼善政也,吾今日有是否乎?"无则举之,有则守之可也。闻一不善之政,亦必反而验之于当时,曰:"彼非善政也,吾今日有是否乎?"有则去之,无则益修可也。如是,则吾之政亦无不善矣。行无不善,而政无不善,天下其有不治者乎? 伊尹曰:"与治同道罔不兴,与乱同事罔不亡。"此之谓也。董仲舒曰:"事在勉强而已。强勉学问,则闻见博而知益明;强勉行道,则德日起而大有功。"由是言之,陛下如果以臣言为然也,亦惟在乎勉强而已矣。

二　谨好恶

臣闻人君之所好,天下之所趋;人君之所恶,天下之所弃。是故上好仁,则人皆兴于仁;上好利,则人皆兴于利;上好忠,则人皆兴于忠;上好佞,则人皆兴于佞。譬之形立则影随,声发而响应,固自然之势,要不可以不谨也。凡人惟豪杰之士,为能自立,自中人以下,未有不从化于上者。昔裴矩佞于隋,而忠于唐。盖矩于隋非不能忠也,以忠非隋所好,故不为忠而为佞;于唐非不能佞也,以佞非唐所好,故不为佞而为忠。夫忠之与佞，固若薰莸冰炭之相反，而矩以一人之身，而其变化之易如此。以此推之，则知臣之善恶，惟视君之好恶何如耳。《君陈》之书曰：“凡民违上所命，从厥攸好。”又曰：“尔为风，下民惟草。”皆言为人上者，不可不谨于好恶。如汉之张释之，盖亦有知乎此，故其于文帝善啬夫之口辩，欲超迁之，而释之不奉诏，因言于帝曰：“恐天下随风而靡，为口辩而无实，下之化上，疾如影响，举措不可①不审。”帝善之而止。释之可谓知教化之本矣，非文帝之贤，乌能从之？今陛下之好恶，固未闻有不得其正者，可谓皆谨矣，惟愿谨而益谨焉耳。谨而益谨之道何如？必也于一举动之间，内以度其可否于心，外以质其是非于人，善则行之，不善则勿行，或已行而速改之。如是，则凡发于身，而措诸事者，无不得其正，而天下之所趋者，无不得其正矣。

三　辩邪正

自古人君身修而天下治，未有不由亲正臣而远邪臣者；身不修天下不治，未有不由亲邪臣而远正臣者。稽诸史传，可见矣。故《冏命》之书曰：“后德惟臣。”刘向之言曰：“正臣进者，治之表；正臣陷者，乱之机。”当乎正臣之得君也，正臣固得以邪臣为邪而去之。及乎邪臣之得君也，邪臣亦得以正臣为邪而去之。甚矣，邪正之难并立！究观前代朋党之祸，良可哀也。人君固未有好乱而恶治者，然而往往易于亲邪臣，而难于亲正臣者。何哉？盖邪臣志在于利身，而务于从君之欲，故人君悦其适己，而易得以亲之；正臣志在于济时，而务于格君之非，故人君恶其违己，而易得以疏之。世之庸君不足论，刚明

---

①　“可”，原作“可可”，衍一“可”字。

英武如汉武,犹不能不惑于公孙弘,而汲黯、董仲舒,亦以弘之谲计疏远。邪臣易亲,而正臣易疏,如此可不慎哉!观武帝当时所以任弘者,岂不以弘贤于汲黯与仲舒乎?及淮南王安谋反,所惮者惟黯,好直谏,守节死义,难惑以非,至如说丞相公孙弘如发蒙振落耳。由是观之,邪臣虽见亲于人君,乃为天下之所轻;正臣虽见疏于人君,乃为天下之所重。为人君者,乌可不致辩于邪正,而决于用舍哉!辩之之道当何如?平居察之在廷之臣,凡其周而不比,和而不同,推贤让能,直言极谏,必在致君泽民者,正臣也;凡其比而不周,同而不和,妒贤嫉能,阿意苟容,志在窃位怀禄者,邪臣也。此其大略也。苟能即此而察之,而又推类以尽其余,则于邪正之辩,亦庶几矣。

四　纳谏诤

臣闻傅说告高宗之言曰:"维木从绳则正,后从谏则圣。"此可以见人君不可以不从谏矣。自古人君,未有不由纳谏而治、拒谏而乱者。奈何为君而拒谏者常多,为臣而能进谏者常少。何哉?盖适意之言,常情之所好,而逆意之言,常情之所恶。予人以所好则喜,投人之所恶则怒,不欲人违其意,而惟欲顺其情,务欲得人之喜,而不欲取人之怒者,虽朋友之间犹然,况君臣乎?是以谏诤之言,自非忠臣义士,能忘身徇国者,不能进之于君;非有仁君圣主,能舍己从人者,不能受之于臣。古昔圣哲之君,知人臣之难于进谏也,是以开诚以求之,和颜以纳之,厚赏以劝之。故行有过则必闻,事有失则必知,身无不修而政无不举者,凡以此也。故曰:"良药苦口利于病,忠言逆耳利于行。"庸若不然,虽有忠正之臣,不使之立于朝;虽有骨鲠之言,不使之入于耳。接邪佞之臣则悦,闻谗谄之言则喜,是以行有过而不闻,事有失而不知,身不修而政日乱者,凡以此也。故曰人君与谗谄面谀之人居，国欲治可得乎？非独庸君难于纳谏也，虽以唐太宗之贤，号为善听谏者，尚亦不能保终如始，至于魏征数谏为廷辱，而不能容之，曰："会当杀此田舍翁。"非有贤后主明臣直之讽，征亦几于不免，而太宗亦不得称贤矣。夫贤如太宗，保终如始，犹有不能，是则人君受谏之难可见矣。然则曷为而能受之哉？必也察其忠爱之心，毋恶其抵牾之意而后可。伊尹告太甲之言曰："有言逆于汝心，必求诸道；有言逊于汝志，必求诸非道。"斯言也□□□□□□□□□□可不法哉！

五　审才否①

□□□□□□□□□□，各当其职而已。欲使才各当其职，□□□□□□□□察之于既用之后可也。凡官之□□□□□□□□繁有简，而人之才有广有狭。有□□□□□□□□广者斯可以任大，狭者惟可以□□□□□□□□者惟可以任轻，以敏而任简是□□□□□□□□之职，固不得其当者也。或以狭□□□□□□□□任繁，是以不足之才而授之，难□□□□□□□□才必当其职，则政毕修而天下以治；才不当其职，则政不修而天下以乱。要不可以不审□□□□□□□小之。臣各举所知，而又令政宪□□□□□□□谓审矣。臣愚以为未得其要也，苟□□□□□□□宜令内外大小百职，各举一人，使□□□□□□□之当否者加之赏罚，又令或他有□□□□□□□举其才可任何职。举而当者，量其

---

①　此部分原本缺损严重，不全者以□替代。

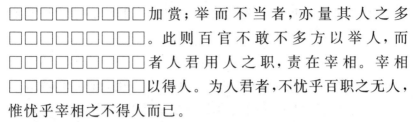

□□□□□□□□□□加赏；举而不当者，亦量其人之多
□□□□□□□□□。此则百官不敢不多方以举人，而
□□□□□□□□□者人君用人之职，责在宰相。宰相
□□□□□□□□□以得人。为人君者，不忧乎百职之无人，
惟忧乎宰相之不得人而已。

今既无宰相之职，则用人之职，宜责之吏部之大臣。吏部大臣之职，必明足以知人，公足以用人者，然后任之，今宜得其人矣。然今天下大小之官，数以万计，而吏①部大臣之所能尽审，宜限之自四品以上诸职。及七品以上要职，若府州长佐县令之属，则尚书考其能否而任之矣。五品至七品，非若府州县要职，及七品以下，至未入流官，分属各清吏司，郎中员外主事考其能否而任之。考之得其当②者，则得以为功；考之不得其当者，纪以为过。如此，则吏部之官不敢不尽心于审才，而所用之才庶当其职矣。既用之后，宜令诸官各以上下之事，分属考察。如方伯政宪两司之官称否，则责之六部及都察院大臣；如各府州官称否，则责之亲临政宪两司长佐之官；如州县官称否，则责之于□□长佐之官；其余大小百职，皆仿此例，尽责之于其所辖上司。若首领官称否，则责其本衙门之正佐官。考察之当者，亦得以为功，其有不称职，而考察之不至，亦必量其人之多寡，及任之大小，而加之罚。如此，则凡为上司及正佐官者，不敢不用心于考察下司官及首领官，而贤不肖庶不至于混淆矣。贤不肖不至于混淆，则大小百职庶乎各当其才矣。大小百职各当其才，则天下万事无不理矣。万事无不理，而天

---

①　"而吏"，是据上下文意补入，原本已模糊不可辨。
②　"当"，是据上下文意补入，原本已模糊不可辨。

下不治者未之有也。由是言之，任官之法如此，亦可谓得其要矣。虽未必能尽于得人，亦可以得其什六七矣。

六 慎刑赏

人君御天下之大柄在刑赏，而刑赏之用，惟在乎明信而已。用之不信，则人将视其令为虚文；用之不明，则人将视其法为虚器。《诗》曰"不僭不滥"，刑赏明信之谓也。古昔明哲之君，赏一人而能使千万人劝，刑一人而能使千万人惧者，以是而已。此刑赏之用，所以不可不慎也。陛下自即位以来，惟闻有恤刑之令，而无滥刑之失，惟闻有大赏之恩，而无吝赏之过，可谓慎矣。臣愚以谓操刑赏之柄，固在乎君，而佐刑赏之用，则在乎臣。然而为臣者，多欲示其奉公之能，而常欲避其徇私之嫌。故往往于人之有罪者，则必深文以明其当刑，而于人之有功者，罕肯正义以明其当赏。是以有罪者多受罪外之刑，而有功者多失功内之赏。为人君者，虽有明信刑赏之心，而不得施，率由于此。今日在朝之臣，宜无此失。更愿陛下时发德音，谨谕佐用刑赏之臣，使无蹈前失，复令在朝群臣，不限官资大小，凡遇朝廷用刑行赏之属，或致过差苟有所见，并许奏明。如此，则刑赏之用，不患乎不得其当矣。

七 明利害

臣闻天生斯民，立之司牧，而寄以三事，曰"庶富教"是也。盖为人君者，将欲遂民之庶，必先有以富之，既富之，然后可以教之。今天下之民未甚庶，未能从上之教者，以富之之道未有至焉耳。富之之道，臣尝读《大学》而知之矣。《大学传》之十章，言治国平天下之事，有曰："生财有大道，生之者众，食之者寡，为之者疾，用之者舒，则财恒足矣。"是则平治天下之道，实本于此。臣窃观之，天下凡有害于此者，亦颇知其大略矣。恒产未制,而贫富不均;赋敛未平,而田多荒莱①。此二者,生之之本之害也。军卒有多余之丁,而惟务于工商。僧道有污杂之众,而失助于耕稼。民之务末者常胜,而务本者常贫。此三者,生之未众之害也。养兵太多,而有徒食之军;冗官未汰,而有素飧之员。此二者,食之未寡之害也。官司役民,或夺其时,或尽其力。此二者,为之未疾之害也。土地有可养之物而不养,民粟有可储之时而不储,民用有可省之费而不省。此三者,用之未舒之害也。臣请得而详言之。

古者井田之制,一夫授田百亩,故民生业均一。后世井田既废,故民业不均。至于后魏有均田之法,北齐有永业之制,唐有口分世业之田,虽非先王之旧,然亦庶几使民有恒产者。自唐以后,恒产之制,至今不行,故富强兼并,至有田连阡陌者,贫民无田可耕。故往往租耕富民之田,而输其收之半。由是富者愈富,贫者愈贫。此恒产未制之害,所以贫富不均也。古者田皆在官,故什一之税,通乎天下,而赋敛以平。后世田有官民之分,故赋有轻重之异。官既事繁,而需于民者多,故田之系于民者,其赋不得不轻。惟系于官者其赋重,而亦有过于重者。官民之田,肥瘠不等,则赋税有差然。或造籍徇私,往往以肥为瘠,赋当重而反轻者有之;以瘠为肥,赋当轻而反重者有之。若夫官田之赋,虽比之民田为重,而未必重于富民之租。然输之官仓,道路既遥,劳费不少,收纳之际,其弊更多,故亦或有甚于输富民之租者。由是官民之田,其入有可输租赋之余,而又有可酬其力者,民然后可得而耕,其不然者,则民不可得而耕矣。此赋敛未平之害,所以田多荒莱也。斯二

---

① "莱",原本旁又改作"草",当从。

者,岂非有害于生之之本乎?

　　古者兵出于农,则兵固自耕而食者也。今为兵者,既不耕而食于农者多,而又多有余丁,不为商则为工,是亦不耕而食于农者。人之务末者众,而务本者寡,实由乎此。此军卒有多余之丁,可裁减归农而未裁减之故也。古之为民者四,曰士、农、工、商而已。后世益之以僧、道,而为民者六。故务农者益寡,况二氏之教本以清净无为为宗,而后世为其徒者,多由避徭役而托于此,又倚其教能使人尊奉,有不耕而食、不蚕而衣之利。由是为之者众,然能守戒律者甚少,而不守戒律者甚多,往往食肉饮酒,华衣美食,肆然营利,无异于污民,是则于其本教既忍违之,况可律之于吾圣人之教乎? 其人可耕稼而不耕稼,乃托佛老以为生,无有补于世道,而有败于风俗。如此,愚民不知彼之身已获罪,难免犹谓人之事其徒者,足以获福,且辍己之衣食以奉之,其惑世诬民甚矣。昔唐高祖尝议除之,以此故耳。人之坐食者众,而资食者少,实由于此。此僧、道有污杂之众,可除省助农而未除省之故也。古者制民之法,以农为本,故常厚之;以商贾为末,每常抑之。后世抑末之法犹存,而厚本之法,每病于费广食众不能行之,故为商贾者益多,然商贾获利既厚,而财货有余,农民往往不给,反称贷于商贾。况又有工艺之家,男女或尽弃耕织,不务生业,而施奇技淫巧为服用之物,以渔厚利,徒多费工力而无益于实用。农人竭一家之力者,或不足以当其一夫之获;积一岁之收者,或不足以付其一家之售。由是务末者恒有余,而务本者恒不足,诚以务末恒胜,而务本者常负之故也。斯三者,岂非有害于生之未众者乎?

　　古者天子不过六军,诸侯用兵不过三军。近世宋太祖,天下精兵亦不过二十万，以十万屯京师，十万屯外郡。今京师之兵已十万，而在外郡者不知其几。以此推之，今之兵过多，而有徒食者可知矣。天下赋敛之难平，储蓄之未丰，实由于此。昔唐虞稽古，建官惟百；夏商官倍，亦克用人。后世事渐繁密，故官亦渐增。然唐太宗省内外之官，定制七百三十员，曰："吾以待天下之贤足矣。"今内外大小之官，数以万计，以此推之，今之官冗员而有素飧者，亦可知矣。天下赋敛之难平，储蓄之未丰，亦由于此。斯二者，岂非有害于食之未寡者乎？

古者用民岁不过三日，然役之必于农隙之时。后世事繁，故徭役浸多，然唐太宗制租庸调之法，其役民岁亦不过一十日，盖由其能省事故也。故其法至今称之。今天下有司，役民无度，四时不息，由其不能省事故也。至于民稀州县，人丁应役，储役不给，丁丁当差，亦有男丁有故而役及妇人者，奈何而民不穷困乎？盖由州县有应并省而不并者，其民既稀，其役自繁。是以民稠州县，虽不尽其力，亦夺其时；民稀州县，既夺其时，又尽其力也。斯二者，岂非有害于为之未疾者乎？

古者山林川泽与民共之，而有厉禁。是以斧斤以时入山林，材木不可胜用；数罟不入污池，而鱼鳖不可胜食。后世之民，困于徭役者多，故其入山林，不能限之以时。欲急近利者众，故其入污池，多以数罟。由是材木常用之不给，鱼鳖常时之不充。此所谓土地有可养之物，而不养者也。古者三年耕，而有一年之储；九年耕，而有三年之积。故虽有水旱之灾，而民无菜色。后世赋重役多，故多无余蓄。然汉宣帝时，以岁数丰谷贱，农人少利，因置常平仓，令谷贱则增价而籴以利农，谷贵则减价而粜以利民。至隋唐皆有义仓，于收获之时，劝课出粟，以防饥馑。皆良法也，其法令皆未行。或有水旱之灾，何以备之？此所谓民粟有可蓄之时，而不蓄者也。古者制民之用，宫室、饮食、衣服、器用之制，婚姻、丧葬、祭祀、宾客之礼，贵贱各有等差，不得过侈，而又无有释老斋醮之设，妖淫鬼神之祠，故民无妄费，而财用常足。后世虽或有制，而未必尽行。故以庶民之贱，苟富有财货之家，其居处服用之物，与凡吉凶之礼，拟于公侯者有之。至于斋醮，则有累日之设，费用至数百千缗者有之。其贫无财货者，虽以居处服用之物，无以适意，至有婚姻之事，往往贷假于人，务为浮奢，以资观美者有之。及有亲戚之丧，或穷竭家赀，设作斋醮，以杜外议者有之。若疾病则访之巫祝，必归咎于诸淫祠。苟乏祭物，或竭己赀，而致衣食窘乏者有之；或举债于人，而致田庐典卖者有之。此所谓民用有可省之费而不省者也。此三者，岂非用之未舒之害乎？

凡此数者，特其大略耳，若其他，固非臣之所能尽知而遍举。欲致民富之道，有害如此，此所以未能遂民之庶，而教化所以难行也。陛下苟能因臣之所知，而益求其所未知，明其为害则除之，明其为利则兴之，将见富庶之效，不数年而可致，而教化之行有不难矣。

八　定法制

臣闻先王之治，皆因时制宜，无非求合乎天理，以适乎人情而已。然合乎天理者，未有不适乎人情，惟徇乎人情者，未必能合乎天理。何则？天理无不正，而人情有公私也。大抵人情之公者，即合乎天理；而人情之私者，则违乎天理。君子当循公而弃私，不当徇私而废公。观乎先王之制，因革不齐，无非因时制宜，以为久安长治之计，初不以人情之私，而害天理之公也。今欲继先王之治，必当酌古今之宜，定天下之制，亦惟合乎天理，以适乎人情可也。岂可顾人情之私，而违乎天理之公哉？臣于古今所宜之制，略陈于利害之条矣。陛下如欲择其可者而行，惟在斟酌损益，使不违乎古之意，而宜乎今之俗，则无不可行者。若欲顾人情之私，则必违乎天理之公矣，其何以行之哉！今姑以制恒产一事言之。如先王井田之制，固难猝行，若欲如后世均田之法，限田之制，宜可行于今者。论者必曰："夺富民以予贫民，虽可以得贫民之心，而足以致富民之怨。"殊不知民之所当益者贫也，所当损者富也。此天道亏盈益谦之义，乃出乎天理之公者，固不可避富民之怨而不为也。如欲避富民之怨，而失贫民之心，则是徇乎人情之私，而违乎天理之公，其不可也明矣。况天下之民贫者众，而富者寡，又岂可忘其寡者，而忽其众者乎？以此推之，则于法制可得而定矣。伏惟陛下谨择而毅行之，则天下幸甚，万世幸甚！

赤城论谏录卷之九

深虑论一

方逊志

虑天下者，常图其所难，而忽其所易；备其所可畏，而遗其所不疑。然而祸常发于所忽之中，而乱常起于不足疑之事。岂其虑之未周与？盖虑之所能及者，人事之宜然，而出于智力之所不及者，天道也。

当秦之世，而灭六诸侯，一天下，而其心以为周之亡在乎诸侯之强耳。变封建而为郡县，方以为兵革可不复用，天子之位可以世守，而不知汉帝起陇亩之匹夫，而卒亡秦之社稷。汉惩秦之孤立，于是大建庶孽而为诸侯，以为同姓之亲可以相继而无变，而七国萌篡弑之谋。武、宣以后，稍剖析之而分其势，以为无事矣，而王莽卒移汉祚。光武之惩哀、平，魏之惩汉，晋之惩魏，各惩其所由亡而为之备，而其亡也，皆出于所备之外。唐太宗闻武氏之杀其子孙，求人于疑似之际而除之，而武氏日侍其左右而不悟。宋太祖见五代方镇之足以制其君，尽释其兵权，使力弱而易制，而不知子孙卒困于夷狄①。此其人皆有出人之智、负盖世之才，其于治乱存亡之几，思之详而备之审

---

① “夷狄”，贺复征《文章辨体汇选》卷四百十九作“边塞”，黄宗羲《明文海》卷八十五作“边庭”，吴楚材《古文观止》卷十二作“敌国”。

矣。虑切于此,而祸兴于彼,终至于乱亡者,何哉?盖智可以谋人,而不可以谋天。

良医之子,多死于病;良巫之子,多死于鬼。彼岂工于活人,而拙于活己之子哉?乃工于谋人,而拙于谋天也。古之圣人知天下后世之变,非智虑之所能周,非法术之所能制,不敢肆其私谋诡计,而唯积至诚,用大德,以结乎天心,使天眷其德,若慈母之保赤子而不忍释。故其子孙虽有至愚不肖者,足以亡国,而天下不忍遽亡之。此虑之远者也。夫苟不能自结于天,而欲以区区之智笼络当世之务,而必后世之无危亡,此理之所必无者,而岂天道哉!

深虑论二

药石所以治疾,而不能使人无疾。法制所以备乱,而不能使天下无乱。不治其致疾之源,而好服药者,未有不死者也。不能塞祸乱之本,而好立法者,未有不亡者也。人身未尝有疾也,疾之生也,必有致之之由。诚能预谨于饮食、嗜欲之际,而慎察于喜怒、悲乐之间,以固其元气,而调其荣卫,使寒暑燥湿之毒不能奸其中,虽微药石,固不害其为生。泄败之,坏伤之,而恃药石以为可免于死,此死者交首于世而不悟也。夫天下固未尝好乱也,而乱常不绝于时,岂诚法制之未备欤?亦害其元气故也。夫人民者,天下之元气也,人君得之则治,失之则乱,顺其道则安,逆其道则危。其治乱安危之机,亦有出于法制之外者矣。人常知拘拘焉尽心于法制之内,而不尽心于法制之外,非惑欤?

圣人之法,常禁之于不待禁之后,而令之于未尝为之先,故法行而民不怨。欲禁民之无相攘夺盗窃也，必先思其攘夺盗窃之由。使之有土以耕，有业以为，有粟米布帛以为衣食，而后禁之，则攘夺盗窃可止也。欲禁民之无为暴戾诈伪、不率伦纪也，必先为学以教之，行道以化之。使之浸渍乎礼让，薰蒸乎忠厚，知暴戾诈伪、不率伦纪之为非，然后可得而息也。欲其无相淫乱也，必先使之无鳏寡怨旷之思。欲其无贪黩也，必先使之知畏戮辱而重廉耻。

夫先使之可以无犯乎法，而犹犯之者，此诚玩法之民也。玩法者非特法之所不容，亦民之所不容也。故刑罚加于下，而民视之如霜雪之杀，雷霆之击，以为当然而不敢以为非。故民晓然，知上之法所以安己也，非所以虐己，爱戴其上，而不忍离。卒有至凶极悍之徒，萌无上之心，亦无由而成事，以其能固民之心也，不能使之安其生、复其性，而责其无为邪僻，禁其无为暴乱。法制愈详而民心愈离，欲保国之无危，是犹病内铄之疾，而欲求活于针砭。及其死也，不尤养生之无道，而责针砭之不良。呜呼！曷若治其本邪？

深虑论三

继世而有天下者，必视前政之得失，而损益之。知其得而不知其失，惩其失而尽革其旧，此皆乱之始也。夫有天下，远者至于数十世，近者百余年而后亡。其先之政必有善者，及其子孙一旦而败之，亦必有不善者。苟去其不善而复其善，增益其所未足，而变更其所难循，求其宜于民情，则可矣。奚必使其一出于己，而后为政哉？三代以降，昏主败国相寻于世者，非他，皆欲以私意更其政，而无公天下之心故也。舜继尧，未尝改于尧之政。禹继舜,守舜之法而不敢损益焉。汤之继桀,武王之继纣,反桀、纣之所为,复之于禹、汤之旧,损益之而已,未尝敢以私意为之也。以私意为天下者,惩其末而不究其本者也。

周之政可谓善矣,本于唐虞二代之为,而损益于武王、周公二圣人之心。后世虽有智者,岂能过于二圣人哉?暴秦起而继之,见其子孙败于削弱,则曰周之政弱,于是更之以强;周之刑过于宽,于是易之以猛。而不知周之法,未尝过于宽与弱也。当周之衰,国自为政,苛刑密禁四布而百出,武王、周公之遗意扫荡无遗。民不堪其主之暴虐,于是亡六国而为秦。则周之诸侯以强与猛而亡,非过于弱与宽也。秦不知其故,不反武王、周公之旧,而重之以强,济之以猛,于是天下怨苦而叛之。非民之罪也,变更之道非也。夫政譬之弓然,日用之则调,越①逾旬而不用之则欹。善治弓者,见其欹则檠之,使其调而已。不善治弓者,则折而弃之,而更以朽株败枲为弓以射,射而不中乎禽,岂禽之过哉?弃良弓之过也。天下之弓不能必其良否,惟羿之弓不问可知其良,以其善射而择之精也。后世之政,其得失未可定也。千载之后,举而行之而无弊者,其惟武王、周公之法乎!

深虑论四

有天下者,常欲传之于后世,而不免于败亡者,何哉?其大患在于治之非其法,其次则患守法者非其人也。民心难合

---

① 越,《逊志斋集》卷二作"越月",当从。

而易离,譬之龙蛇虎豹然。欲久畜之,则必先求其嗜欲好恶喜怒之节,而勿违其性。使性安于我,而无他慕之心,然后可得而畜也。既不失其性矣,犹恐后之人未能皆若吾之用心专且劳,于是立为畜之之法,而著之于书,曰:"如是则可以久畜,如彼则将逸去而不可禁。"使后世虽庸夫小子,能守吾法而不变,亦可以畜之而不失。此创业者之责也。

法可以治而乱也,法可以存而亡也,归罪于子孙,而委诸天命可也。苟吾法有未尽焉,乱亡因吾法以起,其可谓之天命乎?周之嗣王,自成康昭穆以下,惟宣王为贤,其他者与汉唐乱亡之主无异。然而至于七百余年而后亡者,守法者虽暗劣,而其法善也。当七国之时,周虽已衰,使有贤主如宣王者复出,赫然奋发,举文武之遗典而修明之,诸侯有不敛衽而朝者乎?故周之弊在乎守法者非其人,而不在乎法。汉唐之法,驳杂而疏略,得贤主则治,不得其人即乱而亡,故其弊在乎法不足周事,而不可专罪守法法[①]之非人。若秦之法,固不可得守矣。使有贤主继始皇之后,犹不免于乱,况胡亥之刻虐乎?故二者俱弊而亡者,秦也。隋之法与秦异,而守法者与秦同。故法虽不足以取亡,而亡于暴虐者,隋也。此五世之君,惟周之亡为天命,秦隋汉唐虽为法不同,而自速其危亡则一而已。

夫有天下者,岂有自速危亡之心哉?而子孙卒不免焉者,其为法之过也。世之为法者,莫不欲禁暴乱、贪猾、诡伪、盗窃之人,而此数者常布满海内之狱,不为少止,岂为刑罚之不重哉?俟其为暴乱、贪猾、诡伪、盗窃而后禁之,而不能使其不为也。圣人之为法,常治之于未为之先,使其心自知其非,而不

① "法法",《逊志斋集》卷二作"法",当从。

肯为。故为法者不烦，守法者不劳，而民不敢为乱。《易》曰："羭豕之牙，吉。"羭豕非无牙也，有牙而不能伤也。此圣人治天下之法也。

深虑论五

治天下有道，仁义礼乐之谓也；治天下有法，庆赏刑诛之谓也。古之为法者，以仁义礼乐为谷粟，而以庆赏刑诛为盐醯，故功成而民不病。弃谷粟而食盐醯，此乱之所由生也。山谷之民，固多不待盐醯而生者矣，其害不过羸惫而无力，以盐醯为食，不至于腐肠裂吻而死，岂遂止哉？人性非好死也，常趋死之道而违生者，告之者非也。

夫仁义礼乐之道，非虚言而已，必有其实，举其实而告之人，宁有不知其美者乎？仁义礼乐之为人忌于世者，由夫虚言而不为事实者始。告之以为仁，而不告之以为仁之故，彼将曰："此虚言耳，奚可用哉？"告之以为义为礼乐，而不告之为之之事，彼将曰："此特其名耳，安足信哉？"此圣人之道所以见弃于世而不振也。持剑拥盾而谓人曰："我善斗。"人必信之，儒衣冠而谓人曰："我善斗。"不笑则怒矣。故欲人之见信，必先示之以其事。圣人之为仁，非特曰仁而已也，必有仁之政。欲民之无饥也，口授之田。欲民之无寒也，教之桑而帛，麻而布。欲老者之有养，祭享宾客之有奉也，教之陂池而鱼鳖，牢栅而鸡豚。欲民之安也，不可苛役以劳之。欲民之无夭也，不为烦刑以虐之。亲老子独者勿事，胎育而贫者有给，以至于猎而不伤麛卵，樵而勿斩萌蘖，皆仁也。其为义也，必有义之政。上之取之也有常，用之也有节，均之也有分。疆界也，以防其争。

邻保也，以洽其欢。车服也，以昭贵贱。衡量也，以信多寡。饥寒也，减①其力役之征，略其婚娶之仪。学于闾也，使其知长幼之序。书于乡也，使其知善恶之效。推而至于安生而达分，尊上而趋事，皆义也。为礼之政，而使民自揖让拜跽献酬之微，各极其敬，以至于五伦叙而三纲立。为乐之政，而使民自咏歌搏拊蹈舞之事，充而大之，至于和乐忠信、不怨不怒而易使。圣人之用是四者，持之以坚凝，而守之以悠久，如待获于秋，浚泉于深，必得其效而后止。四者之化，成天下之民，胶结而不可解。有不齐者，从而以法令之，则令之易服，而治之不难。

故三代之民，非易②于后世之民也，后世之民常好乱，而三代之时，未尝有一民为乱者，治之者异也。仁义礼乐入其心，民虽知可以为乱而不能，赏罚旌诛动其心，民虽欲为乱而不敢。不能者有所耻，而不敢者有所畏也。治天下而能使人耻于为非，虽无刑罚可也。恃法威而使民畏，民其能常畏乎？及其衰则不畏之矣。三代以下，虽有贤主，而不足致治者，欲使民畏，而不知仁义礼乐之说也。故为治不可以不察也。

深虑论六

智者立法，其次守法，其次不乱法。立法者，非知仁义之道者不能；守法者，非知立法之意者不能。不知立法之意者，未有不乱法者也。古之圣人，既行仁义之政矣，以为未足以尽

---

① "减"，原本模糊不可辨，据《逊志斋集》卷二补。
② 易，《逊志斋集》卷二作"异"，当从。

天下之变①,于是推仁义而寓之于法,使吾之法行,而仁义亦阴行其中。故望吾之法者,知其可畏而不犯;中乎法者,知法之立无非仁义而不怨。用法而诛其民,其民信之曰:"是非好法行也,欲行仁义也。"故尧舜之世,有所不诛,诛而海内服其公,以其立法善而然也。夫法之立,岂为利其国乎?岂以保其子孙之不亡乎?其意将以利民尔。故法苟足以利民,虽成于异代,出于他人,守之可也。诚反先王之道,而不足以利民,虽作于吾心,勿守之可也。知其善而守之,能守法者也;知其不善而更之,亦能守法者也。

所恶乎变法者,不知法之意,而以私意纷更之,出于己者以为是,出于古之人者以为非,是其所当非,而非其所宜是,举天下好恶之公,皆弃而不用,而一准其私意之法,甚则时任其喜怒,而乱予夺之平,由是法不可行矣。萧何、曹参,世所谓刀笔吏,其功业事为君子耻称焉。然何之立法,参之善守法,后世莫及也。当秦之亡,其患不在乎无法,而患乎法之过严,不患乎法废而不举,而患乎自乱其法。故萧何既损益一代之典,曹参继之,即泊然无所复为。参之才,何之所畏,非不能有为者也,特恐变更而或致于乱,不如固守之为万全尔。夫天下譬之宝玉然,法譬则韬藏之器然。善为宝玉计者,器既成,则藏而置之勿动可也。日持而弄之,携之以示人,挟之以出游,失手而堕地,不碎则缺璺矣。故国有治于疏略,而乱于过为之计。过计者未尝不笑疏略者为愚,而不知疏略者为智大也。故用智之为智,众人之所知,而不用其智之为智,非君子不能。孟子曰:"禹之治水也,行其所无事也。"岂止治水哉?治天下

---

① "变",原本缺损,据《逊志斋集》卷二补。

者,亦行其所无事而已。

深虑论七

谓必积德而后王乎,汉唐奚为而有天下?谓天命可以偶致乎,项籍、李密奚为而不有天下?此世儒难通之论也。然匹夫之家,致十金之产,其先必有忠信之人。谓王者而不由于积德,固不可也。汉唐之高祖,或起于陇亩,或兴于世族,非有数十世之积累,如周之先公,而传数百年之久,谓不由于天命亦不可也。然则安所决乎?有累世之积,而又有圣人之德者必王,王必久而后亡,成周是也。虽无积于其先,而有圣人之心者亦必王,其亡也,必与积久者异,汉唐是也。二者俱不足以王而得位者,侥幸乎天命者也,暂假之而已矣,秦隋五代是也。故天之立君也,非以私一人而富贵之,将使其涵育斯民,俾各得其所也。

善于知天者,不敢恃天命之在我,而惟恐不足以承天之命。不敢以天下为乐,而以天下为忧,视斯民之未安,犹赤子之在抱。养之以宽,而推之以恕,泽之以大德,而结之以至诚,使其心服于我而不能释,然后天命可得而保矣。今牧人之牛羊者,欲其久而不易,必蕃息之,长遂之。使其人喜悦而不忍易,斯可以久牧矣。苟鞭棰之,饥渴之,死亡其所授,而欲求其不已易,宁可得哉?欲知天命之永与促,视乎创业之主可见矣。创业者之仁不仁,天命民心之所去就也。创业者不患法制之不修,刑罚之不严,而患乎教化不行,风俗不美,诚能施教化,美风俗,其后世虽有冥愚暴悍之主,天犹容而不遽绝之。周自文武以降,更足以亡国者数君而不亡,岂天私之而然哉?

思创业者之德而不忍也。夫既无先人之积，可恃以不亡，又不及己之身，修德以庇其后，而曰："天命在我，何往而不为？"秦隋五代之归哉！

深虑论八

骁勇之士，多死于锋镝。聪明之士，多败于壅蔽。天下之祸，常起于人所恃，而出于意之所不虞。其故何哉？人可以有德，而不可恃其有德；可以有才，而不可恃其有才。恃之所生，祸之所萃也。匹夫持挺而立于贲育之前，贲育变色而不敢动，非畏之也，不知持挺者之勇怯也。使人号于贲育之门，曰："我勇盖天下。"贲育则笑而杀之耳。何哉？真勇者固未尝自恃其勇而骄人。

谓聪明者智足以尽万物之变，才足以通万事之要，而心常歉然，夸辞不出于口，怂色不形于面。以旁求于当世之人，故能谋者献其谋，有力者效其力。凡一艺一能之士，皆为之竭尽而不敢欺之，以其所处者谦，所求者广，而不自恃其聪明也。夫苟自恃其聪明，未有不败于其臣者也。

盖恃则自盈，自盈则耻闻过，耻闻过则人不告之以善，而见闻日狭矣。见闻既狭，于是奸谀之徒，谬为卑谄，以媚适将顺之于内，而窃其威柄，妄行赏罚于外。于是国家之大权潜移于下，而祸乱乘之以起，皆自恃其聪明之过也。唐德宗之于卢杞，宋高宗之于秦桧，方其任二臣也，自以为圣贤相逢，欢然共政而不疑，其时虽告之以为壅蔽，彼固以为妄言而不信矣。孰知为计之愚适为奸臣之所笑哉？然则其所恃以为聪明者，乃愚之甚者也。故人君不贵乎智，而贵乎不有其智；不贵乎才，而贵乎不居其才;不贵乎聪明,而贵乎取众庶之言以为耳目。不如是而好于自用者,未有不败于壅蔽者也。

深虑论九

世之言治者亦难矣。为任人①可以治,则二世之任赵高,哀平之任王莽,玄宗之任李林甫,皆以任之太过而乱。以为自用可以治,则秦始皇、隋文帝皆以自用而致灭亡。然则果何由而可治乎?任人可也,不得其人而任之不可也;躬政可也,自用而不用人不可也。四海之事,固非一人之所能知也。君人者能正一身以临天下,择世之贤人君子,委②之以政,推之以诚,而待之以礼,烛之以明,使邪佞无所进其谗;信之以专,使便嬖不得挠其功。簿书之事不使亲其劳,狱讼之微不使入其心,惟责之以用贤才。治百官,变风俗,足民庶,兴礼乐,而绥夷狄,如农之望穑,旅之望家,必俟其至而后已。苟有成功,任之终其身不为久也,爵之极其崇不为滥也;功苟不成,黜而屏之不为少恩也,罚而殛之不为过暴也。以此道任人,则贤者可得,而乱无自而生矣。其或群臣之才不足任而已,不可自逸,则当博求众庶之善,施之于政,而持其大纲,以提揳天下之倦怠,洗濯天下之昏秽。使吾身如日月之运,为力不劳,而纤微毕照,如雷霆之威,为势不猛,而万物自慑,则虽躬亲听断,亦何害其为治哉!

---

① "为任人",此三字原本缺损,据《逊志斋集》卷二补。

② 自"委"以下,原本注明"下脱页"。所脱文字,据《逊志斋集》卷二补录。

昔之任人而乱者，众人之所谓贤则不任，必取其意之以为贤者则任之，而不知其意之所谓贤者，非希旨迎合之徒，则诈谲凶残之小人尔。用是而致乱，非任人之罪也，不能择贤之罪也。好为聪察则不然，以为群臣举不足信，而必欲使天下之事皆由己出，故往往流为苛细深刻，而亦卒底于亡。此非不能为政也，不知为君之道者也。夫为君而不能任人，是犹御而不能辔，匠而不能斫，用力虽至而不能成功，任人而不得其人，犹辔而不以丝，斫而不以斧也。曰："然则欲治者将何先？"曰："明以择人，诚以用贤。"

深虑论十

为国之道，莫先于用人；用人之道，莫先于作其好名喜功之气。好名喜功之人，守常之主之所恶，而创业垂统之君，所愿得而乐用者也。举世之才，未必皆贤，未必皆足用。善用人者，拔一二于千百，而使千百之人与之俱化而不自知。此作气之术也。王良之马，岂皆骐骥哉？当良执辔驰车，试之于郊，徐之则徐，疾之则疾，万蹄之骤如一马然，非无驽劣下才者也，虽驽劣下才者，皆化而骐骥。当其化也，马不知其筋力竭为而化，而执鞭策日侍王良左右之人，亦不知其马何为而顿异也，独良知之尔。马之材质，得于天者已定，王良岂能增益之哉？能作其气焉耳。故以骥待马，则马皆骥也；以驽驷待马，则虽有善马，皆失其所为善。

尧舜之世，其人岂皆素习行义，而尽过于人哉？所以作之者异也。人有好名而强谏直诤者，有好名而修廉洁敦信让者。自其人言之，则好名信非善事矣；自有益于国言之，取其有益于国斯可矣。乌顾其出于好名哉？善用人者，因其所长而用之，而不夺其所好。彼好名也，吾因而予之以名，则天下之好名而愿行其道者无不至，而吾之才不可胜用矣。彼喜功者，能治民，则喜因治民以立功；能用兵，则喜因用兵以立功；能兴礼乐，理风俗，则喜挟其所能以立功。然使各尽其才，而如其所欲，则其所立非彼之功，乃有国者之功也。用一人而使喜功者皆至，于国何损乎？此之谓作气之道。不能用才者则不然，恐人之好名，而不肯假人以名，恐人之喜功，而不肯使其立功，甚则抑挫之，倾压之，使其气消沮陨，获而不振，然后授之以位，于是百职废而天下无奇才，百行隳而天下无善士。非真无其人也，不能作之而然也。此其为术至愚，为计至私，非豪杰之主，其孰能知之？

君　学

方逊志

　　人君不患乎无才，而患恃其才以自用；不患乎不学，而患挟其学以骄人。邈乎无为，澹乎无谋，以任天下之才智，而不与之争能，则功之出于人者，犹出于己也。持其偏长小数，以与臣下较铢两之优劣，使才智之士，不获尽其所欲为，是曷若不学之为愈乎？汉高帝椎朴质厚，于学无所知，然其听言任人，与知道者无异。陈叔宝、杨广好自矜伐，以为群臣莫己出，而其所以自负者，适足以取败。盖圣贤之学，不传人君，既不知为学之道，而复不能用其学，譬之兑戈垂矢，王者用之，可以伐僭乱，而狂夫得之，或以济其恶[①]而为盗。岂戈与矢之不善

---

① "济其恶"，原本缺损，据《逊志斋集》卷三补。

哉？挟莫邪之器而不能用，未有不为大祸者也。况彼之所得，皆圣人之所弃者，而恃之以骄人，则适可^①以害其身而已。

学至于近世，离而为四，言性命者得其本，其失也过高，道政事者得其用，其失也过杂，文辞之习，华而鲜实，制度之辩，劳而少功。人君欲如学士儒生，兼穷而并索之，岂惟势有所不能，而亦安暇事于此？古之圣王，为学之道虽殊，然其大要不过敬天仁民、别贤否、明是非数者而已。而必皆以正心为本，正一心以对天下，智者为之谋，仁者为之守，勇者为之战，而艺能才美之士，咸以其术自奋，何患有所不知哉？学之不正，而欲徒务乎学，以之治身且不可，而况天下乎？

君　职
方逊志

能均天下之谓君，仁覆兆民之谓君，立政教、作礼乐、使善恶各得其所之谓君。生民之初，固未尝有君也，众聚^②而欲滋，情炽而争起，不能自决，于是乎有材智者出而君长之。世变愈下，而事愈繁，以为天下之广非一人所能独治也，于是置为爵秩，使之执贵贱之柄，制为赏罚，使之操荣辱修短之权，位乎海内之人之上，其居处服御，无以大异于人不可也。于是大其居室，彰其舆服，极天地之嘉美珍奇以奉之，而使之尽心于民事。故天之立君所以为民，非使其民奉乎君也。然而势不免^③粟米布帛以给之者，以为将仰之平其曲直，除所患苦，济

---

① 　原本“可”字下注曰：“疑当作足。”
② 　“聚”，原本缺损，据《逊志斋集》卷三补。
③ 　“免”，原本缺损，据《逊志斋集》卷三补。

所不足,而教所不能,不可不致。夫尊荣恭顺之礼,此民之情,然非天之意也。天之意以为位乎民上者,当养斯民;德高众人者,当辅众人之不至。固其职宜然耳,奚可以为功哉?后世人君知民之职在乎奉上,而不知君之职在乎养民,是以求于民者致其详,而尽于己者率①怠而不修。赋税之不时,力役之不共,则诛责必加焉。政教之不举,礼乐之不修,弱强贫富之不得其所,则若罔闻知。呜呼!其亦不思其职甚矣。

夫天之立君者何也?亦以不能自安其安②而明其性,故使君治之也。民之奉乎君者何也?亦以不能自治与自明,而有资乎君也。如使立君而无益于民,则于君也何取哉?自公卿大夫,至于百执事,莫不有职,而不能修其职,小则削,大则诛。君之职重于公卿大夫百执事远矣,怠而不自修,又从侵乱之,虽诛削之典莫之加,其曷不畏乎天邪?受命于天者君也,受命于君者臣也。臣不供其职,则君以为不臣,君不修其职,天其谓之何?其以为宜然而祐之耶?抑将怒而殛绝之耶?奚为而弗思也?天与人其形虽殊,其好恶去就不甚相远也。使君命一人焉而治民,而困踣之,厉虐之,其有不怒者乎?怒而能舍③其禄位乎?天之于君,虽不若君臣相接之明且著,然未尝不明且著也。幸其未形以为无忧,幸其未至以为爱己。呜呼!其果可恃也乎。

---

① "率",《逊志斋集》卷三作"卒",当从。

② "安",《逊志斋集》卷三作"生",当从。

③ "舍",《逊志斋集》卷三作"全"。

赤城论谏录卷之十

治　要

方逊志

无法不足以治天下，而天下非法所能治也。古之圣人，知民不可以威服，于是寓革奸剗①暴之意，于疏缓不切之为，使民优柔揖让于其间，而莫不兢然有自重知耻之心。未见铁钺而畏威，未见鞫讯而远罪，潜修默改于间阎田里之中，若有临而督之者。彼岂恃区区之法哉？法之为用，浅陋而易知；民之为情，深诡而难测。以难测之情视易知之法，法已穷而其变未已，未有不为窃笑而阴诽者也。

善用法者，当使民闻吾法之不可犯，而不使民知吾法之果可畏。夫人祗天而惧帝者，以未尝被②其诛殛者，必不能以③复生也。如使鬼神临人之庭，捽人而击之，则愚夫鄙妇皆思持挺而逐之矣。其何畏之有？欲人之重犯乎法，在乎不轻用法于民。吾视杀戮为轻刑而数用之，彼将轻吾之杀戮，而数犯之矣。吾视笞骂为大辱，重而施之，彼亦以笞骂为足耻，而畏避之矣。得其要术者，能使民畏笞骂为杀戮。不得其要者，刑人

---

①　"刷"，《逊志斋集》卷三作"铲"，当从。

②　"被"，原本缺损，据《逊志斋集》卷三补。

③　"能以"，原本缺损，据《逊志斋集》卷三补。

接于市，而人谈笑犯法，不为之少衰。人惟以死为足重也，故知乐其生，知生之乐也。故凡可以杀①身害名之事，慎忌而不为。使皆不爱其死，则将纷然惊肆驰逐于法令之外，趋死而不顾。虽有法，何足以制之。

圣人之治，不恃斯民畏吾之法，而恃其畏乎名；不恃其畏乎名，而恃其畏乎义。夫纩冠素纰②、元③冠缟武，与坐之嘉石而画其衣，施之人身，非有毁形伤肤之惨也，而使惰游之士，不齿之人，与丽乎法者，服而坐之，则惭悔愧恨，与被木索婴金铁者无异。此何必刑哉？加之以不义，其辱固甚于刑矣。孝友睦姻，任恤有学④，先王以是数者勤⑤天下之民，非能家说而人诱之也，而人以能是为荣，不能是为辱。书之党正族师之籍，如受命于王庭，而就刑于司寇，其心达乎义，故知畏乎义，而惟恐或违之也。事固有类乎不急而至要，为用甚微，而为化甚博者。圣人常以是寓夫御世淑民之精意，使民奔走慕悦，无所厌倦，而不自知其由。世俗不之察，以为迂远，而不若用法之有功，则过矣。

人主莫不欲民之兴于孝悌礼让也，而人不免悖德而蔑教；莫不欲吏之奉职而循理也，而吏不免怠肆而污僻，则法果何以禁之乎？法加人之肢体而不从，而谓虚名可以服其心，其事若

① "杀"，《逊志斋集》卷三作"贼"。
② "纰"，《逊志斋集》卷三作"组"。
③ "元"，《逊志斋集》卷三作"玄"。
④ "学"，《逊志斋集》卷三作"举"。
⑤ "勤"，《逊志斋集》卷三作"劝"，当从。

不近人①之情，而理有所宜然者，不可不察也。二人治家，一以变色不言为怒，一以箠挞诟骂为怒。自其严者以言②，变色不言者为不肃矣。示其怒者虽异，而其为怒则同。人见其色之不易变也，于其偶发乎面，其畏畏③且恐，与箠挞何择哉？故法不必严，在示其意向而已。辱莫大于不得同于恒民，觞举坐以酒，而饮一人水，其愧甚④于刑及其身，耻为醉酒者⑤所轻笑也。良淑之民，皆冠缁布，德为民所尊者，加识别之；行为人所卑者，使不与恒民齐。则民莫不修其所可尊，而去其所可卑者矣。吏以廉洁称者，归则服其服；不能以义退者，异其服以愧之，则各思⑥尽其职矣。推是类也，等其田里，别其室庐，使民无贵贱，德之高下为贵贱，仕无崇卑，以政之广狭为崇卑。有罪者，始则异其冠服，次则殊其里居，如是而不悛，则诚不可与为善矣，然后刑戮加焉。人知刑罚果出于不得已，而行于果不可不怒也，必能自重其身，知丽乎法者可为耻，而礼义之俗成矣。夫苟可以变易风俗，虽有甚难至远之事，先王之所乐为也。况其易者乎？易者忽之以为疏而不屑为，难者重之以为高而不敢为，则是圣人之道，终无适而可行也。悲夫！

---

① "人"，原本缺损，据《逊志斋集》卷三补。
② "以言"，《逊志斋集》卷三作"言以"，当从。
③ "畏畏"，《逊志斋集》卷三作"畏"，当从。
④ "甚"，原本缺损，据《逊志斋集》卷三补。
⑤ "者"，原本缺损，据《逊志斋集》卷三补。
⑥ "各思"，《逊志斋集》卷三作"德惠"。

官　政

方逊志

　　欲天下之治,而不修为治之法,治不可致也。欲行为治之法,而不得行法之人,法不可行也。故法为要,人次之。二者俱存则治,俱弊则乱,俱无则亡,偏存焉则危。世未尝无人也,然取而用之,与用而责成之,无其法则犹无人也。今禄而仕者无虚位,求其知职而不愧乎禄者无几人。法非不密①也,而贪暴者不为止,怠②鄙者不加畏,阘茸不振者,顽然食乎其间,而不以为非。其患在乎取之过杂,持之过急,待之过贱,而黜陟不明耳。

　　奚谓取之过杂?可以治人者,必有以过乎人也。过乎人之人,居恒人之中,固已峣然有异于众,而为众之所服。善用人者取其为众人所服者而用之,故人服其上之知人,而叹受知者之称其任,各勉于自修,而无有侥幸乎禄位之心。使无以过于人而用之于治人之位,则人必以上为瞽③,而以得位者为冒,莫不自以为可用,而有贱轻禄位之意,曰:"彼犹吾也,而何以治吾? 彼与吾等也,何以听吾之曲直?"于是处士以不仕为高,常人以得位为宜,而仕者之势不尊,威不行,而令不信于下,知不为众之所与也,则益不自重,而为毁廉蔑耻之行。

　　何谓持之过急,待之过贱? 盖人必有乐乎位也,然后思固其位、安其身也,然后自爱其身。知其身之当爱,位之当保,然

---

　　①　"密",原本缺损,据《逊志斋集》卷三补。
　　②　"怠",原本缺损,据《逊志斋集》卷三补。
　　③　"瞽",原本缺损,据《逊志斋集》卷三补。

后凡可以戕身而偾位者，畏避而不为，可以得名誉华宠者，慕效而为之。驭之以不得自专之法，加之以非其自为之罪，役之以非其所能之工，富足则佚乐而获存，廉节则死亡而莫之救，欲其有士之行，乌可致也！

何谓黜陟不明？天下之所尚，视乎上之所向。汉文好宽厚，而人多化为长者；宣帝好能吏，而吏多以善治称。四海之内，仕者之众，不可谓无才也，而不闻卓然以才称者，以非上之所好。故有才者沉郁销沮，而不能自见，妄庸之人，苟且攘窃而不知愧耻。诚使择异常之才，居四方之大位，俾各察其属之才鄙廉否，言其状于朝而进退之。果才矣，自县而陟之于州于府，加赐禄秩以旌之；果不才矣，可任则姑试之以事，不可任则归之于民。处己诚廉矣，则厚其禄，虽有过，再宥三宥而后加以罪，勿辱其身，勿役之以小人之事。取于民诚贪矣，则收其禄，役其身，俾不齿于士。上之好恶，如日月之昭明，人宁有不化者乎？

利乎报而为善者，君子以之存心则不可。然欲化举世之人，皆为君子。不先示之以得失之理，未见其遽从也。言治道者不求其本，急近功则谓德不若刑，务教化则谓刑不如德，皆近似而不然也。一任乎德则为恶者苟免，一任乎刑则为善者无所容，皆不可以致治。惟本之以德，而辅之以刑，使恩惠常施于君子，刑罚常严于小人，则宽不至于纵，猛不至于苛，而治道成矣。

民　政

方逊志

治天下者，固不可劳天下之民以自奉也。然不能使天下之民知道而易使,亦岂足为治乎?当昔之未有君臣也,民顽然如豕鹿猿猱,馁则食,饱则奔逸①跳掷而不可制,欲驯之且不能,况使之乎?圣人者出,知其散漫放恣,无所属统②,非久安之道也,于是制上下之分,定尊卑之礼。俾贱事贵,不肖听于贤,由胥吏以至乎公卿大夫,由子男以至于诸侯,各敬其所宜敬,而各事其居于上者,犹以为未足也。复制治民之法,使五家为比,二十五家为闾,百家为族,五族为党③,二千五百家为州,万二千五百家为乡,以属于司徒。五家为邻,五邻为里,里四为酂,酂五为县④,县五为遂,以属乎遂人。联之以五、两、卒、伍、师、军,以知其数;习之以师、田、饮、射、祭祀、读法,以一其心。书其善以作其气,罚其恶以折其骄。六畜、车辇、旗鼓、兵器之稽,可按籍而知。老弱壮少,可任与否,不必问乎民而具。上有所兴作,朝出一言而暮已集,进之则前,退之则却。其民常知恭顺忠爱事上为当然,不敢少有忿怨避缩之意。

三代之时,非不役民也,而未尝有一民敢发不逊之言,岂其威力足以制之哉?其法素备,其教素明,民皆知道而易使故也。战国之君,不知先王之用心,务为苟简之术,以为不必如先王之烦密过虑,亦可以为治。斥绝遗典,而师心自为,既已失矣,而秦又并烧除刮绝之,不复有为治之法,而徒任刑罚以劫黔首。譬之去悍马之羁靮,而临以锋刃。彼有蹄啮腾跃而走耳,安能以可生之身,蹈必死之祸哉?故斯民至于秦而后兴

---

① "逸",原本缺损,据《逊志斋集》卷三补。
② "属统",《逊志斋集》卷三作"统属",当从。
③ 原作"为党",据《逊志斋集》卷三改。
④ "酂五为县",《逊志斋集》卷三作"酂五为鄙,鄙五为县"。

乱。后世亡人之国者，大率皆民也，其祸实自秦始。秦之民即三代之民，在三代之时则尊君而附上，当秦之时则骜狠凶戾，视其君如仇雠，岂民之过哉？无法以维之，无教以淑之，而不知道故也。二家之童，一①自幼教之以拜跪顺悌，其一恣其詈言谇语而不禁。他日犯上而贼伦者，必自幼不教之人，其知教者，必不至乎有过也。

治天下者未尝愿天下之不治，而不修致治之法，犹愿无死而不食也。致乱之由非一端，莫甚于治民无法。治民之法既定，世有叛将亡卒，挟奸而肇衅，絷而杀之易易耳。乱亡所以相踵者，无赖者为之倡，好乱之民皆起而从之也。使斯民皆知君臣之义，或有狂夫怪民出乎其间，众缚而告于司寇，何乱之能成？兹欲复井田，行周制，如先王之时固难也，独不可稍取先王之意为之法乎？今之役民，虽不能岁止于三日，亦未至于厉民也。终岁休于家，县官役之以数日之事，已若为所不当为，发愤怀怨而就道，甚者或逃匿而不从。上之威令方行，而民已如此，设使不幸，而威令有所不行，何望其从上之命乎？此治民无法，教民无道，而不知君臣之义使然也。为人父者未必皆无过举，然子不敢逆其命者，以父子之伦不可悖也。人君之政，岂能皆合乎人心？苟不知君臣之义，少不慊所欲，则攘袂而起，其危亦甚矣，乌可以为不急而不务哉！

欲民易使，莫若仿乡邻②邻鄙、比闾族党之制，执其中而用之。为之正若长者，月申之以读法，开之以古训；春秋合之以祭祀，和之以饮酒，导其忠顺之道，罚其不率令者。遇有征

---

① "一"，《逊志斋集》卷三作"其一"，当从。

② "乡邻"，《皇明文衡》卷十作"邻里"，当从。

发,以趋事为先者为上,而厚赏以劝之;以讪讦败类者为下,而屏黜以愧之。上之人又能躬行以成俗,立学校以明教,则民可渐化矣。然必制民之产,使之无死亡之忧然后可。苟驱不能自存之民,从吾之令,虽尧舜之仁,周公之智,有所不能,况三代之旧法乎? 故民易治也,在乎治之有法;法可行也,在乎养之有道。

成　化

方逊志

寓控制天下之道,于迂远不急之法,使人阴服乎上而不自知者,周之所以得民也。欲人之服从,而炳然示之以服人之具,其服也必不坚。有意于服人,先以养人者示之,使天下咸①化而归己,此诚能服人者也。秦汉之君未尝不笑周以迂,而其为治之具,固周之所笑以为拙陋而不为者也。恶犬升灶而食糜,必高其址而峻其隅,使无所蹑而升,则可矣。不能预防之,因而挤之于釜②,虽可以快意,而釜之糜岂可食哉? 秦汉之法,挤犬于釜之类也。其于民也,未能教之知义,而禁之勿为乱;未能教之知孝,而禁之勿悖慢。视斯民冥顽愚僻,与熊豕麋鹿无异,不少置之于心而为之计,及其丽乎刑,则三族诛灭之典,断然行之而不顾。威令既立,使人视斧锧,如就几席而无所避,岂不可畏哉? 畏极而玩,玩极而怨,有时而不畏矣。故以刑罚为威者,威既亵而乱生;以礼义化民者,俗既成

---

① “咸”,《逊志斋集》卷三作“成”,当从。

② “必高其址……挤之于釜”,《逊志斋集》卷三作“必严禁而预防之,使不敢近,则可矣。不能制之于先,伺其既食而挤之于釜”。

而分定。能使民畏礼义如刑罚,而不敢犯之,则刑罚可措而不用矣,周之盛时是也。五家置之长,二十五家置之胥,百家置之帅,五百家立之正,其事似乎不切也。岁时则读法,春秋则会射搜狩,考其善而书之,纠其恶而戒之,民之得休息者寡矣,其事似太烦也。然而周卒以此而治,孰谓果烦而不切也哉?

周之成法具在,今欲为此不难也,而民必以为甚病。夫变其所久习,而俾为其所未见,非特今之人病之,虽周之民亦然。武王周公,以至仁易至暴,宜其悦而顺也。然殷民纷纷思乱,久而后定者,以法制之骤行而然也。盖殷之政亡久矣,周骤以礼义绳之,俯仰揖让于规矩之中,而不胜其劳,则思其纵逸之安,固恒人之所同然者。况于今之世承大乱之后乎?然先王之道所以利民,而上无所利,能为之以渐,可不扰而复也。稍揆其当损益者,而疏略之民可不甚病也。宜定其制曰:

民家十为睦,睦①言相亲也。十睦为保,保者言相助也。十保为雍,雍者言众而无争也。雍咸属于县。雍有长,以有德而文者为之。保有师,以有行而文者为之。睦有正,以忠信笃厚为十家则者为之。同睦之人,月之吉,咸造睦正之庐。正中坐,余立而侍,老者坐侍。令少者一人读古嘉训已,正为释其义,戒劝之,众皆揖而听。一人读邦法已,正立而宣敷之,众皆北向跪而听。读既,正书众名于册,列其所为于侧,善恶咸具。无恶者为上,善多者次之,善恶均者为中,恶多者为次中,无善②为下。正饮众酒,位皆以其行为差。下者不畀酒,不命坐。三年而无恶者,告于县,而复其身。三年而无善者,罚及

---

① "睦",当作"睦者"。

② "无善",当作"无善者"。

之，异其服，不齿。改者免之。其善之目曰孝，曰弟，曰亲邻，曰恤贫，曰助同睦，曰敏好学，其恶反是。保有学，以教十睦之秀民。四时各一会，如睦制而略。其教之法，取其孝弟忠信之行，取其端庄和敏之德，取其治经而知理。射而中，习礼乐而安，知书数而适用，月试而升黜之，升则于雍。雍亦有学，其教如保而加详。雍试而善，则升于县，而复其家。黜则于睦，俾家之修。修而有闻，则复教之，而复升之。凡睦之民有未达，则问诸正；正未达，则问诸学。农而暇，则惟学之游，以谘善言，以法善行。同睦同保，遇相揖，作相助，语相让，饮食①相命召。若族，虽非同睦，行族礼。童子则学于睦之正，取其群而和。睦正、保师、雍长，县岁考其绩，而升易之。为正、师、长②者其家复。凡民力征相先，粟赋相率，上之所令，胥劝而趋。葬死而绝者，食病而窭者，敬德而文者，执强悍愎而败类者，弃好佞而巧者，此其要也。持而循之，使不至于坏；谨而察之，使不至于弊。而朝廷都邑，皆以礼为治。民宁有不化者哉？

由是道也，近者十年，远者数十年，周之治可复见矣。呜呼！周之盛，至于今二千年矣。汉文帝、唐太宗、宋仁宗，有愿治之心，而治卒不如古者，以其不法古之道，而失先王之意也。道之行，岂非难哉？然为天下者，患乎无志，有志无难为也；患乎苟安，求安无难致也；患乎畏事，立事无难成也。举而措之，如斯而已矣。

---

① "饮食"，《逊志斋集》卷三作"饮酒"。

② "正、师、长"，原本缺损，据《逊志斋集》卷三补。

明　辨

方逊志

天下非无才也，聚数万之人，养之十余年，而未见有一人可称者，养之无其渐，而教之无其法也。古之善育才者，岂能益人以艺，增人以智哉？为之之具素备，能使人以不成才为病，不若人为耻，各思勉为君子而不可止也。故自其少时，居于闾族，而闾师①族师不责之以敬敏任恤，则责之以孝弟姻睦之学，其本固已美矣②。及其渐升于太学，求之以六德，以观其内；试之以六艺，以观其外。行完而德备，艺成而器良，然后措之于用。盖其详且慎也如此。

后之所望以为才者，执子弟于贩鬻之区，刍牧之场，被之以衣冠，而纳于郡邑之学。终岁期月太学有征焉，则又纳于太学。计其所习，曾未知拜跪之节，兴俯之容，而已肆有爵禄之心。太学举而教之者，又不越乎诵书、业文，挟弓矢，角膂力，恒人之浅事。历时未久，有司有求焉，则以应之，卿大夫之位有阙焉，则以为之。为之者既不自知其不可，而命之者亦不责之以其所学。于是学者以习恒人之浅事，冒窃禄位为得计，莫不相勉于恒人，而自谓不必修君子之事也。太学之所聚，郡邑之所教，咸有苟且之心，无赖之行，冀其才之成，奚可致哉？夫国之立学，所以养才，必不期其至此也。为学者虽无志于道德，亦必不自望为恒人也。而卒不能有成者，非他，用之速，而教之疏也。

---

① "师"，《逊志斋集》卷三作"胥"。

② 此句之前，《皇明文衡》卷十还有"虽未有学"一句。

　　古之六德智仁圣之事，颜、闵之所不能及；六艺礼乐之度数节文，孟子之所不能详；射御之工，杜预、羊祜之所不能兼；书数之法，君子犹有所未习。今欲责学者皆法古人而尽备之，宜其未易为也。然不法古人，而惟弓矢、膂力是效，诵书、业文是为，亦未见才之可成也。然则何由而设教乎？盖圣人之取人，德不求其全，而取其不违乎道；艺不求其备，而贵乎能致其精。唐虞以九德待士，而有三德者亦俾为大夫，有六德者亦俾为邦君。圣人岂不欲得全德之人而用哉？以为求人太全，则天下无全才，不若因德命官之为无失也。皋陶未必能达礼，益稷未必能知乐，而益稷、皋陶所为之事，伯夷、后夔宜亦有所不能。然而数子为邦①，各称其位，而成名于后世，以其精而不以其备也。

　　人惟行可以自图②，若才与艺，则有能有不能，欲强而通之，非惟不足得其所不能，且将并其已能者而失之。故善立教者，莫如本之以六行，余则因其质而设其科。人有刚毅而重厚者、有慈良而顺爱者、有疏达而明断者、有强识而通敏者、有沉勇而有威者、有多力而任武者，此六人者，使曲徇众人所能，必不能堪。苟因其所固有而教之，于成才也奚御③？刚毅重厚也，必可以任天下之大事，则因而教之博通古昔之政教，周知海内之得失，观其损益折衷，以验其为，勿使色厉而伪者得参之，则大臣之储也。慈良顺爱者，必可以治民，则可以④教之

---

　　①　"邦"，《逊志斋集》卷三作"之"，当从。
　　②　"图"，《皇明文衡》卷十作"力"。
　　③　"御"，《皇明文衡》卷十作"难"，当从。
　　④　"可以"，《逊志斋集》卷三作"因而。"

平赋施惠之方，振灾恤患之道，辩邪察狱之事，理俗兴化之要，勿使柔佞而诈者得参之，则牧伯之储也。疏达明断者，则百官众职之储也。强识通敏者，则文学典礼之储也。沉勇而有威，多力而任武，则将帅之选，疆场之所恃也。各以其所当为者教之，而皆不使近似可说之人得与，则所用无非才，而所为无偾事矣。此太学之政也。而为师者，非极才德之美不可也。太学推其法，行之于郡县，俾亦以六科为准。郡县之取弟子员也，必问于其宗族乡党，皆言其笃行而好学，则取之而复其家田百亩。入太学则倍复，仕而有政则皆复。学于郡县者，与郡祀，与燕会，礼异之，使殊于恒人。县每科四人，三岁各升一人于郡。郡每科十人，三岁各升三人于太学。太学每科百人为率，以应上所任用。郡县既升而阙，则即充之。廪之也宜厚，教之也宜详，试之也宜严，用之也宜当。人知学之可仕也，则不怠于自修；知各因其才而用之也，则必谨于自立。而天下之异才，咸思有为于世矣。

为治者不患乎无才，而患乎聚天下之才而不能教，用天下之才而不能择。教之而能成其德，用之而能不违其器，则才何可胜用哉？胡貊之富人，聚马盈谷而不得一善马。善御者执鞭策，指麾而区别之，一日马之致千里者以百计，而盈谷之畜无弃者。御非能假马以力而易其性也，能别其高下而不失其性，则善马出矣。为治者能不失其性，岂特不患乎无才，天下亦安所患哉！

正　俗

方逊志

行于一人之身，而化极四海之内，观于数百年之前，而验于数百年之后者，风俗是也。故风俗之所成至微也，其效至著也，所系似小也，所由甚大也，不可忽也。昔者楚灵王好细腰，举国之人皆约食束脰，引而后能起，凭而后能立。伊川之民被发而祭，智者知其变而为夷。风俗之端，可不深察哉！

夏之忠，商之质，周之文，其先之所尚，传之数十世而不变，守之至于国亡而后已，其俗素已定也。故商之不能为忠，犹周之不能为质也。周公岂不知文之不若质哉？至于商之末，质渐散而繁文兴矣。周公知其莫可及也，故因而文之。恐其趋于浮薄也，为之礼以节之，作之乐以和之。惟其如此，故能至于七百余年，然其后亦已不胜其弊矣。战国之世，游说之士，蠢聚蚊合，以诡言邪说啖诸侯，倾动天下，诚二代之所未有也。由是生民日流于变诈，岂非文胜之弊哉？及秦惩其病，遂坑杀儒生，举先圣贤之遗文余法，一火而尽燔之。曾不师古，而任其深刻巧苛之律，不旋踵而遂亡，其所尚非道故也。汉兴，务以宽大更之，法疏禁阔，四百年之基，用此以立。然其时朝无人，不知以礼义为俗，其所因仍大率皆秦制也。乌望其如三代哉？

至于近世，惟宋之俗为近古，尊尚儒术，以礼义渐渍其民。三百年之间，宰相大臣不受刑戮，外内庶官顾养廉耻。虽云纲纪未备，其所崇尚，远非秦汉以下之所能及。故其垂亡之际，孀后少主，既已就房，而其臣抱君之遗孤，奔走海岛，誓天指日，拥立为帝，朝夕请命，如事神明，卒之无一人有背叛之心，至于溺死于海而后已。虽三代之亡，未闻忠厚恻怛有若是者。孰谓风俗无益于国哉？且夫秦皇帝之死未久，而其黔首相与奋挺而呼,愿食其肉。汉唐之衰,皆逼于其篡弑①之臣而夺之。而宋乃独若此者何也?秦弃礼义,汉唐不知以礼义为俗,而宋风俗淳美故也。假使宋无夷狄之祸,尊其前世之俗,国安遽亡哉?以是知风俗之至急也。

宋亡,元主中国者八十余年,中国之民,言语、服食、器用、礼文不化而为夷者鲜矣。其初尚得一二贤者教之,参用宋法,而亦颇以宽大为政,故民亦安之。然而暴戾贪鄙,用其族类,以处要职,黩货紊法,终以此乱,其俗大坏,以至于今。譬如弊钟漏镲,非重鼓而铸之,其音不可得而调也。夫欲因乱国之俗而致治,虽圣人不能也,势不可也。俗之既坏,则日甚而岁滋耳。无以匡持之,岂遂止哉?今北方之民,父子兄妇,同室而寝,污秽亵狎,殆无人理。盂饭设匕,咄尔而呼其翁,对坐于地而食之。为学之者其顽不知教,其于大伦悖弃若此,甚非国家之便也。

上下有则,乃所以导民。故古者士民不非其大夫,今小民得以执郡县之短长,挝鼓而诉之阙下。弟子或讼其师,子侄或证诸父。礼义不立,曷所不至哉?法令非不明也,有司按四方之罪非少怠也,而犯者不为衰止。黠胥巨吏,开口肆然,征取于人而不顾②。问之,则曰:"行且输作,不取何以为资哉?"或曰:"身死而妻子何所仰食?姑取之以自给耳。"其设心自以为明达,见执贫守法者,众且群指而笑之,而其人亦不幸,卒无赦以死,于是益坚贪者之心。小民转之穷苦,割肤刺骨,鬻产赁室,以奉其无厌之欲。非特为此也。国之大柄可以贫富者,惟

---

① "篡弑",《逊志斋集》卷三作"北面"。

② "顾",原本缺损,据《逊志斋集》卷三补。

宝钞为然。无赖之民，聚徒勒板而伪之。御史中使国之廉察天下者，安①诈男子假其衣冠符印，乘传而横行。夫伪钞伪官之律至重也，而若不爱其死而冒之者，岂诚不爱也哉？彼见死者之多，而死不之畏也。且人虽至愚，奚不畏死？彼诚见生之不足乐也。知生之足乐，则安肯言死哉？顷者富民受挫辱于官府，或裾②其衣而踞，或庭拽而诟骂，其心大耻，掩面而不敢见人。家③中吊者填其户，杀羊为酒而被除之，其人亦终身以为病。况犯有名之律至于死地哉！今人则俱不顾矣，鞭一百扶而出于外，揭其疮以示人，笑谈而道之，人亦不以为怪。一百之刑，曾不直旧时之诟骂。刑愈多而人愈不知耻，则刑之不足化民亦明矣。故欲民之重死而难犯法，莫如省无用之刑，而以礼义教之。夫牧者之于羊，操长鞭而远麾之，未尝及其体，则逐逐然行矣。苟步步而鞭之，则必驰突散走而不可制。故刑者非所以治民者也，不得已而后用。民知其不得已而后用，则乌忍犯之哉？

俗之不美，至此甚矣。少迟而不变，法令将不足禁之，不可不深计也。三代之变俗，各视前代而变之。元之俗贪鄙暴戾，故今宜用礼义为质，而行周之制。今周之制亦有行者矣，学校非不立也，乡饮之礼非不修也，然而俗尚未善者，未尝灼然示之以所尚也。夫示之以礼义者，朝廷之上皆不言他，而以礼义。御史出行郡县，不以搏击人责之，而责之以礼义化民之事。守令者考核之等，不以兴利增户求之，而求之以刑罪息、

---

①　原本下注曰："当作妄。"当从。

②　"裾"，《逊志斋集》卷三作"裾"。

③　"家"，《逊志斋集》卷三作"里"。

学校兴。岁举其孝弟忠信之民，而尊异之，使小民皆知朝廷之意在乎成俗而不求利，在乎任德而不任刑，则信让立而廉耻兴。廉耻兴而民重其死，然后取先王防范天下至于七百年之法，举而尽行之，三代之俗必复见，而成康之治不难致矣。世尝谓古与今不同俗，岂其然哉？今也民啜菽饮水与三代之民同，养老育幼与三代之民同，独人君不可行三代之政乎？用元之法，而欲致古之治，犹食乌喙而望其引年，附独木而济大川也。

明　辩

方逊志

或曰：苏洵子之论明，事约而功多，其可为善言也乎？曰：其谓有大知小知者是也，其所谓大智小智者非也。圣人之治天下，岂用诈术揣量天下之人情以为赏罚哉？亦惟用其诚而已。譬之天地之化，阴阳诚运，日月星辰诚行，风雨雷露霜雪诚施，寒暑昼夜之序诚平，物之圉乎其中者，顺之则生，逆之则死。其生与死，天地岂以私意为之哉？物各有以取之耳。故物之生者不以生为恩，死者不以死为怨，以天地无意于生死也。圣人之于赏罚，岂异于是？政教诚立，礼乐诚备，五刑五服诚陈，随其功罪而各得报焉。为公卿，为大夫，为士，为剕，为劓，为墨，为宫，为大辟，非圣人赏且罚之也，圣人之法赏且罚之也。非法有意于赏罚也，受赏罚者自致之也。故圣人垂衣坐乎庙堂，而四海之人，改德缮行于千万里之外。萌一恶心，则栗然内惧，恐其君之知之，而不敢为；修一善行，则欣然自喜，必其君之已知，而不敢怠。圣人岂能家察人视，而使之然哉？诚立乎此，而应乎彼。此明之大者也。

　　苏子之言则不然，以为人君之赏罚当若雷霆，雷霆之击物不测，故人畏之。如苏子之言，是天以诈术施于①万物，岂足为天哉？世以天以雷霆罚暴恶，吾不知其果然否也。使其果然，吾意天遇暴且恶者则罚之，必不操狙诈之道，盱盱焉瞯人之不意，而使人骇且眢也。夫务出人之不意，而使人骇眢者，市井相倾之小智，稍知轻重者不为。曾谓天而若是乎？苟谓暴恶者不可得而尽诛，故警一二以惩千百，尤非也。夫警一二以惩千百者，乱邦姑息之政。畏其众而莫敢问，不得已而为之耳，非圣人之道也。道贵乎至公，善恶各当其报者，道之常也。今使千人而叛父母，亵神明，惟一人受雷霆之诛，则此一人者独何不幸，而余人独何幸乎？诛止乎一人，为暴恶者将曰："天之诛不能遍千人，吾何惧乎？"则其不善之心愈肆矣，复何畏惮之有乎？故谓雷霆诛暴恶者未必然也。谓天以不测使人惧者，非知②者也，皆小智之私论也。

　　曰：然则齐威王用此道，而诸侯震惧者何耶？曰：彼固霸者之余术耳，乌足语夫王道！且使威王而明，则四境之内，将不能欺之矣。蔽于左右之人，至于九载而后悟，安在其智乎？贤者非特即墨大夫，不贤者非特阿大夫，因左右之毁誉，而赏罚斯二人，其他有贤过于即墨，不贤甚于阿者，不幸而左右不言，则无所赏罚焉。则为邻国之笑亦已多矣，何震惧之有哉？谓诸侯震惧者，史氏之谬词也，苏子信而取之，过也。彼苏子者好于奇谋而不知道，喜为异论而不守经。吾恐世有好其说者，以私智为明而祸天下，故辩之。

---

　　①　"施于"，《逊志斋集》卷六作"诗"。
　　②　"知"，《逊志斋集》卷六作"知天"，当从。

题论谏录后

铎既辑吾台先正诸君子言行为《尊乡录》，又辑其文与诗为《别录》。既又谓其繁而犹或莫之备也，乃与文选黄君世显，取其文之有关治道者为《论谏录》。

盖古之君子修德立言，得以摅发所蕴，以告于其君，以成其功业于天下者，莫先于此。禹皋之谟，伊周之训，皆是物也。三代以降，不独君鲜以此望其臣，而臣之所以告其君者亦异乎是。故汉唐上下数百载间，卓然自立若董仲舒、贾谊、陆贽者，仅仅可数。惟有宋诸贤，一时论谏之风，号为极盛。以至于我国初犹有存者，观之吾台一郡而天下可知矣。然或者于诸君子，犹有不尽用之叹。夫谊之言不用于文帝，而行于武宣之后；贽之言不用于唐，至宋之世乃有举以告其君者。然则诸君子之言，又乌知其不用于今日哉！噫，予小子则何敢知此？固诸君子惓惓不尽之忠，有待于天下后世者也。

是录凡在宋者十人，在我朝者六人，为文六十六首，总之为十卷。其出处之概，具见于右，读者庶得因言以考行。间有得其行而不得其文，若吴康肃公、叶信公者，则亦存其人以俟录。既成，乃从金宪林君一中，锓梓于闽，以与天下之士共焉。成化己亥冬十一月朔，晚生黄岩谢铎谨识。

附录《赤城论谏录》十卷浙江巡抚采进本提要

　　明谢铎、黄孔昭同编。铎,字鸣治,天顺甲申进士,官至礼部侍郎,兼国子监祭酒,谥文肃。孔昭,字世显,天顺庚辰进士,官至工部侍郎,谥文毅。事迹具《明史》本传。二人皆天台人。是编裒其乡先辈奏议,自南宋至明初,凡十四人,文六十六篇。又吴芾、叶梦鼎二人,在宋末亦以言事著称,而奏稿不可复得,亦附名于后,略载其出处行事,以存其人焉。

黄氏祖德录

[明]黄孔昭撰

李秀华点校

行實

府君諱禮遜字尚斌別號松塢姓黃氏黃氏之先

昭武鎮都監緒與其兄弟其徙自閩今台黃巖

新邑之太平洞黃大閤黃轟皆有黃氏而洞黃都

監之後為特著故地以姓氏曰洞黃洞黃之居至

府君蓋十有四世矣府君高祖諱軻曾祖諱文質

皆長者祖諱德深兄弟篤于友愛至建集怡樓以

居一時大夫士多為詩文以褒咏之考諱興庄悼

临海市博物馆藏《黄氏祖德录》书影

点校说明

　　《黄氏祖德录》乃明代名臣黄孔昭所辑录。黄孔昭（1428—1491），初名曜，后以字行，又改字世显，自号定轩，黄岩洞黄（今属浙江温岭）人。十四岁时，父母相继殁于京师，黄孔昭扶丧归葬，哀毁骨立。既长，日以读书为业，善作画，工于诗，天顺四年（1460）进士及第。历任屯田主事、都水员外郎、文选郎中、右通政、南京工部右侍郎。为文选郎中长达十五年，此间持重公正，礼待天下才士，知人而善用，由是闻名于世。年老愈为世人所重，卒后葬于黄岩南委羽山，明嘉靖中赠礼部尚书，谥号"文毅"。著有《定轩存稿》十六卷、附录一卷、拾遗一卷，与好友谢铎合编有《赤城论谏录》十卷、《赤城诗集》六卷以及《逊志斋集》三十卷、《拾遗》十卷。有子黄俌，孙黄绾，皆当世名贵。

　　所谓《黄氏祖德录》之"祖德"，乃是对黄孔昭祖父黄礼遐之嘉言善行的称誉。黄礼遐（1378—1458），字尚斌，别号松坞。他性情刚正明达，好读经史，于圣贤之言常身体力行。虽终身不仕，却能布德于人，为当时官绅、乡民所敬重。黄礼遐殁后二十年，即明成化十三年（1477），其孙黄孔昭显达于世，常忆祖父美德，思为后世子孙作行为仪则，乃陆续邀请当时达官贵人、高士名流吟诗作文，以资纪念，庶几留名青史。

　　《黄氏祖德录》共分三卷，前有朝廷诰文以及杨守陈、吴宽、谢迁、李应桢等人的序文，后有王汶、周瑛、杨循吉等人的跋文,卷一汇录传记、墓表文四篇,卷二汇录悼词吊文八篇,卷三汇录挽诗三十八首。所汇录的诗文,其撰作年代自明成化十三年(1477)至成化二十二年(1486),纵跨十年,足见黄孔昭之苦心孤诣。此书首次刻印于成化二十三年(1487)七月之后,后称明成化刻本,浙江省临海市博物馆有藏。除此本之外,尚未发现该书的其他版本。

本次点校,即以临海市博物馆所藏的明成化刻本为底本。但由于年代久远,加之保存不善,这个版本有些地方存在模糊难辨和缺损严重的情况。故本次点校参校了《文章辨体汇选》、《篁墩文集》等文献,若有异文,皆作出校记。原本缺损但无法补入者,一律用□表示。由于本人学识有限,此中难免存在错误,敬请读者朋友批评指正。

目　录

诰　文

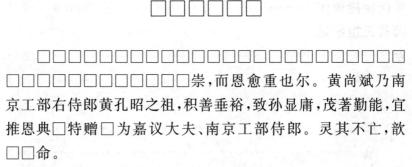

　　□□崇，而恩愈重也尔。黄尚斌乃南京工部右侍郎黄孔昭之祖，积善垂裕，致孙显庸，茂著勤能，宜推恩典□特赠□为嘉议大夫、南京工部侍郎。灵其不亡，歆□□命。

　　成化二十三年七月二十九日（制诰之宝）

黄氏祖德录序

古之君子，明著先祖之美于后世者，虽一称于己，然亦有待于人。卫庄叔之劳以《戴记》而大彰，李贝州之行因韩铭而益显。况雅晦于山泽者邪？选部正郎黄世显孔昭之祖，讳礼遐，号松坞。幼服父兄之劳，壮老训子孙以礼义。临利不苟取，治生不求赢。其诚实至不逆僮仆之诈，长厚至掩盗窃之耻。而人之信之也，虽权度之微，必视其制为准。天之福之也，俾之寿康考终，而子官职方、孙典文选后益昌。然独其乡当时户知之，而今四方之知之者殊鲜。世显于是乎摭其行实而著之，其言信而不诬，质而不侈，庶乎克知可传者矣。然犹以为未足，又求贤公卿大夫士为之言。时太子少保商公弘载既为墓表，余各为传、序、题跋，歌诗甚富。

夫炉添薰则馥弥远，火益薪则光愈久。世显一称，而诸贤交赞不已，松坞之行，其不章章乎明著于后世哉！意松坞之在当时，盖暗然积善，无意乎世之闻也。而孰知身没之后更数十载，乃烨然闻于世？若此，盖善不积不足以成名。善既积矣，则其名虽晦于暂，而终耀于无穷者，理之所必然也。世显既书己所摭与墓表以下诸篇，萃成一巨册，题曰《黄氏祖德录》。虚其首简，属余序。嗟乎！名不可以虚得，善不待于外求，览是录者尚有概于斯。

成化十五年八月六日，赐进士出身翰林院侍讲学士、奉直大夫、经筵讲官兼修国史四明杨守陈撰。

读黄氏祖德录

　　黄岩多君子，以予所闻见皆出而仕者。意其山林之间必有清节厚德，如昔史氏之传隐逸之类，而恨未之见也。乃今观于《黄氏祖德录》，读侍讲谢先生所作《松坞府君传》，然后知果有其人矣。侍讲与黄同邑，为世契，而其于人尤少许可，所述必不妄人，故信之。其曰《祖德录》，则本府君之孙、吏部郎中世显。吏部，固予所谓君子者，则又知其贤之有自，其为此录又与李习之撰《皇祖实录》之意同云。翰林修撰长洲吴宽题。

　　世以含垢匿瑕为盛德，故其敝遂至于苟同。汉史称陈仲子之德，不犯物，不离群。信哉！其德之盛，庶乎足以惇薄而宽鄙。然以余观之，则外署之请，颍川之吊，不亦降志辱身已甚乎！流弊之极，至于群附曹而不愧，无足怪也。今观松坞处士之盛德，则异于是矣。诘责不及于奴僮，愧耻恐伤夫盗窃。即是推之，盖将无所不容矣。而读史一至于奸臣贼子，则又掩卷恚骂，如其身之仇仇。然千载之外，尚尔使身履其时，顾肯徇其私及其门乎？呜呼！必如是而后可以言盛德也。惜其不用于世，而无以自见耳。然则，吏部君之卓卓有立，固有自哉！姚江谢迁题。

　　应祯少时获闻诸父老，敦厚朴实之行，其去古昔殆未甚远也。比稍壮长，所及见者犹多悃愊而少华饰。求之今日，日异而岁不同。意者物繁则杂,气盛则散,若将有以使之然乎?且以原下观之,严壑之于城市不能数十百里,而其人其俗往往相与县绝。易地而居之,若判然不可合者,而况于先后数十载之间乎!黄岩黄隐君者,其自处至于不逆诈于奴隶,而人之信之也,乃至于斗斛衡度之微。此其人虽不可见,而其行亦可知矣。夫经籍所载,史传所纪,虽片善独行,亦以为难得,况如君者又可以时与地论之哉!后之视今,犹今之视昔。予恒慨夫古今人不相及之说也,观君之传状诸作而重有感焉,于是乎书。成化丁酉秋八月望日吴郡李应祯题。

卷之一

行　实

府君讳礼遐，字尚斌，别号松坞，姓黄氏。黄氏之先昭武镇都监绪，与其兄弟某某徙自闽。今台黄岩新邑之太平洞黄、大闾黄岙，皆有黄氏，而洞黄都监之后为特著，故地以姓氏曰洞黄。洞黄之居，至府君盖十有四世矣。府君高祖讳轲，曾祖讳文质，皆长者。祖讳德深，兄弟笃于友爱。至建集怡楼以居，一时士大夫多为诗文以褒咏之。考讳与庄，惇慎言行，孚于乡里。妣浦口金氏、继下门叶氏，俱有淑德。

府君性刚介明达，读书不为辞章。凡圣贤之言，切于常行者，一以身体之。至于临财，虽一介无所苟。弱冠，家多故，辄挺然出应门户公私经理，皆得其宜，不以累其父兄。诸弟生事，仅取给足，余则尽出以为教子之资。既长而倦于学者，则尽勒以归农，曰："汝无逐末自营，当留有余以遗尔之子孙。"子孙或于升斗锱铢取赢，以求交易之利者，则斥之终身无所贷。一日，尝买纸于市，市人误与之过其数，竟还之。又尝见困人盗其谷即潜回，语从者曰："彼所得几何，我见之则终身怀惭无地矣。"家人有所贸易以归，未尝问其价，遽抚其物，曰："好好。"子孙有疑之者，辄大怒曰："汝曷不自为之？"盖府君律己、教子孙甚严，而待人则宽，至于是非曲直之间，则又未尝以亲疏远近而私焉。故宗族悦其友，僮仆乐其慈，乡党姻戚服其公。凡斗斛权度之微，亦必以府君者为之准。

先兵部在官时，历辞荐擢，冀得满九载，以恩例封府君，竟赍志以殁。时府君哭长子桃溪居士，未数月而讣至，人皆为之不堪，府君对客收泪曰："寿夭命也。儿显荣日，吾固未尝恃以干官府，傲乡里。今儿虽死，犹故吾也，吾何以自伤为哉！"自此犹康强十余年。每乡饮，邑大夫必以礼请首宾席，皆力辞。天顺戊寅闰二月乙丑，无疾而卒。于乎痛哉！府君平生好读《通鉴纲目》，每食罢，手一卷，坐松下，细阅古今成败，于奸臣贼子掩卷詈之不绝口。前卒之一日，是书犹在手未释也。距生洪武戊午七月二十三日，享年八十有一。

安人，浦口叶氏，继叶氏祝氏，皆有妇德。子男八：长瑾，为乡社师，号桃溪居士。次瑜，即先兵部，以丙辰进士，官职方主事，赠奉直大夫、吏部文选司员外郎，彦俊以字行。次宝，次玩，次珑，次璩，次瓃，次璲。璲，邑庠生。女一，适大闾许韶。孙男三十二：昷、曜、晛、暟、炅、昳、昂、昇、照、暄、昊、晋、旷、唎、睙、昺、昴、暾、㫤、旻、昉、旦、会、暧、歅、昌、晚、曙、昵、煦、昕、晢。曙，邑庠生。曜，即不肖孔昭也。孙女四：一适浦口金凤阳，一适萧村吴行实，二在室。曾孙男二十三：伦、偹、侹、傃、佐、任、伸、位、伾、仪、倩、佺、俸、俭、侥、倜、催、伏、侯、伯、偑、仙、侑。伦、偹、伾俱邑庠生。曾孙女六。玄孙四：组、绍、绛、绎。

卒之岁，诸父率孔昭奉府君葬于金字山之原，安人叶氏祔焉。孔昭深惧凉薄弗克，负荷祖德，以绵于久远，使子孙知有所仪则。谨饮血撅其大概，以告于太史氏，庶有采而传焉。

成化十三年岁次丁酉春二月望日，赐进士出身奉政大夫吏部文选郎中、孙孔昭泣血谨状。

传

公讳礼遐,字尚斌,姓黄氏。松坞,公所居之别号也。公好古笃行,读书不为词章,性狷介,而与物无忤。乡人无小大贤不肖,皆倚公以为信。行旅入其乡者,至斗斛衡尺,知其出于公,则皆无异词,曰:"公固不我欺也。"僮仆每市易自外归,公未尝一问,其直第曰:"好好。"子弟有疑之者,辄厉声曰:"尔能,尔何用彼为?"有盗发其囷者,公遥见之却避焉,顾从者曰:"彼一人所得几何?不幸而我见,将终身蒙耻矣。"市人有误与之纸过其直者,公竟还之,曰:"非其义也,虽小犹大,吾岂苟焉哉!"公生事薄,每至匮乏,虽子弟亦不见其有不足,而或于斗斛取赢者,则斥之终其身,曰:"尔独不留有馀以与尔之子孙,而坏吾家法邪?"岁延明师以教诸子弟,曰:"不为士,则为农。逐末自利,非吾黄氏之子孙也。"子彦俊学成,取进士,官兵部职方主事,声称赫然,公未尝见词色。黄岩令周旭鉴持威断以祸福生死,人至衣冠之族无所忌,独雅重公,愿得公以为乡饮宾。公谢曰:"令尹从不以吾儿故,吾安吾分,乃不愿入城府也。"职方君在官久,力辞迁擢,冀及九载,以推恩于公,卒不可得。没之日,公不为戚戚曰:"寿夭命也,独吾儿哉!"公平生好读《通鉴纲目》,日取一编,坐所谓松坞者观焉。见奸臣贼子,则愤然正色,掩卷大骂不绝口。卒之前一日,是书犹在手未释也。於乎,若公者岂易及哉!岂易及哉!

公世家吾台黄岩之洞黄,洞黄在大山中。四顾环束如洞,洞之中惟黄氏,因姓氏其地曰洞黄。黄氏之先昭武镇都监绪,徙自闽，至公盖已十有四世矣。公子八人，瑾、瑜、宝、珫、珑、瑓、璓、璗。瑜，职方君也，以字行。职方之子孔昭，于铎为知己。今又以进士历官吏部郎中，其问学操履，铎不敢私识者，曰观其孙则知其祖矣。铎生晚，不及拜公，尚及友公之孙，以考见世德，以求合乎乡论之公。作《松坞黄公传》，以视其家，以劝于乡之人俾传焉。

赞曰：於乎，迹公之行，非有甚高难行之事，而世之人卒未易及者，犹之布帛粟菽在在有之，而闾巷之人每病于不足。然则，凶年饥岁豪门右族至有抱珠玉，曳罗绮，饿死于道路而莫之自救者，亦何足怪哉！於乎，此吾党之士所以犹有愧于公也。惟公之善积而弗施，若水之下而不能以及物，苟其汪涵渟蓄，不为沟浍，其久也必且旁溢四出，而终不可御。故曰泽之道，其亦有施乎？於乎，由是而观公之孙子，其固可信哉！其固可信哉！

翰林院侍讲桃溪谢铎撰。

跋传后

善人之谋身也，常退然若有所不足，而天于善人也，必使之需然其有余。予观松坞黄公之传，益有以信其然矣。公生平好义，不与世竞利，戒子孙不使之逐末，权衡斗斛不欲以取赢，市物不较其直，偶过与之者必却不受。至义之所当为，则奋身独任，不欲以累于人。公之谋身，不饕厚利如此，巧者将争笑之矣。然而，素行不愧于天，天独佑之，使寿考康宁，子孙繁盛。子如职方，孙如文选，又贵而且贤。凡世人所愿得者，天毕付之无遗。彼骋其巧黠，务剥人以润己者，天或夺之寿，又使其子孙弗振。视公之所得大小久近何如哉！用跋数语于后，俾世之巧于征利者，有所惩而不必为，而笃于为善者，有所劝而益加勉夫！

成化丁酉夏六月甲辰翰林侍讲莆田陈音跋。

墓　表

公讳礼遐，字尚斌，姓黄氏，别号松坞。故兵部职方主事彦俊之父，今吏部文选郎中孔昭之祖，卒且葬已二十年矣。孔昭惧潜德或泯，特具事状，征予为表，将刻石墓道，以图弗朽。按，黄氏世家，台郡之黄岩，今属新分太平县，所谓洞黄是已。洞黄之族，徙自闽昭武镇都监绪，至公十有四世。衣冠礼义，视他族为盛，人因以洞黄称之。公高祖轲，曾祖文质，祖德深，皆号长者。德深兄弟尤笃友爱，尝扁所居楼曰集怡，一时士夫多为诗文美之。考与庄，敦厚信实，搢绅推许。妣金氏，继叶氏，俱有贤行。

公天性明达，读书不为辞章之习，于圣贤嘉言善行，记诵不忘，思欲以身体之。弱冠出应门户公私规画，俱有条理，而弗以烦于父兄。诸弟治家，取衣食仅足，有余悉以为教子之需。诸子既长，有倦于学者，即勒使归田，曰："四民之业，惟士与农。外此，皆逐末，非黄氏子孙所当务也。"临财一无所苟，尝买纸于市，人误与过多，觉而还之。见有盗其囷谷者，潜行避之，戒从者勿言，曰："彼所得无几，知为我见，将终身怀惭矣。"家人贸易归，未尝较其物之美恶与价之多寡，但曰："好好。"子孙或于升斗所赢以求利者，辄斥之曰："尔曷弗留有余，以遗尔子孙乎？"公家教甚严，待人甚恕，乡闾中事有不平，皆取决于公。至斗斛权度之微，亦必以公为准。盖其存心刚介，是是非非一断于理，人皆敬而信之。邑大夫乡饮每虚宾席以请，力辞不赴。职方在任时，例九载始得推恩，因累辞荐擢，冀得貤封于公，而竟以疾卒。公闻讣哭之曰："寿夭命也。儿能尽心职业，即显扬在是，曷以封为？"自是十余年益强健康和。天顺戊寅闰二月乙丑，无疾而终。晚岁好读《通鉴纲目》，至奸臣贼子事，必掩卷詈不绝口。未卒前一日，犹手一编，坐松下展读弗倦。距生洪武戊午七月二十三日，寿八十一。

娶浦口叶氏，继叶氏祝氏，皆有妇德。子男八。长瑾，为里社师，号桃溪居士，先卒。次瑜，即彦俊，正统丙辰进士，历官有声，后以子孔昭贵，赠奉直大夫、吏部员外郎。次宝，次�珑，次珑，次璂，次璘，次璲，邑庠生，女一，适许韶。孙男三十二：长冔；次曜，即孔昭，天顺庚辰进士，历主事员外郎、郎中，清才卓识，烨然著称于时，其远大未量；次晊、暟、炅、昳、昂、昇、照、暄、昊、晋、旷、唎、眼、昺、昴、瞅、暕、旻、昉、旦、会、暌、歆、昌、晚、曨（邑庠生）、眈、煦、昢、晸。女四，一适金凤阳，一适吴行实，二在室。曾孙男二十三，女六。玄孙男四。公墓在金字山之原，先叶氏祔焉。

孔子论质之近仁，以刚为首，尝曰："吾未见刚者，或曰申枨，曰枨也慾焉得刚。"夫仁则必刚，刚则不屈于物。若公之刚介有守，岂非仁者乎？仁者必有后，是宜子孙众盛，显荣光大，如火然泉达。由是观之，公身后之福殆未艾也。予故表于其墓。

资德大夫正治上卿、太子少保吏部尚书兼文渊阁大学士、知制诰、经筵官淳安商辂撰。

卷之二

挽诗序

诗若干,什缙绅士夫作,以哀黄岩洞黄松坞黄处士者。厥孙文选郎中世显汇次成帙,虚首简谒予文序之。按,状与传处士讳礼遐,字尚斌。松坞,其别号也。为人性刚介,操端方,事父母甚孝,处兄弟甚友,待宗族甚和。延师教子姓,而莫旦躬督励,甚严。僮仆市易所入有无,信之不疑,甚慈。人有为非义见之,隐弗言,甚仁。临财一介不苟取,甚廉。面折人之是非曲直,不以戚疏少私,甚公。生平无饰言伪行,甚诚。涉猎诸子书,尤留心《通鉴纲目》而论议,甚高。见善欣如己出,不善辄恻然,善譬之使改而存心,甚恕。乌虖,若处士而人不信,可谓一乡之善士矣乎?此其在人,苟有秉彝好德之心者,宜皆知所以敬仰之也。知所敬仰之而于其没,宁不有以哀悼之乎!哀悼之不能已,不于诗词焉泄,奚其泄?此诸缙绅于处士,哀挽之诗之所以不能不作也。夫或疑之曰:"君没十有八年矣,虽其子若孙之哀悼,抑亦替于曩昔。诸君于处士未始有解后之接,顾哀之至,形诸篇什如此,岂情也哉?"予曰:"不然。士君子固有旷百世以相感者,何必皆识其面邪?又奚以时之久近而有间邪?向使存乎其人言焉,而蝥于道行焉,而蔑于德,则属纩之际曾不足以致人之啧啧,矧望作为诗歌以哀挽之于既没之久者乎!"故观是编之作,正可以见处士之为处士,而诸君子哀贤悼善之真情,亦因之而可见矣。夫复何疑!抑予闻之蓄厚始发,发当弘处士德之所蓄者厚矣。今世显响用于时,卓然期与古人相颉颃。诸孙又多秀拔文雅,后今建立,烜赫而有以焯。处士之大者,固未易涯涘。固未易涯涘,敢并书之用以为邦人劝,岂直叙作者之意,而徒慰贤子孙之孝思云乎哉!

成化十三年岁次丁酉夏六月之吉,赐进士及第、翰林院学士、经筵官纂修、玉牒兼修国史、豫章谢一夔序。

同　前

事有不师古,而涉于弥文。君子不废焉者,发于情所不能已也。情之所发,止乎礼义。有所因因之,无所因起之,虽不师古,未始有违也。近世哀挽之诗,或言本于古之《绋讴》,与《薤露》《蒿里》相类,然其为用不同,居然可别。历选前世子集,唐以前以挽诗载扬人功德,绝不多见。及宋渐盛,元加之,至于今日又加之矣。盖古人有生平大节忠孝实行,艺者书之,传诸无穷焉。其送死也,特感流光之易迈,叹存没之迭来,作为歌讴以寄哀情,固不分其贤行与否也。后之人不然,为生而哀,谀死过情,夫人可求而得矣。识者深病其滥,谓夫混清议于身后,贤否邪正几无以辩,且于诗于学沿袭套语,持论不根,与者受者均之无益也。然而,士大夫病之,而犹为人为之者,悲其不能自已之至情也。于是乎,可以占孝矣!同行异情是也。

松坞黄先生尚斌,故台之黄严隐君子,好古笃行,以义信行乎宗党,以诗书教其子孙,县令长宾礼焉。子彦俊为兵部职方主事,大有声。正统间,先生不幸,时职方君已先没。乡邦人士与知者悯而惜之,为作挽诗以叙哀,新故凡若干篇。今职方之子孔昭又为吏部文选郎中,实以文行世。其家惧祖德之久而泯也,乃录集挽诗,寄予曰盍序之。窃惟承平百有余年,海内文儒之家益彬彬焉,有若祖孙父子以行义相传,三世弥笃。一方之大,不能一二数。先生独兆而衍之,号为守礼之宗。此黄氏之所以流泽于无穷,而先生之遗迹益不可无于后人也。庸序于集诗之首,若先生之行之详,有墓志与传,在兹不赘云。

成化戊戌春正月既望,赐进士出身、嘉议大夫、四川按察使、莆田彭韶书。

诔词并序

天台黄公尚斌,好古而行笃,有善誉于乡。其子彦俊主事职方,未几卒,而公不得拜封命终焉,韦布君子惜之。既殁,其孙孔昭复举进士,今为文选郎中。盖公之蓄于身而未施,发于子而未大者将于是乎显,而天道之征有在也。惟先君与职方君同官,而环于孔昭又有同年之好,故得闻公之行谊,而企仰之久矣。是用追述其大者,为之诔。

天台之南,有山蠹蠹。峰拱峦回,四抱如束。境无他姓,惟黄巨族。地因人显,洞以姓目。洞黄之初,远徙自福,曰都监君。卜居于麓,子孙承承。是似是续,历祀三百。有乔其木,惟松坞公。寔钟清淑,允矣君子,温其如玉。性介而刚,行饬而笃。无迕于物,无溷于俗。时方趋附,我立于独。时方竞利,我畏如蝮。有彼行旅,来我乡国。公信孚之,于衡于斛。

有彼困人，窃我藏谷。公潜避之，罔使怀恶。有郁者松，荫我轩屋。屋中何有？有书万轴。贻厥子孙，以诵以读。燕翼之谋，匮金满椟。子也掇科，为司马属。显有声华，养有釜粟。公视歆然，谦以自牧。弛封有期，行被宠渥。天不假年，而夺之速。公委之命，肯伤于戚？旷达其怀，何有岸谷？得丧两忘，澹泊无欲。日眩之离，鼓缶自乐。寿未期颐，遽尔赋鹏。正是哲人，胡数之梏。九原茫茫，宿草屡绿。惟庆有源，方流而伏。天道好还，无往不复。后昆惟贤，克绍余禄。畜久而发，能不烨煜？余生也晚，企仰在夙。诔行有词，为后人告。

　　成化十三年岁丁酉夏五丁卯朔，赐进士及第、奉训大夫、司经局洗马、同修国史兼经筵官、仁和郑环撰。

哀词并序[①]

　　予读黄岩谢太史所为《松坞黄公传》而哀之，曰：黄公，盖其乡贤者也，今不可作矣。哀哉！公生殆九十而殁，不为夭生。有子，子没，又有孙，皆贵且贤。不为晦没而葬，葬而墓木已拱。于今数十年不为近，若是者皆无事乎哀？予独念公之能，使市信其直，盗匿其名，而僮仆远于罪，可谓盛德。而哀今之人莫之能也，抑以重哀夫今之人之哀之异乎此也。为之辞，以遗公之孙文选君世显云[②]。其辞曰：

　　台之山，山思而水号，霜雪慄栗兮草卉凋。崖嵚谷岖兮，

---

　　①　贺复征《文章辨体汇选》卷七百四十二作"松坞黄公哀辞"。

　　②　"文选君世显云"，《文章辨体汇选》卷七百四十二作"曰文选君世显者"。

道路险以峻。虎豹伏匿兮，狼狐嗥嘷。岁既暮而改色，见东流
兮滔滔。冢累累以孤存，魂一去而莫为招。聊抚景以慨俗，怀
佳人兮郁陶。悲乎伤哉！今之人斗捷夸妍，争儇竞浮，锱铢相
倾，睚眦为仇。视狴犴为堂室，化冠裳为戈矛。溯狂澜兮万
叠，瞻砥柱兮中流。悲乎伤哉！今之人鼠社狐城，蝇奔蚋趋。
招曹啸群，什伯其徒。磊冰成山，炙手成炉。以郡县为市集，
以贿赂为菑畲。念谁为之扼拒？莽前路兮长驱。吁嗟黄公！
狷介之节，朴茂之风。有睹其貌，无疑乎其中。予不必吝，取
不必礼。辩我者为暗嘿，诳我者为盲聋。盗饮德以怀愧，仆衔
恩而效忠。彼琐兮若此，又何论乎耆旧之与儿童？吁嗟黄公！
家有冠组，不华其躬。门有车马，不藉为龙。不轹众以自力，
宁敛盈而若空。慕闭门之泄柳，嗤返驾之周颙。彼乡饮兮不
可以屈致，矧辟书之可通。吁嗟乎黄公，世宁复有斯人哉？吾
将操几杖以从之也。过公之乡兮斗斛不欺，入公之门兮左书
右诗。闻公之子兮公子孔硕，见公之孙兮公孙孔仪。慨老成
之凋谢，庶典刑之在兹。纵往辙兮既驾，亦遗踪兮可追。已矣
乎！岁华敛兮万物归，浮生尽兮大运非。叹羲景之莫縶，伤零
露之易晞。谅今古之一揆，孰彭殇之有违。匪遗德之罔既，奚
若人兮独悲。已矣乎！吾生不可以复见，徒陨涕而沾衣。

　　成化十三年丁酉冬十月廿有二日丙辰，赐进士出身、翰林
院侍讲、经筵官兼修国史、长沙李东阳著。

　　予读谢侍讲鸣治《松坞黄公传》，云："好古笃行，乡人行
旅，悉倚信之。量衡之施，知出于公者，则不事较，可谓行孚于
人人矣。及观得物过其直，乃还其主。盗其困者，乃掩其迹。"
噫！律己介而于物有容如此，宜有以服人之心也。使四海皆

若人，则奚待官府法禁而后治哉！庶几汉王彦方之流欤！哀之以辞曰：

噫，世浑浊兮惟利斯趋，叛亲慢友兮维势之溺。胡若人之矫矫兮，履天常而弗忒。视势利犹泥滓兮，惟恐污吾之履綦。孰有善言来告兮，诚犹归吾以璜璧。噫，若人兮律身之孔严。允服古道兮，匪肆然之婞直。奄忽长逝兮，岂骑箕于沉寥。伟王烈其骖驾兮，将浊世之不可招。祀于社而弗觌兮，曰后生之则效。

华亭张弼。

吊　文

嗟若人兮谁与俦，率天常兮天与游。蜕名途兮污浊弴，逸驾兮林丘。方其褐衣兮瑾里，衡栖兮水饮。德足为此邦之哲人，迹或类灵源之仙隐。既恂恂乎笃行，亦皓皓乎独清。言不欺于三尺之孺，利弗苟于一钱之赢。慈惠发于掩盗困之奸，义闻昭于格强令之暴。家屡空兮而充容乎道腴，孝弗匮兮而耆厉乎身教。是以泽不施兮流则长，世载卜而名用光。乌职方兮用不究，肆铨曹兮才益茂。彼君子兮亢厥宗，洵仁者兮艾其后。吾固异兹乡之多贤兮，伊灵秀之所钟。曷黄氏之骈休兮，俪洞壑于无穷。览桂树之丛生兮，岂人因洞而盛也？羡冠屦之婵嫣兮，亦洞因人而胜也。赤城兮层霞，黄岩兮旧家。公归兮几时，山中兮屡华。松青青兮鹤下舞，云漠漠兮山之坞。梦游仙兮三台，吊清风兮终古。

晋陵陆简。

松坞先生，台洞黄氏，没且葬垂廿年。乡之耆俊，朝之名硕，溯其文献于族出者，曰承守不失其初。迹其启佑于祚胤者，曰指付必堪其事。而闾阎寒细又多急济上义之思，家庭臧获尤深巨恩长德之念。余生也后，执鞭无及辱先生。仲孙孔昭，旧为僚友。孔昭有道而甚文。余既本其贤之有自，且得受先生状表传诔一册，读之过时，慨老成之无存，幸典刑之尚在，遂忘不腆缀文简末，用泄余思，用吊先生于地下云：

赤城之山兮，回峰复嶂何巃嵷。东瓯之气兮，凝奇郁粹钟豪雄。宅幽势阻兮，太行盘谷将无同。少微光精兮，直与南斗相摩冲。高怀轶概兮，逍遥容与维其宫。传休委祉兮，前辉后裕成家邦。籯金不贮兮，一经敷遗猗吾宗。浮华遨放兮，错儒与耕非吾风。永绵子姓兮，诗书世泽方绳绳。蝉嫣簪绂兮，箕裘器业今隆隆。禄命有恒兮，哭泣自损真迷蒙。权量有程兮，市贾不贰良宽通。我困弗戒兮，窃攘释问矜顽童。我直弗畴兮，掩袭疑误羞贫傭。啸歌偃仰兮，一室宇宙无纤洪。翻披校阅兮，千古史册随终穷。奸谀过目兮，仿佛瞠盹发上冲。忠循激心兮，奄忽驰骛神超融。□昭质之无徒兮，竟妒节之攸崇。呜呼歍歔兮，全□矫矫软媚庸。庸凡今之人兮，余曷其从？石林落落兮罗长松，云坞窈窈兮迷幽封。君不见兮我心忡，期絮酒兮荐哀恫。

成化戊戌六月之望平湖倪辅书。

予少就学，从台之静斋黄先生游。比发解，以先生之故得侍司空，公于南畿顾爱甚厚。及释褐，又以公故受知文选先生于都下，故得谛观家乘而识其先。有号松坞者，集义成行，植德成名。没既久而乡人思之，延于朝署，当代名卿咸哀诔之。

或者谓："秦哀三良为之赋，黄鸟者以其礼于才而啬于命也。今松坞公既礼于前，复豫于后，没且五世矣，奚以哀为？"曰："是不然。古人有诔颂先哲于千百载之上者，以其人之善泽愈久而弥存，足以风示乎人人于百世之下也。矧走之于松坞公有私淑之恩、通家之义者乎！故辞虽若赘然，而情则不容已也。"辞曰：

黄著台兮实昌，惟嗣兮松坞最良。以人立天兮仗此纲常，地以氏显兮号曰洞黄。公之生兮岐嶷，乡邦视兮为则。驭下慈兮教子以仁，遇盗旋匿兮恐惴困人。入市兮不欺，货逾值兮辄返之。充公之操兮，清谅通乎伯夷。懦于声利兮强于义理，家世通融兮自牧靡靡，读史奸谀兮唾骂不已。充公之气兮，刚大学乎孟子。天道兮好还，为善食报兮捷如转丸。子姓济济兮通乎朝班，敛公之泽兮溥于两间。台之山兮洞之水，松盖团团兮溪石齿齿。公昔游兮今何归，白鸥泛泛兮白鹤飞飞。不见哲人兮我心伤悲，物物有真兮鲜克不丧。惟公游心兮三代之上，春虫秋草兮不知其几更。川色峦容兮，到于今兮无恙。是皆天之自然兮，惟公则之。是以百世之下兮人皆可师，闻公之风兮士倍增气，贪廉薄敦兮懦夫有立志。

新安汪循。

卷之三

挽　诗

我见诸孙得此翁，求翁须向古人中。西京石奋风流远，南国庞公节操同。厚德居然怀盗窃，恶声终不到奴僮。百年耆旧今谁传，名姓应先浙水东。

东泷彭教。

简编重笃行，斯人今益希。恂恂松坞翁，义利谨毫厘。暗室岂有目，吾心不能欺。教子作名宦，白首甘布韦。继经紫阳史，病亟手犹持。德修厚不享，类泽潴弗施。终能上云气，敷润霶无涯。翁今不可起，贤孙玉雪如。青云历三世，天道非远而。与翁隔山海，又不同当时。三复谢君论，悠悠念襟期。

泰和罗璟。

我读黄公传，惊看直道民。乃知天地性，无间古今人。朝市犹多事，山林自绝伦。读书嫌弄笔，为学秖安身。狷尔原思节，汪然叔度邻。居人依止水，行旅得通津。率物由心坦，惩浇秉德淳。所忧氓殆辱，不问盗衰困。谢郤贪赢富，甘来守义贫。岁功看耒耜，夜气识金银。余地遗孙子，家规掩缙绅。门驱登垅俗，塾引发蒙宾。灯影田庐夜，书声巷陌晨。八龙荀爽达，诸福禹钧臻。终厌游城府，坚辞入介傧。岂徒骄茂宰，端合尚蒲轮。偃蹇松间坞，逍遥席上珍。超超披汗简，往往骂奸臣。推逮恩犹未，噫嗟岁在辰。洞黄抛白业，封斧就长窀。培本深荣木，流波见跃鳞。继昭无愧忝，世美一忠纯。华发羹墙重，清风俎豆滨。永怀观史意，敢昧裕昆仁。碑表冈头石，篇章纸上尘。惟应贤俊烈，于赫耀千春。

太仓张泰。

先生事高尚，筑斋号松坞。考槃居涧阿，足不入城府。平生虽狷介，与物亦无忤。孳孳日敦义，耻共薄俗伍。岸然欲化乡，不使沦臭腐。行旅入其境，斗尺听所与。谓公长者流，而岂诒予贾。有司乡读法，宾席辞至屡。汪汪千顷陂，似与叔度偶。或人过偿直，追还竟弗取。得失虽甚微，心迹亦可睹。家储无长物，萧然仅环堵。时当风日熙，林泉旷襟宇。手持一编书，兀坐究前古。每览奸佞徒，唾去若粪土。延师训子姓，科第相接武。有子官职方，往已物先故。而今复有孙，青云起平步。天曹柄铨衡，声价满朝著。鸿羽日登进，衮职定应补。会看沐推恩，褒赠及大父。

番阳童轩。

雅量汪汪似水清，偶从遗传见平生。桂山词赋空招隐，松坞诗书足代耕。胜地已因人有姓，高风未许史无名。九原杳漠今何在，子琰材成想慰琼。

钱塘倪岳。

天台洞黄间，山壁抱如宇。中有松坞翁，远志挹千古。跄

趋手交胸,百步不殊武。读书贵识道,涵泳隽其俎。有时值奸
雄,异世发深怒。平生狷介情,下视东开伍。方其澹荡时,无
物不含煦。以兹洞黄氏,小大悉依怙。空言代盟书,寓意解纷
阻。斗衡自公出,市肆无疑贾。童奴入城还,好恶自容与。方
将最其劳,未暇较筐筥。稼登我廪高,有盗发其庾。眷焉伤斯
人,恐为斗米污。卓哉韩稚圭,今昔同轨度。人取不论多,取
人宁论巨。幸得非所欣,肯受无名楮。心田树深德,聊以荫来
许。崭然起群玉,早见德星聚。众中叔慈佳,膝上彧亦腬。相
继履高蹈,寻源识其祖。大宾老不为,踪迹讳城府。恩封何与
吾,安逝得其所?惟有嫉恶心,千秋照松坞。予诗何所征,桃
溪谢君语。

昆山陆钱。

洞黄何逶迤,远在天台间。壁立千芙蓉,四顾相回环。缅
思洞中人,一去何当还?平生读书处,松桧不改颜。儿孙日已
长,济济通朝班。孰识岩栖翁,高名配兹山。我歌洞黄词,怅
望春阑珊。生刍杳莫致,浙水东潺潺。

新安程敏政①。

纷纷车马尽穷途,高世清风此丈夫。王烈乡邦宁有盗?
阳城心事肯疑奴。劾书不贷春秋法,将老犹严善利区。赢得
故家余泽在,儿孙接武上云衢。

新喻傅瀚。

---

①　此诗收录于《篁墩文集》卷六十四,诗题作"洞黄词怀黄尚斌先
生"。

仙游人去白云乡,物论争推王彦方。城府平生无足迹,家庭奕世有书香。猿啼故国山河在,鹤返空林岁月长。身后清风知不泯,一编遗事足传芳。

海虞李杰。

林下琴书物外身,不知世路有红尘。仁敷里巷怀君子,德被儿孙作帝臣。洞口寒猿啼彻夜,山中宿草暗生春。年来俗尚浇如许,安得斯人与再淳。没后清名谁为传,史家有笔大如椽。无边德量容纤巧,太古淳风本自然。烟锁茅堂人避世,月明松坞鹤归仙。臣时历历儿孙贵,可是当年父祖贤。

三山陈炜。

洞黄四山环若城,黄家世占山水清。松坞隐翁抱幽贞,纫兰扈蕙带以蘅。玩索鸿畴漱华精,厌摛葩藻矜时名。伯休高义薄霄峥,太丘雅量尊乡评。芸编满架囊无赢,芝岩鸥渚俱忘形。日戒子姓勿蝇营,但勤先业读且耕。子掇巍科荐显荣,清风依旧生岩扃。邑侯礼致意匪轻,岁行乡饮齿耆英。杖屦不屑趋公庭,丹涯青壁德惟馨。辰巳遘屯梦奠楹,壑舟夜负秦春停。笛声孤起那忍听,松号清昼波涛惊。独鹤飞去烟冥冥,乡邦永慨失仪刑。庆源深厚发必弘,贤孙济美早登瀛。年来选部司鉴衡,气节如翁襟宇澄。我慕此翁恨晚生,徒闻风度久著称。幸同选部论心情,故家文献良足征。何时絮酒将远诚?临风细读有道铭。更歌楚些招英灵,松坞日暮云山青。

盱江左赞。

床头书卷岭头松，一代孤高见此翁。愤切奸谀千载下，贫甘薇蕨万山中。乾坤有客惊尘梦，江海无人据上风。心事好从今日看，两朝兰桂两曹雄。

豫章李士实。

吾爱松坞翁，冥栖在云泉。鸢鱼以为侣，富贵如浮烟。于物澹无竞，与松同一天。默然披古书，明明契其玄。当彼意之适，如游太古前。一朝弃斯世，有识涕交涟。青山静无姿，白云尚翩翩。向来游歌处，碧草空绵延。余庆庇孙子，天衢递高骞。清修卓有立，金石与俱坚。仁者必有后，斯言岂虚传？伊予嗟晚出，无由聆绪言。仰瞻赤城霞，悲来耿中悁。发潜成短些，庸表高世贤。

仁和项麒。

少闻父老谈松坞，善行乡人实少能。特笔非诬吾侄传，穿碑不愧老商铭。丧明伊昔嗟无报，流庆如今信有征。子子孙孙贤且贵，北山千仞看加增。

台南谢省。

志士古所难，况乃在今世。矫矫松柏姿，卓与樗栎异。山川未深绝，不畜万牛器。松坞洞黄豪，磊落负奇气。天姥高崔嵬，晶爽发灵秘。好古心有癖，漱石操愈厉。闻居喜读书，所重在适意。摆脱行墨畦，汛扫纤组伎。平生子由诺，足证乡党议。煦煦畜童奴，落落纳芜秽。发困者何人？遥见却以避。斯实长者怀，可愧浅夫计。家或徒四壁，不介毫发意。斗斛斥取赢，土苴视不义。延师训子弟，逐末有明誓。名驹奋天衢，闻望日宣著。人皆为公荣，公量浩无际。彼苍不可必，中路蹶骐骥。冰释子夏悲，冶化造物滞。晦庵纲目编，垂老口不置。流观及奸谀，戟手奋骂詈。爰当易箦时，编与手共毙。斯岂今世人，常恐我言媚。侃侃谢太史，公间盖相比。为公传名德，收拾罔讹遗。我用比黄鸟，协律诏来裔。矧公之令孙，斯文忝末契。行同晓山孤，心与秋月霁。清时长铨曹，公论朗不昧。有后征前言，无愧缀鄙制。诗成动惨怆，长叹公久逝。老成凋丧多，如公竟难继。矫首天台山，清风荡襟袂。

　　兰亭司马噩。

　　吾怜松坞叟，俨若商山翁。读书敦古道，肯与时俗同？衡斗矢不贰，淳庞跨鸿蒙。矧兹励隐操，矫若冥飞鸿。白云为我侣，青山为我宫。高霞映孤标，发白颜尚童。荷锄田间雨，整冠松下风。宁辞令尹招，不入城府中。生平一编史，矻矻穷始终。一朝乘化去，万事同澌融。兰衰白露重，鹤怨秋山空。扬芳得孙子，立朝怀匪躬。积善谅有报，世泽浩无穷。长歌吊遗老，目断三台东。

　　锡山秦夔。

　　黄岩洞黄山水窟，孕毓精灵跨吴越。厥中乃有松坞翁，种松万个稠如发。居常颓然坐蒙樾，纲目一编看不歇。索探书法麟经来，大义白日中天揭。逢人论议辄英发，唾视奸谀等蛇蝎。奋欲武库借戈矛，直下九京斫枯骨。维翁真是秋空鹘，琐琐樊笼岂堪泪。况复皮里有阳秋，雅宜制行多奇突。伤哉世人甘灭没，眼底锱铢眇丝忽。纵令盗跖发囷仓，匿垢包荒恶私讦。执信如车负锐轭，凛莫能干色常艴。坚辞乡饮虚偶宾，却走尘途避趋谒。燕翼孙谋善贻厥,为士为农两端竭。职方令子铨曹孙,先后传家烂袍笏。龙蛇守岁寻垂殁,老成凋谢乡邦咄。松坞前头马鬣封,夜半流云漏华月。桃溪作传事俱核,直笔信史文无阙。羁窗晚岁歌孔哀,坐守寒炉煨榾柮。

金陵沈钟。

雅怀高谊重乡评,杖屦频年嫩入城。阅史直教诛乱贼,读书元不慕虚名。魏谟风烈今无忝,荀爽清才故有声。推本定须隆报恤,泉台千古被光荣。

吴江汝讷。

回首天台感慨中,芙蓉城阙起秋风。黄尘有愧存余子,白日无情失此翁。道路歌谣三月喋,山林聘传百年空。诗书秀发贤孙子,汗简将收补阙功。

宜兴邵珪。

黄九幽栖处,居然一洞天。买山无别主,种秫有闲田。鸡犬秋云外,牛羊夕垅边。卜居缘地胜,不是学神仙。

逍遥山泽里,粝饭色常腴。劲草怀前辈,雕虫笑俗儒。姜肱曾避盗,程子不疑奴。衡斗何须毁,喧争一市无。

抗志浮云表,侯家懒作宾。闭门清似水,见客蔼如春。岁月青精饭,湖山白葛巾。谁云三季后,尚有葛天民。

一芥不轻取,箪瓢常晏如。蔬畦躬抱瓮,松坞坐观书。高步偭城府,清风振里间。空冈埋骏骨,千里看神驹。

寂寞古松边,游心入至玄。春秋二三册,上下数千年。嚼齿骂奸佞,峨冠谈圣贤。嗟哉易箦夜,犹自手残编。

抱道身穷老，垂休在后昆。八龙欣并跃，孤凤更高骞。天耳有卑听，皇家多湛恩。追封会有待，紫诰贲丘原。

义兴沈晖。

尽信桃溪子，详知松坞翁。允为斯世重，绰有古人风。典则当耆旧，真诚自幼冲。忿时歌相鼠，执艺厌雕虫。气质能崖异，襟怀实混融。发囷怜盗窃，招宴避尊崇，宗党衣冠一，闾阎度量同。信能孚贾旅，辱弗下奴僮。临利轻非义，延师重养蒙。贞怀和氏璞，臭鄙邓山铜。摆脱锥刀外，沉酣史传中。服膺希圣哲，攘臂怒奸雄。齿漱溪头石，情怡巘下桐。屡空眉不皱，多辩耳如充。大雅韦长孺，高名陈仲弓。市朝虽削迹，畎亩肯忘忠？拱阙心长北，回澜志必东。闲身依野鹿，高兴附冥鸿。束帛音逾远，扁舟乐未穷。一朝乘化去，万事转头空。仁者宜难老，时乎忽告终。令孙今典选，贤子昔司戎。家誉阳秋在，乡评月旦公。褒章应有恤，何日贲玄宫？

昆山陆容。

黄岩之山纷莫数，洞黄四面山如堵。仙翁结茅偏得所，万壑深中一松坞。红尘声利不关心，麋鹿为群白云侣。嬉游几度到松门，飞梦常时绕天姥。汪洋叔度能容物，介洁仲连无苟取。方寸膏腴付子孙，一生气节凌今古。平施斗斛与衡尺，信动儿童及商旅。王烈贤声重里间，德公足迹轻城府。周贫谊切或指困，避俗情真时闭户。置盂无意答庞参，下榻何心蘧仲举。紫阳纲目夙所好，日检遗编细披睹。喜谈忠义斥奸邪，凛凛胸中严衮斧。延师置塾明家训，耻与齐民业工贾。一经自信胜金籝，奕世相承耀簪组。吁嗟世人争功利，身与草木甘同

腐。孰知积善庆有馀,德盛流光匪虚语。翁今九原虽不作,赢
得高风播寰宇。乡曲难磨月旦评,溪山尚忆烟霞主。旧栽青
松成合抱,直干森森中绳矩。清时匠石正求材,会入明堂作
梁柱。

东莞祁顺。

松坞仙游岁已将,百年湖海挹余芳。长松落落倚空碧,一
坞萧萧栖洞黄。行谊平生高士传,衣冠此日善人乡。云霄器
业多孙子,矗矗书传奕叶香。

广人张瑰。

天台郁磅礴,终古含秀灵。惟公产兹土,浑厚由天成。薰
乡化淳朴,权量倚为平。任人信不疑,避盗非沽名。读书了大
义,好恶两分明。历观古奸佞,愤欲诛其形。睥睨身外物,奚
翅鸿毛轻。所以恒不给,此心淡无营。族居洞黄里,乔林蔚长
青。树德日以滋,八龙俨趋庭。仲也材独良,允为国之桢。惜
哉位未显,兰荃犹遗馨。贤孙亦人杰,顾然冠群英。典选秉至
公,无愧鉴与衡。推恩固有待,龙光贲幽扃。仰见松坞云,迟
迟空中行。神其或来下,顾盼能忘情?名公为立传,庶足昭平
生。讵惟激顽懦,百世垂休声。

仁和马迪。

老矣甘泉石,飘然远世尘。古今双醒眼,天地一闲身。高
节堪垂史,清风尚激人。九原何可作,我为一沾巾。

圣世谁能隐,高风自不群。乾坤空白首,孙子总青云。公
论儿童颂,穿碑太史文。先生犹不死,感慨倚斜曛。

右二诗,为挽黄岩松坞黄先生作也。先生有道不仕,子职方公、孙选部公,皆以进士显于时,曾孙汝修亦进士登第。乾亨辱交汝修,因获论先生之世,敬先生谊高,怅其九京之不可起,亦因喜其余庆之在后人也,故其为诗如此。成化辛丑秋八月望莆生黄乾亨识。

吾乡有大老,守约世所无。传家既崇礼,教子皆业儒。昔我侍父伯,相亲居坐隅。温温气堪掬,一一示范模。自云天赋予,厚薄分有殊。世人广间架,我只宅一区。时好逐花柳,我植松千株。吾见今贵显,谒者如市趋。吾心尚如水,平淡谅难枯。丈夫异贵贱,勿为势利驱。后生重名节,当与仁义俱。语尽此心跃,感激还嗟吁。逢人但说项,善论恒弘敷。薄俗藉回挽,我乡咸作孚。洞中久不出,翛然列仙癯。羲和驾白日,骎骎入桑榆。八十一梦中,空悲清夜徂。忆惜骐骥子,勋业佐唐虞。禀命痛夭札,广泽深涵濡。有孙继厥志,器亦宗庙瑚。大道在方骋,行行思远图。彼苍信有定,感应良不诬。

敬所陈彬。

逝水不复返,浮云无定飞。脱羁何处去,与世竟相违。碧草春闲洞,青松昼掩扉。夜深孤鹤起,疑是主人归。

兰萎香犹在,人亡名独存。高风数前辈,盛德到诸孙。精爽回长夜,衣冠冷故园。穷通无损益,此意共谁论。

王城谢绩。

皇风日寥藐,浇伪吁益新。比读松坞传,得见古遗民。读书觊闻道,不怀观国宾。啸傲山水间,鱼鸟日相亲。渺渺庞公节,恂恂太丘仁。义利谨界限,忠信和量钧。修短委大化,荣华外此身。晚岁坐松下,书法窥获麟。一朝脱履去,长夜无复晨。善庆委来□,济济列朝绅。安得世俱此,重见风俗淳。

莆田林沂。

悲风入松坞,落叶随风逝。旧时坞中人,于今向何去。日暮饥猿号,霜清孤鹤唳。冥冥夜台寂,千古不复曙。

承家贵有后,此翁愿已酬。桂芳虽早谢,兰芽今复抽。家声谅弗替,瞑目无遗忧。神游纵八极,脱蜕青山陬。

临海贺春。

跋黄氏祖德录后

右,台之《黄氏祖德录》一帙。若传,若墓表,若哀挽诸文词,通若干篇,皆一时诸名公所著述,以阐扬松坞处士黄公尚斌之潜德者也。处士介孙孔昭为选部郎中,汶以进士观政于其侧。一日,特出兹录示汶,读至谢太史鸣治所为传,云处士平生好读《通鉴纲目》,每见奸臣贼子,则掩卷大骂不绝口,当卒之前一日是书犹在手。呜呼,何处士之用心一至此哉!夫世之奸邪者恒接迹,而忠义者每罕见。岂非奸邪者能朋附党合以倾危忠义?故往往君子多偃蹇不伸,而小人举得志横肆。自古治日常少者,职此故也。处士有见于此,故生乎百世之下,亦骂不绝口。使与之同时,能不如昔人请剑断其头乎?惜乎世无辟而用之者,使其仁惠仅被于族里。子弟赖以教,是非赖以决,斗斛衡尺赖以平。至有盗发其囷者,亦赖纵之自若。或者乃谓:"奸与盗盖同类焉,彼尚见骂,而此可纵之若是邪?"

殊不知其意，以奸邪者害天下，恶之大，而发囷者不过为饥饿所迫窃吾，一己之私，过之可容者也。处士之严于嫉恶而恕以容过殆如此，岂彼浅识者之可得而知哉！且处士之先，自都监公绪而下奕叶载德。至处士之后，子若职方君彦俊，孙若选部君者，又以廉谨忠勤著于世。诸曾玄若乡贡、进士，俦辈亦皆骎骎向学趋道，其诸儒先所谓世称德门者乎！所谓难为善有后者乎！汝于感叹之余，谨书此于卷尾，俾后之奸邪者闻之，而益有所惧。

成化乙亥岁重阳前四日金华王汝谨跋。

题黄氏祖德录后

瑛始为州苦讼，滋思得老成人能助化理者，愿往拜其庐焉，岁久而不可得。近观松坞翁能修行以信于人，每僮仆市物皆不疑其价赢缩。尝市红纸赢于直，翁反之。见子弟于斗斛取赢焉，呵禁终其身。有盗发其囷，公即避之曰："彼所得几何？"终不言其过。卒之乡人，无小大贤不肖，皆倚公以为信。至于行旅入其乡者，凡权衡丈尺斗斛所使皆视翁。呜呼，安得吾州有若人哉！夫家有老成人，则家有善教；乡有老成人，则乡有善俗。教行于家，俗化于乡，则政刑可撤矣。呜呼，安得吾州有若人哉！安得吾州有若人哉！翁姓黄，讳礼遐，字尚斌，台黄岩县人。其所居之乡曰洞黄，天顺中其人犹存云。

莆田周瑛题。

题黄氏祖德录后

通政黄公好贤礼士，而能忘其势。循吉去岁寄禄水部，与其子汝修为同司交。今年蒙汝修召，与居鲁同饭，遂得拜公于第。未几而循吉卧病，承公累赐存问，窃深自愧不敢当焉。循吉间尝得叙公之家谱，所以考见黄氏自五代以来人物甚悉，而其至盛而显著不绝者，则无若今日然也。当时私自论列，以为公家积数百年之久，而发于兵部，其用未究，乃当大发于公以及其子也。及今观公所撰松坞处士行实，则知兵部之前复有如处士者先为之地，而非但自兵部发之也。观公勤勤纪述处士厚德，惟恐不闻于天下，而未尝敢后于兵部者。公岂无意哉！以为兵部已仕，不患不闻，而处士没于山林之下，非甚暴白之，则世固莫得而知也。此公之心也。然公贵而下士，鄙陋如循吉者，犹不知弃，况于贤能之人乎[①]！以是观□□公之勋业当不可量，而处士□□之志毕矣。

成化丙午九月二十七日吴门杨循吉敬题。

---

① 此句，原本缺损严重，"如循吉者"、"犹"、"之人"，皆据文意与文字残余推测而来。

图书在版编目(CIP)数据

郭氏文献录 赤城论谏录 黄氏祖德录 / 孙巧云，
李秀华等点校. —杭州：浙江大学出版社，2019.12
 (温岭丛书)
 ISBN 978-7-308-19808-0

Ⅰ.①郭… Ⅱ.①孙… ②李… Ⅲ.①古典诗歌－诗
集－中国－古代②古典散文－散文集－中国－古代 Ⅳ.
①I212.01

中国版本图书馆 CIP 数据核字(2019)第 273679 号

郭氏文献录 赤城论谏录 黄氏祖德录

孙巧云 李秀华 等点校

责任编辑	宋旭华
文字编辑	吴 超
责任校对	王荣鑫
封面设计	项梦怡
出版发行	浙江大学出版社
	(杭州市天目山路 148 号 邮政编码 310007)
	(网址：http://www.zjupress.com)
排 版	浙江时代出版服务有限公司
印 刷	绍兴市越生彩印有限公司
开 本	880mm×1230mm 1/32
印 张	12.875
字 数	312 千
版 印 次	2019 年 12 月第 1 版 2019 年 12 月第 1 次印刷
书 号	ISBN 978-7-308-19808-0
定 价	120.00 元